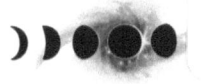

„Hast du nicht gerade gesagt, es sei ein Fehler, meine Heilung zu beschleunigen?", wollte Quinnlynn wissen. Sie hatte mir offensichtlich überhaupt nicht zugehört. „Wird die Verwandlung nicht genau das bewirken?"

Ja, das würde sie.

Und sie hatte recht – ich hatte genau das gerade gesagt.

Aber das war, bevor ich begriffen hatte, dass sie ihre Wölfin seit über *vierzig verdammten Jahren* unterdrückt hatte. Es war ein Wunder, dass sie sich noch nicht von ihrem inneren Tier getrennt hatte.

Verdammt! Ich spürte ihre gebrochene Seele und die Wunden, die sie tief in sich trug. Ich hatte nur das Ausmaß der Ursache nicht erkannt.

Vier.

Verdammte.

Jahrzehnte.

Diese Frau hatte die Hölle durchgemacht.

Aber das wäre nichts im Vergleich dazu, die Verbindung zu ihrer Wölfin zu trennen.

Ich konnte spüren, wie zerrissen ihre Beziehung bereits war … wie schwach die Bindung zwischen Frau und Tier tief in ihrer Seele war.

„Du musst deine Wölfin akzeptieren", sagte ich. „Es habe fast alles heilen können, aber das nicht. Aber ich werde deine Verwandlung erzwingen, wenn es sein muss, Quinnlynn. Denn es muss geschehen, *damit ihr wieder eins seid.*"

Und wenn sie irgendeinen Blödsinn rumposaunen würde, von wegen ich wollte sie nur heilen, um sie selbst zu brechen, dann würde ich knurren. Ich würde ihren schönen Mund zum Schweigen bringen, indem ich ihn in eine Schnauze verwandelte.

„Mach mich nicht zum Bösewicht, Liebes", warnte ich sie. „Das ist eine Rolle, die ich in deinem Leben nicht spielen möchte. In anderen Bereichen bin ich ein Meister darin."

BLUTSEKTOR

DIE WÖLFE DES V-CLANS

USA TODAY BESTSELLERAUTORIN

LEXI C. FOSS

Blutsektor

Deutsche Übersetzung und Korrektur: Well Read Translations

Umschlaggestaltung: Juan von Jay R. Villalobos

Cover-Modelle: Marcel Pospiech & Jenna Pospiech

Umschlagfotografie: CJC Photography

Veröffentlicht von: Ninja Newt Publishing, LLC

eBook ISBN: 978-1-68530-209-2

Paperback ISBN: 978-1-68530-210-8

Für meine Assistentin Skoga: Ohne dich hätte ich dieses Buch nicht fertigstellen können. Deine „Hilfe" beim Tippen war unabdingbar. Ich habe ehrlich gesagt keine Ahnung, warum meine Lektorin alle deine Korrekturen gelöscht hat. Ich bin sicher, dass jeder deine lkjaisfienfklj830f-Ergänzungen im Buch geliebt hätte! Ich liebe dich sehr, Babybär. Danke für all deine Kuscheleinheiten und Küsse für die Hunde.

P.S. Bethany, Skoga war für das „lkjaisfienfklj830f" verantwortlich. Du glaubst mir doch, oder?

BLUTSEKTOR

EIN V-CLAN-ROMAN

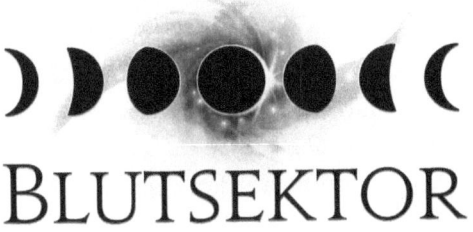

BLUTSEKTOR

Quinn MacNamara
Blut. Tod. Krieg.
Eine zerstörte Dynastie.
Ich, als der ultimative Preis.

Ich bin eine unverpaarte Omega. Von royaler
Abstammung. Ich bin dazu bestimmt, zu herrschen. Aber
die überlebenden Alpha-Prinzen wollen mich für sich
beanspruchen, ihre brutalen Methoden sind
furchterregend und grausam.

Ich habe das letzte Jahrhundert auf der Flucht verbracht.
Hab mich an Orten versteckt, an denen niemand auf die
Idee gekommen wäre, nachzusehen.
Nur *er* hat mich gefunden. Prinz Kieran, der mächtigste
Gestaltwandler von allen.

Unser Versteckspiel ist zu Ende.
Es ist Zeit, mich zu unterwerfen.
Oder ich kämpfe und sterbe.

Kieran O'Callaghan
Meine kleine Betrügerin ist mir entwischt. Sie hat sich auf
ein gefährliches Verfolgungsspiel durch die Sektoren
eingelassen, aber jetzt habe ich endlich meinen Hauptpreis
gefunden.

Mein armer kleiner Liebling dachte, ich würde Wert auf Ritterlichkeit legen. Ich bin ein Alpha-Prinz. Ich nehme mir, was ich will, wann ich es will und wie ich es will. Ihr süßes Blut stachelt das Raubtier in mir an, all ihre Träume von einem glücklichen Leben bis ans Ende ihrer Tage zunichtezumachen.

Von mir aus können die Alpha-Prinzen ihre royalen V-Kriege genießen.
Solange sie sich mir als dem König des Blutsektors unterwerfen, werde ich nicht eingreifen.
Im Übrigen habe ich eine hübsche kleine Omega, die ich zähmen muss. Es ist an der Zeit, ihr eine Krone aufzusetzen und sie zu meiner Königin zu machen.

Anmerkung der Autorin: Dies ist ein eigenständiger Gestaltwandler-Roman, der im Omegaverse spielt. Kieran ist ein kompromissloser Alpha-Prinz und Quinn ist eine temperamentvolle Omega-Prinzessin. Es ist eine Verbindung, die buchstäblich in der Hölle geschlossen wurde, wo der Antiheld der König ist.

EINE ANMERKUNG

VON LEXI

Blutsektor ist ein eigenständiger Roman aus der V-Clan-Welt. Es müssen keine anderen Bücher vor diesem gelesen werden, um der Handlung folgen zu können.

Dieser Gestaltwandler-Roman spielt im Omegaverse. Es geht um die Alpha/Omega-Dynamik, den Nestbau, das Schnurren, die Östrogen-Zyklen und natürlich um das Verknoten.

Wenn ihr mit diesen Begriffen nicht vertraut seid, macht euch keine Sorgen – sie werden im Buch erklärt. ;)

Diejenigen von euch, die mit meiner X-Clan-Reihe vertraut sind, werden die Ähnlichkeiten bemerken.

Ihr werdet wahrscheinlich auch feststellen, dass Kieran sich etwas von den Alphas der X-Clan-Welt unterscheidet. Er ist ein Alpha, der die Kunst, eine Omega zu umwerben, versteht. Seine Vorstellung von Bestrafung ist eher sinnlicher Natur, obwohl ihn seine Quinnlynn oft sehr verärgert.

Er wird sie für sich beanspruchen, weil sie ihm gehört.

Aber er schätzt ihr Einverständnis ein wenig mehr als einige der Alphas aus meiner X-Clan-Welt.

Sein Ansatz schafft eine berauschende Kombination aus Dominanz und Respekt. Dennoch spielt die

Geschichte in einer Welt, die mit dunklen Elementen übersät ist.

Letzten Endes ist dies die Zukunft.

Und der Zombie-Virus hat über neunzig Prozent der Menschheit vernichtet.

Übernatürliche Wesen regieren die Welt, die in verschiedene Sektoren und Territorien aufgeteilt ist.

Die anderen Clans nehmen an, dass die Wölfe des V-Clans im Laufe der Jahre größtenteils ausgestorben sind. Das ist ein Trugschluss. Sie können sich einfach gut verstecken und neigen dazu, unter sich zu bleiben.

Und *Blutsektor* bietet meinen geschätzten Lesern eine Einführung in ihre geheime Welt.

Viel Spaß! <3

WILLKOMMEN IM
BLUTSEKTOR

WO DER
ALPHA
KÖNIG IST

ABER SEINE
OMEGA REGIERT ...

KIERAN

PRÄ-INFIZIERTE ÄRA

„DAS IST die Lücke in unserem Sicherheitssystem?", fragte ich und umkreiste die vor mir kniende Omega. „Diejenige, die durch unsere Barriere geschlüpft ist?"

Kurz nach Sonnenaufgang war der Alarm ausgelöst worden und hatte mich aus dem Schlaf gerissen.

Ich hatte erwartet, dass Tadhg oder Lykos in mein Territorium eindringen würden, oder vielleicht einer ihrer Elite-Killer. Aber eine attraktive Omega? Das war neu.

Es sei denn, die anderen Alpha-Prinzen hatten sich für einen sinnlichen, anstatt eines physischen Angriffs entschieden.

„War sie bewaffnet?" Ich ging vor der Frau in die Hocke, um einen besseren Blick auf sie werfen zu können, aber ihre Kapuze verbarg den größten Teil ihres Gesichts. „Hat sie dir ihren Namen genannt?"

„Quinn", antwortete eine sanfte Stimme, als ihr mitternachtsblauer Blick unter der Kapuze den meinen traf. „Und ja, *sie* hatte einen Dolch, den sie sehr gerne zurückhätte."

1

Ich wölbte eine Augenbraue. „Einen Dolch?" Ich sah Lorcan fragend an.

Er nickte und hielt mir die Waffe zur Begutachtung hin.

Ich griff nach dem Dolch und ließ ihn durch meine Finger gleiten, um das Gewicht zu testen. Er war zwar praktisch, aber nichts Besonderes.

„Gibt es einen Grund, warum sie immer noch den Umhang trägt?", fragte ich meine beiden Eliten – zwei Männer, die mich mit ihrem Leben beschützten, obwohl ich auf mich selbst aufpassen konnte. Vor allem in der Gegenwart einer zierlichen Omega-Wölfin.

„Sie hat darauf bestanden", antwortete Cillian.

„Und wir beugen uns neuerdings den Forderungen von Eindringlingen?", konterte ich.

Cillian zuckte mit den Schultern. „Sie ist kein gewöhnlicher Eindringling, mein König." Eine höfliche Antwort, aber es fehlte ihr an Reue.

Leider Gottes hatte er recht. Diese kleine Omega war nicht wirklich eine Bedrohung.

Es sei denn, sie war eine Art trojanisches Pferd.

Wie faszinierend, staunte ich. *Was, wenn sie eine Omega-Killerin ist?* Das wäre wirklich eine außergewöhnliche Methode, um einen königlichen Rivalen auszuschalten.

Wenn ich mich für Politik und die Gebietsstreitigkeiten interessieren würde, würde ich ein ähnliches Konzept anwenden.

Aber ich hatte mich dazu entschieden, meine Macht innerhalb meiner eigenen Grenzen auszubauen. Zumindest für den Moment.

„Du hast meine Gebietsgrenze mit einem mickrigen Dolch zum Schutz überschritten", sagte ich grüblerisch und mein Interesse wuchs von Sekunde zu Sekunde. „Keine weise Entscheidung, Kleine."

„Ich bin nicht hergekommen, um jemanden zu verletzen", sagte sie mit fester Stimme, die der Kühnheit ihres verführerischen Blicks entsprach.

Das bleibt abzuwarten, dachte ich und musterte sie neugierig, als ich ihren Dolch einsteckte. „Warum bist du dann hierhergekommen?"

„Um um Asyl zu bitten", antwortete sie und zog die Kapuze von ihrem Kopf, um ihr schönes Gesicht zu enthüllen.

Sie hatte hohe Wangenknochen, die von der Wärme in meinem Palast rosa gefärbt waren, tiefschwarze Augen, eine freche kleine Nase und volle, sinnliche Lippen, sowie dunkles Haar, das über ihre schlanken Schultern zu fließen schien.

Ein mir bekannter halbmondförmiger schwarzer Diamant-Anhänger hing um ihren Hals.

Ich griff danach. „Quinn", murmelte ich. „Wie … Quinnlynn MacNamara?"

Das Aufblähen ihrer Nasenlöcher und ihr geschockter Blick bestätigten meine Vermutung, ebenso wie ihre vertrauten Gesichtszüge. Sie war das Ebenbild ihrer verstorbenen Mutter. Ich hätte sie in dem Moment erkennen müssen, als sie zu mir aufgeblickt hatte, denn ihre Schönheit war zu tiefgründig für irgendeine unbedeutende Wölfin.

Cillian fluchte. Lorcan kniff nur seine Augen zusammen.

„Ich schätze, du hättest die Kapuze abnehmen sollen", sagte ich im Plauderton, während ich aufstand und meine Hand ausstreckte. „Steh auf, Prinzessin. Und erzähl mir mehr über dein Asylgesuch." Ich sollte nicht darauf eingehen. Sie in meinem Territorium aufzunehmen, würde mich in den Mittelpunkt des Krieges stellen.

Einen Krieg, der seinen Höhepunkt erreicht hatte, als

die MacNamara-Dynastie gefallen war und eine Omega-Prinzessin und ein Königreich hinterlassen hatte, das viele Alphas für sich beanspruchen wollten – den *Blutsektor*.

Er war das Herz der V-Clan-Welt, mit gesicherten Grenzen und seinem Hightech-System im Untergrund.

Was mit Quinnlynns Eltern geschehen war, war eine Tragödie. V-Clan-Wölfe waren unsterblich, ähnlich wie unsere vampirischen Cousins, aber wir waren nicht unzerstörbar, wie Quinnlynns Eltern bei einem ungewöhnlich tragischen Unfall mit ihrem Jet hatten feststellen müssen.

Quinnlynn ignorierte meine Hand und stand selbständig auf, sie hielt ihren Kopf hocherhoben und majestätisch wie die Königin, die sie einmal werden sollte. „Ich will mein Schicksal selbst bestimmen."

Ich hob eine Braue. „Oh?" So funktionierte das nicht, aber ich würde nachsichtig mit ihr sein. „Klär mich auf, Kleines, auf welchen Teil deines Schicksals beziehst du dich?"

„Meinen Gefährten", antwortete sie. „Ich möchte meinen Gefährten selbst wählen."

„Und du willst, dass ich dies möglich mache?", fragte ich sie, amüsiert über die Aussicht. „Ich habe mich aus gutem Grund aus diesem Krieg herausgehalten, Kleines. Ich bin in meinem eigenen Gebiet zufrieden und habe kein Interesse daran, mich um den Blutsektor zu streiten."

„Und genau deshalb bin ich hier." Etwas Geheimnisvolles flackerte in ihren dunklen Augen auf, ein Wissen, von dem sie nicht wollte, dass ich es erfuhr. „Ich habe mich für dich entschieden."

In meinem Alter schockierte mich nur noch wenig, aber diese sechs Worte machten mich … sprachlos.

Ich hatte *nicht* damit gerechnet, heute Morgen eine süße kleine Omega in meinem Territorium vorzufinden, geschweige denn eine, die sich mir auf einem mit schwarzen Diamanten beladenen Tablett anbieten würde.

„Ich stehe nicht zur Wahl", erinnerte ich sie, wobei meine Stimme trotz der Überraschung, die in mir aufkeimte, auf wundersame Weise ruhig blieb. *Ist das eine Art Trick? Ein Spiel? Ein Ablenkungsversuch?* Ich warf Lorcan einen Blick zu, und er nickte, da er die Warnung in meinem Blick deutlich lesen konnte.

Er verschwand in einer Schattenwolke, wahrscheinlich, um unsere Grenzen erneut zu patrouillieren, denn das konnte nicht wahr sein.

„Deshalb bin ich hier", sagte sie mir. „Du bist nicht da draußen und tötest Unschuldige, nur um zu beweisen, wie groß dein Knoten ist. Ich will, dass dieser Krieg aufhört. Deshalb wähle ich dich."

Da waren sie wieder, diese Worte.

„Und wenn ich nein sage?", fragte ich mich laut und neigte meinen Kopf ein wenig zur Seite.

„Das wirst du nicht."

„Nicht?", wiederholte ich überrascht.

„Du bist vielleicht nicht aktiv in diesen Krieg involviert, aber du bist immer noch ein Alpha-Prinz. Der Blutsektor braucht einen König. Du kannst diesen Thron nicht ablehnen."

Ihr übertrieben selbstbewusstes Auftreten weckte in mir den Drang, sie nach vorn zu beugen, um ihr eine Lektion zu erteilen, die nur ein Alpha erteilen konnte. Das würde allerdings zu Sex führen.

Was dann sehr wahrscheinlich damit enden würde, dass ich sie für mich beanspruchte, denn alles an dieser Frau schrie danach, *erobert zu werden.*

Es lag nicht nur an ihrem royalen Blut – eine Essenz, die meine Eckzähne vor Verlangen schmerzen ließ –, sondern auch an ihrem selbstbewussten Auftreten.

Sie verhielt sich nicht wie eine Omega.

Sie verbeugte sich nicht, duckte sich nicht und bettelte nicht. Quinnlynn reckte ihr Kinn vor und stellte Forderungen. Was ihr gutes Recht war.

Omegas waren rar. Kostbare Juwelen. *Exquisite Diamanten.*

Und dieser hier strahlte heller als alle anderen.

„Ist das ein Trick?", fragte ich sie. „Eine Art Falle?"

„Wieso sollte ich dich in eine Falle locken?", fragte sie.

„Das ist keine Antwort, Kleine."

„Ich nehme an, das ist es nicht." Sie betrachtete mich einen Moment lang in Gedanken versunken. „Würde meine Zustimmung zu einem Verlobungsbund meine Aufrichtigkeit unter Beweis stellen?"

Meine Augenbrauen hoben sich. „Du gibst dein Leben so bereitwillig her?"

„Wenn das bedeutet, dass du meiner Bitte um Asyl zustimmst, dann ja."

„Aber du bittest mich nicht wirklich um Asyl, Quinnlynn. Du bittest mich, dein Gefährte zu werden und den Blutsektor zu übernehmen."

„Wo du mir innerhalb der Mauern meines Territoriums Asyl gewährst", antwortete sie. „Und mich vor dem Wahnsinn rettest, den dieser Krieg verursacht hat."

„Eine Flucht vor deinen Verehrern", schlussfolgerte ich. „Das ist es, worum du mich wirklich bittest."

„Ja. Ein Ausweg, um den Alpha-Prinzen zu entkommen. Ein *Ende* des Krieges."

„Hältst du mich für einen Helden?" Ich ließ meinen Blick über sie gleiten. „Du kommst ungebeten hierher und schlägst einem Alpha-Prinzen, den du kaum kennst, eine Verpaarung vor, nur weil er sich nicht an dem Kampf um deine Hand beteiligt hat. Das ist ziemlich dreist, Quinnlynn. Und naiv."

„Es ist eine Gelegenheit", konterte sie. „Eine mögliche Ablehnung ist das Risiko wert."

„Es geht um mehr als eine bloße Ablehnung, Quinnlynn." Ich machte einen einschüchternden Schritt auf sie zu und zwang sie, meinem Blick zu begegnen. „Ich könnte dich jetzt nehmen, dich für mich beanspruchen und deinen Sektor verkommen lassen. Das ist ein ziemlich großes Risiko, oder nicht?"

Sie betrachtete mich einen langen Moment, wobei sich das erste Anzeichen von Unsicherheit auf ihrem wunderschönen Gesicht zeigte. „Meine Alternative ist, diese Alpha-Prinzen unnötig in meinem Namen morden zu lassen. Ich würde eher alles, was ich habe, aufs Spiel setzen, um den Krieg zu beenden, als mich meinem Schicksal zu fügen."

„Oder du könntest dir einen von ihnen aussuchen", warf ich ein.

„Sie sind nicht würdig", knurrte sie.

„Aber ich schon?"

„Das hängt von deiner Antwort ab", entgegnete sie. „Wirst du mein Verlobungsgelübde annehmen?"

„Du verlangst viel mehr als nur meine Zustimmung, Kleines. Du willst, dass ich dich beanspruche *und* die Kontrolle über den Blutsektor übernehme. Und du scheinst zu glauben, dass dieses Verlöbnis den Krieg beenden wird, aber einige dieser Alphas werden deine Entscheidung nicht akzeptieren. Sie werden mich herausfordern."

Ihr Blick flackerte wieder, voller Geheimnisse, die ich fast auf meiner Zunge schmecken konnte.

Sie verbirgt etwas. Das steht außer Frage.

„Du wirst ihre Herausforderungen genießen", sagte sie.

„Du sprichst, als würdest du mich und meine Motive kennen", konterte ich und verengte meine Augen zu Schlitzen. „Was macht dich so sicher?"

„Sag mir, dass ich mich irre", sagte sie stattdessen.

Sie hatte nicht Unrecht. Umso mehr wollte ich ihre Beweggründe verstehen und erfahren, woher sie ihr Wissen über mich nahm. „Mit wem hast du gesprochen, Kleines?" Es war offensichtlich, dass ihr jemand Informationen über mich und mein Territorium gegeben hatte. Wie sonst hatte sie meine Grenzen überschreiten können?

Es erklärte auch ihre Zuversicht, dass ich ihr Angebot annehmen würde.

Und ihren Kommentar, wie ich auf eine Herausforderung reagieren würde.

Anstatt zu antworten, lächelte sie lediglich. „Nimm mein Angebot an. Dann erzähle ich es dir vielleicht."

„Wenn ich dein Angebot annehme, hast du keine andere Wahl", antwortete ich. Mich mit ihr zu paaren, würde mir vollen Zugang zu ihrem Geist geben.

Genauso wie es ihr ungehinderten Zugang zu meinem gewähren würde.

Was genau ihr Ziel sein könnte.

Eine Verpaarung würde sie allerdings ernsthaft benachteiligen – es würde sie zu *meiner* machen.

Mein, um sie zu ficken. Mein, um sie zu besitzen. Mein, um sie zu kontrollieren.

Eine gefährliche Verbindung für eine Omega.

Eine, die sie nicht freiwillig an einen Alpha abgeben sollte, schon gar nicht an einen mit meinen Vorlieben.

Irgendein schlecht informierter Mistkerl hatte diesem armen Mädchen erzählt, ich wäre ein Held.

Sie könnte sich kaum mehr irren, was meine Neigungen oder meine Wünsche im Leben anging.

Genoss ich eine anständige Herausforderung? Ja. Würde ich ihr Angebot annehmen und den Thron des Blutsektors beanspruchen? Natürlich. Aber würde ich der Märchenprinz sein, den sie sich wünschte? Der Held, den sie verdiente? Ganz sicher nicht.

Ich war kein weißer Ritter. Ich lebte am Rande der Finsternis. Blut war meine Währung und ich ging nur Geschäfte ein, von denen ich mehr profitierte als alle anderen.

Wenn diese Omega dachte, sie könnte mich in diesem Spiel schlagen, dann irrte sie sich.

Rarität hin oder her, ich würde sie vernichten.

Und das ließ ich sie in meinem Blick sehen, während ich auf sie herabstarrte.

Ich bin nicht dein Held, sagte ich ihr mit meinen Augen. *Ich bin ein Schurke. Ein verdammter Bösewicht.*

Sie erschauderte, aber hielt meinem Blick mit der Selbstsicherheit eines Alphas stand. *Du machst mir keine Angst*, schien sie zu sagen.

Das ist ein Fehler, Kleines, sagte ich ihr mit meinem Blick. „Das ist ein gefährliches Angebot, Prinzessin. Ich bin mir nicht sicher, ob du es dir gut überlegt hast. Deshalb gebe ich dir noch eine einzige Chance, es zurückzuziehen." Ich rückte noch näher an sie heran, bedrängte sie mit meiner uralten Energie und gab ihr einen Eindruck von der Macht, die unter meiner Haut vibrierte.

Ich bin alt.

Ich bin ein Alpha.

Ich werde dich brechen, wenn du mich wählst.

„Eine Chance", flüsterte ich düster. „Zieh das Angebot zurück, und ich werde dich persönlich zurück in dein Reich eskortieren und dich deinem Schicksal überlassen. Aber diese Chance läuft in sechzig Sekunden ab. *Wähle weise."*

LEXI C. FOSS

„Ich brauche keine sechzig Sekunden. Ich habe über mein Schicksal in dem Moment entschieden, als ich den Blutsektor in Richtung deines Territoriums verlassen habe. Ich wähle dich."

Ich schürzte die Lippen. „Eine unkluge Wahl", sagte ich, während mein Blick auf ihren Mund fiel. „Vor allem, falls ich herausfinde, dass das alles nur ein Art Trick ist." Was ich stark vermutete, aber wenn sie spielen wollte, würde ich mitmachen.

Schließlich war es schon lange her, seit mich etwas so fasziniert hatte.

Ich konnte genauso gut diese kleine Omega analysieren und ihre Geheimnisse entschlüsseln.

Sie schluckte und bestätigte damit noch mehr, dass sie ihre wahre Absicht für ihren kühnen Besuch verbarg. „Also haben wir eine Abmachung?"

Anstatt zu antworten, schob ich meine Hand unter den Stoff ihres Umhangs und legte sie in ihren Nacken. „Wie lange dauert es bis zu deinem nächsten Zyklus?"

Sie spannte sich an und ihr Puls pochte unter meinem Daumen, als ich einen sanften Kreis auf ihre Haut zeichnete.

„Das ist eine berechtigte Frage, *meine Auserkorene*, ja?", drängte ich. „Damit ich weiß, wann du meinen Knoten akzeptieren wirst? Und meine Zähne in deiner hübschen Kehle?" Sie war mit diesem törichten Plan zu mir gekommen und ich hatte ihr einen Ausweg geboten. Sie hatte ihn naiverweise abgelehnt, also schien es nur fair zu sein, ihr zu zeigen, worauf sie sich gerade einließ.

Vielleicht würde sie mich jetzt anflehen, es mir doch noch einmal anders zu überlegen.

Mich anflehen, ihr mein *Angebot*, das sie so leichtfertig von sich gewiesen hatte, noch einmal zu machen.

„In zwei Monaten", flüsterte sie, während sich ihre Pupillen weiteten.

„Und wie lange dauert dein Zyklus normalerweise?", fragte ich und mein Blick fiel wieder auf ihren köstlichen Schmollmund.

„Dreißig Tage", antwortete sie und schluckte schwer.

„Mmm", brummte ich. „Und möchtest du meinen Knoten vor unserer Hochzeitsnacht ausprobieren? Oder soll das eine Überraschung bleiben?"

Sie zitterte und ihr Selbstbewusstsein schwand unter der Kraft meines Griffs und der starken Energie, die zwischen uns anschwoll.

Jetzt verstehst du, dachte ich zufrieden. *Jetzt weißt du, warum es eine furchtbare Entscheidung war.*

„E-Eine Überraschung", stammelte sie.

„In Ordnung", murmelte ich und übte mit meinem Daumen gerade genug Druck auf ihren Hals aus, um gefährlich zu wirken.

Cillian begegnete meinem Blick über ihren Kopf hinweg. Wir kannten uns schon so lange, dass ein einziger Blick meine Bitte verriet.

Er senkte ehrfurchtsvoll das Kinn und verschwand, sodass ich endlich einen Moment mit meiner *Verlobten* allein sein konnte.

„Bist du dir immer noch sicher?", fragte ich. Meine Brust streifte die ihre, als ich die Lücke zwischen uns schloss.

„Ja", hauchte sie und überraschte mich damit. Ihre dunklen Augen trafen meine. „Ich wähle immer noch dich."

Zu welchem Zweck?, fragte ich mich und betrachtete ihr schönes Gesicht. „Du könntest diese Entscheidung eines Tages bereuen", warnte ich sie.

„Heute nicht", erwiderte sie und brachte mich zum

Grinsen.

„Der heutige Tag ist noch nicht vorbei, Prinzessin", gab ich zu bedenken und festigte meinen Griff um ihren Hals, während ich mein anderes Handgelenk zu meinem Mund führte.

Andere Alphas würden ihre Omegas an innovativeren Orten von sich trinken lassen.

Aber ich war altmodisch. Ich genoss das Werben. Ich wollte, dass sie mich aus den richtigen Gründen anflehte, nicht aus Angst oder Verzweiflung.

Sie hatte vielleicht etwas Übles im Sinn gehabt, als sie mich ausgewählt hatte …

Aber am Ende würde sie sich für mich entscheiden, weil sie mich mehr als alle anderen begehrte.

Ich versenkte meine Eckzähne in meinem Handgelenk und ließ Blut über meine gebräunte Haut fließen.

Quinnlynn leckte sich erwartungsvoll über die Lippen.

Anstatt mein Blut in den Mund zu saugen und es ihr mit meiner Zunge zu übertragen, streckte ich ihr lediglich mein Handgelenk entgegen. „Triff deine Wahl, Prinzessin." Wenn sie diese Verlobung wirklich wollte, würde sie mein Handgelenk aus eigenem Antrieb annehmen.

„Das habe ich schon", erinnerte sie mich und beugte sich vor, um sich ohne eine Sekunde des Zögerns an meiner Vene festzusaugen.

Ein Schluck meines Blutes würde das Verlobungsband schließen – eine Verbindung, die nur durch den Knoten eines anderen Alphas gebrochen werden könnte. Wenn ich sie während ihres Zyklus beißen würde, wären unsere Seelen für immer miteinander verbunden.

Dies war ein gefährlicher erster Schritt, denn er leitete den Paarungsprozess ein und ermöglichte es mir, ihre Energie zu spüren, während sie meine eigene absorbierte.

Weshalb ihre eifrige Zustimmung bestätigte, was ich bereits wusste.

Sie führt definitiv etwas im Schilde, dachte ich und fuhr ihren Nacken nach oben in ihr Haar, um sie mit dem Kopf an mein Handgelenk zu drücken, während die Magie die Luft um uns herum erwärmte. *Ich werde deine Geheimnisse entdecken, Kleines. Und dann werde ich dich in Blut bezahlen lassen, während ich dich bis zur Bewusstlosigkeit ficke.*

Sie konnte mich nicht hören.

Noch nicht.

Aber sie würde bald dazu in der Lage sein.

In zwei Monaten, wenn ich sie verknotet und beansprucht haben würde.

Während ihrer Hitze.

AKTUELLE ÄRA

LEIDER HATTE ich Quinnlynns köstliche Erregung noch nie kosten oder mich ihren Lustschreien hingeben können, denn weniger als einen Monat später war meine geliebte kleine Betrügerin spurlos in der Nacht verschwunden und mit ihr mein Blut und damit mein Verlobungsband.

Sie hatte mir in ihrer Abwesenheit die Verantwortung für den Blutsektor überlassen, während ich ihr über den ganzen Globus hinterhergejagt war.

Mehr als einhundert verdammte Jahre lang.

Aber jetzt hatte ich sie gefunden … meine hinterhältige, entflohene Braut.

Ah, meine süße kleine Wölfin. Unser Versteckspiel ist nun offiziell zu Ende.

Du gehörst jetzt mir.

Für immer und ewig.

Bereite dich darauf vor, zu bluten …

QUINN

BARILOCHE-SEKTOR
GEGENWART

KOMM SCHON, Savi, dachte ich. *Komm schon. Komm schon. Komm schon!*

Sie atmete nicht, ihre Kehle war von diesem verdammten X-Clan-Alpha zerdrückt worden, während er sie wie eine Sexpuppe verknotet hatte.

Er hatte sich mit einem Grunzen aus ihr zurückgezogen und meine Anwesenheit überhaupt nicht bemerkt.

Sie bemerkten mich nie.

Ich roch wie eine Beta, nicht wie eine Omega. Es war ein Duft, den ich perfektioniert hatte, bevor ich hierhergekommen war. Ein Duft, der mich schon tausende Male vor meiner Entdeckung bewahrt hatte.

„Komm schon", sagte ich laut, während ich meine Hand gegen Savis schlanken Hals presste, wobei meine Heilmagie mit jeder Sekunde schwächer wurde.

Ich hatte zu viel für Blanca aufgebracht, nicht ahnend,

dass sich Savi bald wieder in dieser Lage befinden würde.

Verdammt. Verdammt. Verdammt!

„Heile!", befahl ich so laut, wie es mir möglich war.

Die Alphas beachteten mich eigentlich nie, aber wenn sie wüssten, dass ich hier unten ihre Omegas heilte, würden sie erkennen, dass ich etwas ganz *anderes* war.

Sie wussten bereits, dass ich eine V-Clan-Wölfin war – dieser Teil meiner Natur ließ sich nicht verbergen. Allerdings gab es im Bariloche-Sektor viele übernatürliche Wesen, denn Alpha Carlos hatte eine Vorliebe für Omegas aller übernatürlichen Gattungen. Es war also nichts Besonderes, dass ich eine V-Clan Wölfin war, auch wenn es außer mir im Sektor keine anderen gab.

Wenn sie allerdings bemerkten, dass ich eine Omega war, würde ich in Schwierigkeiten geraten.

Dann wäre ich gezwungen, so schnell wie möglich durch die Schatten zu reisen.

Aber bis es so weit war, war ich entschlossen, so vielen Omegas wie möglich zu helfen.

Einschließlich Savi.

Mit einem leisen Knurren drängte ich noch mehr Energie in sie hinein und verlangte, dass ihre Lunge *arbeitete*.

Sie reagierte mit einem winzigen Keuchen, das mein Herz wie wild in meiner Brust klopfen ließ.

Und dann folgte Stille.

„Verdammt!"

Ich brauche mehr Kraft. Ich brauche mehr Energie.

Tränen stiegen mir in die Augen und das Versagen belastete mein Gewissen.

Nein. Nein. Nein.

Ich würde nicht aufgeben.

Ich würde sie heilen.

Ich musste es tun.

Ich … Ich konnte sie nicht einfach so sterben lassen. Nicht nach allem, was sie durchgemacht hatte. „Bitte, Savi. Bitte atme." Ich presste meine Lippen auf ihr Ohr. „Joseph ist am Leben. Ich kann ihn in deinem Blut spüren, in eurem Bund, in deiner *Seele*. Du musst überleben, um ihn zu finden. Um wieder gesund zu werden."

Ich hatte ihr das schon früher gesagt, aber sie war geistig schon so weit weg gewesen, dass sie mich kaum gehört hatte. Der Einzige, der ihren gebrochenen Geist wirklich heilen konnte, war Joseph.

Aber er war im Kerker von Alpha Carlos eingesperrt.

Ich war schon unzählige Male durch die Schatten in den Kerker geschlichen und hatte versucht, das knurrende Biest von einem Alpha mit meiner Magie zu heilen, aber Joseph war genauso gebrochen wie seine Gefährtin.

Verdammter Carlos, fluchte ich.

Ich wollte diesem Bastard die Kehle aufschlitzen, weil er das alles angerichtet hatte, aber er war nur die Spitze des sprichwörtlichen Eisbergs. Ja, er befehligte jeden in diesem gottverdammten Sektor, aber seine Lakaien waren nur allzu bereit, seine Drecksarbeit für ihn zu erledigen.

Das bedeutete, dass ich viel mehr als Carlos töten musste, um dieses Drecksloch zu befreien.

Es gab nicht viel, was ich tun konnte. Ich war hierhergekommen, um so viele Omegas zu retten, wie ich konnte. Das war vor vier Jahrzehnten gewesen.

Seither hatte ich nicht ans Gehen gedacht, weil es einfach so viele gab, denen ich noch helfen musste.

Omegas wie Savi.

Omegas wie Kari.

Mein Herz hämmerte bei dem Gedanken an Savis Schwester. Ich war nicht in der Lage gewesen, sie zu retten. Sie war als Hochzeitsgeschenk für Alpha Enrique in den Wintersektor geschickt worden.

Und sie war darüber erleichtert gewesen. Die beiden teilten einen besonderen Bund, der sie vor seiner Lust schützte. Enrique war Josephs Bruder, was ihn für Kari zu einer Art Familie machte. Nicht, dass er sich in der Öffentlichkeit je wie ein Schwager verhalten hätte.

Allerdings hatte ich ihn nie in der Brunft gesehen. Er nahm Kari immer nur in sein Zimmer mit, um für sie zu schnurren.

Noch mehr Geheimnisse, dachte ich. *Geheimnisse, für die ich im Moment keine Zeit habe.*

Weil ich Savi retten musste. Sie dazu zwingen musste, zu …

Ein vertrauter Energieschub lief meinen Rücken hinunter und ließ die Luft um mich herum erstarren.

Oh, nein … nicht jetzt!

Meine Hand erstarrte an Savis Hals, meine Erschöpfung ließ mir nur zwei Möglichkeiten. Das Weite suchen und Savi dem Tod überlassen. Oder bleiben und mich von *ihm* einfangen lassen.

Kieran O'Callaghans Anwesenheit überschwemmte mich wie eine heiße Welle wütender Macht und ließ mich vor Sehnsucht erzittern. *Mehr*, flüsterte meine Seele. *Ich brauche mehr.*

Es war mehrere Jahrzehnte her, seit sich unsere Seelen das letzte Mal berührt hatten.

Nuuk, dachte ich und erschauderte bei der Erinnerung. Damals in Grönland war er kurz davor gewesen, mich zu fangen und jedes meiner Geheimnisse zu lüften, die mir wichtig waren.

Geheimnisse, die er vielleicht schon kennt, flüsterte mir meine innere Stimme zu und erinnerte mich daran, warum ich geflohen war. *Geheimnisse, aus denen er vielleicht einen Nutzen ziehen könnte, sobald er dich findet.*

Zum Glück war ich entkommen, bevor er mich in die

Finger bekommen konnte.

Dann war ich in den Süden geflohen.

In den Bariloche-Sektor, wo ich seitdem geblieben war.

Vor unserer zufälligen Begegnung in Nuuk hatte es eine weitere in Atlanta gegeben, kurz nachdem die Infektion ausgebrochen war – ein Virus, der neunzig Prozent der menschlichen Bevölkerung in Zombies verwandelt und ausgelöscht hatte. Übernatürliche Wesen regierten seither die Welt.

Ich hatte mich mit einer Gruppe verängstigter Sterblicher versteckt, während ich mit einer anderen Omega die Logistik des Refugiums durchgegangen war. *Kyra.* Meine beste Freundin. Meine *einzige* Freundin.

Aber in dem Moment, in dem ich Kierans Macht gespürt hatte, war ich geflohen.

So wie die beiden Male zuvor.

Es fiel mir leicht, durch die Schatten zu wandeln.

Aber heute … heute konnte ich nicht durch die Schatten reisen.

Konnte mich nicht verstecken. Nicht nur wegen meiner Erschöpfung, sondern auch wegen Savi. Ich … Ich konnte sie nicht zurücklassen. „Du musst heilen", flüsterte ich und fügte mich meinem Schicksal.

Es war über einhundert Jahre her, seit ich mich mit Alpha Kieran verlobt hatte. Einhundert Jahre, seit ich ihm den Thron meines Königreichs überlassen und ihn zum Prinzen des Blutsektors ernannt hatte. Einhundert Jahre, seit ich ohne einen einzigen Blick zurück vor ihm weggelaufen war.

Ich schluckte und schloss die Augen, während ich jedes Quäntchen Energie, das ich besaß, in Savis reglose Gestalt fließen ließ. Kieran würde mich zur Abreise zwingen.

Zur Hölle, er würde mehr als das tun.

Er würde mich auf eine Weise bestrafen, an die ich

nicht einmal denken wollte.

Aber alles, was ich im letzten Jahrhundert erreicht hatte, war den Schmerz seiner Wut wert.

„Komm schon, Savi", flüsterte ich. „Wir haben nicht viel Zeit."

Ich konnte spüren, wie er sich näherte, seine dunkle Wolke der Macht wurde mit jeder Sekunde stärker. Sie streifte meine Haut wie eine Peitsche aus reiner Energie, versengte mein Inneres und ließ meine Seele vor Verlangen schmerzen.

Seine Anziehungskraft war nie das Problem gewesen.

Er war ein außergewöhnlicher Alpha, ein würdiger Gefährte, der meine innere Wölfin vor Erregung schnurren lassen wollte.

Mein Tier verstand jedoch weder die Politik, die hinter unserer Verlobung stand, noch die Möglichkeit, dass er sie verraten könnte.

Aber ich verstand es.

„Traue dem Alpha-Prinzen nicht. Nicht, bevor du die Wahrheit erfährst, mo stoirín."

Die letzten Worte meiner Mutter schwirrten mir auch jetzt noch durch den Kopf, die Erinnerung an meine Bestimmung lag wie eine Prägung auf meinem Herzen.

Ihre Warnung und mein Vermächtnis hatten mich immer geleitet.

Meine Verlobung mit Kieran hatte nie zu einer echten Verpaarung führen sollen.

Ich hatte seine seltene Gabe gebraucht. Seine Fähigkeit, zu *heilen*. Ich hatte sie durch das Band unserer Verlobung erworben, so wie die Stärkung meiner eigenen Kräfte, wie zum Beispiel meine Fähigkeit, beim Schattenwandeln unerkannt zu bleiben.

Der einzige Grund, warum er mich jetzt spüren konnte, war unsere Verbindung.

Das funktionierte nur, wenn wir uns in unmittelbarer Nähe zueinander befanden.

Ich versuchte, mir etwas von seinen Fähigkeiten zunutze zu machen – wenn er schon hier war, konnte ich ihn auch benutzen – um Savi zu helfen. Aber er schien eine Mauer zwischen uns errichtet zu haben. Nahm mir die Fähigkeit, Energie von ihm zu absorbieren.

Na schön, dachte ich und biss die Zähne zusammen. *Das habe ich verdient.*

Ich hatte ihn einen Monat vor meinem Zyklus verlassen und ihm die große Verantwortung aufgebürdet, den Blutsektor in meiner Abwesenheit zu führen.

Gut, ich hatte viel mehr als das getan.

Ich hatte ihn auf die schlimmste Weise betrogen, indem ich geflohen war, bevor er unsere Paarung hatte vollziehen können. Wahrscheinlich hatte er sich in meiner Abwesenheit einen Harem zugelegt, um seinen Knoten zu befriedigen.

Mein Kiefer krampfte sich bei diesem Gedanken zusammen.

Ich würde es ihm nicht übelnehmen.

Vielleicht hatte er jemanden gefunden, den er bevorzugte, und würde mich aus der Verlobung entlassen.

Das wäre eine angemessene Strafe. Natürlich würde er dadurch den Blutsektor verlieren. Denn meine Blutlinie übertrumpfte seine, das stand außer Frage, auch wenn ich seine Fähigkeiten für weitaus mächtiger hielt als meine eigenen.

Alle Wölfe des V-Clans verfügten über einzigartige übernatürliche Fähigkeiten, dank der Magie, die durch ihre Adern floss.

Und Kierans Macht war beeindruckend, wie die der meisten königlichen Familien, aber ich war eine MacNamara.

Die einzige Erbin der Diamant-Dynastie.

Mein Vater war der mächtigste Alpha aller Zeiten gewesen. Sein Blut floss durch meine Adern. Ich war vielleicht nicht in der Lage, all diese Fähigkeiten aufzurufen, aber wahrscheinlich würde mein Nachkomme dazu in der Lage sein.

Genau *das* war es, was mich für die Alphas meiner Art so wertvoll machte.

Meine Gebärmutter.

Irgendetwas sagte mir, dass das nicht ausreichen würde, um mich vor Kierans Art der Bestrafung zu schützen. Er schien mir nicht der „Ich will jetzt Welpen"-Typ zu sein, im Gegensatz zu einigen anderen Alphas unserer Art.

Während ich vergeblich versuchte, Savi zu retten, dachte ich an all die Möglichkeiten, wie Kieran mich verletzen konnte. Mir lief die Zeit davon. Seine Essenz wurde mit jeder Sekunde stärker, sein Fokus auf meiner Energiesignatur war klar und entschlossen.

Es würde nicht mehr lange dauern.

Ich konnte ihn praktisch schon in der Luft schmecken.

Ich spürte, wie sich seine Wärme wie ein Umhang der Finsternis um mich legte.

Ich spürte seinen Zorn wie eine Peitsche für meine Sinne.

Seine Schritte flüsterten über die glatten Steine der unterirdischen Gänge, seine Anwesenheit war ein dunkler Schatten, der das wenige Licht um mich herum auszulöschen schien.

Er hielt inne, um etwas zu murmeln, das ich nicht ganz verstehen konnte. Auf der Stelle standen mir die Haare auf meinen Armen zu Berge. Dies war meine letzte Chance zu verschwinden, aber Savis Zustand hielt mich gefangen.

Ihre Lungen blähten sich unter meinem letzten

Energiestoß ein wenig auf und ihre Lippen öffneten sich, als sie ruckartig einatmete.

Atme weiter, rief ich ihr mental zu und drängte eine weitere Welle meiner schwindenden Energie in sie hinein. *Bitte, Savi …*

Kieran setzte sich wieder in Bewegung, sein minziger Duft umspielte mich fordernd. *Mein,* schien sein Wolf zu sagen. *Du bist mein.*

Wenn ich jetzt schattenwandeln würde, würde er mir folgen und seine Kraft würde sich wie eine scharfe Klaue in mich einhaken, während er meiner Wölfin befehlen würde, sich zu fügen.

Beinahe wäre mir ein Wimmern entwichen, aber ich weigerte mich, mich zu ergeben. Savi bedeutete mir zu viel. Ihr Leben war wichtig. Kostbar. Sie verdiente etwas viel Besseres als dieses Schicksal.

Ich ließ meine Hand zu ihrem Herzen gleiten, drängte mehr Energie in sie hinein und versuchte mein Bestes, ihr alles zu geben, was ich noch hatte, bevor es zu spät war.

Kieran betrat den Raum.

Ich sah seinen dunklen, intensiven Blick, kein Lächeln, nur einen ernsten Gesichtsausdruck und eine einschüchternde Aura, die mir die Knie schlottern ließ, weil ich mich fügen wollte.

„Hilf mir", flehte ich ihn an. Seine Energie war stark und züngelte um ihn herum wie ein Leuchtfeuer der Hoffnung. „Bitte hilf mir zuerst, sie zu heilen." Alles, was ich von ihm brauchte, war ein kleiner Anstoß, ein warmer Hauch seiner Lebenskraft, den ich direkt in ihre leere Hülle drängen konnte.

„Du hast meine Ankunft gespürt", murmelte er und ignorierte meine Bitte.

Ich nickte, seinem Willen hilflos ausgeliefert. *Ich bin ihretwegen geblieben,* hätte ich fast gesagt. *Ich bin geblieben, um sie zu retten*, aber das laut zuzugeben, würde eine Schwäche preisgeben, die er ausnutzen könnte.

Und ich würde mir nie verzeihen, wenn er Savi zur Strafe töten würde.

„Du hast dich entschieden, nicht zu fliehen", stellte er fest und sein mitternächtlicher Blick glitt von mir zu Savi, während er ihren prekären Zustand begutachtete. „Du hast ihr Leben über dein eigenes gestellt."

Ich sammelte mehr Energie, doch meine Reserven waren aufgebraucht, abgesehen von einem kleinen Flackern, das immer wieder versuchte, meinen Geist aufzutanken. Mit einem Nicken als Antwort an Kieran sandte ich einen letzten Stoß meiner Energie in Savis Brust, drängte noch einmal alles in mir nach außen und flehte sie stumm an, *zu atmen*.

Aber alles, was sie mir gab, war ein weiteres schwaches Einatmen.

„Bewundernswert." Dieses sanft gesprochene Wort legte sich wie eine Schlinge um meinen Hals, als Kieran nach meinem Handgelenk griff, um mich von Savi wegzuziehen.

„Kieran, bitte." Ich war zu erschöpft, um die Emotionen aus meinem Tonfall herauszuhalten. *Ich bin gescheitert. Sie wird sterben, weil ich sie nicht retten konnte.*

„Es wäre eine angemessene Strafe, wenn du zusehen müsstest, wie sie stirbt", teilte er mir in einem samtigen Ton mit, der sich um mein Herz schloss und es *zusammendrückte*.

Ein Flehen stieg in meiner Kehle auf, und mein Inneres zerfiel im Sog dieser tödlichen Drohung zu Staub.

Aber ein Blick in Kierans dunkle Augen hielt mich gefangen.

Ich war nicht in der Lage, zu verhandeln.

Sein Wille übertrumpfte meinen eigenen.

Seine Dominanz zwang mich zur Unterwerfung.

Seine gewünschte Strafe würde mein Schicksal besiegeln, egal wie sehr ich betteln würde.

„Du hast Glück, dass ich nicht so grausam bin", murmelte er. Sein Griff um mein Handgelenk wurde fester, während er seine andere Hand auf Savis Brust legte.

Unendliche Energie stieg um uns auf, als er seine überlegene Fähigkeit einsetzte, die kühle Luft war plötzlich warm und voller *Leben*. Mein Atem stockte und mein Herz pochte wild in meiner Brust als Reaktion auf das Schauspiel seiner rätselhaften Macht.

Savis Lippen öffneten sich, als sie tief durchatmete, und das Geräusch trieb mir Tränen in die Augen.

Er rettet sie. Er rettet sie wirklich.

Und er hielt sich nicht zurück.

Er gab ihr alles, was sie zum *Gedeihen* brauchte.

Ich starrte ihn mit einer Mischung aus Schock und Dankbarkeit an, denn sein Wohlwollen war ganz und gar nicht das, was ich in dieser Situation von ihm erwartet hatte. Am liebsten wäre ich auf die Knie gefallen und hätte zu ihm gebetet. Wollte mich seiner Autorität beugen. Mich … *unterwerfen*.

Aber sein Griff um mein Handgelenk machte jede Bewegung unmöglich.

Er wob eine Art Zauber um mich, der mir jegliche Bewegungsfreiheit nahm und mich zwang, an Ort und Stelle zu bleiben, sodass ich nicht schattenwandeln konnte. Er hielt mich in diesem Tunnel gefangen. Band mich *an sich*.

Ich könnte dagegen ankämpfen.

Mich aus der Umklammerung befreien, durch die Schatten wandeln und ihn auf eine Verfolgungsjagd durch den ganzen Bariloche-Sektor und in die Anden schicken.

Doch ich würde damit Savis Leben aufs Spiel setzen.

Ich würde alles riskieren, was ich hier geschaffen hatte.

Und ich war das Versteckspiel so *leid*.

„Hmm", brummte er und blickte auf Savi hinunter. „Das musst Karis Schwester sein."

Meine Augenbrauen hoben sich. *Er kennt Kari? Woher?*

Aber ich hatte keine Zeit, zu fragen, bevor sich eine andere Präsenz im Tunnel bemerkbar machte. *Lorcan.* Einer von Kierans Elite.

Natürlich war er mit Kieran hierhergekommen.

Es spielte keine Rolle, dass der Alpha auf sich selbst aufpassen konnte; seine kleinen Bodyguards weigerten sich, von seiner Seite zu weichen.

Lorcan und Cillian.

Ich hatte sie seit über hundert Jahren nicht mehr gesehen, aber ich erinnerte mich genau an sie.

Lorcan und sein einschüchterndes Schweigen.

Cillian und seine charmante Fassade.

Beide waren sehr gefährlich und sie waren zwei der größten Bedrohungen, denen ich je begegnet war. Nur ihr Anführer übertrumpfte sie.

„Schickt die hier in den Andorra Sektor", sagte Kieran. „Sie muss weiter behandelt werden."

Andorra Sektor?, hätte ich beinahe gefragt.

Aber Lorcan trat bereits nach vorn, hob Savi in seine Arme und drückte sie mit einer Zärtlichkeit an seine Brust, die ich bei dem großen Alpha nicht vermutet hätte.

Dann löste er sich in den Schatten auf und ich blinzelte Kieran verwirrt an.

„Hallo, Quinnlynn. Ich bin dieses Versteckspiel langsam leid, du nicht auch?", fragte Kieran beiläufig und ging nicht weiter darauf ein, dass er gerade Savi das Leben gerettet hatte.

Immer so ruhig und gelassen, dachte ich und atmete tief durch.

„Ich weiß nicht", antwortete ich unbekümmert und ließ mich auf sein Spiel ein. Wenn er so tun wollte, als hätte er mich nicht in einem Kerker voller Omega-Sklaven gefunden, wäre ich die Letzte, die ihn darauf hinweisen sollte, oder? „Du hast diesmal ein paar Jahrzehnte gebraucht, also denke ich, ich werde besser." Im Weglaufen und Verstecken, meinte ich. „Sollen wir es dieses Mal auf ein Jahrhundert ausweiten?"

Sein darauffolgendes Lächeln war arrogant und wölfisch. „Nein, kleine Betrügerin. Du hast dich versteckt, und ich habe dich gefangen." Er zog mich in seine Arme und sein Blick hielt den meinen in seinem Bann. „Das Spiel ist vorbei, Prinzessin. Ich habe gewonnen. Jetzt ist es Zeit, nach Hause zurückzukehren. Wieder einmal."

„Klar", antwortete ich. „Sobald du mir erklärt hast, warum du Savi in den Andorra Sektor geschickt hast."

„Du denkst, du kannst mir Befehle erteilen, Kleines?" Er klang fast amüsiert.

Er gab mir jedoch keine Gelegenheit zu antworten, sondern packte mich und nutzte seine Schattenwandler-fähigkeiten, um ungesehen aus dem Kerker zu dem draußen wartenden Jet zu gelangen.

Bei der Vorstellung, einen vom Blutsektor gesandten Jet zu betreten, gefror mir das Blut in den Adern. Eine völlig unpassende Reaktion. Ein Relikt der Vergangenheit. Von der *Angst* angetrieben, was bei einem Absturz passieren könnte.

Oder bei einer Explosion, dachte ich wie betäubt.

Falls Kieran meine Reaktion bemerkte, ignorierte er sie. Seine kraftvolle Energie umhüllte uns erneut und er brachte uns direkt in das Schlafzimmer des Jets.

„Ausziehen", sagte er. „*Jetzt.*"

KIERAN

Quinnlynns Angst erstickte meine Sinne, wodurch mir fast noch schwindeliger wurde als von ihrem furchtbaren Parfüm. Ich wollte sie sauber schrubben, diesen Schmutz von ihrer Haut entfernen und ihr ihren diamantartigen Glanz zurückgeben.

Sie sollte nicht so schwach sein.

So schmutzig.

So *gebrochen*.

Ihre Bewegungen waren ruckartig, als sie meiner Aufforderung nachkam. Ihre Wölfin wimmerte unter meinem Alpha-Zwang.

Ja, ich benutzte ihn bei ihr, um sie zur Unterwerfung zu zwingen.

Und nein, ich hatte kein schlechtes Gewissen.

Meine abtrünnige Verlobte war über einhundert Jahre lang vor mir geflohen und hatte mir in ihrer Abwesenheit die Verwaltung ihres Reiches aufgebürdet, während sie mich auf eine Verfolgungsjagd durch die Sektoren geschickt hatte.

Das endete hier und jetzt.

Denn ich hatte sie heute endlich erwischt.

Und sie würde mir ganz sicher nicht noch einmal entkommen.

Ich hüllte sie etwas fester in meine Macht ein, damit sie nicht wieder in den Schatten verschwinden konnte.

Ich hatte ihr schon einmal vertraut, ihr erlaubt, mich an meinem Knoten herumzuführen, obwohl ich gewusst hatte, dass sie etwas vor mir verbarg.

Dass sie einfach so verschwinden würde, hatte ich nicht erwartet.

Allein der Gedanke daran machte mich wieder wütend. Es war ein Albtraum gewesen, allein in einem viel zu ruhigen Sektor aufzuwachen.

Zuerst hatte ich gedacht, sie wäre entführt worden. Es hatte fast fünf Jahre der Jagd durch die V-Clan-Sektoren gebraucht, um zu erkennen, dass sie nicht verschleppt worden, sondern *geflohen* war.

Damit hatte die eigentliche Jagd begonnen.

Ich hatte sie zweimal aufgespürt, aber meine diebische, kleine Betrügerin war jedes Mal genauso schnell verschwunden, wie ich sie aufgespürt hatte.

Dann war die Infektion ausgebrochen.

Ich hatte mir unnötig Sorgen um Quinnlynn gemacht und mich gleichzeitig völlig machtlos gefühlt. Was für ein Alpha verlor seine Auserkorene, die ihn selbst ausgewählt hatte?

Sie nicht beschützen zu können, war schon schlimm genug gewesen, aber die damit verbundene Schwäche hatte mich fast entmannt.

Es war eine vertrackte Kombination aus Gefühlen – Enttäuschung über mich selbst als Anführer und Gefährte, Wut gegenüber meiner Omega, weil sie weggelaufen war, Sorge um ihr Wohlergehen und *Stolz* auf ihre Fähigkeit, mich überlisten zu können.

Selbst jetzt, als sie sich unter meinem Befehl

entkleidete, war ich hin- und hergerissen, ob ich ihr den Arsch versohlen oder sie bis zur Bewusstlosigkeit ficken sollte.

In meinem ganzen verdammten Leben hatte ich mich noch zu keinem einzelnen Wesen so sehr hingezogen gefühlt, während ich gleichzeitig so wütend gewesen war.

Sie schluckte, spürte eindeutig meine widersprüchlichen Gefühle.

Vielleicht störte es aber auch ihre Sinne, dass sie in einem Jet saß.

Wenn ich mit ihr fertig wäre, würde sie an nichts außer mir denken können. Sie würde sich ausschließlich auf mich konzentrieren. Auf *uns*.

Sie ließ ihre Jeans an ihren Beinen hinuntergleiten, bevor sie ihre schmutzigen Schuhe auszog. Ich wollte sie fragen, wie sie in Carlos' kleinem Spielcamp gelandet war und warum sie nicht in den Schatten verschwunden war und sich aus dem Staub gemacht hatte. Ich wollte sie fragen, ob es ihr im Bariloche-Sektor wirklich so viel mehr Spaß gemacht hatte als das Vergnügen, das ich ihr zu Hause hatte bieten wollen.

Verdammt, ich wollte sie tausend verschiedene Dinge fragen.

Genauso wie ich mich danach sehnte, tausend verschiedene Dinge *mit ihr* zu tun.

Aber ich musste zuerst sicherstellen, dass es ihr gut ging. Allein die Berührung ihres Handgelenks hatte mir viel über ihren derzeitigen Zustand verraten. Sie hatte all ihre Energie darauf verwendet, Savi zu heilen, doch ihr Schmerz und ihr Leiden reichten noch tiefer.

Ich konnte die Giftstoffe in ihrem Blut praktisch schmecken, zusätzlich zu diesem verwirrenden Parfüm.

Ihre Kleider auszuziehen, half auch nicht. Sie stand einfach nur nackt vor mir und es fühlte sich komplett falsch an. Mein Wolf knurrte innerlich, wütend über ihren derzeitigen Zustand.

Wie konnte sie sich auf diese Weise erniedrigen?

Wie hatte ich das nur zulassen können?

Ich fühlte mich mangelhaft. Gebrochen. *Betrogen.* Sie in diesem Zustand zu sehen, drohte über tausend Jahre Selbstbeherrschung zunichtezumachen.

Denn ich fühlte mich dadurch *schwach.*

Ich legte meine Hand in ihren Nacken und schickte eine Explosion heilender Energie durch sie hindurch. Sie musste sich erneuert fühlen, sie musste sich *geheilt* fühlen.

Sie keuchte, ihr Rücken beugte sich und ihre Brüste stießen gegen meinen Oberkörper.

Mein König, flüsterte Cillian in meinen Geist. Es war seine Gabe der Telepathie, die er nicht oft bei mir einsetzte, da er wusste, dass ich das Gefühl einer anderen Stimme in meinem Kopf verabscheute. *Verzeiht die Störung, aber wir warten auf Euren Befehl.*

Sind alle Omegas in Sicherheit?, fragte ich.

Ja.

Und Carlos' Anwesen?

Derzeit wird es von Ander, Sven und den anderen X-Clan Alphas zerstört, berichtete Cillian. *Ich habe außerdem alle Fallen vernichtet, die auf sie gewartet hätten. Es wird keine weiteren Unfälle geben.*

Ich schnaubte bei der nicht ganz so subtilen Anspielung auf die Tatsache, dass Alpha Sven kurz nach unserer Ankunft auf eine Landmine getreten war.

Die Wölfe des X-Clans konnten in einigen Bereichen sehr nützlich sein, aber sie waren äußerst ungeschickt, wenn es darum ging, ihre Umgebung im Auge zu behalten.

Vielleicht war meine Sicht durch meine übernatürlichen Fähigkeiten etwas verzerrt.

Den Rest können sie ab jetzt selbst erledigen, fuhr Cillian fort. *Sie werden die Omegas in mehreren Jets transportieren müssen, also werden sie vielleicht den einen oder anderen Gefallen einfordern.*

Wenn sie das tun, dann gib ihnen, was sie verlangen, antwortete ich und gab ihm die volle Befugnis zur Kooperation. Das war nicht unsere übliche Vorgehensweise, aber ich machte aufgrund der Umstände unseres kleinen Ausflugs in den Bariloche-Sektor eine Ausnahme.

Als mich Omega Riley, eine alte Freundin aus der Anfangsphase der Ära der Infektion, um einen Gefallen gebeten hatte, hatte ich aus Neugierde zugesagt. Sie hatte behauptet, es gäbe eine Omega-Wölfin, die sie nicht heilen könnte.

Ihre Verzweiflung über die Situation hatte mich dazu gebracht, in einen Jet zu steigen.

Wie sich herausgestellt hatte, war das ganze Treffen eine Fügung des Schicksals gewesen, denn die Omega, die geheilt werden musste, war Kari. Und Kari kannte meine Quinnlynn.

Das hatte mich und meine Elitemänner hierhergeführt.

Wir hatten den X-Clan-Alphas geholfen, den Bariloche-Sektor zu infiltrieren, um Carlos und seine Generäle auszuschalten. Vor allem, damit ich Quinnlynn finden konnte, aber auch, weil es das Richtige war.

Die Erinnerung veranlasste mich, in Gedanken hinzuzufügen: *Wenn eine der Omegas meine Art der Heilung braucht, lass es mich wissen. Ich werde tun, was ich kann.*

Ich werde es Omega Riley wissen lassen, mein König.

Gut. Wir sind bereit zum Abflug, Cillian.

Ja, Majestät.

Das Triebwerk heulte auf, während ich Quinnlynn weiterhin festhielt und ihre Reaktion auf den Start des Jets spüren konnte. Sie zitterte wie Espenlaub. *Ich muss mich auf meine abtrünnige Verlobte konzentrieren,* sagte ich mit einem Seufzer zu Cillian.

Wir sind für Euch da, wenn Ihr uns braucht, war seine Antwort.

Daraufhin herrschte Schweigen, sodass ich Quinnlynn meine ungeteilte Aufmerksamkeit schenken konnte, während sich der Jet in die Luft erhob.

Ihre Augen weiteten sich.

„Die Technik hat sich in den letzten hundert Jahren stark verbessert", murmelte ich. „Es wurde unter anderem die Sicherheit erhöht."

Vielleicht würden wir später Gelegenheit haben, über die Tarnkappentechnologie in unserer Flotte zu sprechen.

Aber nicht jetzt, denn ich spürte, wie schwach sie geworden war.

Es war ein Wunder, dass sie noch hatte stehen können, nachdem sie so viel Energie in Savis verletzten Körper übertragen hatte.

Quinnlynn schwankte und ihr Puls beschleunigte sich im Takt des Jets.

„Bist du in letzter Zeit mal geflogen?", fragte ich neugierig.

„Seit mehreren … Jahrzehnten nicht mehr", murmelte sie und ihre Lider flatterten.

Ich fing sie auf, als ihre Knie nachgaben und der Schrecken ihre letzten Energiereserven aufzehrte, während der Jet senkrecht auf die Wolken zusteuerte.

Es waren keine Start- und Landebahnen mehr erforderlich, aber es war etwas gewöhnungsbedürftig.

Wahrscheinlich hätte ich Quinnlynn anschnallen sollen, denn inzwischen war nur noch das Weiß ihrer Augen zu sehen.

Ich hob sie in meine Arme und trug sie zum Bett. Durch das jahrzehntelange Reisen im Jet fiel es mir leicht, das Gleichgewicht zu halten. Meine tierische Seite half mir dabei, denn der Gleichgewichtssinn war ein angeborener Teil von mir, den ich mein Leben lang geschätzt hatte.

Ich bemerkte die Veränderung in der Luft kaum, aber Quinnlynn tat dies auf jeden Fall.

Ich legte sie auf die Matratze und bettete ihren Kopf auf das Kissen. „Du brauchst ein Bad, Kleines", sagte ich zu ihr.

Da sie das Bewusstsein verloren hatte, konnte sie mich genau genommen nicht hören.

Damit war jedes Gespräch erst einmal hinfällig.

Seufzend streckte ich mich neben ihr auf dem Bett aus und stützte mich auf einem Ellbogen ab, um mit meiner anderen Hand die Heilung fortzusetzen.

Sie war stark unterernährt.

Viel zu dünn, an der Grenze der Auszehrung.

Das Parfüm befleckte ihren eigenen, süßen Duft.

Und diese Unterdrückungsmittel, dachte ich und spürte das Gift, das durch ihre Adern floss. „*Verdammt*, Quinnlynn", knurrte ich, wütend über den Geschmack, den es in meinem Mund hinterließ. „Was zum Teufel hast du angestellt?"

Ihr Inneres war ein einziges Durcheinander, ihre Seele bis zur Unkenntlichkeit gebrochen.

Es würde Tage dauern, bis sie richtig geheilt wäre, angefangen bei ihrer aufgebrauchten Energie.

„Oh, kleine Betrügerin", seufzte ich. Ich legte meine Hand über ihren Unterleib und beschäftigte mich mit dem Schaden, den sie sich selbst zugefügt hatte.

V-Clan-Wölfe heilten von Natur aus schneller als andere Wölfe. Wir waren unsterblich, aber sie hatte sich etwas sehr Unnatürliches in ihre Venen gespritzt. *Und* sie hatte sich mit giftigen Düften eingesprüht und offensichtlich ihre gesamte Energie dafür verbraucht, alle anderen, aber nicht sich selbst, zu heilen.

„Es ist, als würdest du dem Tod den Hof machen", flüsterte ich. Diese Vorstellung machte mich wütend und traurig zugleich, doch ich konnte ihren Willen spüren, ihre kämpferische Ausstrahlung und ihr verzweifeltes Bedürfnis, zu überleben.

Es ging also nicht um Selbstverletzung.

Es ging ums Überleben.

Ich verstand einfach nicht, was sie zu solchen Extremen gezwungen hatte.

„Du hättest aus dem Bariloche-Sektor fliehen können, lange bevor ich dich dort gefunden habe." Ich betrachtete ihr blasses Gesicht. „Du hast dich entschieden, zu bleiben, und es scheint, als wärst du schon eine Weile dort gewesen. Warum? Um dort den Omegas zu helfen?" Es war eine Vermutung, basierend auf dem, was ich bei meiner Ankunft gesehen hatte.

Die umfangreichen Wunden an ihrem Körper und ihrem Geist ließen darauf schließen, dass sie das schon seit geraumer Zeit getan hatte.

Jahrzehnte?, fragte ich mich. Sie hatte gesagt, es sei Jahrzehnte her, seit sie das letzte Mal in einem Flugzeug geflogen war.

Wie viele Jahrzehnte?

Und war sie die ganze Zeit hier gewesen?

Ich hatte nie daran gedacht, hier nach ihr zu suchen, denn keine Omega begab sich freiwillig in den Bariloche-Sektor.

Natürlich war Quinnlynn keine normale Omega.

Ich führte meine Hand mit klinischen Bewegungen nach oben zu ihrem Brustbein, um ihren Herzschlag zu kontrollieren. Sie erschauderte, als ich einen Energiestoß in sie hineinsandte. Mein Bedürfnis, sie zu heilen, übertraf mein Verlangen, sie zu bestrafen.

Sie hatte eindeutig die Hölle durchgemacht.

Die Erkenntnis reichte nicht aus, um meine Wut zu besänftigen, aber sie milderte sie für den Moment.

Ich würde sie zuerst heilen. Dann würde ich die Situation neu bewerten und die nächsten Schritte beschließen.

Allerdings würde ich auch eine Art Leine benutzen müssen, um zu verhindern, dass sie wieder in den Schatten verschwand.

Ein grausamer Mechanismus, aber notwendig, denn ich würde nicht noch einmal riskieren, dass meine Omega weglaufen würde.

„Du gehörst mir", sagte ich ihr, auch wenn ich mir der Tatsache bewusst war, dass sie mich nicht hören konnte. „Und dieses Mal wirst du mir nicht entkommen."

Ich hatte meine Lektion gelernt.

Und bald würde sie auch ihre Lektion bekommen.

Aber nicht heute Abend.

Ich presste meine Hand gegen ihre Brust und erzeugte einen stetigen Strom von Lebenskraft, um den Heilungsprozess ihrer Seele einzuleiten.

Wenn ich sie unablässig geballter Energie aussetzen würde, wäre sie schneller geheilt, aber das wäre eine schmerzhaftere Methode.

Durch den stetigen Energiefluss wurde die Heilung fortlaufend sichergestellt und sie würde sich wohlfühlen. Das hatte sie wahrscheinlich nicht verdient, aber ich weigerte mich, sie leiden zu lassen.

„Weil ich nicht grausam bin", sagte ich und wiederholte meine Worte von vorhin. „Zumindest nicht mit dir." So wütend ich auch auf das alles war, ich konnte sie nicht foltern.

Ich entspannte mich neben ihr und versetzte sie in einen tieferen Schlaf, denn es war klar, dass sie sich in letzter Zeit nicht viel oder gar nicht ausgeruht hatte.

„Meine umherirrende kleine Gefährtin", murmelte ich und betrachtete ihr Profil. „Wenn du aufwachst, werden wir ein ernstes Gespräch über die richtige Fürsorge führen, und dann werde ich dir zeigen, was es bedeutet, mir zu gehören." Ich fuhr mit dem Daumen an ihrem Schlüsselbein entlang. „Es wird mir Spaß machen, dich vor mir knien zu sehen."

Genauso, wie ich es genießen würde, für sie zu knien.

Aber das würde erst später kommen, vorausgesetzt, es würde mir gelingen, meine abtrünnige Verlobte zu bändigen.

Ich lächelte. „Du hast mir einmal gesagt, dass ich der Typ bin, der eine gute Herausforderung zu schätzen weiß." Ich beugte mich vor und drückte meine Lippen auf ihre Wange, bevor ich meine Nase an ihrer Haut entlang zu ihrem Ohr strich. „Nun, Kleines. Ich glaube, du könntest meine liebste Herausforderung von allen sein."

Meine Handfläche wurde warm, als ich mehr Energie in ihre Brust entsandte.

Dann entspannte ich mich wieder neben ihr und seufzte.

„Schlaf gut, Prinzessin. Für das, was kommt, wirst du jedes Quäntchen Kraft brauchen, das ich dir gebe."

Denn ich beabsichtigte, sie auf die beste Art und Weise zu zerstören ... indem ich sie wirklich zu meiner Gefährtin machte.

QUINN

Iᴄʜ sᴄʜʀᴀᴋ ᴢᴜsᴀᴍᴍᴇɴ, als ich erwachte, da mein Körper vor Magie kribbelte.

Sie wärmte mein Blut und ließ mich förmlich schweben. *Himmlisch.* Ich seufzte, genoss die Wärme und ließ zu, dass sie mich in einen Zustand extremer Behaglichkeit versetzte.

Bis ich begann, die Quelle zu hinterfragen.

Was passiert hier?, fragte ich mich benommen. Meine Gedanken waren in einer gleichmütigen Wolke gefangen und entglitten mir für einen Moment, bevor ich mich an die Frage erinnerte.

Es war eine seltsame Art von Zufriedenheit, die von einem Hauch der Verwirrung abgelöst wurde, bevor ich wieder in einem beruhigenden Meer ertrank.

Rein und raus.

Auf und ab.

Ich seufzte.

Was ist los?

Wo bin ich?

Glücklich.

Zufrieden.

Ich seufzte erneut.

Ich versuchte, ins Bewusstsein zurückzukehren, aber eine weitere Energiewelle entspannte mich und so ging es immer weiter.

Es war ein Kampf, den ich nicht ganz verstand, denn in dem Moment, in dem ich begann, etwas Wichtiges zu verstehen und mich daran festzuklammern, verschwand es wieder in einem Meer von beruhigender Kraft.

Meine Nasenlöcher blähten sich auf und ich atmete eine Mischung aus Minze und Mann ein ... eine Kombination, die mich sofort beruhigte. *Sicher,* schnurrte meine Wölfin. *Ich bin sicher.*

Aber irgendetwas an diesem Gedanken nagte an mir. Ich war seit über einhundert Jahren nicht mehr sicher gewesen. Warum verspürte ich plötzlich dieses Gefühl?

Wo bin ich?, fragte ich mich zum tausendsten Mal.

Endlich schaffte ich es, meine Augen zu öffnen und sah einen Baldachin aus dunkler Seide über mir.

Ein Bett. Ich schluckte, als ich die auffallenden Pfosten und die obsidianfarbenen Kerben an den dunklen Pfahlspitzen bemerkte. Das Kopfteil hinter mir wies ein ähnliches Design auf und um mich herum erhob sich eine Wolke aus dunklem Stoff.

Der Stoff passte auch zu dem Nachtgewand, das ich trug.

Ich ließ meine Hand über das glatte Material fahren. Der dunkle Farbton ließ meine Haut noch blasser erscheinen als ohnehin.

Das gedimmte Licht akzentuierte den schimmernden Alabasterton meiner Haut zusätzlich. Ich wirkte nahezu geisterhaft in diesem Meer aus Finsternis.

Erneut atmete ich den Duft von Minze und Mann ein, während mein Verstand auf Hochtouren arbeitete, um diese Veränderung zu verstehen. *Warum ist mir dieser Duft so vertraut?*

Wie bin ich hierhergekommen?

Wo bin ich?

Ich hasste diese Frage, da sie mir ständig durch den Kopf schoss.

Schwarze Jalousien waren vor den Fenstern herabgelassen worden, sodass ich nicht nach draußen sehen konnte. Also betrachtete ich stattdessen die Möbel – Kommoden und Nachttische –, die aus dem gleichen dunklen Holz gefertigt waren, wie das Bett.

Der Sitzbereich, der von schweren, obsidianfarbenen Vorhängen umrahmt wurde, war ganz aus Leder und Glas.

Die Flügeltüren zu meiner rechten führten zu einem Flur, von dem ich annahm, dass er zu einem Badezimmer führte, da der Teppich des Wohnbereichs plötzlich in Marmor überging.

Was bedeutete, dass der etwa zehn Meter entfernt liegende Flur wahrscheinlich zu einem Ausgang führte.

Nur war der weiche Teppich des Schlafzimmers an der Schwelle zur Freiheit ebenfalls von dunklen Fliesen verdrängt worden.

Ich setzte mich langsam auf, um noch einmal alles auf mich wirken zu lassen, während ich über den weichen Stoff strich, der meine Oberschenkel bedeckte. *Ich bin definitiv nicht im Bariloche-Sektor*, entschied ich, als ich mit den Fingern an meinen Seiten hinauffuhr, während ich die heilende Energie auswertete, die mich durchströmte.

Es war nicht meine.

Aber sie kam mir bekannt vor. Genau genommen erinnerte sie mich an –

Ich keuchte.

„Oh." *Ohhh.* „Kieran."

Sein Name war kaum mehr als ein Flüstern und meine

Hände erstarrten in der Nähe meiner Brüste, während ich versuchte zu verstehen, wie das möglich war.

Hat er mich gefunden?

Wann?

Wo?

Wie?

Ich fasste mir impulsiv an die Kehle und erstarrte, als ich den Anhänger an der Kette um meinen Hals fühlte. *Verdammt.*

Ich erkannte ihn, ohne ihn sehen zu müssen. Er hatte meiner Mutter gehört. *Der Anhänger des Blutsektors.* Eine mit schwarzen Diamanten funkelnde Mondsichel.

Er war ein Familienerbstück, das Äquivalent einer Krone in meinem Königreich.

„Dies ist ein Zeichen der Macht, mo stoirín. Und es gehört jetzt dir. Trage es für uns. Trage es für dich. Trage es, wenn du jenen tötest, der uns verraten hat."

Ich schluckte schwer, denn die Erinnerung an den eindringlichen Ton meiner Mutter zerriss mir das Herz.

Ich bin zu Hause. Jetzt konnte ich die vertrauten Strömungen in der Luft spüren, die Magie des Bodens und die eisige Kälte Islands.

Langsam kamen die Erinnerungen daran zurück, wie mich Kieran im Bariloche-Sektor gefunden, Savi gerettet und mich ins Flugzeug getragen hatte.

Aber was nach dem Start passiert war, wusste ich nicht. Die bloße Vorstellung, in der Luft zu sein, ließ mein Herz einen Schlag aussetzen und legte meinen Verstand still.

Doch die Wärme, die Kierans Berührung gefolgt war, blieb.

Er hatte mich geheilt.

Ich hob meinen blanken Arm an und nahm den Geruch der frisch duftenden Seife auf meiner Haut wahr.

Er hatte mich gebadet.

Als ich mit den Fingern durch mein Haar strich, stellte ich fest, dass er mich nicht nur gebadet hatte – er hatte mich auch gekämmt.

Zum ersten Mal seit Jahrzehnten roch ich wie *ich selbst*. Wie eine Omega. Der süße Duft erleichterte und erschreckte mich zugleich.

Ich hatte es vermisst, ich selbst zu sein.

Aber das bedeutete, dass ich nicht mehr als Beta getarnt war.

Außer …

Ich drückte eine Hand auf meinen Unterleib und suchte nach Hinweisen auf die Unterdrückungsmittel, die in meinem Blutkreislauf vorhanden sein sollten. Einiges war noch wahrnehmbar, aber die heilende Magie kämpfte sich pflichtbewusst durch jeden Fremdkörper in meinem Blut und entfernte ihn aus meinem Körper.

Meine Augen weiteten sich. *Was wird passieren, wenn alles verschwunden ist? Was, wenn er es zu schnell beseitigt?*

Ich hatte seit über vierzig Jahren keinen Hitzezyklus mehr erlebt.

Wieso vertrieb er die Unterdrückungsmittel aus meinem Kreislauf, ohne die Konsequenzen zu bedenken?

Ich drängte seine Magie zurück und versuchte, den Fluss zu stoppen, aber sie waberte wie Rauch um mich herum, durchbrach meine Abwehr und setzte ihren Prozess fort.

Ein Knurren rumorte in mir. *Stopp.*

Aber ich konnte es nicht unterdrücken.

Seine Magie überwältigte mich, egal wie sehr ich mich anstrengte, sie zurückzudrängen.

Ich schrie beinahe, zum Teil aus Frustration, aber auch aus Angst. Ich hatte keine Ahnung, was das mit mir machen würde, und er hatte mich einfach hier alleine gelassen ... in diesem Raum ..., aber wozu? Damit ich meinen Zyklus alleine durchstehen musste?

Ist das meine Strafe?

Ich blinzelte, von dem Gedanken erschrocken.

Ich hatte immer gewusst, dass Kieran mich bestrafen würde, sobald er mich in die Finger bekommen würde. Aber auf diese Weise? Indem er meine Hitze auslöste? Nachdem ich meine Triebe über vierzig Jahre lang unterdrückt hatte?

Meine Lippen öffneten sich. *Das würde er nicht tun.*

Ich hatte meinen Zyklus bereits ein Jahrhundert lang ohne einen Knoten überstanden.

Ein Jahrhundert der Qualen, jedes einzelne Jahr.

Meinen Zyklus zu unterdrücken, war eine Erleichterung gewesen.

Aber alles auf einmal rückgängig zu machen?

Dieser Zyklus könnte über ein Jahr anhalten ...

Mein Körper könnte sich gezwungen fühlen, die verpasste Zeit zu kompensieren.

Meine Wölfin fühlte eindeutig den Zwang zur Verwandlung. Zu laufen. Unsere Pfoten endlich wieder in den heimischen Erdboden zu graben.

Seit meiner letzten Verwandlung war so viel Zeit vergangen. Fast so lange wie mein letzter Zyklus.

Tränen trübten meine Sicht, als mir klar wurde, dass dies höchstwahrscheinlich meine Strafe sein sollte – eine noble Isolation, umgeben von schwarzen, schweren Vorhängen und Kierans Duft, während ich meine Hitze alleine durchstehen müsste.

Ich hasse dich, wollte ich schreien. *Ich verabscheue dich.*

Und doch konnte ich es ihm nicht verübeln.

Ich hatte ihn auf die denkbar schlimmste Art und Weise verraten. Es spielte keine Rolle, dass ich noble Gründe gehabt hatte ... das würde ihn nicht interessieren.

Er war ein Alpha. Ich hatte mich an ihn gebunden, um mir seine Macht zu leihen, dann war ich geflohen und hatte ihm die Führung meines Sektors überlassen.

Mein Herz schmerzte bei der Erinnerung.

Ich hasste mich dafür.

Und dennoch würde ich die gleiche Entscheidung, wenn nötig, wieder treffen.

Denn was ich nach meiner Flucht erreicht hatte, übertraf bei weitem den Schmerz meiner gebrochenen Seele. Dafür würde ich mich nicht entschuldigen.

Ja, ich hatte ihm wehgetan, und ja, ich verdiente eine Bestrafung – bis zu einem gewissen Grad.

Aber *das* war brutal.

Kieran hatte keine Ahnung, was passieren würde, wenn die Wirkung der Unterdrückungsmittel nachließ.

Er wusste nicht, wie mein Körper darauf reagieren würde.

Es war fast so schlimm, als würde er mich mit Medikamenten vollpumpen, um meinen Zyklus auszulösen, was ich im Bariloche-Sektor schon mehrfach gesehen hatte. Mehrere Omegas wären fast daran gestorben.

Aber ich hatte sie gerettet.

Wer rettet sie jetzt? Ich runzelte die Stirn. *Moment mal. Hatte Kieran den Andorra Sektor seiner Elite gegenüber nicht erwähnt?*

Lorcan hatte Savi durch die Schatten transportiert, aber Kieran hatte nie gesagt, was er vorhatte oder was mit ihr geschehen würde. Oder warum er sie in den Andorra Sektor schickte. Ich wusste, dass ihre medizinische Forschung dort erheblich weiter fortgeschritten war als in anderen Sektoren und hoffte, dass sie Savi helfen konnte.

Aber Kieran hatte seine Pläne für sie nie bestätigt oder dementiert.

Er war einfach mit mir durch die Schatten gegangen, in seinen Jet – der mehr wie eine Rakete als ein Jet funktionierte – und hatte mich nach Hause gebracht.

Sind die anderen Omegas hier? Ich versuchte, meine Schattenwandlerfähigkeiten zu triggern, um nach den anderen Omegas oder vielleicht sogar nach Savi zu suchen.

Aber ich spürte nur ein scharfes Ziehen.

Ein Ziehen, das mich hier einsperrte.

In diesem Raum.

Und meine Gefangennahme bestätigte.

Er hat mich angeleint.

Natürlich hatte er mich angeleint. Er würde nicht wollen, dass ich wieder ausbrach.

Verdruss erfüllte meine Gedanken, wurde aber schnell von Verwirrung verdrängt.

Denn ich hatte nicht einmal daran gedacht, zu fliehen. Ich hatte ... Ich hatte einfach dagesessen, bereit, meine Strafe kampflos zu akzeptieren.

Was zum Teufel ist los mit mir?

Vielleicht hielt mich die heilende Trance, in der ich mich immer noch befand, davon ab, negativ auf Kierans Form der Züchtigung zu reagieren.

Oder vielleicht ... vielleicht hatte er irgendetwas gemacht, um mich gefügig zu machen.

Der Gedanke ließ mir das Blut in den Adern gefrieren. *Das würde er nicht tun.*

Aber das war gelogen. Ich wusste, dass er es tun würde. Mächtige V-Clan-Alphas waren mit der Fähigkeit gesegnet, anderen *ihren Willen aufzuerlegen.*

Zum Beispiel, als er mich gezwungen hatte, mich im Flugzeug auszuziehen.

Ich erinnerte mich jetzt deutlich, wie sein peitschender Befehl meine Unterwerfung erzwungen hatte. Es war mir egal gewesen. In der Gegenwart eines Gestaltwandlers nackt zu sein, hatte mir nichts bedeutet.

Aber mir zu befehlen, mich mit meiner Strafe abzufinden?

Es überraschte mich, dass er so tief sinken würde.

Es sei denn, es war ein Geschenk, um den Effekt meines einsetzenden Zyklus zu trüben?

Aber selbst dann war es grausam. Ich konnte mit vielen Formen der Zurechtweisung umgehen, aber geistige Manipulation gehörte nicht dazu.

Wie lange wollte er meine Reaktionen kontrollieren? Während meines gesamten Hitzezyklus? Würde ich hinter dieser Fassade der Ruhe gefangen sein, selbst wenn mein Körper sich nach seinem Knoten verzehrte?

Oh, Monde …

Das …

Was ist, wenn meine Hitze monatelang anhält? Jahre?

Ich legte meine Hand auf meinen Bauch und wünschte, es würde aufhören. Vergeblich wehrte ich mich erneut gegen seine Magie. *Nein, nein, bitte! Nicht so!*

Wenn er mich einen Monat lang emotional erdrosseln würde, während ich in meiner Lust gefangen wäre, dann würde er mich auf eine Weise brechen, von der ich mich nicht mehr erholen könnte. Vielleicht mit der Zeit …

Aber wenn meine Hitze länger anhält …

Es würde mir unwiderruflich schaden.

Ich knurrte erneut und nutzte jedes Quäntchen Kraft, um eine Mauer um mich herum zu errichten, die Kierans Energie abwehren sollte.

Aber er durchbrach sie, wandelte hindurch, als ob sie gar nicht existieren würde.

„Verdammt.“

„Was ist los, kleine Betrügerin?“, brummte Kieran im

Flur, bevor er den Raum betrat. „Hast du Probleme beim Schattenwandeln?"

Er klang amüsiert.

Geradezu erfreut.

Ich wollte ihm am liebsten die Augen auskratzen. Sein über-hübsches Gesicht aufschlitzen. Ich wollte ihm dafür *wehtun*, dass er sich eine solche Strafe für mich ausgedacht hatte.

Weil ich ihn hasste.

Ich wollte ihn vernichten.

Ja, ich hatte ihn verraten.

Ja, wahrscheinlich verdiente ich dieses Schicksal oder noch Schlimmeres.

Aber ich konnte nicht zulassen, dass er mich zu einer Ficksklavin degradierte. Denn das würde mein Schicksal sein, wenn er mir diese Strafe aufzwang. Ich würde mich physisch und psychisch nie wieder erholen.

Ich wäre eine Zuchtsklavin.

Genau wie einige der Omegas im Bariloche-Sektor.

„Ich habe dich gewählt, weil ich dachte, du hättest einen Funken Anstand", zischte ich. „Jetzt erkenne ich, dass ich falsch gelegen habe."

Er blieb einen halben Meter vorm Bett stehen. „Wie bitte?"

„Mit Sicherheit fällt dir eine bessere Strafe ein, als meinen Zyklus zu erzwingen und mich gleichzeitig mental anzuleinen?", fuhr ich fort, ohne seinen Gesichtsausdruck und die bedrückende Energie zu beachten, die von ihm ausging.

Ich war zu wütend, um mich auf etwas anderes als auf meine aufkeimende Wut zu konzentrieren.

„Ich verdiene etwas Besseres. Ich bin die Königin des Blutsektors. Es ist *meine* Blutlinie, die du für einen Erben brauchst. Was willst du also tun? Mich auf eine Ficksklavin reduzieren, mich besteigen, und dann was? Ich werde nicht in der Lage sein, mich um unseren Erben zu kümmern, wenn du mich brichst."

Ein anderer Gedanke schoss mir durch den Kopf und die Erkenntnis durchbohrte meine Brust wie eine eiskalte Klinge.

„Du wirst das Kind von einer anderen Omega großziehen lassen ..." Denn natürlich hatte er wahrscheinlich schon einen Ersatz für mich gewählt.

Das würde seine Grausamkeit erklären, da er kein Problem darin zu sehen schien, mich monatelang, vielleicht sogar jahrelang, leiden zu lassen, während seine Macht meine Psyche brechen würde.

„Ich hasse dich", hauchte ich, und ballte meine Hand auf Höhe meines Unterleibs zur Faust. „Ich wusste, dass du grausam sein kannst, aber das ..." Das war mehr, als ich je hätte erahnen können.

„Was glaubst du denn genau, was ich mit dir vorhabe?", fragte Kieran ohne die anfängliche Belustigung.

„Hör auf, mit mir zu spielen, Kieran. Ich spüre deinen Zwang, mich zu entspannen, obwohl ich gerade den Verstand verlieren sollte. Vor allem, da meine Hitze kommt. Vierzig Jahre aufgestauter Unterdrückung. Es wird ..." Ich konnte nicht zu Ende sprechen, der Schmerz breitete sich von meinem Verstand auf mein Herz aus.

Doch mein Puls blieb auf wundersame Weise *ruhig*.

Wegen *seiner* Kontrolle.

„Ich habe nicht einmal daran gedacht, durch die Schatten zu gehen, bis ich an Savi dachte", flüsterte ich. „Du hast meine Instinkte völlig unterdrückt."

„Ich habe deine Sinne betäubt, um dich vor den Schmerzen deiner Heilung zu schützen", gab er zurück.

„Ich habe dir einen Gefallen getan. Ich wollte, dass du dich ausruhst."

Plötzlich löste sich etwas in mir, eine Art Band um meine Seele, das zersprang, was mich erschrocken aufatmen ließ.

Es war sein Zwang.

Er ... er befreit mich von seinem Zwang.

„Und du hast seit *vierzig Jahren* Unterdrückungsmittel genommen?" Er fluchte. *Lautstark.* „Hast du versucht, deine Wölfin zu töten? Wann hast du dich das letzte Mal verwandelt?"

Ich war von all den Empfindungen zu überwältigt, um zu antworten.

Seine heilende Energie pulsierte in mir, die feurige Glut leckte an meinen Adern und meine Schmerzrezeptoren brannten. *Verdammt, das tut weh.*

Ich fühlte mich nicht mehr warm und entspannt.

Ich war angespannt, wund und *müde.*

„Was hast du gemacht, bevor du die Unterdrückungsmittel eingenommen hast? Wie bist du in dieser Zeit mit deiner Hitze umgegangen? Hast du einen Beta gefickt?"

Ich schnaubte. Als ob ich mein Verlobungsband riskiert und zugelassen hätte, dass mich ein Mann oder eine Frau auf diese Weise berührt. Ich hatte Kierans Kraft zu sehr gebraucht, um zu riskieren, die Verbindung zu sprengen.

„Ich habe mich versteckt", stieß ich hervor, wobei meine Stimme weitaus rauer klang als noch vor wenigen Augenblicken. „Dann habe ich mit" – ich legte eine Pause ein, um tief einzuatmen – „den Unterdrückungsmitteln begonnen. Im Bariloche-Sektor."

Plötzlich lag er neben mir auf dem Bett, seine Hand auf meiner, und drückte gegen meinen Unterleib, während mehr Energie in mich strömte.

Ich zuckte zusammen und er beschwichtigte mich.

Die Kraft schien sich zu verändern, das Pulsieren in meinem Bauch verlangsamte sich zu einem leichten Schmerz. „Seit sieben Tagen bist du in diesem Zustand. Ich habe heute versucht, den Prozess zu beschleunigen, um deine Heilung abzuschließen, aber ich sehe jetzt, dass es ein Fehler war."

„Wünschst du dir so sehr, mich leiden zu sehen?", fragte ich, und keuchte dank seiner Kraft.

„Ich wünsche mir, dich zu *vervollständigen*", erwiderte er.

„Wieso? Damit du mich selbst brechen kannst?"

Er grunzte. „Du hast zu viel Zeit mit den Alphas des X-Clans verbracht, Quinnlynn. Sonst wüsstest du, dass meine Strafe für dich sehr viel einfallsreicher ausfallen wird."

„Mich in einen Raum zu sperren, meine Reaktionsfähigkeit zu blockieren und mich in eine anhaltende Hitze zu zwingen, ohne einen Alpha oder irgendeine Form von Erleichterung, ist dir nicht einfallsreich genug?" Ich war mir nicht sicher, warum ich das Bedürfnis hatte, ihn anzustacheln, aber ich war immer noch nicht darüber hinweg, dass er mich an die Leine gelegt hatte. Nie wieder wollte ich diese Art von mentaler Manipulation erleben.

Obwohl er behauptete, es sei aus gutem Grund geschehen.

Kieran schloss seine Hand um meinen Hals und hob mein Kinn mit seinem Daumen an, damit ich seinem Blick nicht ausweichen konnte. „Ich habe deine Schattenwandlerfähigkeiten blockiert, ja. Aber ich habe dich nicht eingesperrt. Du bist in *meinem* Zimmer, Quinnlynn. Du wirst während deiner Hitze nicht allein sein. Ich stehe dir zur Verfügung. *Dein vorgesehener Gefährte.*"

Er drückte ein wenig zu, um sicherzustellen, dass ich ihn nicht nur hörte, sondern auch *spürte*.

Ich schluckte.

Und blinzelte.

„Du bestrafst mich nicht?"

„Oh, ich habe die volle Absicht, dich zu bestrafen, Liebes", versprach er seidenweich. „Aber nicht auf diese Weise. *Niemals* auf diese Weise." Er hielt mich einen weiteren Moment lang, dann senkte er seine Hand erneut auf meinen Bauch. „Wie lange hast du dich nicht mehr verwandelt?", fragte er wieder.

Ich räusperte mich, aber ich brachte keinen Ton heraus, denn ich war von dem abrupten Wechsel zwischen Wut und Angst zu verblüfft, bis ich verstand.

Das war der Alpha, an den ich mich erinnerte.

Dominant und doch fürsorglich. Zumindest, was mich betraf.

Es war nicht leicht gewesen, ihn zu verlassen.

Es würde auch nicht leicht sein, ihn erneut zu verlassen.

Aber mein Leben verlangte Opfer.

Er kniff die Augen zusammen, als könne er bereits meine Gedanken lesen. „Du wirst mir nicht noch einmal entwischen."

Wir werden sehen, dachte ich.

Aber anstatt meine Gedanken zu teilen, antwortete ich auf die Frage, die er zuvor gestellt hatte. „Etwa seit meinem letzten Zyklus."

Er knurrte und jedes einzelne Haar auf meinen Armen stellte sich auf.

„Verwandle dich. Sofort", forderte er, doch seinen Worten fehlte jeder Anflug von Zwang. Er nutzte auch nicht seine Alpha-Kontrolle, um die Verwandlung zu erzwingen.

Trotzdem sah ich den Wunsch in seinen dunklen Augen, es mir zu befehlen.

Wenn ich mich nicht fügte, würde er mich dazu zwingen.

Und das würde wehtun.

Aber das galt auch für die Verwandlung im Allgemeinen. Besonders nach so vielen Jahren … *Jahrzehnten* … der Verleugnung meiner Wölfin.

Ich schluckte. „Kieran …"

„Es steht nicht zur Debatte."

„Wenn ich mich verwandle, wird mein Metabolismus –"

„Deinen Körper höchstwahrscheinlich von den restlichen Unterdrückungsmitteln befreien und deinen Zyklus auslösen. Ja, Quinnlynn. Das ist mir verdammt nochmal bewusst. *Und jetzt verwandle dich.*"

„Ich bin nicht bereit", sagte ich. „Ich bin nicht bereit für –"

„Für meinen Knoten?" Er wölbte eine Braue. „Dass ich dich beanspruche? War ein Jahrhundert nicht lang genug für dich, Quinnlynn? Brauchst du *mehr Zeit?*"

Er stieß sich vom Bett ab, der dunkle Jeansstoff seiner Hose raschelte auf den Laken.

Dann zog er sich das T-Shirt über den Kopf.

„Wenn du dich nicht verwandelst, riskierst du, dich dauerhaft von deiner Wölfin zu trennen, sobald du läufig wirst. Das wird wahrscheinlich innerhalb der nächsten zwanzig bis dreißig Stunden geschehen. Wir haben *keine Zeit*, darüber zu diskutieren, Quinnlynn. *Jetzt verwandle dich.*"

KIERAN

„HAST DU NICHT GERADE GESAGT, es sei ein Fehler, meine Heilung zu beschleunigen?", wollte Quinnlynn wissen. Sie hatte mir offensichtlich überhaupt nicht zugehört. „Wird die Verwandlung nicht genau das bewirken?"

Ja, das würde sie.

Und sie hatte recht – ich hatte genau das gerade gesagt.

Aber das war, bevor ich begriffen hatte, dass sie ihre Wölfin seit über *vierzig verdammten Jahren* unterdrückt hatte. Es war ein Wunder, dass sie sich noch nicht von ihrem inneren Tier getrennt hatte.

Verdammt! Ich spürte ihre gebrochene Seele und die Wunden, die sie tief in sich trug. Ich hatte nur das Ausmaß der Ursache nicht erkannt.

Vier.

Verdammte.

Jahrzehnte.

Diese Frau hatte die Hölle durchgemacht.

Aber das wäre nichts im Vergleich dazu, die Verbindung zu ihrer Wölfin zu trennen.

Ich konnte spüren, wie zerrissen ihre Beziehung bereits

war … wie schwach die Bindung zwischen Frau und Tier tief in ihrer Seele war.

„Du musst deine Wölfin akzeptieren", sagte ich. „Es habe fast alles heilen können, aber das nicht. Aber ich werde deine Verwandlung erzwingen, wenn es sein muss, Quinnlynn. Denn es muss geschehen, *damit ihr wieder eins seid.*"

Und wenn sie irgendeinen Blödsinn rumposaunen würde, von wegen ich wollte sie nur heilen, um sie selbst zu brechen, dann würde ich knurren. Ich würde ihren schönen Mund zum Schweigen bringen, indem ich ihn in eine Schnauze verwandelte.

„Mach mich nicht zum Bösewicht, Liebes", warnte ich sie. „Das ist eine Rolle, die ich in deinem Leben nicht spielen möchte. In anderen Bereichen bin ich ein Meister darin."

Ich erlaubte ihr, in meinem Blick zu sehen, wie ernst es mir war, die sehr reale Bedrohung, die mein Alpha für ihre Omega darstellte.

Sie schluckte und stieg langsam aus dem Bett.

Die schwarze Seide ergoss sich wie ein Wasserfall über ihre Kurven und umschmeichelte ihre alabasterfarbene Haut.

Ich wollte sie schmecken, sie *kennenlernen*, sie für mich gewinnen.

Aber es war noch zu früh.

Nicht nach all dem, was sie mir gerade vorgeworfen hatte.

War ich wütend? Absolut.

Ich würde sie jedoch niemals solchen Qualen aussetzen. Und die Tatsache, dass sie glaubte, ich sei zu einer solchen Grausamkeit fähig, bewies mir, wie wenig sie über mich wusste.

Omegas waren dazu bestimmt, verehrt, nicht gebrochen zu werden.

Aber dieser Omega musste dies offensichtlich erst bewiesen werden.

In Anbetracht dessen, wo sie die letzten *vierzig Jahre* ihres Lebens verbracht hatte, war ich nicht überrascht.

Der Bariloche-Sektor war bis auf die Grundmauern niedergebrannt worden, nachdem wir gegangen waren, und das zurecht. Alpha Carlos hatte sein Land nicht verdient, geschweige denn sein verdammtes Leben.

Quinnlynn schluckte, ihre Hände ballten sich an der Seite ihres Kleides.

Ich wölbte eine Braue, neugierig, warum sie zögerte. Ich hatte bereits mein T-Shirt ausgezogen, meine Absicht, mich ebenfalls zu verwandeln, war klar. *Möchtest du, dass ich dich entkleide?*, fragte ich beinahe, aber die Worte blieben in meiner Kehle stecken, als sie die schwarze Seide langsam an ihren wohlgeformten Beinen hochzog.

Ich machte mir nicht die Mühe, meine Bewunderung zu verbergen.

Sie war ein atemberaubendes Geschöpf, das ich in den letzten hundert Jahren sehr vermisst hatte.

Ich hatte nie die Gelegenheit gehabt, sie zu küssen, geschweige denn sie zu verknoten.

Alles nur, weil sie *geflohen* war. Vor mir. Als wäre ich eine Art Monster, das vorhatte, sie einzusperren, oder schlimmeres.

Oder vielleicht hatte sie auch von Anfang an geplant zu fliehen.

Ich wusste es nicht.

Aber ich war entschlossen, es herauszufinden.

Quinnlynn schnaubte genervt, als sie das Kleid über ihren Kopf streifte. Ihre dunklen Augen funkelten mich herausfordernd an und brachten mich zum Lächeln. „Du kannst mich auf die Probe stellen, so viel du willst, kleine Betrügerin", ließ ich sie wissen. „Ich liebe es zu gewinnen."

Ihr Kiefer zuckte. „Ich stelle dich nicht auf die Probe."

„Hmm", brummte ich, weder zustimmend noch ablehnend.

Sie schnaubte erneut und schloss die Augen.

Energie wirbelte um sie herum, als sie sich auf ihre Wölfin einließ, und die Wärme ihres Geistes schien den meinen beinahe zu streifen.

Sie gehört uns, brummte mein Wolf zufrieden. *Dieses Weibchen gehört uns.*

Sie war noch unberührt, das hatte sie zumindest angedeutet. Auch wenn sie einen Beta oder sogar einen anderen Omega hätte ficken können, war sie definitiv nicht mit einem anderen Alpha zusammen gewesen. Wäre sie von einem anderen Alpha verknotet worden, wäre unser Verlobungsband zersprungen und ihre Verbindung zu meinen Fähigkeiten wäre erloschen.

Ist sie deshalb treu geblieben?, fragte ich mich. *Oder war es etwas anderes?*

Quinnlynn zuckte erschrocken zusammen und lenkte meine Aufmerksamkeit wieder auf ihre Wölfin.

Oder deren Nichterscheinen.

Ich runzelte die Stirn. *Irgendetwas stimmt ganz und gar nicht.*

Ich konnte spüren, dass sie versuchte, sich zu verwandeln – das leise Summen der Vertrautheit küsste meine Seele, drängte mich dazu, es ihr gleichzutun. Aber sie tat es nicht.

Sie sank anmutig zu Boden, was darauf hindeutete, dass sie es zu Ende bringen wollte, doch nichts geschah.

Sie blieb in Menschengestalt, auf allen Vieren, eine Position, die ich in den meisten Situationen als nützlich und sogar verlockend empfinden würde – zumal sie dies direkt neben meinem Bett tat. Doch der Schmerz, der von ihr ausstrahlte, brachte mich dazu, mich vor ihr hinzuknien, anstatt hinter sie.

„Quinnlynn, was –"

„Ich versuche es", knurrte sie, zuckte bei jedem Wort zusammen und senkte flehend die Stirn auf den Boden.

„Ich kann deinen Versuch spüren, Liebes", sagte ich sanft und legte meine Hand in ihren Nacken. „Lehnt dich deine Wölfin ab?"

„Ich … Ich weiß es nicht." Die Worte waren schmerzverzerrt und weckten in mir den Wunsch, sie zu heilen.

Aber ich wollte nicht wieder beschuldigt werden, ihre „Instinkte zu unterdrücken".

Stattdessen schnurrte ich also, da mein Wolf etwas tun musste, um seine zukünftige Gefährtin zu beruhigen.

Sie erstarrte unter meiner Hand, während sich die Energie ihrer Verwandlung um sie herum auflöste.

Ich sagte nichts, bedrängte sie nicht, sondern spendete ihr lediglich ein wenig Trost.

Schließlich hob sie ihren tränenerfüllten Blick und runzelte verwirrt die Stirn. „Was machst du da?"

„Ich warte", antwortete ich.

„Worauf?"

„Darauf, dass du dich beruhigst und es noch einmal versuchst", antwortete ich schlicht, während ich gleichmäßig weiter schnurrte.

„Du wirst mich nicht zwingen?"

„Ich würde es vorziehen, es nicht zu tun", sagte ich. „Aber ich werde es tun, wenn du mich darum bittest." Oder wenn sie sich weigerte, es nochmal zu versuchen. Denn es war eindeutig, dass die Zeit drängte. Sie hatte sich zu lange nicht mehr verwandelt.

Vier Jahrzehnte.

Das könnte ich ihr vielleicht nie verzeihen.

Verdammt, ihre *Wölfin* würde ihr vielleicht niemals vergeben. *Das* war meine eigentliche Sorge.

Was ist, wenn sie sich noch mehr von ihrer tierischen Seite distanziert hat, als ich dachte? Ich fuhr mit meinem Daumen an ihrem Hals entlang. *Wenn das stimmt, dann haben wir eine Menge Arbeit vor uns.*

Ich strich mit meiner Heilgabe entlang der ausgefransten Enden ihrer Aura, die sie mit ihrer animalischen Seele verbanden. Sie waren beschädigt, aber nicht gebrochen. Sie sollte in der Lage sein, sich zu verwandeln.

Aber als sie es wieder versuchte, spürte ich, wie sich die Enden anspannten und zu reißen drohten. Ihre Qualen zerfetzten mein Herz und machten es fast unmöglich, meinen Instinkt, *ihr zu helfen*, zu ignorieren. Ich schnurrte lauter.

Sie schrie auf und fiel wieder nach vorne, aber dieses Mal traf ihre Stirn auf meine Brust statt auf den Boden. Ich drückte sie an mich und brummte weiterhin beruhigend, um sie zu besänftigen. Sie erschauderte. *„Kieran.“*

„Ssch“, beruhigte ich sie, und mein Schnurren verstärkte sich, als ich ihre zitternde Gestalt dicht an mich heranzog.

Quinnlynn schlang ihre Arme um meine Schultern und vergrub ihr Gesicht an meinem Hals. Schweiß benetzte ihren Rücken und ihre Haut glänzte nach den Anstrengungen.

Ihr Zittern nahm zu und sie keuchte, je mehr sie es versuchte.

Ich strich über ihren Rücken, mit meiner Hand in ihrem Nacken, während ich ihr Gesicht an meinen Hals drückte und versuchte, sie mit meinem Brummen zu beruhigen.

„Ist schon gut, Kleines", flüsterte ich. „Wir werden eine Lösung finden."

„Ich wusste es nicht", antwortete sie. „Ich hatte keine Ahnung, dass …"

„Ist schon gut", wiederholte ich.

Nicht wirklich. Es war das genaue Gegenteil. Aber darüber würden wir uns Gedanken machen, *nachdem* ich ihr geholfen hatte.

Meine Gefährtin in diesem Zustand zu schelten, würde ihr nur noch mehr schaden. Was sie im Moment brauchte, war meine Unterstützung, keine Bestrafung.

Ich streckte die Beine aus und zog sie auf meinen Schoß. Sie lehnte sich bebend an meine Brust, die Wangen feucht von ihren Tränen.

Genau deswegen hatte ich sie nicht zu einer Verwandlung zwingen wollen – es würde wehtun.

Aber es schien, dass ihr Versuch, sich auf eigene Faust zu verwandeln, auch wehgetan hatte.

Vielleicht hätte ich einfach knurren sollen, dachte ich. Aber dann hätte ich mich wie ein Arsch gefühlt, weil ich meine Macht über sie missbraucht hätte. Ich wollte nicht den Bösewicht in ihrem Leben spielen, das war mein voller Ernst. In ihrem Namen, ja, aber *niemals* ihr gegenüber.

Ich strich weiter mit meiner Hand über ihren Rücken, mein Schnurren ein gleichmäßiges Brummen in meiner Brust.

Sie beruhigte sich schließlich und seufzte einige Male tief, was ihr Zittern zerstreute. Dann schmiegte sie sich an meine Brust.

So hätte es von Anfang an sein sollen, sagte ich fast. *Aber du bist geflohen. Hast mich verlassen. Und ich habe immer noch keine Ahnung, warum.*

Ich ließ meine Hand an ihrem Rücken hinaufgleiten

und fuhr dabei durch ihr seidiges, dunkles Haar. Streichelte sie. Lernte sie kennen. *Beschwichtigte sie.*

Sie wich nicht zurück, denn ihre Wölfin hungerte nach der Aufmerksamkeit eines Alphas. Und nicht irgendeines Alphas, sondern *ihres* Alphas. Denn auch wenn die Frau geflohen sein mochte, erkannte ihre Wölfin mein Tier. Unsere Seelen waren durch das Verlobungsband miteinander verbunden.

Was teilweise der Grund dafür war, weshalb ich sie jetzt nicht bestrafen konnte.

Obwohl sie es verdiente.

„Warum?", flüsterte sie, ihre Stimme so rau, dass sie sich räuspern musste.

„Warum was?", erwiderte ich, während ich weiter ihre Haare mit den Fingern durchkämmte. Meine andere Hand lag auf ihrem unteren Rücken, eine Position, die ihr das Gefühl von Sicherheit und Geborgenheit geben sollte.

„Warum bist du so nett?", fragte sie etwas kräftiger, aber immer noch leise.

„Weil du mir gehörst", antwortete ich schlicht.

„Aber du bist sauer auf mich."

„Sehr", stimmte ich zu. „Aber ich habe dir bereits gesagt, dass ich dich nie verletzen würde, Quinnlynn. Ich bin keiner dieser X-Clan-Alphas aus dem Bariloche-Sektor."

„Es waren nicht alle X-Clan-Alphas", murmelte sie unzufrieden, die Worte so leise, dass ich sie fast überhörte.

Ich erstarrte. „Es gab noch andere?"

„Sie kamen zu Besuch", bestätigte sie.

Ich ballte eine Faust in ihrem Haar und zog sie daran zurück, um ihr ins Gesicht zu sehen. „Was für Alphas kamen zu Besuch?"

Sie schnitt eine Grimasse, was mir klarmachte, dass mein Ton und meine Berührung ein bisschen zu grob gewesen waren. Aber was sie gerade gesagt hatte, deutete auf etwas hin, das ich nicht erwartet hatte. Alphas aus anderen Sektoren hatten anscheinend Carlos' kleinen Spielplatz im Bariloche-Sektor besucht.

„Waren Alphas des V-Clans unter ihnen?", wollte ich wissen. Denn das widersprach dem Kern unserer Existenz. V-Clan-Alphas beschützten und verehrten Omegas. *Immer.* Nichts an dem Fickfest in Carlos' Sektor war *beschützend* oder *ehrfürchtig* gewesen, ganz im Gegenteil.

„Einer", gestand sie.

„Wer?"

Sie schüttelte den Kopf. „Ich habe ihn nie gesehen. Ich habe mich versteckt, als er zu Besuch gekommen ist."

„Und er hat dich nicht gespürt?"

„Ich habe mich außerhalb des Sektors versteckt", stellte sie klar. Das bestätigte, was ich bereits vermutet hatte. Quinnlynn hätte gehen können, wenn sie gewollt hätte. Doch trotz allem hatte sie es vorgezogen, in diesem Höllenloch zu bleiben, anstatt nach Hause zu kommen.

„War es dort wirklich so viel besser als hier bei mir?", fragte ich frustriert.

Sie starrte mich an, aber ihre dunklen Augen verrieten nichts. „Sie brauchten mich."

„Die Omegas?"

„Ja."

„Ich hätte ihnen geholfen", stellte ich klar. „Wenn du mich gefragt hättest."

Sie zog sich ein Stück zurück, während sich ihr Blick auf die gleiche herausfordernde Weise wie zuvor verengte. „Indem du sie in den Andorra Sektor schickst? So wie du es mit Savi getan hast?"

„Unter anderem."

„Dann geh zurück und rette die anderen", befahl sie. „Geh zurück und hilf ihnen."

Ich starrte sie einen Moment lang an und überlegte, wie viel ich ihr sagen wollte. Einerseits könnte ich die Information zurückhalten und sie vielleicht später als Druckmittel verwenden. Andererseits könnte ich die Wahrheit preisgeben und damit etwas an Gunst gewinnen.

Letzteres würde ihr mehr zugestehen, als sie verdiente, denn sie schuldete mir etwas, nicht umgekehrt.

Leider traf mich das leichte Zittern ihrer Unterlippe mitten ins Herz und ich seufzte. *„Sie brauchten mich"*, hatte sie gesagt. Das war wichtig, nicht nur für sie, sondern auch für unsere Situation. Sie sah sich als Beschützerin dieser Omegas. Das war eine Eigenschaft, die wir teilten.

„Sie wurden bereits in Sicherheit gebracht, Quinnlynn. Der Bariloche-Sektor wurde bis auf die Grundmauern niedergebrannt. Alle dort lebenden Alphas sind heimatlos." Nur eine Handvoll würde in anderen Sektoren für Asyl infrage kommen, aber nicht viele.

Sie setzte sich aufrechter hin. „Die Omegas sind hier?"

Ich runzelte die Stirn. „Nein. Die meisten wurden in den Andorra-Sektor gebracht."

Ihre Kiefermuskulatur verkrampfte sich. „In einen Sektor voller Alpha-Wölfe, mit sehr wenigen Omegas."

„In einen Sektor, der von einem respektablen Alpha geleitet wird", korrigierte ich sie. „Mit einer hochmodernen Gesundheitseinrichtung, die zufällig von einer X-Clan-Omega geleitet wird."

„Riley", knurrte sie, und die Vehemenz in ihrem Ton überraschte mich. „Deine ehemalige Partnerin."

Ich hob eine Augenbraue. „Meine ehemalige Forschungspartnerin, ja."

Sie schnaubte. „Klar doch."

Ich lächelte, da der Geruch ihrer Eifersucht meine Nase umspielte. *Wie süß*, dachte ich. „Du machst dir

Sorgen, dass ich sie gefickt habe." Ich legte meinen Kopf schief. „Ich wusste nicht, dass dich das stört."

„Das Einzige, was mich stört, ist die Ungerechtigkeit dieses Verlobungsbands, das die Omega dazu zwingt, ihrem Alpha treu zu bleiben und nicht umgekehrt", schnauzte sie.

„Du hättest mit einem Beta ficken können", schlug ich vor.

Sie schnaubte. „Als ob das ein Vergnügen gewesen wäre."

Mein Lächeln wurde breiter, Belustigung erfüllte meine Brust. „Das wäre es nicht gewesen, nein."

„Und doch hast du dich hier wahrscheinlich durch die gesamte Omegapopulation gevögelt", murmelte sie unzufrieden, den Blick von mir abgewandt.

Schon war mein Lächeln verschwunden.

Ich verstärkte meinen Griff in ihrem Haar und zwang sie, mich anzusehen. „Es hätte mir zugestanden, wenn man bedenkt, dass mich meine Verlobte vor unserer Verpaarung verlassen hat", sagte ich flach. „Wenn du gewollt hättest, dass ich dir treu bleibe, dann hättest du bleiben sollen."

Sie verengte ihren Blick. „So willst du mich also bestrafen, ja? Indem du jede verfügbare Omega fickst? Wirst du es auch vor meinen Augen tun?"

„Würde es etwas nützen?", fragte ich.

Sie stieß sich von mir ab, oder versuchte es zumindest, aber ich hielt sie mit meiner Hand an ihrem unteren Rücken fest. Als sie versuchte, sich seitlich von meinem Schoß zu bewegen, packte ich sie im Nacken und zwang sie, mich anzuschauen.

Die Wut in ihren Augen machte mich hart.

Denn es bedeutete, dass sie mich nicht teilen wollte.

Was wahrscheinlich an unserem Verlobungsband und

der Verbindung ihrer Wölfin zu meiner Seele lag, aber damit konnte ich arbeiten.

„Warum glaubst du, ich würde dich bestrafen, indem ich vor deinen Augen eine andere Omega ficke, Quinnlynn?"

Sie biss die Zähne zusammen, ihre Miene war rebellisch.

„Würdest du dich dadurch bestraft fühlen?", drängte ich. „Würdest du dich dadurch schlecht fühlen, weil du weggelaufen bist? Oder würdest du dich dadurch *im Recht* fühlen, mich ohne ein Wort verlassen zu haben?"

Sie reckte stur ihr Kinn vor und weigerte sich, zu antworten.

„Ich denke, du würdest dein Handeln für gerechtfertigt halten", fuhr ich fort. „Was den Zweck der Strafe zunichtemachen würde, nicht wahr?"

Ich drückte ihren Nacken, während ich ihr Gesicht aufmerksam beobachtete.

Ihre Nasenlöcher blähten sich minimal, aber das reichte, um meinen Verdacht zu bestätigen.

„Ich hatte viele Angebote", fuhr ich fort. „Einige der Omegas haben mich sogar angefleht, sie zu ficken."

Sie grunzte, aber der Geruch ihrer Eifersucht und Wut durchströmte den Raum. Denn ihre Wölfin wusste, dass ich zu ihr gehörte. Mir, dem vorgesehenen Gefährten der Prinzessin des Blutsektors, den Hof zu machen, war eine direkte Beleidigung für Quinnlynn. Eine Respektlosigkeit gegenüber ihrem Thron. Niemand sollte in Betracht ziehen, mich ihr wegzunehmen.

Aber sie war weggelaufen.

Und sie würde später ein böses Erwachen erleben, wenn sie ihre Untertanen begrüßte.

„Willst du wissen, wie viele von ihnen ich gefickt habe?", fragte ich sie, wobei mein Blick zu ihrem Mund wanderte, bevor er langsam zu ihren Augen zurückkehrte.

„Nein", erwiderte sie zähneknirschend. Aber ihre Wölfin widersprach ihr mit einem leisen Knurren, das Quinnlynn zusammenzucken ließ.

Das war ein Teil ihrer Distanzierung.

Ihre Wölfin wollte raus. Sie hatte sich jedoch geweigert, sich zu zeigen, als Quinnlynn versucht hatte, sich zu verwandeln, da sie ihre menschliche Hälfte nicht hatte unterwerfen wollen.

Doch *jetzt* wollte *ihre* Wölfin raus, um *mir* eine Lektion zu erteilen.

Ihre Reaktion brachte mich zum Lächeln.

„Bist du sicher?", fragte ich sie. „Vielleicht sollte ich dir stattdessen sagen, wie viele Angebote ich erhalten habe? Soll ich Namen aufzählen, hmm?"

Das Knurren wurde lauter und Quinnlynn schnauzte: „*Stopp.*"

„Warum?", fragte ich respektlos, während ich ihre Wölfin absichtlich weiter anstachelte. „Du hast mich verlassen, Liebes. Ich bin ein Alpha mit Bedürfnissen. Du willst meinen Knoten vielleicht nicht, aber viele andere Omegas schon."

„*Kieran.*" Das Grollen, das meinen Namen unterstrich und verriet mir, dass sie kurz davor war, sich zu verwandeln und mich zu attackieren.

Sie würde mir wahrscheinlich eine Kralle in die Brust jagen.

Aber es wäre den Schmerz wert, wenn es funktionierte.

„Was denn, Quinnlynn? Willst du die Details? Wie ihre Erregung gerochen hat? Willst du wissen, wie sie mich mit ihren Essenzen durchtränkt haben? Oder wie sie meinen Namen *gestöhnt* haben?" Ich warf ihr meinen besten, lässigen Blick zu. „Ich bin nicht an die gleichen

Bedingungen gebunden wie du, richtig? Das hast du selbst gesagt. Was glaubst du also, wie viele Omegas ich in den letzten einhundert Jahren gefickt habe?"

Ein weiterer grausamer Laut drang aus ihrer Kehle und das erregte mich noch mehr. *Verdammt, ich brauche diese Omega so sehr. Ich will sie. Ich sehne mich nach ihr. Ich will sie* beanspruchen.

Ich war aber noch nicht fertig mit ihr.

Sie musste sich verwandeln.

Wir sind so nah dran, Liebes. So nah.

„Was schätzt du, wie viele Pussys ich schon verknotet habe?", drängte ich sie, wobei ich absichtlich vulgär wurde, um sie aus der Reserve zu locken. „Stell dir vor, wie sie sich um das, was eigentlich dir gehören sollte, zusammengezogen haben. Wie sie mir mit ihren Krallen über den Rücken gekratzt und *mich in den Hals gebissen haben.* Vielleicht bin ich jetzt mit einer von ihnen verlobt? Kannst du sie an mir riechen?"

Sie beugte sich vor, um zu schnüffeln. Ihre Wölfin hatte eindeutig das Ruder übernommen, denn sie gab einen weiteren animalischen Laut von sich.

„Vielleicht plane ich, eine von ihnen anstelle von dir zu beanspruchen", flüsterte ich in ihr Ohr. „Würde dir das gefallen, Quinnlynn? Würdest du es vorziehen, dass ich eine von ihnen als meine Gefährtin nehme? Eines der *Dutzend Angebote* annehme, die ich erhalten habe?"

Ihre Zähne streiften meinen Puls und bestätigten die Anwesenheit ihrer Wölfin, die langsam an die Oberfläche kam.

„Vielleicht sollte ich dir erzählen, wie viele dieser Angebote in diesem Zimmer, in *meinem Bett,* gemacht wurden." Ich knabberte an ihrem Ohrläppchen. „Mit meinem Knoten tief in …"

Sie holte nach meiner Brust aus, ihre Finger waren zu Krallen geworden.

Und dann schrie sie auf, als die Verwandlung von ihr Besitz ergriff und ihre Knochen nach Jahren – Jahrzehnten – der Nichtnutzung brachen. Trotz meiner Vorbehalte beschloss ich, ihr mit einer Welle meiner Heilkraft die Verwandlung zu erleichtern. Sie würde mich später beschuldigen können, ihre Empfindungen abgestumpft zu haben, aber das war mir lieber als die Qualen zu ertragen, die ich in unserem Band spürte.

Doch sie stammten nicht nur von der Verwandlung.

Es war der Gedanke an all das, was ich gerade gesagt hatte.

Zu wissen, dass es sie störte, gab mir in gewisser Weise ein Gefühl des Sieges, hauptsächlich, weil ich dasselbe empfinden würde, wenn ein anderer Mann im Spiel gewesen wäre.

Sie war mein.

Und ich teilte nicht.

Ihre Wölfin knurrte und ihr wunderschönes schwarzes Fell schimmerte im Licht meines Schlafzimmers.

Ich grinste, erfreut über ihr Erscheinen.

Bis sie sich plötzlich auf meinen Hals stürzte, um mir die Kehle herauszureißen.

Was ich in gewissem Maße auch verdiente. Ich hatte das süße Geschöpf mit meinen Worten angestachelt. Ihre Wölfin hatte vielleicht nicht alles verstanden, aber sie hatte Quinnlynns Eifersucht gespürt. Was ausgereicht hatte, um das Biest aus seinem Versteck zu locken.

Ich packte ihre Schnauze mit der Hand, bevor sie sich an meiner Kehle laben konnte, und schlang meinen anderen Arm um ihre Mitte, um sie auf den Rücken zu rollen, während ich mich über sie beugte. Ihre Pfoten schossen in die Höhe, um mich zu kratzen, und trafen auf meine Haut.

„Beruhige dich, Quinnlynn", verlangte ich, während mein Wolf einen Strom dominanter Energie durch sie hindurchschickte und sie zwang, zu gehorchen.

Sie wimmerte, und ihre Wölfin fühlte sich durch meinen strengen Ton gekränkt.

Ich gab ihre Schnauze frei und strich mit den Fingern durch ihr weiches Fell. Abgesehen davon, dass sie ein bisschen dünn war, schien sie gesund zu sein. Wahrscheinlich durch meine Fürsorge der letzten Woche.

Ihre dunklen Augen funkelten mich an, bevor sie sich unterwürfig zur Seite drehte.

Ich konnte es auch in menschlicher Gestalt mit ihr aufnehmen.

Doch ich wollte keine fügsame oder gebrochene Gefährtin, weshalb ich meine Lippen auf ihr Ohr presste und flüsterte: „Ich werde dir sagen, wie viele Angebote ich angenommen habe, seit du weggelaufen bist, Quinnlynn. Wie viele andere Omegas ich *gefickt* habe."

Sie erstarrte unter mir und schien den Atem anzuhalten.

Das war der Moment, in dem ich wirklich grausam sein könnte, der Moment, in dem ich sie wirklich bestrafen könnte.

Aber das lag nicht in meiner Natur.

Ich war ein starker Wolf. Ein Alpha der Zurückhaltung. *Ein guter Gefährte.*

Alles Tatsachen, die sie jetzt erkennen würde.

Mit einem einzigen Wort.

„Keine."

QUINN

Kierans Enthüllung ließ mich unter ihm erstarren.

„Keine."

Er war mit niemandem zusammen gewesen, seit ich gegangen war.

Wahrheit oder Lüge?, fragte ich mich. Aber er roch nicht nach einer anderen Omega und auch nicht, als würde er lügen. Er … er roch wie ein sexy Alpha mit einem *Bedürfnis*.

Einem Bedürfnis, das ich unter mir wachsen spürte, als ich auf seinem Schoß saß.

Einem Bedürfnis, das sich in mir widerzuspiegeln schien, als meine Wölfin seinen minzigen Duft einatmete.

Seine Lippen strichen über meine Stirn, als er sich von mir löste.

„Wir gehen laufen", informierte er mich und griff nach seinem Hosenbund. „Danach werden wir über deinen Zyklus sprechen."

Mir drehte sich der Magen um.

Aber nicht aus Abscheu.

In *Erwartung*.

Verdammt. Es hat bereits angefangen. Ich spürte, wie mein Interesse an ihm von Sekunde zu Sekunde wuchs. Weil meine Hitze unmittelbar bevorstand.

Und seine Enthüllung …

Er ist mit keiner anderen zusammen gewesen.

Das zeugte von einer unglaublichen Zurückhaltung. Und Hingabe. Und …

Und weiteren Eigenschaften, die ich eigentlich ignorieren wollte.

Aber nicht konnte.

Er ist mir die ganze Zeit treu geblieben.

Er hat niemanden sonst verknotet.

Kieran hat das alles nur gesagt, um mich dazu zu bringen, mich zu verwandeln.

Es war nicht als Strafe gedacht oder um grausam zu sein. Sondern für mich. Um mir zu helfen.

Kieran war nie besonders bärbeißig oder unsympathisch gewesen. Wenn überhaupt, hatte er sich als zu sympathisch erwiesen. Aber das bedeutete nicht, dass ich ihm vertrauen konnte.

Er hatte zwar bewiesen, dass er den Blutsektor kontrollieren konnte, und soweit ich das beurteilen konnte, war er nie in die Nähe des Refugiums gekommen, aber das hieß nicht, dass er unschuldig war.

Keiner ist unschuldig.

Unter den Alphas der Sektoren des V-Clans lauerte ein Killer.

Ein Alpha, dessen Namen und Ursprung mir unbekannt war.

Ein Alpha, der meine Eltern getötet hat.

Das war der Teil, über den niemand Bescheid wusste: Der Flugzeugabsturz war kein Unfall gewesen. Sondern ein Angriff.

Ein Angriff, der mich zur Alleinerbin des Sektors gemacht hatte.

Die einzige royale V-Clan-Omega.

Die einzige *Beschützerin.*

Alle Omegas im Refugium brauchten meine Magie, um zu gedeihen. Das machte mich buchstäblich zum Schlüssel für ihr Überleben.

Und auch zum einzigen Zugangspunkt.

Kieran war der einzige Alpha gewesen, der nach dem Tod meiner Eltern nicht versucht hatte, um meine Hand zu werben. Das hatte ihn als den sichersten Bewerber hervorgehoben. Denn wer auch immer hinter meinen Eltern her gewesen war, hatte mit Sicherheit auch mich ausschalten wollen.

Mein Auserwählter hingegen hatte mich im Grunde genommen gar nicht gewollt.

Bis ich in seinem Territorium aufgetaucht war und ihm ein Angebot gemacht hatte, das er nicht hatte ablehnen können.

Vielleicht gefiel ihm die politische Arena nicht oder die Vorstellung, den wichtigsten Sektor in unserer Welt zu führen, aber er war ein Alpha, der schon immer nach neuen Herausforderungen gesucht hatte, und ich hatte ihm die größte von allen angeboten ... die Verteidigung meines Throns.

Im Gegenzug hatte ich seine Fähigkeit zu heilen angenommen, die sich im letzten Jahrhundert als sehr nützlich erwiesen hatte.

Wenn wir unsere Paarung vollenden würden, würde ich sehr viel mächtiger werden.

Aber er bekäme auch Zugang zum wahren Herzen unseres Sektors.

Und *das* war ein Geschenk, das ich nicht leichtfertig

vergeben konnte. Niemals. Nicht, bevor ich dieses Rätsel gelöst hatte.

Ein Puzzle, das ich seit über hundert Jahren zu lösen versuchte.

Dieses Rätsel hatte mich in den Bariloche-Sektor geführt. Unter anderem. *Nachdem Kieran mich in Atlanta gefunden hatte.*

Er zog seine Stiefel und Jeans aus und erlaubte meiner Wölfin einen vorzüglichen Blick auf seinen knackigen Hintern. Ich befahl ihr, sie solle ihn nicht anstarren, aber sie ignorierte mich und gab stattdessen ein anerkennendes Geräusch von sich, das sich verdächtig nach einem hungrigen Schnaufen anhörte.

Hör auf, fauchte ich.

Sie setzte sich jedoch auf ihr Hinterteil und schaute ihren zukünftigen Gefährten anerkennend an, als er einen Blick über seine Schulter warf. Er schmunzelte wissend, sodass ich ihm am liebsten mit meinen Krallen durchs Gesicht gewischt hätte, aber meine Wölfin hatte anscheinend gerade das Sagen, denn sie hechelte lediglich als Antwort.

„Wenigstens weiß ich, dass du leicht zu zähmen bist", murmelte er, wobei sein Tonfall einen Hauch von Belustigung enthielt. „Willst du sehen, was du verpasst hast?"

Meine Wölfin schmolz beim Klang seiner tiefen, maskulinen Stimme förmlich dahin. Sie würde wahrscheinlich alles tun, was er verlangte. Anflehen eingeschlossen.

Verräterin, murmelte ich.

Dann wandte er sich ganz zu mir um und gab mir einen Blick auf seine beeindruckende Männlichkeit frei.

Verdammt. Sie gegen meinen Hintern zu spüren, war eine Sache. Sie zu sehen? Etwas ganz anderes.

Denn ich hatte ihn noch nie nackt gesehen. Wir hatten uns noch nie gemeinsam verwandelt, um zusammen laufen zu gehen. Hauptsächlich, weil das eine ziemlich intime Sache war und ich kein Interesse daran gehabt hatte, ihn wirklich kennenzulernen. Er war nur ein Mittel zum Zweck gewesen.

Er ist immer noch ein Mittel zum Zweck, dachte ich.

Ein gutes Mittel, schien meine Wölfin zu denken, denn es hatte ihr praktisch die Sprache verschlagen, als er sich uns näherte.

Und jetzt konzentrierte sie sich ausschließlich auf seinen Knoten. Er schien besonders darauf bedacht, dass wir einen sehr guten, langen Blick darauf werfen konnten.

„Das wird alles dir gehören", murmelte er und erinnerte mich mit seiner Bemerkung an sein Zölibat. „Nachdem wir laufen waren."

Mir drehte sich der Magen um, da seine Worte so vielversprechend klangen.

Mein Zyklus wird bald einsetzen.

Und er wird mich verknoten.

Mich beanspruchen.

Damit hätte er Zugang zu—

Ich erstarrte, als sein Biest zum Vorschein kam. Seine Magie, eine Welle der Macht, raubte mir den Atem, als er sich in kürzester Zeit verwandelte.

So schnell.

So stark.

So mein.

Ich schüttelte den Kopf. *Nein. Er war nicht mein. Nicht wirklich.*

Noch nicht, schien eine andere Stimme zu hauchen.

Niemals, antwortete ich.

Doch meine Wölfin hatte andere Vorstellungen.

Sie rollte sich sofort auf den Rücken, um ihren Bauch

zu zeigen, und schenkte ihm ein schiefes, verspieltes Grinsen.

Er schnaubte als Antwort auf ihre nicht ganz so subtile Aufforderung, zu spielen.

Sie wimmerte angesichts seiner offensichtlichen Ablehnung und klang dabei so irritierend abhängig, dass mir ganz schlecht wurde. *Wie wäre es, wenn du mich die Führung übernehmen lässt?*, schlug ich vor.

Natürlich konnte sie mich nicht wirklich verstehen.

Und selbst wenn sie es gekonnt hätte, vermutete ich, dass ihre Antwort in etwa ,*Du hast mich über vier Jahrzehnte lang verleugnet. Verpiss dich*' lauten würde.

Was ich wahrscheinlich verdient hatte.

Kieran schnaubte erneut und beobachtete mich mit erwartungsvoller Miene. Meine Wölfin schenkte ihm ein weiteres Grinsen.

Er beugte sich hinunter, um mir liebevoll über die Nase zu lecken, woraufhin meine Wölfin fast zu schnurren begann.

Dann legte er den Kopf schief und schien zu sagen: ,*Los gehts*'.

Sie sprang sofort wieder auf und hüpfte aufgeregt umher.

Er belohnte ihre Kompromissbereitschaft, indem er seine viel größere Schnauze sanft gegen meine stieß. Meine Wölfin knabberte daran, offenbar war sie in der Stimmung, zu spielen.

Kieran grunzte und schloss sein Maul um mein Genick. Ich erstarrte. Seine dominante Geste sorgte dafür, dass ich mich in seiner Gegenwart ein wenig *zu sicher* fühlte.

Dann spürte ich die Veränderung im Luftdruck, als er uns aus seinem Appartement auf die Straße hinaus schattenwandelte.

Meine Wölfin wartete geduldig darauf, dass er uns freilassen würde, während ich verzweifelt versuchte, unsere Umgebung im Auge zu behalten.

Er hielt uns länger als nötig fest – ich vermutete, um mir klarzumachen, dass er mich am Kragen packen und zurückschleifen würde, wenn ich versuchte, wegzulaufen. Als er uns endlich losließ, drehte meine Wölfin eine kleine Runde um ihn herum. Aufgrund der langen Jahre in Isolation war sie etwas ungeschickt und wackelig auf den Beinen.

Ich nutzte diesen Moment, um unsere Umgebung zu erfassen.

Reykjavik. Wir waren außerhalb der Stadt, weit weg vom Hafen, im Landesinneren. Es war nicht weit bis in die Berge.

Alles wirkte viel moderner, als ich es in Erinnerung hatte. Die Gebäude waren wieder aufgebaut worden, seit Beginn der Ära der Infizierten … alles war neu.

Den Blutsektor hatte es hier schon immer gegeben, denn die Wölfe hatten eine symbiotische Beziehung zu den umliegend lebenden Menschen gehabt. Damit unsere Magie gedeihen konnte, brauchte unsere Art Blut, ob sterblich oder nicht, ähnlich wie unsere Cousins, die Vampire, aber nicht annähernd so aufdringlich.

Allerdings gab es ein Limit, wie lange wir darauf verzichten konnten – etwas, womit ich im letzten Jahrhundert viel experimentiert hatte.

Ich konnte etwa einen Monat ohne einen Drink auskommen und mich gut fühlen.

Aber zwei Monate waren zu viel.

Drei Monate raubten mir fast meine gesamte Energie.

Und nach vier Monaten fühlte ich mich nicht stärker als ein Mensch.

Ein Alpha-Prinz wie Kieran könnte wahrscheinlich

vier Monate ohne Blut auskommen und keinen Kraftverlust spüren. Die Entzugserscheinungen würden erst nach sechs oder sieben Monaten einsetzen.

Unsere Art hatte daher ein System mit den Einheimischen in Island entwickelt – wir schützten sie im Austausch gegen eine Blutsteuer.

Und Kieran hatte seinen Teil der Abmachung mehr als zufriedenstellend eingehalten.

Die Infektion hatte Island nie erreicht … etwas, wovon ich wusste, weil ich mich eingehend mit Kyra unterhalten hatte. Sie hatte für mich unter anderem den Blutsektor im Auge behalten. Sie war mein Fels in der Brandung.

Und vielleicht mein Ticket hier raus.

Kieran hatte meine Fähigkeit, durch die Schatten zu wandeln, eingeschränkt.

Aber ihre nicht.

Ich musste nur einen Weg finden, ihr eine Nachricht zukommen zu lassen. Oder vielleicht würde dieser Lauf durch den Sektor heute Botschaft genug sein. Sie würde durch die Gerüchteküche von meiner Rückkehr erfahren und sich melden.

Vielleicht wusste sie sogar schon, dass ich hier war, vor allem, wenn das, was Kieran über den Bariloche-Sektor gesagt hatte, wahr war.

Ich hoffe, es ist wahr.

Ich hoffe, die Omegas sind in Sicherheit.

Aber im Andorra Sektor? Ich war mir nicht so sicher, ob *das* eine Verbesserung war, obwohl er erwähnt hatte, dass Riley dort die Forschungslabore leitete. Das hieß, dass sie zumindest medizinisch gesehen in guten Händen waren.

Auch wenn ich die hübsche Omega-Doktorin nicht besonders mochte.

Als ,*ehemalige Forschungspartnerin*', hatte er sie bezeichnet und mir dann gesagt, dass er keine andere Omega verknotet hatte, während ich weg war.

„Keine."

Das könnte mein neues Lieblingswort werden.

Das war nicht unbedingt etwas, das mir wichtig sein sollte, aber es bedeutete mir etwas. Etwas … *Mächtiges.*

Etwas, das ich nicht fühlen sollte.

Kieran stieß sanft meine Schulter an und blickte zum Bürgersteig zurück.

Ich hatte überhaupt nicht aufgepasst und mich von meiner Wölfin führen lassen. Es schien, als hätte sie aufgehört, im Kreis herumzulaufen. Ich schaute mich neugierig um, um zu sehen, worauf sie jetzt ihre Aufmerksamkeit gerichtet hatte.

Rudelkameraden.

Mein Herz setzte einen Schlag aus. Mehrere von ihnen waren wie Geister aus meiner Vergangenheit erschienen und standen auf der anderen Straßenseite im Schatten des Mondes und der umliegenden Gebäude.

Ich war mir nicht sicher, was ich bei meiner Rückkehr erwartet hatte. In Wahrheit hatte ich noch nicht darüber nachgedacht, da ich noch nicht bereit gewesen war, an eine Heimkehr zu denken. Aber das war mir mit Sicherheit nicht in den Sinn gekommen.

Sie starrten mich an, als wäre ich eine Fremde, und vielleicht war ich das für sie auch. Es waren über hundert Jahre vergangen. Seitdem hatte ich viel erlebt, genau wie sie.

Kieran stieß mich erneut an und deutete dann mit seiner Schnauze in die Richtung, in die er laufen wollte.

Einige unserer Zuschauer schnaubten, was mich etwas irritierte.

Er ignorierte sie.

Genauso wie meine Wölfin.

Sie war mehr von dem großen Alpha an ihrer Seite angetan ... dem, den sie für sich beanspruchen wollte. Sie lehnte sich rüber, um erneut an seiner Schnauze zu knabbern.

Er grunzte und machte sich auf den Weg.

Sie folgte ihm sofort, entschlossen, ihm zu gehorchen.

Du bringst mich in Verlegenheit, sagte ich in Gedanken zu ihr. *Er muss uns nicht begleiten. Wir könnten auch allein in die Berge laufen.*

Aber sie hatte anscheinend keine Lust, ihn zurückzulassen. Das zeigte sie mir, indem sie sich immer wieder an ihm rieb, während wir nebeneinander liefen.

Er erwiderte die Geste nicht, was sie zu ärgern schien. Sie fuhr fort, ihn zu berühren, ihn zu streicheln und ihn mit ihrem Duft zu *markieren.*

Als wir den Stadtrand erreichten – nachdem wir von weiteren Rudelmitgliedern stumm beobachtet worden waren – stürzte Kieran sich auf mich.

Meine Wölfin gab ein aufgeregtes Geräusch von sich, als er uns mit seinem großen Körper zu Boden warf.

Er stieß ein Knurren aus, was meine Wölfin zum Lachen brachte, während ich innerlich aufstöhnte. Er wusste, was dieser Laut bewirken würde. In meinen Adern flammte sofort ein unkontrollierbares Feuer auf, das nur er löschen konnte.

Mit seinem Knoten.

Ich hatte schon so lange keine Hitze mehr erlebt, dass ich dieses unerträgliche *Bedürfnis* fast vergessen hatte. Aber jetzt traf es mich direkt in meinem Unterleib und verursachte ein Beben, das sich von meiner Mitte in meine Gliedmaßen ausbreitete.

Er leckte über meine Schnauze, sichtlich erfreut über die Reaktion meiner Wölfin.

Sie schmolz weiter dahin.

Ich hasse es. Ich hasse dich, dachte ich.

Seine dunklen Augen funkelten, als ob er mich hören könnte. Vielleicht konnte er die Wut in meinem Blick sehen.

Doch dann kläffte er verspielt und sprang von mir herunter. Ich runzelte die Stirn – zumindest in Gedanken. *Was hat er … ?*

Meine Wölfin sprang auf und rannte im Eiltempo hinter ihm her. Sie schien gut in Form zu sein, nachdem sie sich in der Stadt ein wenig aufgewärmt hatte.

Der Wind traf auf mein Fell und vertraute Gerüche drangen in meine Nase. *Zuhause,* dachte ich mit geschlossenen Augen. *Ich bin zuhause.*

Während wir liefen, überfielen mich die Erinnerungen an die Vergangenheit, denn hier draußen unter den Bäumen und auf den Feldern hatte sich die Landschaft kaum verändert.

Schnee.

Schwarzer Sand.

Eisspitzen.

Atemberaubend.

Mein Vater war mit mir immer denselben Weg entlanggelaufen, eine Erkundungstour in die Berge zum Familienanwesen, das tief im Wald verborgen lag.

Hat Kieran das Anwesen in Schuss gehalten?, fragte ich mich. *Sind die Anlagen des Schlosses noch intakt?*

In Anbetracht der Aussicht, die ich aus seinen Fenstern gehabt hatte, war sein Domizil wohl in der Stadt, wahrscheinlich war es ein Penthouse.

Ich zog die Wildnis, die Wasserfälle und den Wald vor.

Den *Schnee.*

Meiner Wölfin ging es genauso, was sie zum Ausdruck brachte, als sie eine besonders weiche Stelle in der

Hochebene fand, in der sie sich wälzen konnte, bevor sie wieder Kieran hinterherjagte.

Er hatte sein Tempo verlangsamt, um sie spielen zu lassen, und erlaubte ihr, ihn einzuholen, bevor er weiterlief.

Bringt er mich zu dem Anwesen meiner Eltern? Denn wir befanden uns auf dem richtigen Weg.

Ich beschleunigte mein Tempo oder besser gesagt, meine Wölfin und unsere Gedanken synchronisierten sich angesichts der freudigen Erwartung.

Zuhause. Zuhause. Zuhause.

Jeder Schritt fühlte sich sicherer an, kraftvoller, *mehr nach mir.*

Ich vermisse es, dachte ich. *Ich vermisse diesen Ort. Diese Welt. Meinen Sektor.*

Ich hatte so viele Jahre damit verbracht, mich zu zwingen, ihn zu vergessen, den Ruf in meiner Seele zu ignorieren, aber jetzt, da ich hier war, konnte ich ihn nicht mehr ignorieren. Dieser Ort gab mir das Gefühl, vollkommen zu sein. Lebendig. *Vollständig.*

Es fühlte sich richtig an. Der Wind, die Gerüche, der Schnee und die Landschaft.

Zuhause. Zuhause. Zuhause.

Meine Seele jubelte, meine Wölfin wich endlich ein wenig zurück, um mir die Führung zu überlassen, und unsere Geister schienen sich wieder in Harmonie zu vereinen und zu *verbinden.*

Wir hatten uns voneinander distanziert, wie Kieran befürchtet hatte. Ich war unfähig gewesen, mich zu verwandeln oder meine Wölfin zu kontrollieren. Ich hatte nicht einmal bemerkt, wie nahe ich daran gewesen war, meine animalische Seele zu verlieren.

Jetzt wusste ich es.

Jetzt verstand ich.

Und die Erkenntnis erschreckte mich.

Wie hatte ich das nur zulassen können? Ich war von dem Bedürfnis zu *heilen* und zu *schützen* besessen gewesen. Ich hatte die Suche nach dem Mörder meiner Eltern so gut wie aufgegeben, vor allem, weil mein Verschwinden das Refugium ohnehin mehr oder weniger geschützt hatte.

Aber irgendwann hatte ich das Ziel aus den Augen verloren: hierher zurückzukehren, zu meinem Gefährten. Zu *Kieran*.

Sein dunkles Fell schimmerte im Mondlicht; er war groß, schlank und kräftig. *Wie ein geschmeidiger Panther*, dachte ich. *Nur, dass er ein Wolf ist. Ein sehr großer, schwarzer Wolf.*

Mein Wolf.

Er überbrückte die Distanz mit gekonnter Leichtigkeit … setzte seine Pfoten sicher und selbstbewusst auf. Dies war ein Wolf, der nichts fürchtete. Sich vor niemandem beugte. Er nahm sich, was er wollte, wann immer er es wollte.

Und doch war er mir treu geblieben.

Meinem Thron.

Meiner Krone.

Vielleicht erweist er sich doch als vertrauenswürdig.

Oder vielleicht war er der ultimative Schurke.

Aber ich hatte ihn ausgewählt, weil er der unwahrscheinlichste Verdächtige war.

Allerdings hatte er auch recht schnell zugestimmt.

Weshalb ich wieder einmal zwiegespalten war, was seine Unschuld anging.

Ich war einer Spur zum Bariloche-Sektor gefolgt, genauer gesagt, der Spur eines unbekannten V-Clan-Alphas, aber ich hatte ihn nie *gesehen*. Und er war nur zweimal zurückgekehrt.

Anstatt zu versuchen, ihn weiterzuverfolgen, war ich geblieben, um die Omegas zu heilen.

Und hatte mein wahres Ziel vergessen: die Rache.

Hierher zurückzukehren war so etwas wie der Weckruf, den ich gebraucht hatte, eine Erinnerung an die Tragweite meiner Bemühungen. *Ich muss Kyra eine Nachricht zukommen lassen, dann kann ich …*

Der Gedanke verblasste, als ich Kieran um eine Ecke folgte … eine Ecke, die die Grenze zum Anwesen meiner Eltern darstellte.

Nur …

Hier stimmte etwas nicht.

Ganz und gar nicht.

Das Gelände war mit Bäumen und Sträuchern überwuchert. Der Schnee lag viel zu hoch. Es war kein … kein Weg mehr zu sehen …

Ich zog die Brauen zusammen, während die Unsicherheit meiner Wölfin mit meiner eigenen rivalisierte. Sie wollte diesen Weg nicht fortsetzten. Er fühlte sich falsch an. Kalt. Ungewohnt.

Aber ich konnte jetzt nicht umdrehen. Ich musste unser Haus sehen und die Luft schmecken, die Düfte einatmen, mich auf dem vertrauten Boden wälzen und in meinen Erinnerungen schwelgen.

Doch meine Wölfin weigerte sich. Sie grub ihre Krallen entschlossen in den Boden.

Pech gehabt, dachte ich. *Ich habe das Sagen, nicht du. Und jetzt* lauf.

Ich zwang uns, ein paar Schritte vorwärtszugehen, aber sie versuchte, wieder die Oberhand zu gewinnen, und riss uns zurück.

Hör auf damit, forderte ich und drängte sie erneut vorwärts.

Aber sie machte wieder einen Rückzieher.

Ich knurrte rasend. *Du hast hier nicht das Sagen!*

Einen Scheiß werde ich tun, schien sie zu sagen, als ich mit ihr um die Oberhand kämpfte.

Wie zum Teufel ist es so weit gekommen?, fragte ich mich, als wir gegeneinander kämpften.

Sie stieß mich zurück.

Ich drängte nach vorne.

Und so kämpften wir weiter, während ich unter dem Ansturm der Verwirrung und des Gefühls, in zwei Teile gerissen zu werden, zerbrach.

Kieran mischte sich mit einem scharfen Knurren in das Chaos ein, aber ich war zu sehr in die Debatte mit meiner Wölfin vertieft, um auf die Warnung zu achten, die sein Knurren unterstrich.

Ich bin beschäftigt, dachte ich, während ich versuchte, meine Wölfin zu zügeln.

Ich knurrte vor Wut.

Ich verlor das beruhigende Gefühl des friedlichen Gleichgewichts von vorhin, und mein Herz schien plötzlich aus einem ganz anderen Grund zu hämmern.

Mein Körper schmerzte.

Mein Inneres brannte.

Meine Welt ... *drehte sich.*

Wir rannten buchstäblich hektisch im Kreis, der einem Wirbelsturm aus schwarzem Fell glich, weil sich meine Wölfin weigerte, mir die gewünschte Kontrolle zu geben.

Ein weiteres Knurren ertönte, diesmal noch mächtiger als zuvor.

Meine Wölfin begann, sich zu fügen.

Aber ich weigerte mich. Ich war noch nicht fertig. *Du wirst dich ihm nicht unterwerfen, solange du dich mir widersetzt,* befahl ich meiner Wölfin. *Ich habe das Sagen.*

Ich versuchte erneut, die Oberhand an mich zu reißen, und wandte uns in die Richtung, die uns nach Hause führen sollte, aber stattdessen landete ich auf meinem Hintern.

Plötzlich spürte ich ein heftiges Ziehen in meiner Mitte, ungezügelte Lust überfiel mich.

Oh, Monde. Nicht jetzt. Bitte nicht jetzt.

Doch in der nächsten Minute schoss ein weiteres Ziehen durch mich hindurch, welches mir ein Stöhnen entlockte.

Meine Hitze.

Ich wurde läufig, und zwar augenblicklich.

Meine Wölfin rollte sich zu einem Ball zusammen und bebte. *Wir müssen uns verwandeln*, sagte ich zu ihr. *Lass mich … lass mich raus.*

Es war, als könnte sie mich nicht hören, als ob ich mit einer Wand sprechen würde und nicht mit meiner animalischen Seite.

Mist!

Meine Seele fühlte sich entzweit an. Verloren. Unvollständig. Das Gegenteil von dem, was ich noch vor wenigen Minuten gefühlt hatte.

„*Quinnlynn*", sagte Kieran. Die Ungeduld in seinem Ton verriet mir, dass er meinen Namen schon seit einiger Zeit rief.

Was passiert hier?

Ich konnte nichts sehen. Meine Wölfin hatte ihre Augen geschlossen.

Öffne sie, befahl ich.

Sie ignorierte mich und rollte sich noch fester zusammen.

Kieran knurrte, ein Geräusch, das ich wiedererkannte. *Ein Befehl zum Verwandeln.*

Und ich schrie.

Denn ich konnte dem Befehl nicht nachkommen.

Meine Wölfin wollte nicht auf mich hören. *Sie kämpft gegen mich!*, wollte ich ihm zurufen. *Ich … Ich …*

Er knurrte erneut, diesmal noch heftiger als zuvor, und die Qualen breiteten sich in jedem Winkel meines Wesens aus.

Meine Wölfin begann zu zucken, und die Kombination aus seinem Befehl und meiner bevorstehenden Hitze erzeugte ein Inferno der Qual in uns.

Sie gab die Kontrolle nicht ab.

Es war, als könnte sie mich nicht einmal spüren.

Ein drittes Knurren des ungeduldigen Alphas ließ sie aufheulen, und unser gemeinsamer Schmerz ließ mich fast bewusstlos werden.

Ich kann mich nicht verwandeln.

Ich sitze fest.

Und … und ich werde läufig.

KIERAN

„Verdammt!", schrie ich, als Cillian und Lorcan mit mörderischen Blicken auf uns zugerannt kamen. Sie sahen sich um und suchten nach der Quelle für Quinnlynns gequältes Jaulen.

Man konnte ihre Schreie wahrscheinlich im ganzen verdammten Sektor hören.

Ich kniete mich neben sie und vergrub meine Finger in ihrem Fell. „Du musst dich verwandeln, Quinnlynn." Ihr Zyklus hatte eingesetzt, aber so konnte ich ihr nicht helfen … nicht in Wolfsgestalt.

Mein Knurren hatte nicht gewirkt, weil sie sich völlig von ihrer Wölfin distanziert hatte. Ich hatte sie hierher gebracht, weil ich dachte, dass sie vielleicht ihr altes Zuhause sehen wollte.

Sie schien von der Idee ziemlich begeistert gewesen zu sein und war mir die ganze Zeit über mit einem hechelnden Grinsen gefolgt.

Und dann hatte sich etwas verändert.

Etwas, das sie mit ihrer Wölfin hatte ringen lassen, bis sich die beiden völlig voneinander gelöst hatten.

Ich hatte den Bruch in ihrer Seele spüren können,

genau wie ihr Leiden. Mein Knurren hatte den Schmerz nur noch verschlimmert, denn ihre Wölfin schien nicht zu wissen, *wie* sie sich verwandeln sollte. Es schien, als hätte sie sich zu weit von ihrem Menschen entfernt, um sie überhaupt noch zu spüren.

Ein weiterer dieser gequälten Schreie drang aus ihrer Schnauze und mein Herz setzte einige Schläge aus.

„*Verdammt*", wiederholte ich entsetzt, wütend auf Quinnlynn, weil sie dieses Problem verursacht hatte, aber auch wütend auf mich selbst, weil ich es noch verschlimmert hatte.

Ich strich über ihre bebende Gestalt und versuchte, einen Weg zu finden, ihr zu helfen, und machte das Einzige, was ich tun konnte – schnurren.

Ihre Wölfin beruhigte sich ein wenig, die Abkehr von meinem Knurren schien zu helfen, doch als sie ein weiterer Krampf erschütterte, schrie sie erneut auf.

„So kann ich dich nicht verknoten, Kleines", sagte ich. „So geht das nicht."

Wir konnten als Wölfe ficken, aber das würde ihr bei ihrer Hitze nicht helfen. Sie brauchte meinen Knoten, den ich in Tiergestalt nicht so effektiv einsetzen konnte.

Nun, es wäre effektiv.

Aber nicht richtig.

„Ich werde dich so nicht nehmen, nicht, während du komplett dissoziiert bist." Das könnte ihre Situation verschlimmern. Sie könnte mir dann vorwerfen, dass ich sie brechen wollte, aber das wollte ich nicht. Nicht wirklich.

Bestrafen, ja.

Allerdings nicht so.

Niemals auf diese Weise.

Sie heulte erneut auf, was einem gequälten Schrei glich.

„Andere sind auf dem Weg hierher", warnte Cillian. „Was sollen wir machen?"

„Sag ihnen, sie sollen sich verpissen. Hier geht es um mich und meine Gefährtin." Wahrscheinlich würden sie denken, dass dies meine Version der Bestrafung war, was sie mir alle zugestehen würden, aber ich konnte mich jetzt nicht mit ihnen auseinandersetzen.

Und vor allem wollte ich niemanden sehen, der sich an den Schmerzen meiner Auserkorenen erfreute.

Denn sie hatte mehr als nur ein paar wütende Wölfe hinterlassen, was bei unserem Lauf durch die Stadt auch angedeutet worden war.

Sie schien es jedoch nicht bemerkt zu haben.

Dafür war ich in diesem Moment sehr dankbar. Mehr Schmerzen würde sie nicht überleben. Sie hatte schon genug zu ertragen.

Ich strich über ihr Fell und schnurrte intensiver, während ich meine Möglichkeiten abschätzte.

Sie hatte mein Eingreifen vorhin nicht gutgeheißen, aber ich war mir nicht sicher, ob sie jetzt noch eine Wahl hatte.

Ich konnte sie nicht einfach leiden lassen, nicht wenn ich die Fähigkeit hatte, sie zu beruhigen.

Ihre Wölfin stieß einen weiteren Schrei aus, während ihr Körper bebte und sich ihre Gebärmutter wahrscheinlich durch das Fehlen eines Knotens verkrampfte. Ich konnte spüren, wie sich ihre Sehnsucht um mich legte und sie mich anflehte, sie zu heilen, ihr zu *helfen*.

Aber das würde ihr unter diesen Umständen noch mehr schaden.

„Du hast dich völlig dissoziiert", flüsterte ich, während ich meine Finger in ihren Nacken krallte. „So kann ich dich nicht ficken." Ich war mir nicht sicher, ob mich ihre menschliche Seite überhaupt hören konnte, aber ich wiederholte es immer wieder, nur für den Fall, dass sie es konnte.

Als die ersten Mitglieder des Rudels eintrafen, hob ich sie in meine Arme.

Ich werde in meinem Appartement sein, sagte ich zu Cillian. *Bleib in der Nähe, falls ich dich brauche.*

Ja, Majestät.

Ich machte mir nicht die Mühe, Lorcan meine Absichten mitzuteilen. Wir waren schon unendlich lange zusammen, sodass er meinen Plan wahrscheinlich schon erahnt hatte. Außerdem war er mein Cousin, was bedeutete, dass wir oft ähnlich an Situationen herangingen.

Quinnlynn gab einen unzufriedenen Laut von sich, als ich uns durch die Schatten brachte.

Sie sprang aus meinen Armen, hüpfte samt ihrer schlammigen Pfoten in mein Bett und fing an, in meinen Laken zu wühlen.

„Ich habe dir schon gesagt, dass ich dich so nicht ficken werde", sagte ich, während sie die Laken wild durcheinanderbrachte. „Und jetzt schuldest du mir neue Seidenlaken."

Sie ignorierte mich, weil sie zu sehr damit beschäftigt war, mein Bett neu zu gestalten, damit wir darauf ficken konnten, oder besser gesagt, um ein *Nest zu bauen*, in dem wir uns paaren konnten.

Ich lehnte mich gegen den Bettpfosten und gönnte ihr diesen Moment – zumal es sie zu beruhigen schien. Nachdem sie einige Minuten lang an den Laken gekratzt und gebissen hatte, setzte sie sich mit einem triumphierenden Laut auf.

Fiel dann aber mit einem Wimmern um, was mein Herz schmerzen ließ.

Sie wurde nicht feucht, da sie nicht in menschlicher Gestalt war.

Aber sie war eindeutig erregt.

Als ihr Blick auf meinen traf, sah ich darin die Bitte, ihr zu helfen.

„Die einzige Möglichkeit, dir zu helfen, ist, dich in ein weiteres, heilendes Koma zu zwingen", informierte ich sie sanft. „Und das wird sich wie die Hölle anfühlen, wenn ich deine Sinne nicht wieder trübe."

Sie blinzelte mich an, und ich konnte nicht sagen, ob die Frau in ihr zuhörte oder ob sie überhaupt noch da war.

Sie war voll und ganz Wolf.

„Scheiß darauf", murmelte ich. „Du kannst mich später hassen." Nur so konnte ich ihr helfen, und ich hatte ihr versprochen, sie durch ihre Hitze zu begleiten.

Ich hatte nur nicht erwartet, dass es *so* passieren würde.

Ihre Wölfin präsentierte mir sofort ihr Hinterteil, als ich mich vom Pfosten abstieß, damit ich sie besteigen konnte.

Stattdessen strich ich ihr über den Rücken und gab ihr in Schwanznähe einen Klaps. „Noch nicht."

Sie knurrte.

Ich hätte fast zurückgeknurrt, aber ich wollte nicht riskieren, sie in eine weitere Spirale des Schmerzes zu schicken.

Also strich ich erneut mit meinen Fingern durch ihr Fell und setzte mit meiner Berührung heilende Energie frei. Sie heulte auf und legte sich hin. „Ja, jetzt magst du das, aber wenn du wieder deine menschliche Gestalt angenommen hast, wirst du mich wahrscheinlich anschreien."

Ihre Beine waren vorne und hinten ausgestreckt, und ihre Wölfin gab ein knurrendes Geräusch von sich, von dem ich annahm, dass es sich um Vergnügen und nicht um Unzufriedenheit handelte.

Ich verstärkte den Energiefluss, streckte mich neben ihr aus und begann zu Schnurren.

„So ist es gut, Kleine", murmelte ich. „Lass mich dir helfen, dich zu entspannen."

Sie rollte sich in mich hinein, ihr Fell war weich und schmiegte sich an meinen Oberkörper.

Ich ließ noch mehr Lebenskraft in meine Berührung einfließen und lullte sie ein, bis sie schließlich neben mir einschlief.

Als ich mir sicher war, dass sie heilte, trübte ich ihre Sinne erneut. „Ich hoffe, das reicht aus, damit du dich einigermaßen wohlfühlst", sagte ich. „Ich würde dich nie zwingen, deine Hitze auf diese Weise zu ertragen, Quinnlynn."

Ich könnte ihr vorwerfen, sich das selbst angetan zu haben, denn das hatte sie mit ihrem törichten Verhalten.

Aber das würde die Situation nicht verbessern und das Problem auch nicht lösen.

Ich zog es vor, das Problem zu lösen, anstatt es zu verschlimmern.

„Versuch, dich auszuruhen, Prinzessin", sagte ich und gab ihr einen Kuss auf den Kopf. „Ich werde herausfinden, wie ich dich wieder zusammensetzen kann, dann reden wir über unsere Zukunft."

Vorausgesetzt, ich könnte einen Weg finden, ihr zu helfen, sich zu verwandeln.

Mein Knurren hätte dieses Problem sofort beheben sollen. Aber es schien, dass ihre Beziehung zu ihrer Wölfin zerrütteter war, als ich angenommen hatte.

Törichtes Weibchen, dachte ich und erinnerte mich an die verlorenen Jahre.

Ich liebte ihre Hartnäckigkeit, aber sie hatte sich selbst und unserem Sektor irreparablen Schaden zugefügt.

Und ich wollte, dass sie dafür geradestand und ihre Gründe erklärte.

Bald, dachte ich, streichelte sie und ließ mehr von meiner heilenden Energie durch meine Fingerspitzen in sie strömen. *Sobald ich dich geheilt habe.*

Vorausgesetzt, ich wäre dazu in der Lage.

Dissoziation gehörte nicht zu den Dingen, die ich normalerweise heilen konnte.

Aber für Quinnlynn würde ich es versuchen.

„Für dich würde ich so ziemlich alles tun", vertraute ich ihr leise an, während ich mich sanft an sie schmiegte. „Du hast es nur noch nicht begriffen."

Vielleicht würde sie das eines Tages.

Vielleicht würde sie dann aufhören, wegzulaufen.

QUINN

Heiß.

Kalt.

Ein Land aus Feuer und Eis.

Passend, in Anbetracht der Tatsache, dass dies mein Geburtsrecht war. Aber es tat *weh*.

Ein Vulkan brach über meiner Haut aus und im nächsten Atemzug wurde ich unter einer Eisschicht begraben.

Kieran, dachte ich. *Er ... er tut etwas.*

Heilen, vielleicht?

Oder ist das seine Art der Folter?

Der Duft seines minzigen Rasierwassers drang in meine Sinne und ich wurde mir meiner Umgebung langsam wieder bewusst.

Ein Grummeln folgte, das mich zufrieden aufseufzen ließ. *Mein Alpha schnurrt für mich. Mehr.* Ich versuchte, mich an seine Brust zu schmiegen, aber meine Glieder weigerten sich, mein Körper war nicht mehr mein eigener.

Ich fühlte mich gefangen in dieser Qual der Extreme. *Lava. Eis. Inferno. Blizzard.*

Äußerlich war ich voll und ganz eine Wölfin, aber innerlich bebte ich.

„Willst du versuchen, dich für mich zu verwandeln, Kleines?", fragte Kieran. Seine tiefe Stimme war wie ein Kuss für meine Sinne, der mein *Verlangen* intensivierte.

Alpha.

Mein Alpha.

Nimm mich.

Oh, Monde, er muss mich verknoten.

Die Vorstellung, wie er mich fickte, überfiel mich, meine Fantasien duellierten sich mit der Realität. *Was ist real? Ist das real? Nein. Ich würde ihn spüren, wenn es echt wäre.*

Aber alles, was ich spürte, war dieses beruhigende Grummeln in meinem Rücken.

Alles, was ich schmecken konnte, war seine Magie.

Alles, was ich hörte, war seine Stimme, die mich anflehte, mich zu verwandeln.

Ich war blind, da sich meine Wölfin weigerte, mich *sehen* zu lassen. Sie hatte das Sagen und erniedrigte mich aufs Äußerste.

Hast du dich all die Jahre so gefühlt?, fragte ich mich unwillkürlich. *Gefangen in meinem Körper?*

Ich hatte mich schon zu lange nicht mehr verwandelt, hatte meine Wolfsseite verleugnet und mich vor meinen Omega-Instinkten versteckt. Jetzt bestrafte sie mich, indem sie mich zwang, meine Brunst in dieser überhitzten Höhle zu ertragen.

Ich wimmerte, das Geräusch schien in meinem Kopf widerzuhallen.

„Ssch", flüsterte Kieran. „Ich bin hier, Quinnlynn."

Kannst du mich hören?

Oder hatte meine Wölfin gewimmert?

„Schlaf", sagte er. „Wir werden in ein paar Stunden sehen, was du dann davon hältst, dich zu verwandeln."

Schlafen? Aber ich ... ich ...

Finsternis umgab mich. Ich wurde in einen Strudel des Nichts gezogen und in einer feurigen Grube wieder ausgespuckt.

Ich schrie auf, nur um von Kierans Heilkraft überflutet zu werden. Meine Lippen öffneten sich zu einem Stöhnen, welches nur ich hören konnte, und mein Herz hämmerte in meiner Brust.

Seine Lippen waren wieder an meinem Ohr und er flüsterte Worte, die ich nicht verstehen konnte.

Aber sein Schnurren beruhigte mich.

Es war ein Leuchtfeuer der Hoffnung, ein Trost, nach dem ich mich mehr sehnte als nach Sauerstoff. Ich atmete es ein, ließ zu, dass es mich wie eine schützende Decke umhüllte und dass es jeden Zentimeter meines Seins überwältigte.

Die Finsternis kehrte zurück.

Gefolgt von mehr Feuer und Eis.

Eine Spirale des Wahnsinns.

Eine, die den Kern meines Wesens zu zerstören drohte. Ich fühlte mich isoliert. Allein. *Gebrochen.*

Abgesehen von diesem Schnurren.

„Komm zurück zu mir, Kleines", murmelte Kieran. „Ich brauche deine menschliche Gestalt."

Mein Körper zeigte keine Regung, meine Wölfin kontrollierte mich und blieb stur. Es war, als wären wir zwei getrennte Wesen, die in einer Tierform gefangen waren.

Ich war ihr Bewusstsein.

Sie war meine Existenz.

Bitte, flüsterte ich ihr zu. *Bitte lass die Verwandlung zu. Ich verspreche, dich nicht wieder zu ersticken.*

Sie ignorierte mich.

Kieran überwältigte mich erneut mit seiner Heilenergie.

Der Kreislauf setzte sich über Stunden fort.

Tage.

Vielleicht sogar Wochen.

Kieran blieb bei mir, sein Schnurren schien selbst im Schlaf präsent zu sein.

Er weckte mich mit einem Knurren.

Meine Wölfin kläffte zur Antwort.

„Du musst dich verwandeln", sagte er, wobei sein Tonfall eine dominante Note enthielt. „Gib deinem Menschen die Kontrolle."

Meine Wölfin knurrte und heulte auf, als er ein weiteres Knurren ausstieß.

Ich versuchte, seinem Befehl nachzukommen, und wollte mich zurück in einen Menschen verwandeln, aber ich konnte es nicht. Ich konnte meine Wölfin nicht erreichen. Konnte nicht die Kontrolle übernehmen. Sie hatte die Zügel in der Hand und weigerte sich, einen Kompromiss einzugehen.

Ich verlor mich im Strudel der gemischten Extreme und weinte um den, für den ich bestimmt war – um Kieran, meinen Gefährten.

Es fühlte sich alles so sinnlos an. So untröstlich. So *irrsinnig.*

Ich hatte ein Ziel gehabt. Dessen war ich mir sicher. Ich war aus einem bestimmten Grund gegangen. Aber ich konnte diesen Grund jetzt nicht mehr bestimmten. Alles, was ich fühlte, waren Wut, Angst und Verlust. Ich war am Boden zerstört.

Es tut mir leid, flüsterte ich. *Es tut mir so leid.*

Die Worte waren für meine Wölfin bestimmt.

Vielleicht auch für Kieran.

Für alle.

Ich habe versagt, dachte ich wie betäubt.

Ich konnte nicht sagen, an welcher Aufgabe ich gescheitert war, nur dass ich mich wie eine Versagerin fühlte. Als hätte ich alle im Stich gelassen, mich selbst und meine Seele eingeschlossen.

Erneut peitschte ein Hitzeschub durch meine Adern, und mein Magen zog sich schmerzhaft zusammen. Kierans Energie vertrieb den Schub schnell, aber innerlich schrie ich.

Das ist schlimmer als jede Strafe, die ich mir hätte vorstellen können.

Doch ich verdiente es.

Jedes Quäntchen des Schmerzes.

Nicht wegen dem, was ich Kieran angetan hatte – dafür hatte ich eine andere Art von Strafe verdient –, sondern wegen dem, was ich meiner Wölfin angetan hatte. Meiner anderen Hälfte. Meiner wahren Partnerin in diesem Leben. *Meiner verdammten Seele.*

„*Quinnlynn.* " Kierans Stimme durchdrang den Nebel in meinem Kopf und zog meine Aufmerksamkeit auf sich. „Hör auf, dich selbst zu bemitleiden, und *kämpfe.*"

Ich wollte die Stirn runzeln. *Kämpfen? Wofür soll ich kämpfen?*

„Verlange, dass deine Wölfin nachgibt", fuhr er fort. Oder war das seine Antwort?

Hat er mich bereits beansprucht? Kann er meine Gedanken hören? Nein.

Nein, ich würde seinen Anspruch spüren. Dann könnte ich mit ihm reden.

„*Jetzt*", knurrte er.

Meine Wölfin wimmerte wegen seines Zorns, denn er schien sie zu verletzen. In meinem Herzen brodelte die Ablehnung, deren Ursache meine Wölfin war.

Sie fühlte sich zurückgewiesen.

Sie hatte ihm immer wieder ihren Hintern angeboten, aber er hatte sie immer wieder zurückgewiesen.

Ich hatte es nicht bemerkt, und auch nicht, dass meine Augen jetzt offen waren, aber sie hatte ihn um seinen Knoten angebettelt, und er hatte immer wieder nein gesagt.

Warum?, dachte ich im Delirium. *Warum lehnst du uns ab?*

Er tätschelte mein Hinterteil. „Gib deinem Menschen die Kontrolle, und ich gebe dir, was du brauchst."

Meine Wölfin knurrte.

Das veranlasste Kieran zu einem Knurren, das so dominant klang, dass mein Innerstes unter dem Gewicht seiner Macht erzitterte.

„Ich habe es auf die nette Art versucht, Kleines", sagte er. „Du tust dir selbst weh, wenn du dich weiter weigerst, und das werde ich nicht zulassen. *Verwandle dich.*"

Ein Schrei verließ meine Kehle, als meine Wölfin vergeblich versuchte, seinem Befehl Folge zu leisten, aber nicht wusste, wie sie es anstellen sollte.

Ich wusste nicht wie.

Wir waren verloren.

Getrennt.

Völlig voneinander gelöst.

Kieran packte mich im Nacken und zwang mich, ihm in die Augen zu sehen, während er erneut knurrte.

Halt!, wollte ich betteln. *Bitte hör auf!*

Aber ich konnte den Schmerz in seinem Blick sehen, seine Nasenlöcher blähten sich auf, als meine Wölfin auf seinen Befehl hin aufheulte.

Doch was auch immer er in meinen Augen sah, ließ ihn seufzen und seine Stirn an meine drücken. „Du bringst mich um, Quinnlynn", flüsterte er. „Du musst kämpfen, Baby. *Kämpfe.*"

Mein Inneres krampfte sich noch stärker zusammen,

seine Nähe, sein *Duft* betäubten meinen Verstand und ließen mich innerlich aufstöhnen. *Ich will dich. Ich brauche dich. Deinen Knoten. Bitte.*

„Nein", sagte er, und in seiner Stimme lag ein Hauch von Tadel. „Ich werde dich so nicht ficken. Zähm deine verdammte Wölfin, Quinnlynn."

Die Welt versank wieder in Dunkelheit, mein Verstand ertrank unter einer Lawine intensiver Lust und einer Welle der Angst.

Kein Eis.

Keine heilende Energie.

Kein Kieran.

Ich wimmerte. *Warum? Warum tust du mir das an?*

Natürlich war es das, was ich verdient hatte, aber meine Wölfin war trotzdem verwirrt und traurig, und ein Gefühl der Verzweiflung machte sich in uns breit. Sie verstand nicht, warum unser Alpha uns nicht befriedigen wollte. Wir waren in Not. Und das war seine Aufgabe. Unsere *Bestimmung.*

Eine kleine Flamme blühte in mir auf, die Welt schien von innen heraus zu leuchten. Ich hatte meinen Zyklus so lange verleugnet, dass ich vergessen hatte, wie sich diese Qual anfühlte, und in mir selbst gefangen zu sein, machte es noch viel schlimmer.

Meine Wölfin vibrierte vor Schreck, unfähig, dem starken Bedürfnis standzuhalten, das zwischen uns aufkeimte. Wir brauchten unseren Alpha. Wir brauchten Kieran, aber er hatte uns zurückgewiesen und während unserer Hitze allein gelassen.

Alleine.

In der Dunkelheit.

Doch … ich war nicht alleine. Ich hatte meine Wölfin. Meine bessere Hälfte. Wir waren zusammen in dieser Hölle, gefangen in einer Flamme feuriger Energie, geschmolzen durch das Fieber des gemeinsamen Verlangens.

Ich stöhnte innerlich auf, sehnte mich nach der heilenden Berührung meines zukünftigen Gefährten und suchte gleichzeitig Trost in meinem Inneren. *Wir müssen zusammenarbeiten,* sagte ich meiner Wölfin. *Wir können uns das nicht länger selbst antun.*

Ich drang wieder näher an die Oberfläche der Realität, oder zumindest ein Stück weiter vor, denn ich fühlte mich plötzlich von Kierans Duft wie erdrückt. *Minze. Männlichkeit. Alpha-Dominanz.*

Seine Haut war heiß.

Sein Knoten war so präsent, dass ich ihn fast schmecken konnte.

Aber alles, was er tat, war, mich zu streicheln.

Und zu knurren.

Er *verlangte* meine Hitze. Meine Erregung. Mein Verlangen.

Ein Wimmern blieb in meiner Kehle stecken und seine Anwesenheit war nicht mehr beruhigend, sondern quälend. Meine Wölfin wollte sich an ihn schmiegen, wollte ihn anflehen, sich zu verwandeln und uns zu ficken. Aber er hielt uns mit seinem starken Arm und einem Bein fest, drückte uns auf das Bett und hielt uns unter seiner großen Gestalt gefangen.

Das ist Folter!, wollte ich schreien. *Wolltest du uns nicht helfen? Was ist daraus geworden?*

Hatte er nicht behauptet, dass er mich nie auf diese Weise bestrafen würde?

Vielleicht kam endlich der echte Kieran zum Vorschein. Der Teufel unter der hübschen Maske, der Schurke, vor dem er mich gewarnt hatte.

Ich wusste, dass er grausam sein konnte.

Aber das ging über Grausamkeit hinaus. Das war Sadismus.

Meine Wölfin knurrte zustimmend, wütend darüber, dass unser Auserkorener uns so behandelte, uns mit seinem köstlichen Duft quälte und sich weigerte, uns zu verknoten.

Wir mussten ihn dafür bezahlen lassen, ihm so weh tun, wie er uns wehgetan hatte, und ihn als unwürdig erklären, denn kein guter Alpha würde das seiner Omega antun.

Die Wut in mir wuchs mit jeder Sekunde an, und meine Wölfin schien mit unserem Zorn völlig einverstanden zu sein. *Er hat uns verraten. Er hat uns verletzt. Er hat uns nicht verdient. Er muss büßen.*

Sein Knurren wurde durch das Knurren meiner Wölfin lauter.

Er kommandiert uns herum.

Bestraft uns.

Verletzt uns.

Aber wir waren ihm nicht gewachsen. Er hielt uns mit Leichtigkeit fest, hielt meine Schnauze und meinen Körper, ohne auch nur ins Schwitzen zu kommen.

Ich hasse ihn.

Möchte ihn verstümmeln.

Er muss für seine Vergehen bluten.

Denn mein Körper schrie vor Schmerz. Ich brauchte seinen Knoten, aber ich wollte ihn auch nicht. Nicht mehr. Nicht nach dem, was er mir und meiner Wölfin angetan hatte.

Vielleicht dachte er, ich hätte es verdient.

Aber kein Verbrechen rechtfertigte diese Art von Qualen. Dieses brennende Verlangen. Diese Unzufriedenheit. Sein spöttisches Verhalten, gefolgt von Untätigkeit.

Böse. Niederträchtig. Wild.

Verhalten, das gemaßregelt werden muss.

Ein Verhalten, das ihn nicht besser macht als mich.

Ein Schrei drang aus meiner Kehle, als meine Wölfin mir die Kontrolle überließ und mir erlaubte, die Wut in uns zum Ausdruck zu bringen. Sie wollte, dass ich schrie. Wütete. Unseren Alpha ausschimpfte. Sie wollte, dass ich ihm mit meinen Worten Schmerz zufügte. *Um ihn zur Vernunft zu bringen.*

Denn wir brauchten ihn.

Doch er lehnte uns ab.

Und es spielte keine Rolle mehr, was der Grund dafür war, oder warum er es für angebracht hielt.

Alles, was zählte, war unser Bedürfnis nach Heilung, nach dem Gefühl, eins zu sein, nach *Vollständigkeit.*

Ich erschauderte, als meine Verwandlung über meinen Körper kroch, sich mein Fell in Haut verwandelte und eine Schweißschicht hinterließ. Es war eine wunderbare Art zu leiden. Die Freude meiner Verwandlung wurde durch das schmerzhafte Brechen meiner Knochen und meiner neuen Gestalt unterstrichen.

Zu lange, dachte ich und keuchte. *Zu lange, seit ich es das letzte Mal gemacht habe.*

Ein paar Mal im Jahr waren nicht genug. Mein animalischer Geist brauchte so viel mehr. Verwandlungen mehrmals am Tag … Stündlich. Ich war mir nicht sicher. Aber ich würde ihr geben, was immer sie brauchte, um richtig zu heilen.

Nie wieder, versprach ich ihr. *Ich werde dich nie wieder verleugnen.*

Sie verstand meinen Schwur – teilweise –, und beruhigte sich, während sie unter meiner Haut zufrieden schnurrte.

Für einen Sekundenbruchteil fühlte ich mich vollständig. Glücklich. Zufrieden.

Ich atmete tief ein und erinnerte mich daran, *warum* ich mich in meine menschliche Gestalt zurückverwandelt hatte.

Kieran O'Callaghan.

„*Du*", knurrte ich heiser, während ich mich unter ihm aufbäumte und meine Nägel in seine nackten Schultern grub.

Sein dunkler Blick hielt mich gefangen, sein intensiver Ausdruck raubte mir den Atem und die Worte von den Lippen.

Was—? Was wollte ich gleich nochmal sagen?

Ich blinzelte und versuchte, den Bann zu brechen, den seine Anwesenheit über mein Wesen zu legen schien. Aber der Bann schlang sich fest um mein Herz und meinen Verstand und hielt mich als Geisel.

Meine Brust begann zu brennen. Eine subtile Erinnerung daran, dass ich atmen musste.

Brennen, dachte ich. *Feuer. Qualen. Inferno!*

Ich knurrte, und die Erinnerung an meinen Zorn traf mich mit voller Wucht. Doch sie verschwand wieder, als ich mehr von seinem köstlichen Duft einatmete. *Oh …*

Kierans Anwesenheit beruhigte mich fast augenblicklich. Seine Energie kroch über jeden Zentimeter meines nackten Körpers und nahm mich in Beschlag.

Sein Schnurren vibrierte in meiner Brust, seine Hände glitten nach oben und umschlossen meine Wangen. „Willkommen zurück, Quinnlynn."

KIERAN

Acht. Verdammte. Tage.

Aber es *bedeutete* mir alles, dass mich meine Omega wieder in *menschlicher Gestalt* anstarrte.

Es hatte fünf Tage gedauert, bis ich erkannt hatte, was sie brauchte – sie hatte sich selbst heilen müssen. Es hatte ihr geschadet, als ich versucht hatte, ihr zu helfen, denn dadurch hatte sie sich in sich selbst zurückziehen können, in ein beruhigendes Energiefeld, um die Hitze zu überstehen.

Das hatte sich erst geändert, als ich meine Energie von ihr abgezogen hatte.

Die Geräusche, die ihre Wölfin von sich gegeben hatte, würden mich bis in mein verdammtes Grab verfolgen, aber es hatte funktioniert. Das war alles, was zählte. Meine Omega war wieder eins. Verbunden mit ihrer animalischen Seite.

Sie starrte mich mit einer Wildheit in ihrem Blick an, die mein Blut in Wallung brachte.

Mehr, dachte ich. *Gib mir mehr.*

„Willkommen zurück?", wiederholte sie heiser. „Aus der Hölle, meinst du?"

Ich ignorierte die Anschuldigung in diesen Worten und griff nach einer Wasserflasche. Sie grub ihre Nägel erneut in meine Schultern, was ich ignorierte, um ihr die Flasche zum Mund zu führen. Ich schlang meine freie Hand um ihren Nacken und hob ihren Kopf etwas an, damit sie sich nicht verschlucken würde, und sagte: „Schlucken."

Sie warf mir einen finsteren Blick zu.

Ich knurrte warnend, woraufhin sie stöhnte, denn ihre Hitze war jetzt sehr ausgeprägt. Als das Wasser ihre Zunge berührte, begann sie zu schlucken, als hätte ich den Sinn des Lebens neu definiert.

Der Inhalt der Flasche verschwand in Sekundenschnelle, woraufhin ich nach einer zweiten griff.

Die trank sie ebenfalls aus, während sie die Augen genießerisch schloss.

Als ich ihr eine Dritte hinhielt, erbebte sie am ganzen Körper. Ich stellte die Flasche beiseite und strich mit dem Daumen über ihre Unterlippe. „Hungrig?", fragte ich, wobei mein irischer Akzent stärker zum Vorschein kam, nachdem ich über eine Woche mit einer läufigen Omega im Bett verbracht hatte.

Einer Omega, die mir gehören sollte.

Einer Omega, die ich nicht ficken *konnte*.

Einer Omega, um die ich mich nun kümmern musste, um sicherzustellen, dass sie nicht wieder in ihren distanzierten Zustand zurückfiel.

Sie brummte und ihre Nasenlöcher blähten sich auf, als sie tief einatmete.

„Das ist keine Antwort, Kleines", sagte ich. „Glaubst du, du kannst schon etwas essen?" Sie hatte seit acht anstrengenden Tagen nichts mehr zu sich genommen. Ihr Gestaltwandler-Erbe und meine Fähigkeit zu heilen hatten ihr dabei geholfen, diese Zeit zu überstehen. Zumindest in den ersten paar Tagen, bis mir klar geworden war, was ich tun musste, um ihr zu helfen.

In dem Moment, in dem sie sich zurückverwandelt hatte, hatte ich sie mit einer Welle meiner Heilkraft umhüllt, in der sie jetzt zu schwelgen schien. Sie murmelte etwas über Eis, ihre Lippen verzogen sich zu einem trägen Lächeln.

Ich sah sie stirnrunzelnd an. „Eis?"

Sie lehnte sich an mich, rieb ihre Nase an meinem Hals. „Mmhmm, Alpha."

„Ja", bestätigte ich. „*Dein* Alpha."

Sie begann zu nicken, hielt dann aber inne und schüttelte den Kopf. „Nein. Nicht mein Alpha."

Das vertiefte mein Stirnrunzeln. „Was hast du gerade gesagt?"

„Du hast mir *wehgetan*", hauchte sie. Sie hörte mich entweder nicht oder ignorierte mich. Ihre Stirn runzelte sich, als sie sich zurückzog, um mich anzufunkeln. „Du hast *uns* wehgetan." Ihre Fingernägel gruben sich erneut in meine Schultern, als sie einen Laut von sich gab, der ganz wütende Wölfin war.

Wenigstens seid ihr beide wieder auf einer Wellenlänge, dachte ich, als ihre Hand meine Wange traf.

Ein weiterer animalischer Laut verließ ihre Kehle, als die Wut aus ihr herausbrach.

Nägel.

Hände.

Zähne.

„*Genug.*" Ich ergriff ihre Handgelenke, drückte sie auf beiden Seiten ihres Kopfes ins Kissen und nutzte meinen Unterkörper, um ihre Hüften und Beine auf dem Bett zu fixieren.

„*Du hast uns abgewiesen*", zischte sie. Ihre Wölfin starrte mich durch ihre Augen an.

„Ich glaube nicht, dass du mit mir über Zurückweisung reden willst, kleine Betrügerin, denn ich bin nicht derjenige, der *gegangen* ist."

„Ich dachte, du wolltest mich nicht auf diese Weise bestrafen", erwiderte sie, und ich fragte mich, ob sie mir überhaupt zugehört hatte. „Du hast *gelogen*. Du hast uns wehgetan."

„Ich habe dich *geheilt*", schnauzte ich zurück, wobei mein Tonfall einen Hauch von Dominanz enthielt, weil ich wollte, dass sie mich verdammt noch mal *hörte*. „Du hattest dich von deiner Wölfin distanziert, Quinnlynn."

Sie schnaubte, ihre Nasenlöcher blähten sich auf.

Aber sie schwieg.

Ich hoffte, dass sie mich endlich verstanden hatte.

„Dich deinen Zyklus allein ertragen zu lassen, hat dich zurückgebracht. Es hat euch dazu gezwungen, euch als *Einheit* zu fühlen, denn die Qualen der Hitze alleine zu erleben, ist für keinen von euch von Vorteil. Das habt ihr beide verstanden."

Sie funkelte mich an, ihre Wölfin schien die Wahrheit in meinen Worten nur zu erahnen. Sie konnte mich vielleicht nicht verstehen, aber ihre menschliche Hälfte schon.

Ich schmiegte mich tiefer zwischen ihre gespreizten Schenkel und lockerte meinen Griff um ihre Handgelenke. „Jetzt bist du wieder eins mit deiner Wölfin. Bist wieder ganz *du*." Ich fuhr mit meiner Nase über ihre Wange zu ihrem Ohr. „Du bist in Sicherheit. Du gehörst mir. Und du bist immer noch läufig."

Sie zitterte, sagte aber nichts. *Weil sie mich endlich versteht.*

„Ich habe deine Sinne erneut getrübt, aber wenn ich meine Heilenergie zurückziehe, wirst du wieder Schmerzen haben. Du musst also eine Entscheidung treffen, Quinnlynn."

Ich drückte ihr einen Kuss auf ihren flatternden Puls, bevor ich mich wieder aufrichtete, um sie anzustarren.

„Ich werde dich verknoten", sagte ich entschlossen.

Die Unvermeidbarkeit unserer Situation war unbestreitbar. Sie hatte sich vor über hundert Jahren für mich entschieden, selbst, nachdem ich sie vor den Konsequenzen gewarnt hatte.

Ihre Flucht hatte nichts an unserem Schicksal geändert. Sie war von dem Moment an mein gewesen, als sie mein Blut geschluckt hatte.

Ich hatte ein Jahrhundert damit verbracht, sie zu jagen, und schließlich hatte ich unser Versteckspiel gewonnen.

Jetzt war es an der Zeit, dass ich sie endlich schmeckte. Sie verknotete. Sie so lange fickte, bis sie sich nicht einmal mehr an ihren eigenen Namen erinnern würde. Bis sie darum *bettelte*, von mir beansprucht zu werden.

Ich würde ihr die Entscheidung überlassen, *wie* ich sie nahm.

„Du ..." Ihre Stimme war kaum zu hören, aber mein übernatürlich gutes Gehör erlaubte es mir, sie mit Leichtigkeit zu verstehen. „Du wirst mich verknoten?"

Ich kniff meine Augen zusammen. „Ja. Du bist meine zukünftige Gefährtin. Und ich denke, ich habe lange genug gewartet, Quinnlynn." Ich hatte mich ihrer mehr als würdig erwiesen. „Das Spiel ist vorbei. Ich habe gewonnen. Du gehörst mir."

„Ich bin dein", flüsterte sie.

Ich beugte mich hinunter, bis wir Nase an Nase waren. *„Mein."*

„Du hast uns nicht abgelehnt." Ihre Worte waren eine Feststellung, keine Frage. „Du hast uns geheilt." Ihre Formulierung verriet mir, wie nah ihre Wölfin an der Oberfläche war. Sie war immer noch in einem sehr zerbrechlichen Zustand, ihre Gestaltwandler-Seele war verwundet, da sie jahrzehntelang ihre Instinkte ignoriert hatte.

Weshalb ich ihre Behauptungen bestätigte, indem ich sagte: „Ich würde dich niemals zurückweisen, Quinnlynn. Ich bin dir über ein Jahrhundert lang gefolgt, weil du *mein* bist." Die Worte fühlten sich wie ein Brandzeichen an, das ich in jeden Zentimeter ihres Wesens prägen wollte, bis sie sich mir unterwarf.

Bis sie mich genauso erbittert beansprucht, dachte ich.

„Wir haben uns etwas geschworen, Prinzessin", fügte ich sanft hinzu. „Und ich mag zwar vieles sein, aber unehrenhaft nicht."

Ihre Wölfin schien aus ihrem Blick zu schwinden, hinterließ nur die Frau. *Meine* Gefährtin.

Sie starrte mich mit einer Mischung aus Neugier und Verwunderung an, und ihre Pupillen weiteten sich, als sie in meinem Gesicht nach Antworten suchte. Einem Hinweis. Einem Hinweis auf eine Frage, die ich nicht erahnen konnte.

Diese Omega trug so viele Geheimnisse und verborgene Wahrheiten mit sich, die ich unbedingt herausfinden wollte.

Warum bist du geflohen?

Wohin bist du gegangen?

Was hast du gemacht?

Hast du vor, wieder wegzulaufen?

Letzteres würde ich nicht zulassen. Ich hatte ihre Kräfte unterbunden, meine Macht war ein unsichtbares Seil um ihren Hals.

Sie würde mir nie wieder entkommen.

Aber das hielt mich nicht davon ab, mich zu fragen, ob sie es versuchen würde. Ein Teil von mir hoffte, dass sie es tun würde, damit ich ihr eine Lektion erteilen konnte. Der andere Teil wollte, dass sie freiwillig bleiben und sich aus den richtigen Gründen, für mich *entscheiden* würde. Ohne Hintergedanken.

„Du unterdrückst meine Hitze", sagte sie, und ihre Wölfin schien erneut kurz aufzublitzen. Es war nicht die Reaktion, die ich erwartet hatte, aber sie schien damit zu kämpfen, sich wirklich zu konzentrieren.

„Ich unterdrücke deine Hitze nicht", murmelte ich. „Ich betäube die überwältigende Wirkung deines Zyklus."

„Deshalb ist mir so kalt."

Ich runzelte die Stirn. „Dir ist kalt?" Ich zog etwas von meiner Heilenergie zurück, von ihren Worten besorgt. „Dir sollte nicht kalt sein."

Ihre Nasenlöcher blähten sich sofort auf und ihre Pupillen weiteten sich, als ich ihr erlaubte, etwas von der Kraft ihrer Hitze zu spüren. *„Kieran."*

Ich regulierte meine Energie und versuchte, sie nur so weit zurückzuziehen, dass ihr nicht kalt wurde, aber sie wölbte sich in mich hinein und ihre Schenkel umklammerten meine Hüfte.

Mein Name drang wieder über ihre Lippen und ihr Flehen schoss direkt in meine Leistengegend. *„Hilf mir"*, flehte sie. „U-Unterdrück–"

„Ich betäube sie nur", korrigierte ich sie wieder, während ich sie mit meiner Energie umhüllte.

Sie bebte unter mir, ihre Schenkel entspannten sich ein wenig um meine Hüften. *„Danke"*, hauchte sie, als sie ein weiterer Schauer überkam.

„Ich kann so nicht mehr lange weitermachen, Quinnlynn. Du kämpfst gegen deine natürlichen Instinkte, und genau das hat dich in diese Situation mit deiner Wölfin gebracht."

Sie schluckte, nickte. „Ich weiß."

„Dann wähle", sagte ich. „Ich kann dich jetzt verknoten und dich langsam wieder in deine Hitze einführen. Oder ich kann dich vollkommen entfesseln und dich in die Vergessenheit ficken."

Denn ich hatte auch meine Grenzen.

Und ich war bereits über diese Grenze hinausgegangen.

Etwas, das ich ihr jetzt in meinem Blick zu sehen erlaubte. Wir würden nicht darüber verhandeln. Sie hatte bereitwillig mein Blut getrunken und das machte sie zu meiner.

Meine Wölfin. Meine Gefährtin. Meine Königin.

„Ich verspreche dir, dass ich dich da durchbringe", sagte ich, ließ ihre Handgelenke los und packte sie im Nacken – mein Griff war sanft, aber entschlossen. „Aber du musst mir sagen, welchen Weg du einschlagen möchtest, Quinnlynn. Langsam oder schnell."

Ihre Kehle arbeitete unter meiner Hand, als sie versuchte, zu schlucken, während ihre Wimpern ihren Wangenknochen Luft zufächerten.

Ich drängte sie nicht, sondern streichelte einfach ihren Nacken, während sie meine Energie davor bewahrte, im Meer der Lust zu ertrinken. Es war nicht natürlich, aber ich konnte sie nicht leiden sehen. Nicht, nachdem ich die letzten Tage ihrer Qualen miterlebt hatte, als sie gegen ihre Wölfin angekämpft hatte.

Aber ich würde sie kopfüber in ihre Hitze stoßen, wenn sie sich wieder von ihrer Wölfin distanzierte.

Glücklicherweise schien sie nicht gegen ihre Instinkte anzukämpfen, sondern eher zu überlegen, wie sie sie annehmen sollte.

Ich fuhr mit meiner Nase an ihrer Wange entlang und atmete ihren süßen Duft ein. Ich hatte sie in der letzten Woche mehrmals gebadet, besonders, als ich ihr meine Heilenergie entzogen hatte. Sie schien es gar nicht bemerkt zu haben, doch vielleicht würde sie eines Tages verstehen, was ich für sie getan hatte, und es zu schätzen wissen.

Oder sie könnte vor Hitze den Verstand verlieren und sich nie wieder an diese Momente erinnern.

Egal, ich erinnerte mich daran.

Ich hatte mich um meine Auserkorene gekümmert. Und das war alles, was zählte.

Sie öffnete die Lider und gab erneut den Blick auf ihre Wölfin frei, die mich durch ihre wunderschönen dunklen Pupillen anschaute. Dieser Blick verriet mir, dass sie als Einheit kommunizierten und entsprechend verbunden waren.

Aber ich hatte noch keine Antwort erhalten.

Stattdessen drückte sie gegen meine Schultern.

Ich ließ sie gewähren, gab ihr etwas Raum, um den sie zu bitten schien, und rollte mich auf den Rücken. Sie holte tief und beruhigend Luft, ihr Brustkorb hob und senkte sich.

Mein Schnurren verstärkte sich instinktiv und mein Bedürfnis, sie zu beschützen, überwältigte mein Wesen. Es gab niemanden sonst auf dieser Welt, für den ich dieses Verlangen verspürte, nicht einmal für meine engsten Freunde und Familie.

Nur Quinnlynn weckte es in mir.

Sie war in dem Moment zu meinem Herzen geworden, als sie mein Blut in sich aufgenommen hatte. Obwohl ich sie damals kaum gekannt hatte – verdammt, *ich kenne sie immer noch kaum* – war sie das Herzstück meiner Seele geworden, wie ein Juwel, das meine Fürsorge und Hingabe verdiente.

Eine Schwäche, mahnte der zynische Teil von mir.

Quinnlynn hatte sich jedoch als eine der stärksten Omegas in meiner Bekanntschaft erwiesen.

Gerissen.

Intelligent.

Voller Geheimnisse.

Einige dieser Geheimnisse spiegelten sich in ihrem mitternächtlichen Blick wider, als sie sich auf einen Ellbogen stützte und auf mich herabblickte. Ihr sinnlicher Mund öffnete sich, während sie mit der Zunge ihre Unterlippe befeuchtete.

Es kostete mich all meine Beherrschung, nicht nach ihr zu greifen und erneut das Kommando zu übernehmen.

Aber ich wollte, dass sie die Entscheidung fällte.

„Quinnlynn?", fragte ich, meine Stimme tiefer als zuvor.

Sie flüsterte mir etwas Unverständliches zu, während sie meine nackte Gestalt in Augenschein nahm und jeden Zentimeter meines Oberkörpers betrachtete, bevor sie zu meinem pulsierenden Knoten hinunterblickte.

Ich bettete einen meiner Arme hinter meinem Kopf und genoss ihre offene Bewunderung.

Sie legte ihre Hand auf meinen Bauch und konzentrierte sich auf diese eine Berührung. Ihre Pupillen pulsierten, ihre Wölfin hatte sie in diesem Moment fest im Griff.

Ich sagte nichts dazu, sondern beobachtete, wie sie mich mit ihrer Hand erforschte.

Zuerst wanderte sie zu meiner Brustwarze hinauf und strich mit ihrem Fingernagel darüber. Sie wurde sofort hart, und Quinnlynn leckte sich über die Lippen. Dann beugte sie sich zu mir hinunter, um an meinem Hals zu schnüffeln, eine eher animalische als menschliche Aktion.

Ein Weibchen, das ihren Gefährten witterte.

Ich lehnte meinen Kopf zurück, um ihr mehr Zugang zu gewähren, schnurrte lauter, um ihre eindeutige Wertschätzung anzuerkennen.

Sie rieb ihre Nase an meinem Hals und legte ihre

Hand auf meine Brust, bevor sie wieder zu meinem Unterleib hinterglitt.

Wo sie jeden harten Muskel nachzeichnete.

Langsam.

Vorsichtig.

Als ob sie sich das Gefühl einprägen müsste.

„Wenn das deine Version des Vorspiels ist, Liebes, dann bin ich komplett damit einverstanden", sagte ich, wobei ich tiefer schnurrte.

Sie ignorierte mich, ihre Hand wanderte weiter.

Ihre Fingerspitzen tanzten an meinem Hüftknochen entlang, ihr Daumen zeichnete die Vertiefung darüber nach und meine Schenkel spannten sich in Erwartung an. Es war schon viel zu lange her, seit mich eine Frau berührt hatte. Doch ich konnte mich nicht erinnern, dass eine von ihnen jemals so etwas getan hätte.

Wahrscheinlich, weil ich normalerweise die Kontrolle übernahm.

Ich hatte die Frauen in der Vergangenheit nicht verwöhnt, sondern sie einfach gefickt. Aber mit Quinnlynn würde ich spielen. Ich würde die ganze Nacht spielen, die ganze Woche oder den ganzen verdammten Monat.

Besonders, wenn sie weiter auf diese Weise in meinen Armen erzittern würde.

Sie holte tief Luft, während sich ihre Brüste gegen meine Seite drückten. Sie schmeckte meine Haut mit ihren Lippen und brachte meinen Wolf dazu, sich unter der Oberfläche zu regen. Er erkannte, dass ihre Berührungen von ihrer Wölfin stammten, da sie zu wild waren, um menschlich zu sein.

Er wollte sie auf die gleiche Weise verwöhnen, sie auf den Rücken drehen und festhalten, während ich sie mit meinem Mund verschlang.

Verdammt, ihre Erregung war stark. Der süße Duft

tränkte die Luft und ließ mich in einem Meer von Verlangen baden.

Ihrem Verlangen.

Ihre Bewegungen waren langsam, ihre Erkundung noch nicht abgeschlossen. Ich wollte sie nicht verärgern.

Nicht jetzt. Niemals.

Ich wartete, als sich ihre Hand nach unten zu meiner Leiste vorwagte. *So sanft und zaghaft*, dachte ich, während ihre Fingerspitzen über meinen Beckenknochen glitten.

Direkt zur Wurzel meines Schwanzes.

Zu meinem *Knoten.*

Ich machte mir keine Mühe, mein zustimmendes Knurren zu verbergen, das in meiner Brust widerhallte. „*Verdammt*, Quinnlynn."

Ihre Berührung drohte meine Kontrolle zu brechen, was sie nicht zu bemerken schien, denn sie begann, sich erneut an meinem Hals zu reiben, während sie ihre Hand um meinen Schaft schlang.

Mein Inneres entflammte mit dem dunklen Verlangen, sie zu nehmen, und mein hundert Jahre langes Zölibat machte mir schwer zu schaffen.

Ich war geduldig gewesen.

Hatte gewartet.

Hatte mir eingeredet, dass es das am Ende wert sein würde.

Als sie anfing, sich einen Weg über meinen Hals zu meinen Brustmuskeln zu lecken, wurde mir klar, dass ich recht gehabt hatte. Diese Intensität. Diese feurige Sehnsucht. Dieses unendliche Verlangen. Das alles – die Jagd und der Kampf danach – war es wert.

Ihre Lippen strichen über meine Bauchmuskeln und ihre Zunge fuhr der Spur ihrer Fingerspitzen nach. Dies war ganz ihre Wölfin, die die Liebkosungen anführte und verlangte, dass der Mensch in ihr ihren Gefährten erforschte und kennenlernte.

Quinnlynn war sich dessen bewusst, ihre Wahrnehmung war in ihren Augen deutlich zu erkennen, als sie von meiner Taillengegend zu mir hinaufblickte.

Ihr Blick spiegelte das gleiche dunkle Verlangen wider, das ich selbst verspürte, unsere Wölfe im Einklang mit unserer gemeinsamen Leidenschaft. Aber es war auch ein Zögern zu erkennen, eine Neugierde, die gestillt werden musste.

„Ich habe dich einst gefragt, ob du meinen Knoten vor unserer Hochzeitsnacht ausprobieren möchtest", erinnerte ich sie. „Du hast dich entschieden, zu warten. Aber es scheint, dass du ihn jetzt ausprobieren willst, hm?"

Sie antwortete, indem sie meinen Bauchnabel mit ihrer Zunge umkreiste.

„Ich weiß nicht, ob du zögerst oder dich wirklich amüsierst", gab ich zu.

Sie massierte meinen Knoten und ließ mich aufstöhnen.

„Aber du kannst ruhig weitermachen", ermutigte ich sie. „Am Ende werde ich meine Antwort bekommen."

Dann würde ich sie verknoten.

Mehrfach.

Solange, bis sie mich anflehen würde, aufzuhören. Aber selbst dann würde ich weitermachen.

Denn eine läufige Omega war unersättlich.

Und glücklicherweise war ich es auch.

QUINN

DER WIRD NIEMALS PASSEN, dachte ich, und massierte erneut Kierans Knoten.

Meine Wölfin hatte dieses Spiel initiiert, weil sie unseren Gefährten erforschen und schmecken wollte.

Und jetzt war ich nicht sicher, was ich sagen oder tun sollte.

Er hatte seine Heilenergie zurückgezogen, was meinen Körper sofort hatte in Flammen aufgehen und mich vor Verlangen keuchen lassen.

Dann hatte er mich vor die Wahl gestellt.

Eine Entscheidung, die ich in Wahrheit noch nicht getroffen hatte.

Aber meine Wölfin brauchte das. Sie wollte unseren zukünftigen Gefährten kennenlernen. Die Konturen seiner männlichen Gestalt erforschen und den salzigen Geschmack seines Samens schmecken.

Sein Blut rann schon so lange durch meine Adern, dass ich mich seelentief mit ihm verbunden fühlte. Und doch war er ein Fremder. Ein Wesen, dem ich vielleicht nicht einmal vertrauen konnte.

Wenn das stimmt, warum lässt er mir dann die Wahl? Warum überlässt er mich nicht einfach meinem Schicksal und beansprucht mich?

Ich zitterte, die Frage verwirrte mich weiter.

In dem Moment, in dem dieses Spiel endete, würde er mich ein für alle Mal Schachmatt setzen. Er würde Anspruch auf meinen Verstand erheben und jedes meiner Geheimnisse entdecken. Er würde mich *besitzen*. Das Omega-Refugium würde ihm gehören. Er würde der wahre König des Blutsektors werden.

Das war unausweichlich. Ich hatte ihn ausgewählt, aber ich hatte einen fatalen Fehler begangen.

Ich hatte ihn ausgewählt, weil er damals kein Interesse am Blutsektor zu haben schien. Das hatte ihn in meinen Augen zu einer geringeren Bedrohung gemacht, denn er hatte eindeutig nicht den Wunsch gehabt, König zu werden.

Doch er hatte sich als die größte Bedrohung von allen erwiesen.

Weil meine Wölfin ihn begehrte.

Und da ich sie von der Leine gelassen hatte, übernahm sie nun die Kontrolle.

Ein Ritt auf Kierans übergroßem Schwanz.

Alle Alphas waren gut ausgestattet und überragten mit ihrer Größe alle um sie herum.

Und trotz unserer viel kleineren Statur waren wir Omegas so gebaut, dass wir den Knoten eines Alphas in uns aufnehmen und die Brutalität, die damit einherging, aushalten konnten.

Aber Kierans Erregung in meiner Hand pulsieren zu sehen, ließ mich alles infrage stellen, was ich instinktiv erkannt hatte.

Kieran musste meine Besorgnis erahnt haben, denn er streifte mit seinen Fingerknöcheln über meine Wange. „Du siehst meinen Schwanz an, als hättest du noch nie einen Knoten gesehen."

„Habe ich auch nicht", gab ich heiser zu. Heiser von meiner Hitze. Meiner Neugierde. Meiner Angst. Meiner Lust. Sie überwältigten mich. „Nicht von nahem …" Ich schluckte, unfähig, weiterzusprechen.

Glücklicherweise schien er zu verstehen, dass ich noch nie mit einem Alpha zusammen gewesen war. Ich war mir ziemlich sicher, dass ich ihm das schon gesagt hatte, aber vielleicht hatte ich auch nur erwähnt, dass ich seit unserer Verlobung mit keinem mehr zusammen gewesen war.

Dies war mein erstes Mal … Zumindest mit einem Alpha.

Als ich jünger gewesen war, hatte ich ein paar Mal mit einem Omega-Männchen experimentiert, dann war er glücklicherweise von einer weiblichen Alpha aus dem Lunar-Sektor beansprucht worden – und wie die meisten Alphas teilte sie nicht gerne.

„Quinnlynn." Er fasste mein Kinn und zwang mich, zu ihm aufzublicken. „Bist du noch Jungfrau?"

Ich schüttelte den Kopf, woraufhin er seine Hand sinken ließ.

„Aber du warst noch nie mit einem Alpha zusammen." Es war eine Feststellung, keine Frage.

Dennoch hatte ich das Bedürfnis zu sagen: „Nur mit einem anderen Omega."

Er zog eine Augenbraue hoch. Wahrscheinlich, weil er erraten konnte, wen ich meinte. Omegas waren selten. Männliche Omegas waren sogar noch seltener und ich war mit einem der einzigen männlichen Omegas aufgewachsen, die es gab.

„Ich verstehe." Er strich wieder mit den Fingerknöcheln über mein Kinn. „Dann sag mir, Kleines, willst du es langsam angehen lassen oder möchtest du lieber so verrückt vor Lust sein, dass du nichts anderes als Vergnügen empfindest?"

Er erinnerte mich an meine Wahl, drückte es nur anders aus. Ich konnte in diesem betäubten Zustand bleiben und mich von ihm in die Hitze führen lassen, oder ich konnte kopfüber in das Inferno stürzen, das mich erwartete.

Ich konzentrierte mich wieder auf seine harte, beeindruckende Männlichkeit.

Das wird bald in mir sein.

Aber ich konnte nicht verstehen, wie das funktionieren sollte.

Wird er überhaupt in meinen Mund passen?

Ich konnte meine Hand kaum um seinen Umfang schließen; so dick und lang war sein *pulsierender* Schwanz. Ein Lusttropfen perlte von seiner Eichel ab und lenkte meine Aufmerksamkeit auf sich.

Koste ihn, verlangte meine Wölfin. Nicht mit Worten, nur mit Trieben.

Triebe, die ich nicht ignorieren konnte.

Denn auch ich wollte ihn schmecken. Ich wollte herausfinden, ob er passen würde. Ich wollte es … „Lassen wir es langsam angehen."

Oder vielleicht war das nur meine Wölfin, die die Kontrolle übernommen hatte.

Aber es spielte keine Rolle. Wir agierten jetzt als eine Einheit, arbeiteten zusammen und nicht mehr gegeneinander.

„Langsam also", murmelte Kieran. Seine tiefe Stimme und sein verführerisches Schnurren verleiteten mich zum Handeln.

Schmecken.

Lecken.

Saugen.

Alles natürliche Instinkte, nach denen ich mich sehnte.

Ich konnte meine Wünsche nicht länger ignorieren und öffnete meinen Mund, um ihn in mich aufzunehmen. *Er wird passen*, entschied ich, plötzlich heißer als je zuvor. *Er muss passen,* denn ich musste das erleben. *Ihn. Uns.*

Der Geschmack seines Lusttropfens explodierte auf meiner Zunge, und ich stöhnte um seinen Schwanz herum, während ich ihn tief in meinen Mund nahm.

„*Verdammt*", fluchte Kieran, der plötzlich seine Finger in meinem Haar vergraben hatte. Aber anstatt mich von ihm wegzuziehen, drängte er mich, mehr von ihm zu nehmen.

Ich versuchte, ihn tiefer zu schlucken, bis mir die Tränen in die Augen stiegen und ich würgte.

Er zog mich zurück, bis nur noch die Eichel meine Lippen berührte.

„Du musst deine Kehle entspannen", sagte er, seine Stimme war tief und kehlig, ebenso sexy und hypnotisch, sodass ich fast vergaß, was wir da taten. Sein Knoten pulsierte unter meiner Hand und es kam noch mehr Sperma zum Vorschein.

Ich leckte es aus einem Impuls heraus von ihm ab. Er erschauderte.

„Du bringst mich noch um, Prinzessin", sagte er und stöhnte. „Nimm mich noch einmal, aber entspann dich. Erzwinge es nicht. Tu einfach, was sich gut anfühlt."

Er gab mir keine Gelegenheit zu einer Antwort, denn er drängte mich bereits nach vorne.

„Entspann dich", wiederholte er. „So ist es gut, Kleines. Genau so." Sein Kopf fiel zurück, seine Muskeln schienen sich unter mir anzuspannen, als ich ihn so weit wie möglich in meinen Mund nahm. „Jetzt massiere meinen Knoten mit deiner Hand."

Ich tat es, und mehr von der köstlichen Essenz sickerte

aus seiner Eichel. Ich saugte und schluckte, während ich ihn noch tiefer in meinen Mund nahm.

Er stieß einen irischen Fluch aus und sein Akzent verstärkte sich.

„Nochmal."

Es war ein Befehl, dem ich ohne zu zögern gehorchte. Er belohnte mich mit mehr von seiner salzigen Essenz und einem wilden Laut, der meine Wölfin in den Wahnsinn trieb.

Sie ermutigte mich, weiterzumachen.

Meine Lippen auf und ab gleiten zu lassen, an ihm zu saugen und alles zu schlucken, was er mir gab. Immer und immer wieder, und das alles, während ich seinen Knoten massierte und mich daran erfreute, wie er als Reaktion pulsierte.

„Ist das deine Art, dich bei mir zu bedanken, Liebes?", fragte er mit einem irischen Akzent, wie ich ihn noch nie gehört hatte. „Oder entschuldigst du dich?"

Sein Unterleib vibrierte förmlich unter meiner Berührung, und aus seinem Schwanz tropfte sein Lusttropfen, als ob er bereits einen Orgasmus gehabt hätte. Aber ich wusste, dass dies nicht sein Höhepunkt war. Seine dunklen Augen waren zu scharfsinnig, während er auf mich herabstarrte.

„Oder vielleicht glaubst du, dass dich das vor meinem Knoten bewahrt?" Seine obsidianfarbenen Augen blitzten wissend auf. „Eine Ablenkung, Quinnlynn. Ist es dein Ziel, das Unvermeidliche hinauszuzögern? Wenn das der Fall ist, werde ich dir eine Lektion erteilen, die du nie vergessen wirst."

Ich zitterte. *Ist es das, was ich tue? Versuche ich, ihn davon abzulenken, mich zu verknoten?*

Vielleicht.

Aber ich wollte ihn auch erkunden, schmecken und kennenlernen.

Den Wunsch meiner Wölfin erfüllen.

Sie wollte ihn zu unserem machen, um unseren Wert als seine Gefährtin zu beweisen. Vielleicht war es ein Zeichen der Dankbarkeit oder eine Art Entschuldigung für alles, was wir getan hatten.

Ich war mir nicht sicher.

Alles, was ich wusste, war, dass ich ihn zum Kommen bringen musste, um sein Vergnügen mitzuerleben. Um seinen Samen zu *schlucken*. Und ihn ganz intim zu *meinem* zu machen.

Uns zu paaren.

Mein Magen krampfte sich bei der Vorstellung zusammen und mein Bedürfnis, von ihm zu trinken, wurde plötzlich unstillbar.

Er zieht seine Heilenergie weiter zurück, bemerkte ich, als die Hitze in mir brodelte. *Er lässt mich das Delirium spüren, das mit dem Zyklus verbunden ist, und wird mich besinnungslos ficken.*

Aber es war mir egal.

Ich brauchte es. Ich brauchte *ihn.*

Meine Wölfin hatte sich so zurückgewiesen gefühlt. *Wir* hatten uns zurückgewiesen gefühlt. Und obwohl ich auf einer gewissen Ebene verstand, dass ich es verdient hatte, konnte ich den Gedanken nicht ertragen, von diesem Alpha abgewiesen zu werden. *Meinem* Alpha.

Verdammt, ich bin ein Wrack.

Es gibt einen Grund, warum ich gegangen bin.

Aber jetzt … in diesem Moment, ist alles, was ich will … alles, was ich brauche, das hier.

Ich blickte zu meinem zukünftigen Gefährten auf und ließ ihn die Sehnsucht sehen, die in mir tobte. *Ich bin hungrig, Alpha. Füttere mich. Gib mir, was ich brauche. Bitte!*

„*Verdammt.*" Sein Griff in meinem Haar wurde fester.

„Sieh mich weiter so an, Quinnlynn. Wage es nicht, damit aufzuhören."

Ich hatte nicht die Absicht, aufzuhören.

Ich wollte mehr. Nein, ich *brauchte* mehr und ich demonstrierte das, indem ich ihn verschlang, bis ich keine Luft mehr bekam.

Weitere irische Flüche folgten, und seine Augen glühten, als er meinen Blick festhielt. „Sieh mich an, Prinzessin", sagte er mit einer Warnung in seinem Ton. „Ich will dich sehen, während ich in deiner hübschen Kehle abspritze. Ein ganzes Jahrhundert voller Qualen, Quinnlynn. Ein ganzes Jahrhundert des *Wartens*."

Seine Worte klangen mehr wie eine Drohung, anstatt wie ein Geständnis. Er war dabei, mich zu zerstören, mich in seinen Qualen zu ertränken, und ich konnte an der Art, wie er mein Haar hielt, erkennen, dass er erwartete, dass ich alles schluckte.

Gut, dachte ich und starrte zu ihm hoch. *Gib es mir.*

Weil ich es wollte.

Ich wollte ihn.

Wenn wir das tun würden, dann auf die richtige Art und Weise.

Meine Wölfin knurrte zustimmend, der Laut entrang sich meiner Kehle und rollte von meiner Zunge.

Kierans Nasenflügel blähten sich auf und seine Lippen verzogen sich zu einem sündhaften Grinsen. „Du kannst mich nicht toppen, kleine Wölfin." Ein Knurren begleitete seine Worte, das Geräusch schoss direkt in meinen Unterleib und entfachte tief in mir ein loderndes Feuer. „Ich bin hier der Alpha."

Meine Wölfin schnurrte förmlich vor Erregung. *Dann gib es mir*, schien sie zu sagen. *Hör auf, es rauszuzögern, und lass mich dich wirklich kosten.*

Vielleicht waren das meine Worte. Meine Sehnsüchte. Meine *Bedürfnisse*.

Ich konnte es nicht genau sagen. Alles war verworren und verdreht.

Heiß, aber nicht unangenehm.

Wegen Kieran.

Er heilte mich weiterhin und erlaubte mir, diesen Moment bewusst zu erleben.

Aber was würde passieren, wenn er schließlich kam? Würde er die Kontrolle verlieren? Würde ich in einem Strudel der Lust ertrinken?

Er zog sich etwas zurück, sodass meine Lippen nur die Eichel seines Schwanzes umschlossen. Seine dunklen Augen hielten meine gefangen. „Tief einatmen, Liebes. Du wirst es brauchen."

Ich atmete durch die Nase ein, meine Wölfin hechelte vor lauter Vorfreude.

Vorfreude, die sich in Kierans Blick widerspiegelte.

„Augen auf mich gerichtet", sagte er. „Und massiere meinen Knoten."

Meine Hand bewegte sich, bevor mein Verstand den Befehl überhaupt begriffen hatte.

Dann stieß er tief zu und traf die Rückseite meiner Kehle, mit einem Knurren, das mich bis ins Mark erschütterte.

Oh, Monde.

Meine Schenkel wurden feucht, mein Unterleib pulsierte und verlangte nach Befriedigung.

Nur floss der Samen, den ich begehrte, meine Kehle hinunter und nicht in meinen Schoß.

Ich schluckte instinktiv, denn der dekadente Geschmack war anders als alles, was ich je erlebt hatte. *Ambrosia. Alpha-Essenz. Mein.*

Meine Kehle arbeitete um seine Länge herum, meine

Augen tränten von der Intensität seines Ergusses und ich gab dem Bedürfnis nach, ihn weiter zu beobachten. Zu beobachten, wie dieser mächtige Mann unter mir auseinanderfiel.

Es verlieh mir Energie. Gab mir einen neuen Sinn für mein Leben. Belebte meinen Geist.

Seine Hand fiel in meinen Nacken, als er meinen Namen knurrte. Mein Körper ging in Flammen auf, aber er war noch nicht fertig.

Er ertränkte mich in seinem Samen, der unaufhörlich in meine Kehle floss.

Es war kein Scherz, als er gesagt hatte, dass ich die Luft brauchen würde.

Ich konnte spüren, wie meine Lungen zu brennen begannen, während ich darum kämpfte, weiter zu schlucken. Meine Augen waren feucht von dem Ansturm der Tränen.

Sein Blick bohrte sich in meinen und zwang mich, den Kontakt aufrechtzuerhalten.

KIERAN

QUINNLYNNS WANGEN WAREN mit Tränen bedeckt und in einem satten Rosa gefärbt. Sie keuchte immer noch.

Ich hatte ihre Grenzen ausgetestet, um zu sehen, wie weit ich sie treiben konnte, bevor sie sich wehren würde. Und meine kleine Betrügerin hatte mich nicht enttäuscht.

Verdammt, ich war immer noch erregt und mehr als bereit, sie zu verknoten.

Aber zuerst wollte ich sie schmecken.

Ich wollte jeden verdammten Zentimeter ihres Körpers mit meiner Zunge erkunden, sie mit herausgezögerten Orgasmen überwältigen und sie um meinen Knoten betteln hören.

Es wäre zu einfach, sie von meiner Heilenergie zu befreien. Ich wollte eine Herausforderung. Ich wollte dominieren. Ich wollte *beanspruchen*.

Es war mir klar, dass ich sie nicht beißen konnte. Noch nicht. Nicht, bevor ich sicher sein konnte, dass sie und ihre Wölfin vollständig geheilt waren.

Ich würde sie also auf andere Weise markieren.

Ihren Körper und ihre Seele in Besitz nehmen.

Sie in jeder Hinsicht zu *meiner* machen. Vielleicht würde ihre Wölfin dann bereit sein.

Ich schloss meine Lippen um ihren Nippel und meine Zunge umspielte sie, während ich ihren wässrigen Blick festhielt.

Dann strich ich mit meinen Händen über ihre Seiten, entschlossen, sie kennenzulernen und *zu besitzen*, so wie sie es mit mir getan hatte.

Das Atemspiel war ein Zeichen für meinen Anspruch.

Einen, den sie mehr als gemeistert hatte.

Ihre Zuwendungen fühlten sich noch etwas ungeschickt an und bestätigten ihre vorhergehenden Behauptungen … sie war noch nie mit einem Alpha zusammen gewesen. Ich liebte es, ihr Erster zu sein.

Und wünschte, sie wäre meine Erste gewesen.

Leider hatte ich mehreren Omegas im Laufe der Zeit durch ihren Zyklus geholfen – natürlich nicht, seit ich Quinnlynn kennengelernt hatte. Sondern weit davor. Zu einer Zeit, als ich nicht vorgehabt hatte, mich jemals zu verpaaren. Ich hatte nur eine Pille einnehmen müssen, die mich währenddessen unfruchtbar gemacht hatte, und so hatte ich ficken können, ohne eine Schwangerschaft zu riskieren.

Aber diese kleine Betrügerin hatte alles verändert.

Durch eine unerwartete Vereinbarung hatten sich meine Ansichten und Ziele gewandelt.

Der Gedanke, Quinnlynn zu schwängern, gefiel mir. Natürlich nicht während ihres ersten Zyklus – ich hatte bereits meine Pille genommen, um sicherzustellen, dass das nicht passieren würde –, aber irgendwann, ja. Ich wollte miterleben, wie unser Kind in ihrem Bauch heranwachsen würde. Unser *Erbe*.

Und das war auf eine einzelne Ursache

zurückzuführen – diese verwegene Frau hatte mich ausgewählt.

Und dann *verlassen*.

Ich wechselte zu ihrer anderen Brust, streifte ihren Nippel mit meinen Zähnen und knabberte gerade so stark an ihm, dass sie das Stechen spürte, bevor ich ihn mit meiner Zunge belohnte.

Sie stöhnte auf und spreizte unter mir ihre Schenkel weiter auseinander. *„Kieran."*

„Oh, Liebes, ich fange gerade erst an." Ich nahm ihren harten Nippel zwischen die Zähne und biss zu, bevor ich ihn tief in meinen Mund saugte.

Quinnlynn schrie auf, ihre Hände landeten auf meinen Schultern. „Ich … Ich …"

„Du … was?", fragte ich mit einem Grinsen gegen ihre Brust. „Brauchst du mehr?"

„Ja", fauchte sie, wölbte sich mir entgegen und tränkte meinen Unterkörper mit ihrer Erregung.

„Mmhmm", brummte ich. „Eine Einladung." Ich knabberte noch einmal an ihrem kleinen rosigen Nippel und küsste eine Spur zwischen ihre Schenkel. „Eine Einladung, die ich annehme." Ich sprach direkt gegen ihre Knospe.

Ein Aufschub hatte keinen Sinn.

Meine Gefährtin wollte sich vergnügen.

Und mein Wolf wollte sie lecken.

Ich ergriff ihre Schenkel, um sie weiter zu spreizen, und gab dem Impuls nach, sie zu *kosten*.

Sie stöhnte auf, als ich mit meiner Zunge an ihrer feuchten Spalte entlang zu ihrem Eingang glitt und in sie eindrang. Mein Name fiel von ihren vollen Lippen und ihre Hitze überwand langsam ihre Taubheit, während ich meine Heilenergie allmählich zurückzog.

Sie wollte es langsam angehen.

Ich würde ihr diesen Wunsch erfüllen.

Und sie würde mich anflehen, aufzuhören, während sie gleichzeitig verlangte, dass ich sie verknotete.

Es würde ein köstliches Spiel werden, das ich kaum erwarten konnte.

Aber zuerst musste ich dem ganzen etwas die Schärfe nehmen, um ihr eine kleine Belohnung für das Vergnügen zu geben, das sie mir bereitet hatte.

Es würde nicht viel nötig sein, denn ihr Körper war so bereit, dass sie nur noch einen kleinen Schubs brauchte, um zu explodieren.

Nur hielt ich nichts davon, halbe Sachen zu machen.

Bei Quinnlynn ging ich aufs Ganze.

Ich bewies ihr das, indem ich ihre empfindliche Knospe in den Mund nahm und gleichzeitig knurrte.

Sie schrie auf, als sie der Orgasmus sofort überrollte. Überwältigend. *Intensiv*. Ich konnte es in ihren Augen sehen, in der Art, wie ihre Wangen erröteten, in der Weise, wie Schweiß ihren Körper bedeckte. Und ich konnte es in ihren Lustschreien *hören*.

Ich hörte nicht auf.

Ich saugte weiter an ihrer Knospe. Leckte sie. *Quälte* sie.

Ich trieb sie geradewegs in einen zweiten Höhepunkt, der sie meinen Namen schreien ließ.

„Wunderschön", lobte ich sie, mein irischer Akzent stark ausgeprägt. „So verdammt schön."

Sie bebte heftig und ihre Hand flog zu meinem Kopf. Sie vergrub ihre Finger in meinem Haar und versuchte, mich von ihrer empfindlichsten Stelle wegzuziehen.

Ich ergriff ihre Knospe mit meinen Zähnen und zwang sie, *mehr* zu akzeptieren. Genau, wie sie es sich gewünscht hatte.

Ich schob meine Hand an ihrem Bein hoch und fuhr

mit zwei Fingern durch ihre feuchte Mitte. Sie spannte ihre Schenkel fest um mich und ein Wort des Protests kam über ihre Lippen … ein Wort, das in einem Stöhnen endete, als ich zwei Finger in ihren engen Kanal gleiten ließ.

„Ssch", tadelte ich sie. „Du brauchst das."

Sie musste entspannt, feucht und bereit sein, um meinen Schwanz zu nehmen.

Wenn ich jetzt in sie eindringen würde, bestünde die Gefahr, dass ich sie verletzen könnte. Und das war inakzeptabel. Sie wollte behutsam an die Sache herangeführt werden, und genau das würden wir tun.

Ich liebkoste sie gründlich, während ich einen weiteren Strom meiner Energie freisetzte und sie mit gekonnten Zungenschlägen wieder in ihre Lust einlullte.

Sie vibrierte förmlich unter mir, ihr Körper zitterte unter dem Ansturm der Lust und der Intensität ihrer Hitze. „Brennst du, Baby?", fragte ich leise, mit einem Summen gegen ihre feuchte Mitte.

„Ja", fauchte sie, als sie ihre Beine erneut anspannte und sie ein weiterer Höhepunkt in einer heftigen Welle überrollte.

Ich grinste, mein Schnurren hatte ich längst durch ein gleichmäßiges Knurren ersetzt, das uns in einen Paarungsrausch bringen sollte. Wenn wir erstmal fertig waren, würde sie bereuen, dass sie mich verlassen hatte. Wir hätten das ein ganzes Jahrhundert lang schon machen können.

Stattdessen hatte ich über hundert Jahre mit ihr versäumt.

Gott sei Dank ist sie läufig, dachte ich. Denn die Dinge, die ich mit ihr machen wollte, konnte ich nicht außerhalb eines Zyklus machen.

Nun, man könnte es zwar tun.

Aber diese Aktivitäten würden sie nur noch mehr erschöpfen.

Wenigstens konnte sie während ihrer Hitze mithalten. Zum Teufel, es lag an *mir*, mit *ihr* Schritt zu halten.

Eine Herausforderung, die ich gerne annahm.

Und zwar so lange, wie es anhält, dachte ich, als ich einen dritten Finger in ihren heißen Kanal schob. Quinnlynn hatte mir einmal erzählt, dass ihre typische Hitze dreißig Tage dauerte. Aber an diesem Zyklus war nichts typisch. Es war ein erzwungener Zyklus nach Jahrzehnten der Verleugnung der Instinkte ihres Körpers.

Er könnte morgen schon enden.

Oder erst in sechs Monaten.

Das war ein weiterer Grund, warum es riskant war, sie zu beanspruchen. *Was, wenn sie sich dadurch wieder distanzieren würde?* Da ich keine klare Antwort auf meine Frage hatte, ließ ich von meinem Wunsch ab, sie zu beißen.

Ich werde sie überzeugen, bei mir zu bleiben, indem ich ihr ein Erlebnis biete, das sie so schnell nicht vergessen wird.

Ich werde sie dazu bringen, sich für mich zu entscheiden.

Und ich werde ihre Fähigkeiten blockieren, bis ich sicher bin, dass sie nicht mehr versuchen wird, wegzulaufen.

„*Kieran.*" Mein Name glich einem Fluch, als ihre Finger an meinem Haar zerrten. „Ich kann nicht. Ich kann nicht mehr … Aufhören. Nicht mehr."

Ich lächelte gegen ihre pulsierende Mitte. „Noch einmal", sagte ich.

„*Ich kann nicht.*"

„Vertrau mir, Liebes. Du *kannst.*" Das bewies ich ihr mit meinen Fingern und meiner Zunge, während ich das Brennen auf meiner Kopfhaut ignorierte, als sie an meinem Haar zog.

Es bedurfte ein wenig Überredungskunst.

Und einer Menge Knurren.

Ich trieb sie zu einem weiteren Höhepunkt und sie keuchte, schrie und *bettelte* darum, dass ich aufhören sollte.

„*Knoten*", hauchte sie. „Ich ... Ich kann nicht ... ich brauche ... *verdammt*, Kieran. Ich hasse dich." Sie schüttelte den Kopf und schloss die Augen, während sie gegen ihre Lust ankämpfte. „Nein, ich ... ich will dich, aber ... aber ich hasse ... *Kieran*."

Mein Knurren übertönte ihre Einwände, meine Energie löste sich aus ihrem Wesen, aber eine Winzigkeit ließ ich zurück, um sie festzuhalten.

„Bitte", flehte sie. „Bitte, Alpha. *Verknote mich.*"

Ich gab ihr einen Kuss auf ihre pochende Mitte, was mir einen Protestschrei und ein Stöhnen unverfälschter Lust einbrachte. Die perfekte Kombination. „Du bist umwerfend", murmelte ich. „Meine perfekte kleine Betrügerin."

Ich zog meine Finger aus ihrem engen Schlitz, woraufhin sie enttäuscht aufstöhnte.

Ich brachte sie zum Schweigen, indem ich ihr eben diese Finger in den Mund schob. „Sauge daran, Quinnlynn", murmelte ich, während ich an ihr hinaufkroch. „Lass mich deine Zunge spüren."

Sie gehorchte eifrig, ihr Verstand und ihr Körper waren fast völlig dem Bedürfnis verfallen, das durch ihre Adern floss. Diese Art von Delirium war der Grund, warum Omegas in diesem Zustand geschützt werden mussten. Sie wurden von dem Bedürfnis zu ficken verzehrt und sie kannten nur den Wunsch, *sich zu paaren.*

Einige Alphas verfielen in diesem Moment ihrer Lust, da sie den Drang, die Omega zu befriedigen, nicht kontrollieren konnten, und ihr Bedürfnis, sich fortzupflanzen, zu stark war. Ich spürte, wie mein Unterbewusstsein verlangte, diesem Weg zu folgen und meine Omega zu ficken, bis wir beide zu gesättigt waren, um uns zu bewegen.

Aber ich unterdrückte diesen Drang.

Denn hier ging es nur um meine Gefährtin.

Ich würde mich um meine Quinnlynn kümmern.

Meine Auserkorene.

Ich stemmte meine Hüften gegen sie, drückte meinen Knoten genau in ihre heiße Mitte. Sie wölbte sich mir entgegen, ihre Beine schlossen sich um meine Taille und hießen mich sofort willkommen.

Bis meine Eichel ihre Knospe küsste, woraufhin ein rauer Laut ihre Kehle verließ, welche um meine Finger in ihrem Mund herum bebte.

„Empfindlich?", fragte ich und rieb mich an ihr.

Ihre Augenlider flatterten und gaben den Blick auf zwei schwarze Iriden frei. Sie schien – *im Moment* – mit ihrem Wolf eins zu sein, die beiden waren gleichzeitig wild und unbestreitbar erregt.

Ich drückte mich noch einmal gegen sie und genoss es, wie sie gleichzeitig knurrte und stöhnte.

„Empfindlich und bereit", stellte ich zufrieden fest. Es war keine Frage. Ich sagte ihr, wie sie sich fühlte. Denn ich konnte es in ihren Zügen sehen und an meiner Leiste *spüren.*

So feucht. So geschwollen. So perfekt. So sehr mein.

„Du wirst weinen", warnte ich sie, wohl wissend, wie intensiv die Erfahrung des Knotens für sie sein würde. „Und dann wirst du mir sagen, dass ich niemals aufhören soll."

Ihr Gesichtsausdruck hellte sich ein wenig auf, aber ich erkannte, dass sie meine Worte verstanden hatte.

Deshalb führte ich ihr ein paar letzte Ströme meiner Heilenergie zu, denn mein Wunsch, dass sie das erste Mal bewusst erleben würde, war überwältigend.

Ich zog meine Finger aus ihrem Mund und streichelte ihre Wange. „Mach die Augen nicht zu", befahl ich ihr. „Ich will jede deiner Reaktionen auf meinen Knoten sehen. Verstanden?" Das war eine weitere Möglichkeit, um sicherzustellen, dass sie sich an diesen Moment erinnern würde.

Sie erschauderte, ihre Nasenlöcher blähten sich, als sie sich voller Verlangen an mich presste.

„Sag mir, dass ich dich ficken soll, Kleines", sagte ich sanft. „Ich will hören, wie du darum bittest." Genau genommen hatte sie es bereits gesagt, aber nach allem, was ich durchgemacht hatte, um diese kleine Betrügerin zu verfolgen, wollte ich es noch einmal von ihr hören. Ich wollte den Eifer in ihrem Ton hören. Das Verlangen. Das *Bedürfnis*.

Denn sie gehörte mir.

Ich hatte sie jetzt.

Unter mir.

Feucht gegen meinen Schwanz gepresst.

Sich windend, während sie um *meinen* Knoten bat.

„Kieran." Sie schluckte, ihre Finger waren immer noch in meinen Haaren vergraben. „Ich ... ich ... *bitte.*"

„Damit sagst du nicht, dass ich dich ficken soll, Quinnlynn. Ich will die Worte hören." Ich stupste ihre Nase mit meiner an, bevor ich mit meinem Mund über ihre Wange strich und mich auf den Weg zu ihrem Ohr machte. „Ich will dich *betteln* hören."

Ein heftiges Beben durchfuhr sie, das Zittern schien aus ihrem feuchten Inneren hervorzubrechen. Es küsste jeden Teil von mir, sodass ich in sie eindringen und sie in die Vergessenheit führen wollte.

Aber erst, wenn sie ihr Bedürfnis noch einmal zugab.

Erst, wenn ich die Worte von ihren schönen Lippen fallen hörte.

„Sag es", ermutigte ich sie. „Sag es und ich werde dich mit meinem Knoten belohnen."

Ihr Griff in meinem Haar wurde wieder fester, ihre andere Hand wanderte zu meiner Schulter und dann zu meinem Rücken, wo sie ihre Nägel in meine Haut grub. *Das* war ihre Wölfin, die von ihr verlangte, mich bluten zu lassen, weil ich ihre Qualen verlängert hatte.

„Mmhmm, gute kleine Wölfin", murmelte ich. „Jetzt sag mir, was du willst."

„Deinen Knoten", sagte sie und wölbte sich mir entgegen. „*Ich will ... deinen ... Knoten.*"

Ich drückte ihr einen gierigen Kuss auf ihren donnernden Puls. „Was soll ich mit meinem Knoten machen, Kleines? Willst du ihn wieder mit deinem Mund und deinen Fingern melken?"

„*Kieran.*"

„Sag es mir", forderte ich. „Gib zu, was du willst, und ich werde es dir geben."

Sie knurrte und zeigte mir ihre Krallen und Zähne. *Buchstäblich.* Denn sie versenkte ihre Nägel in meinem Rücken, während sie in meine Schulter biss.

Ich begann vor Vergnügen zu schnurren. Ihre Wölfin hatte eindeutig das Ruder übernommen.

Aber es war Quinnlynn, die knurrte.

Quinnlynn, die sich mit meinem Blut auf den Lippen zurückzog.

Quinnlynn, die mir in die Augen sah und sagte: „Fick mich, Kieran."

Ich antwortete mit meinen Hüften statt mit meinem Mund. Mein Schwanz fand ihren Eingang und glitt mit einem harten Stoß in sie hinein.

Sie bäumte sich mit einem Schrei vom Bett auf, der direkt in meine Leistengegend drang und meinen Paarungstrieb weckte. Aber ich hielt inne, um ihr einen

Moment Zeit zu geben, sich an meine Länge zu gewöhnen.

Ein weiteres heftiges Zittern erschütterte ihren Körper und ihr enger Kanal quetschte das Leben aus meinem Schaft. Der Instinkt, meinen Kopf in ihrer Halsbeuge zu vergraben, überwältigte mich, aber ich weigerte mich, den Blickkontakt zu unterbrechen. Zumal ich ihr gesagt hatte, sie solle ihn aufrechterhalten – etwas, das sie instinktiv zu tun schien, nachdem ich ihn unterbrochen hatte, um ihr ins Ohr zu flüstern.

Ihre Wangen erröteten.

Ihre Lippen öffneten sich.

Ihre Pupillen weiteten sich vollständig.

Sie keuchte wieder.

Aber ich erkannte den Moment, in dem sie sich zu entspannen begann, den Moment, in dem ihr Schock in Verzückung umschlug. Sie bewegte sich zaghaft, stöhnte dann über das Gefühl meiner Länge in ihr.

„Halt dich an mir fest", sagte ich. „Und hör nicht auf, mich anzusehen. Ich will sehen, wie du kommst. Ich will mich an diesen Moment erinnern, bevor du alles vergisst. Bevor deine Hitze zum alles verzehrenden Wahnsinn wird."

Sie versenkte erneut ihre Nägel mit einem herausfordernden Blick in meiner Haut. „Verknote mich."

Meine Lippen verzogen sich zu einem Lächeln. „Mit Vergnügen."

QUINN

Kierans dunkler Blick hielt mich gefangen, während er sich zu bewegen begann. Er beherrschte meinen Körper durch eine geschickte Drehung seiner Hüften, die mich benommen und wild machte.

Ich stand in Flammen.

Brannte für ihn.

Starb für ihn.

Brauchte seinen Knoten.

Er schien wild entschlossen zu sein, diese vernichtenden Befriedigungen andauern zu lassen. Und ich konnte ihn dafür nicht wirklich hassen, nicht wenn jedes Eindringen seines großen Schwanzes die Intensität steigerte.

Er packte meine Hüfte und brachte mich in eine Position, die es ihm ermöglichte, noch tiefer einzudringen. Ich stöhnte auf, der Lustschmerz trieb mein Verlangen nach ihm an, das mich noch heißer brennen ließ.

Sein Name verließ meine Lippen, und meine Sicht verdunkelte sich unter dem Ansturm der Empfindungen.

„Augen auf", erinnerte er mich, und der Befehl, der

seinen Tonfall unterstrich, veranlasste mich dazu, mich fest an ihn zu klammern.

Dieser Mann war ganz Alpha.

Ganz Wolf.

Ganz Gestaltwandler-Fantasie in einer exquisit anmutenden Verpackung.

Verdammt, ich war dabei, den Verstand zu verlieren, doch ein Teil von mir hielt durch, blieb bei jedem Stoß präsent, spürte jeden Zentimeter von Kierans Kraft, erlebte die überbordende Lust, die zwischen uns aufblühte.

Sein Blick blieb auf dem meinen haften, und sein Hunger war eine Naturgewalt, die meine Seele berührte. Ich konnte sein Verlangen nach mir fast schmecken, sein dunkles Bedürfnis, *mich zu beanspruchen.*

Dies war der Mann, der unserer Verbindung seit über hundert Jahren treu geblieben war.

Der Mann, der mich quer über den Globus gejagt hatte.

Der, der mich schließlich gefangen und an seine Essenz gefesselt hatte.

Doch er machte keine Anstalten, mich zu beißen. Versuchte nicht mal, mich zu küssen. Er fickte mich lediglich mit tiefen, kraftvollen Hüftschwüngen.

Wann wirst du mich beißen?, wollte ich ihn fragen. *Wann wirst du mich beanspruchen?*

Nur hatten die Worte keine Chance, meine Lippen zu verlassen, denn im nächsten Moment machte er etwas mit seinem Unterleib, das mich Sterne sehen ließ.

Eine raffinierte Drehung.

Eine gezielte Bewegung.

Ein scharfes Gefühl.

Genau gegen meine Knospe.

„*Kieran.*" Ich knurrte seinen Namen, oder vielleicht fauchte ich ihn auch.

Und er antwortete auf die gleiche Weise, nur dass sein Knurren mich völlig zerstörte. Es löste einen pulsierenden Strudel in meinem Bauch aus, der nicht abebben wollte, das Verlangen, das sich in mein Bewusstsein krallte und forderte, dass er es beendete. Mich erlöste. *„Bitte."*

Ich war mir nicht einmal sicher, was ich wollte. Seinen Knoten? Seinen Biss? Einen Kuss? Seine Zunge? Seine Hände? Alles?

Er brachte mich zum Schweigen.

Was dazu führte, dass meine Wölfin vorsprang und protestierte.

Doch ein weiteres Knurren des Alphas ließ mich wimmern und zu einer zusammenhanglosen Version meiner selbst zerfallen.

Ich wollte weinen.

Schreien.

Und stöhnen.

Alles zur gleichen Zeit.

Stattdessen verließ mich ein Wirrwarr von Worten, die keinen Sinn ergaben. Irgendetwas über Kieran. Seinen Knoten. Und meinem Bedürfnis nach *mehr*.

„Ich kümmere mich um dich, Quinnlynn", schwor er, während seine Hand zu meinem Hals wanderte und er ein wenig zudrückte. Seine andere Hand blieb an meiner Hüfte. „Und jetzt sieh mich weiter an. So ist es brav. Genau so, Kleines."

Das Blut in meinen Adern glich flüssigem Feuer, dessen Quelle aus meinem Inneren zu kommen schien. Jede strafende Drehung seiner Hüften schürte die Flamme nur noch, schürte ein Inferno tief in mir, das mir das Atmen erschwerte.

Ich sterbe, wurde mir klar. *Er tötet mich mit seinem verdammten Knoten.*

„Ssch", flüsterte er. „Bleib bei mir, Prinzessin. Augen auf."

Ich wollte ihn anfunkeln, aber ich konnte nicht. Ich war zu sehr damit beschäftigt, zu stöhnen, mich an ihn zu pressen und *ihn anzuflehen, mich zu verknoten.*

Mein ganzes Wesen glich einem brennenden Nervenbündel, Nerven, die zu explodieren drohten, wenn er mich nicht erlösen, *mich beanspruchen, mich verknoten und vervollständigen würde.*

Seine Hand schloss sich um meinen Hals. Ich konnte nicht atmen. Er hatte mir die Luftzufuhr abgeschnitten. Ich öffnete meine Lippen, um es ihm zu sagen, aber die Unbarmherzigkeit in seinem Blick sagte mir, dass er genau wusste, was er tat.

Nein. Nicht Unbarmherzigkeit.

Leidenschaft.

Bei ihm war es ein und dasselbe. Eine dunkle Mischung aus innewohnendem Sadismus gepaart mit unglaublicher Intelligenz, bekräftigt durch Alpha-Aggression.

Mein Gefährte.

Nein. Mein Auserkorener.

Ich fühlte mich wie benommen, verloren unter seinen strafenden Stößen, seinem wilden Verlangen, seinen *brünstigen* Instinkten.

Oh, aber diese *Augen.* Sie waren wie obsidianfarbene Diamanten, funkelten voller Verlangen und hielten mich gefangen. *Bleib bei mir. Bleib in der Gegenwart. Genieße es.* Seine Stimme hallte laut in meinem Kopf wider oder vielleicht hatte er auch nur laut gesprochen. Ich konnte beim Knurren meiner Wölfin nicht wirklich etwas hören. Seines Wolfes. *Unserer* Wölfe.

Ein Tanz von Liebenden, eine Verpaarung, die so alt war wie die Zeit.

Unsere Seelen verbanden sich, unsere Tiere tanzten, unsere Körper wurden *eins*.

Außer, dass er immer noch auf mich herabstarrte, mich aber nicht biss. Ich schüttelte verwirrt den Kopf, um ihn zu klären, wurde aber mit einem leisen Knurren wieder in seine berauschende Gegenwart hineingezogen, sodass sich meine Sicht erneut verdunkelte.

Er forderte meinen Blick nicht mehr ein.

Vielleicht, weil ich meine Augen nicht geschlossen hatte.

Oder weil ich zu weit weg war, um ihn zu hören.

Aber ein Spasmus in meinem Unterleib zog mich in unsere Umarmung zurück und sein leises, zustimmendes Grummeln durchdrang mich und zerstörte den dichten Nebel, der mich zu überwältigen drohte.

Sein dunkler Blick umgarnte mich, zwang mich, sein Vergnügen zu sehen, als sein Knoten aus der Basis hervorbrach und unsere Körper in seliger Agonie zusammenhielt.

Meine Lippen öffneten sich, aber der Schrei wollte mich nicht verlassen. Nicht, weil er mich immer noch würgte, sondern weil ich nicht mehr wusste, wie ich einen Laut von mir geben sollte. Es war zu intensiv. Zu leidenschaftlich. Zu *unglaublich*, um es zu verarbeiten.

Ich fühlte mich schwerelos, voller Empfindlichkeit.

Ich zitterte.

Purer Wahnsinn.

Meine Knospe pulsierte, der empfindliche Teil von mir war wund von seinen Behandlungen, aber sie blühte mit einem euphorischen Pochen auf, das ich nicht ignorieren konnte.

Ein animalischer Laut entrang sich meiner Kehle und erinnerte mich an ein Stöhnen, gemischt mit einem Schrei nach Nachsicht, denn es war zu viel. Und doch nicht genug.

Ich brauchte mehr.

Ich wollte seinen Schwanz mit all der Begierde melken, die ich aufbringen konnte.

Ihn in mich aufnehmen. Ihn beanspruchen. Ihn zu meinem Alpha machen.

Ich fuhr mit meinen Fingernägeln über seinen Rücken, mein Instinkt, ihn zu beanspruchen, traf mich mitten in meine Brust.

Ich beugte mich vor und versenkte meine Eckzähne in seiner Kehle. Er knurrte und meine Wölfin jubelte. *Schlucken. Befriedigen. Paaren.*

Die letzten Reste der Realität schienen am Rande meines Bewusstseins zu verschwinden und die Welt in die Tiefe der Lust zu stürzen.

Ich musste gefickt werden.

Verknotet werden.

Immer und immer wieder.

Ich musste sein Sperma schmecken. Ihn sauber lecken. Ihn mit meinem Mund in Besitz nehmen. *Sein Blut trinken.*

Ich kratzte wieder an ihm und verlangte mehr.

Weil mir etwas fehlte. Ich konnte es nicht definieren. Ich war mir nicht einmal sicher, ob es ein echtes Bedürfnis war. Mein Körper war ein einziges Durcheinander von Begierden und aufgestauter Lust.

Meine Wölfin sprang vor und trieb meine Handlungen an, ihr Verlangen war wilder als mein eigenes.

Ja, bitte, dachte ich, als wir Kieran wieder bissen. Diesmal in seine Brust. Wir waren oben, ritten auf ihm, nahmen uns, was wir von ihm wollten. Er schaute amüsiert zu mir hoch, seine dunklen Augen funkelten noch immer.

Ich war mir nicht sicher, wie ich in dieser Position gelandet war oder wie lange ich schon auf ihm ritt, aber es gefiel mir. Ich mochte es, meine Zähne in seine Brust zu rammen und sein Blut auf meiner Zunge zu schmecken.

Im nächsten Augenblick lag ich jedoch wieder unter ihm und hatte eine Flasche Wasser an meinen Lippen.

Ich verliere Zeit, stellte ich fest, als ich hungrig schluckte. Er hatte etwas mit dem Wasser gemacht. Es irgendwie aromatisiert. Ich wollte mehr. So. Viel. Mehr.

Ich schloss meine Augen und schluckte und schluckte und schluckte.

Ich öffnete sie und fand seinen Schwanz in meinem Mund, meine Hände um seinen Knoten geschlungen.

Noch mehr verlorene Zeit, erkannte ich im Delirium.

Ich war erschöpft und doch gestärkt.

Und ich konnte das Gefühl nicht ignorieren, dass etwas fehlte. Ich wollte fragen, war aber zu sehr damit beschäftigt, seine Essenz in mich aufzunehmen. *Monde, er schmeckt so gut. Wie ein Alpha. Mein Alpha. Mein Wolf. Mein auserwählter Gefährte.*

Gefährliche Gedanken.

Aber ich konnte sie nicht ignorieren, nicht, solange ich unter ihm war. *Warte* … Ich befand mich wieder in einer anderen Position. Auf allen Vieren, und er fickte mich von hinten, während ich seine Bettwäsche zerfetzte. Aus meiner Kehle kamen Geräusche, die ich noch nie gehört hatte. Meine Wölfin hatte immer noch das Sagen und verlangte mit einem Knurren nach mehr.

Kieran antwortete seinerseits mit einem Knurren und erinnerte meine Wölfin daran, wer hier wirklich das Sagen hatte.

Er.

Der Alpha.

Kieran.

Mein Gefährte.

Aber was …? Ich schüttelte erneut den Kopf und fand mich in einem Stapel Kissen liegen.

Die Sonne war aufgegangen, erkannte ich blinzelnd. Die goldenen Strahlen tauchten Kierans Zimmer in warme Töne. Seine Lippen lagen auf meinem Hals, sein Schwanz steckte von hinten in mir, und er bewegte sich ganz langsam und hielt mich befriedigt, während wir in dieser Position der Intimität und Sicherheit ruhten.

Ich seufzte und drückte mein Hinterteil gegen ihn, um mehr zu verlangen.

Er bewegte sich mit langen, trägen Bewegungen in mir und seine Zähne streiften meinen Hals auf dem Weg zu meinem Ohr. „Du kommst langsam aus deiner Hitze", flüsterte er. „Ich kann es fühlen."

Ich zitterte, hatte das Gefühl, dass etwas falsch war. *Zu früh*, dachte ich. *Ich komme zu früh aus der Hitze.*

„Ja", sagte er. „Du bist erst ein paar Tage in deiner Hitze."

Habe ich das laut gesagt?, fragte ich mich.

„Das hast du", sagte er und küsste meinen Hals, während sein Schwanz immer noch langsam und bedächtig in mich hinein und herausglitt. Auf meinen Armen bildete sich eine Gänsehaut, seine Bewegungen erzeugten eine enorme Hitze in meinem Unterleib – eine Hitze, die sich in mir ausbreitete, bis ich das Gefühl hatte, von innen heraus zu brennen.

Aber er erhöhte das Tempo nicht.

Er behielt stattdessen seine gemächlichen Bewegungen bei, stieß bis zum Anschlag in mein Innerstes, bevor er sich bis zur Eichel wieder zurückzog. Ich hatte ein Bein über seine Hüfte geworfen, sodass ich völlig entblößt war.

„Massiere deine Knospe", sagte er zu mir. „Komm auf meinem Schwanz."

Meine Hand bewegte sich wie an einer Schnur

gezogen, meine Finger fanden meine empfindlichste Stelle. Ich rieb mich in wenigen Minuten in die Vergessenheit.

„Noch einmal", forderte er, während mein Körper noch immer von den Nachwirkungen meiner Explosion bebte.

Ich wimmerte, tat aber, was er verlangte, und wölbte mich in ihn hinein, während meine zu empfindliche Knospe gegen meine Bewegungen protestierte.

Aber es dauerte nur ein paar Züge, bis die Hitze wieder aufflammte, denn mein Zyklus war noch immer stark spürbar.

‚Du bist erst ein paar Tage in deiner Hitze.' Seine Worte hallten in meinem Kopf nach. *Wie ist das möglich?* Mein Zyklus dauerte normalerweise dreißig Tage.

Und … Und es war schon acht Jahre her, richtig?

Oh … Meine Beine spannten sich an, als meine Lust wieder entflammte. Mein Körper entzündete sich in einer Welle der Ekstase, die Kieran zwang, ihr zu folgen. Sein Knoten steckte tief in mir und pulsierte, während er mein Inneres mit seinem Samen benetzte.

Ja, ja, keuchte ich. *Mein Alpha. In mir. Befriedigt mich. Fickt mich.*

Ich schloss die Augen, um in der Euphorie zu schwelgen, und als ich sie wieder öffnete, stellte ich fest, dass es schon wieder dunkel war. Ich war allein.

In diesem *kalten*, leeren Raum.

Stirnrunzelnd rollte ich mich auf den Rücken und griff nach dem anderen Kissen. Der seidige Stoff kühlte meine Fingerspitzen und bestätigte, dass Kieran schon vor einiger Zeit gegangen war, aber sein Duft umgab mich noch immer.

Weil dies sein Zimmer ist.

Die Spuren unseres Fickfests durchtränkten die Laken

und es roch doch nicht richtig. *Das fühlt sich immer noch nicht richtig an.*

Was fehlt?

Ich drückte eine Hand auf meinen Bauch und war mir sofort bewusst, dass ich nicht schwanger war. Omegas wussten instinktiv, wann sie schwanger waren, und dank Kierans Heilfähigkeiten war ich noch mehr im Einklang mit meinem Körper.

Ist es das, was fehlt?

Ich fuhr mit dem Daumen über meinen flachen Bauch, den Blick zur Decke gerichtet.

Nein, das ist es nicht.

Ich wollte noch kein Kind haben. Es war etwas anderes. Etwas Wichtiges.

Meine Wölfin streifte aufgewühlt in mir umher, und ihre Erregung ließ alle Härchen auf meinen Armen zu Berge stehen –

„Ah, du bist wach", murmelte Kieran, als er mit einem Tablett in der Hand ans Bett trat. „Gerade rechtzeitig, um etwas zu essen."

Meine Nase zuckte, als ich den kräftigen Duft von frischem Fisch wahrnahm.

Aber das Gefühl, dass etwas nicht stimmte, wurde immer stärker.

Ich konnte es nicht abschütteln.

Nicht einmal, als er mir einen Teller mit gesalzenem Lachs und Käse vorsetzte. Kieran stellte den Teller neben mir ab und reichte mir dann eine Flasche Wasser. „Trink das."

Ich setzte mich auf und lehnte mich mit dem Rücken gegen das Kopfende des Bettes. Mein Körper schmerzte.

Kieran beäugte mich aufmerksam. „Schmerzen?"

Ich nickte und zuckte zusammen, als ich bemerkte, wie wund ich war. Ich schien im Zustand des Nachglühens zu sein, in dem mein Verstand die Dinge langsam verarbeitete.

Vielleicht ist das der Grund, warum ich mich nicht richtig fühle, dachte ich, während ich das Wasser trank. *Ich habe nur Schwierigkeiten, das zu verarbeiten.*

Die letzten Tage – Wochen? – waren wie im Flug vergangen.

Ich erinnerte mich, wie ich wieder mit meiner Wölfin vereint worden war, nachdem ich unsagbare Qualen erlebt hatte.

Ich erinnerte mich daran, warum Kieran das getan hatte – um meine Wölfin und mich zu zwingen, wieder zusammenzufinden.

Ich erinnerte mich daran, wie er mich mit seinem Mund gequält hatte … nachdem ich etwa vier Liter seines Spermas geschluckt hatte. *Verdammt.*

Und ich erinnerte mich, dass er mich gefickt hatte.

Immer und immer wieder.

Aber nicht unbedingt an alle Details.

Ich rieb mir mit der freien Hand die Stirn, versuchte dann, mehr Wasser zu trinken. Es schmeckte anders als die letzte Flasche, die ich getrunken hatte.

Ich nahm die Flasche von meinem Mund, um verwirrt das Etikett zu lesen.

„Was ist los?", fragte Kieran.

„Schmeckt anders", gab ich zu, meine Stimme war krächzend. *Monde, es fühlt sich an, als hätte ich einen Eimer Steine geschluckt.*

„Weil es nur Wasser ist. In der anderen Flasche war mein Sperma drin", sagte Kieran und ich sah ihn erschrocken an.

„Oh." Meine Wangen erwärmten sich bei der Erinnerung daran, wie schnell ich die Flasche geleert hatte.

Seine Lippen verzogen sich, er war offensichtlich amüsiert.

Ich war läufig gewesen.

Verdammt, ich fühlte mich immer noch, als wäre ich in meiner Hitze, denn wenn ich Kieran nur ansah, wollte ich ihn wieder besteigen und beenden, was wir angefangen hatten, ihn dazu bringen …

Warte … Meine Augen weiteten sich. *Das ist es, was sich falsch anfühlt.* „Du hast mich nicht gebissen." *Was zur Hölle?* „Du hast mich nicht *beansprucht.*" Auf die Worte folgte ein Knurren meiner Wölfin, ihre Irritation war überwältigend und *laut.*

Deshalb fühlte sie sich so unruhig. Das war der Grund, warum alles falsch roch. Warum ich kein Nest gebaut hatte – etwas, das mir erst jetzt bewusst wurde. Warum nichts richtig zu sein schien.

„Wieso?", fragte ich, nicht mehr hungrig. „Warum hast du mich nicht beansprucht?"

Nur …

Nur, dass ich bereits wusste, warum.

Die Antwort war so offensichtlich.

„Um mich zu bestrafen", hauchte ich. „Du … du hast versprochen, mich durch meine Hitze zu begleiten, aber du hast beschlossen, mich zu bestrafen, indem du die Paarung nicht vollendest?"

Meine Stimme war schrill und in meinem Kopf schwirrten tausend Fragen und Anschuldigungen gleichzeitig herum.

Nichts ergab einen Sinn.

Ein Teil von mir versuchte, etwas zu sagen, mich an etwas Wichtiges zu erinnern, aber das Chaos meiner Wölfin überwältigte meine Fähigkeit, etwas anderes als *Wut* zu empfinden. Verrat. *Schmerz.*

„Wie konntest du nur?", sagte ich wütend und mir

stiegen die Tränen in die Augen. „Habe ich nicht genug für dich *gebettelt*?"

„Quinnlynn …"

„Nein. Ich verstehe schon. Du hast mir durch meine Hitze geholfen. Hast mich oft genug verknotet, um dich zu befriedigen. Und jetzt ist es an der Zeit, mich zu bestrafen, indem du mich ablehnst." Weil ich weggelaufen war. Ihn verraten hatte.

Jetzt wollte er, dass ich wusste, wie es sich anfühlte, eine Ablehnung zu erhalten.

Er hatte mich wegen meiner Hitze benutzt, so wie ich ihn wegen der Macht in seinem Blut benutzt hatte.

Nur hatte ich seine Macht für das Gute eingesetzt.

Während er mich nur für einen guten Fick benutzt hatte.

Er hatte mit meinem Körper, meinen Gefühlen und *meiner Wölfin* gespielt, nur um seine eigenen Bedürfnisse zu befriedigen. Das war nicht dasselbe wie das, was ich getan hatte. Ich hatte alles für eine größere Sache geopfert. Ich hatte meine eigene Chance auf Glück aufgegeben, um andere zu retten, und ich hatte meine Verpflichtungen gegenüber der Krone erfüllt.

Während er mich nur gefickt hatte.

Mich benutzt hatte.

Mich verknotet hatte.

Um mich zu bestrafen.

Das bedeutete, dass er mich angelogen hatte. Er hatte gesagt, er würde mich niemals während meiner Hitze bestrafen, aber mich nicht zu beanspruchen, war eine Strafe, die meine Seele verletzte.

Meine Wölfin wimmerte und fühlte sich ohne seinen Anspruch verloren.

Und das machte mich nur noch wütender. Es brachte mein Blut so heftig zum Kochen, dass ich nicht einmal mehr hören konnte, was er gerade sagte. Das Rauschen in meinen Ohren war zu laut. Mein Herz hämmerte wie eine zerfetzte Trommel und die Schläge waren ungleichmäßig und beißend.

Diese Bestrafung ist falsch.

Alles an dieser Verbindung ist falsch.

Meine Hitze ist verdorben. Ruiniert. Nicht mehr sicher.

Ich hasse ihn.

Wie kann er mir das antun? Meiner Wölfin? Glaubt er wirklich, dass ich diese Qualen verdient habe?

Mein Magen krampfte sich zusammen, der Restschmerz war eine Folge meiner schwindenden Hitze. Ich war genau genommen noch nicht einmal fertig, nur bei genug Bewusstsein, um die *Ungerechtigkeit* zu verstehen.

Er hat uns abgewiesen. Wieder.

Zuvor hatte er behauptet, es würde mir bei der Heilung helfen.

Aber es schien, dass das alles nur dazu gedient hatte, um mich verdammt noch mal zu brechen. Was, wie ich jetzt vermutete, die ganze Zeit sein Ziel gewesen war.

Ich werde ihn nicht gewinnen lassen.

Er kann nicht –

„*Quinnlynn*", schnauzte er, sein wütender Ton durchbrach den Nebel in meinem Kopf. Aber ich wollte ihn nicht *hören*. Ich wollte nichts mit ihm zu tun haben!

Ich warf die leere Flasche nach ihm. „Raus!"

Seine Augenbrauen flogen nach oben, seine dunklen Augen weiteten sich. „Wie bitte?"

„Raus!", wiederholte ich, nun noch wütender. „Lass mich in Ruhe! Ich *hasse* dich!"

Ein Teil von mir versuchte, die Wut zu zügeln und mich zur Vernunft zu zwingen, aber meine Wölfin wimmerte, war traurig, allein und erschüttert über die Zurückweisung durch unseren vorgesehenen Gefährten.

Ich musste sie beschützen, um sie *zu rächen*. Ich hatte mich zu lange vor ihr versteckt und ich würde das nicht noch einmal tun.

Kieran lachte humorlos, was mich Rot sehen ließ.

Ich schrie vor Schmerz und Wut und stürzte mich mit erhobenen Krallen auf ihn.

Mit einem wütenden Knurren schubste mich der Alpha wieder auf das Bett. „*Beruhig Dich!*"

„Fick dich!" Ich fühlte mich irre, meine Wahrnehmung der Realität schien mir zu entgleiten, als meine Wölfin Vergeltung in Form von Blut forderte.

Er hat uns Unrecht getan.

Er bestraft uns.

Er hat uns abgewiesen.

Die Worte wiederholten sich wieder und wieder und übertönten seine Stimme, bis ich nur noch sein Knurren hörte.

Grausam. Befehlend. *Wild.*

Ich wimmerte, und die Wut in diesem Laut zwang mich, mich trotz meines eigenen Zorns zu fügen.

Ich hasse ihn. Ich möchte ihn töten. Ich will …

„Ich habe dich nicht beansprucht, weil ich nicht riskieren wollte, dass du dich wieder von deiner Wölfin trennst", sagte er verärgert und *laut*.

Seine Worte brachten meine Gedanken zum Stillstand.

Ich musste blinzeln.

Es brachte alles in mir zum Schweigen, nur seine Stimme war präsent.

Es war, als hätte er mich in ein Fass mit Eis gesteckt, was meine Wut abkühlen und mich erstarren ließ. *W-Was?*

„Aber gern geschehen, dafür, dass ich dich durch diese Hölle begleitet habe, *Omega*", fügte er hinzu, bevor er mich abrupt losließ. „*Verdammt.*"

Er trat einige Schritte zurück, fuhr sich mit der Hand durch die Haare und blickte mich erschüttert an.

Dann schüttelte er den Kopf, während er eine Reihe von Worten in einer alten Sprache sprach, die ich nicht verstand. Und doch verdeutlichte es, wie alt dieser Alpha war, genau wie die wogende Energie um ihn herum, die seine Macht bestätigte.

„Kieran ..."

Er hob eine Hand, um mich zum Schweigen zu bringen, und verschwand in den Schatten.

Er ließ mich in seinem Zimmer allein zurück, nur der Teller mit dem Essen stand neben mir.

KIERAN

„ICH HASSE DICH."

Diese drei Worte wüteten in meinem Kopf und wühlten meinen Wolf auf.

Respektlose kleine Göre, knurrte ich innerlich.

Ich verstand zwar, dass sie in der Endphase ihrer Hitze noch etwas empfindlich war, aber ich konnte meine Irritation nicht abschütteln.

Während unseres gesamten Werbens hatte sie nichts anderes getan, als mich respektlos zu behandeln. Zuerst war sie weggelaufen, dann hatte sie alle meine Motive infrage gestellt. Und jetzt war sie wütend auf mich, weil ich sie nicht für mich beansprucht hatte. Sie hatte deutlich gemacht, dass sie sich von Anfang an nicht mit mir hatte verpaaren wollen.

Nun, vielleicht wollte *ich sie* auch nicht mehr als Gefährtin.

Das war eine Lüge.

Eine, die ich bis in meine Seele hinein spürte.

Aber das machte mich nicht weniger wütend über ihr Verhalten.

Ich hatte versucht, ihr zu *helfen.*

Dennoch hatte sie mir vorgeworfen, ich würde sie *zurückweisen.*

Als ob ich sie nicht hätte beißen wollen.

Verdammt, es hatte mich enorme Kraft gekostet, sie in den letzten zwölf Tagen nicht zu beanspruchen. Ich wollte in ihre Gedanken eindringen, ihre Geheimnisse erfahren, ihre wahren Gefühle ergründen.

Aber wenn alles, was ich von ihr zu hören bekommen würde, Worte des *Hasses* waren, wollte ich das vielleicht doch nicht.

Ich fuhr mir mit den Fingern durch die Haare und zog daran. Ich war in den Schatten aus dem Zimmer gewandelt, bevor ich etwas hätte sagen können, was ich später bereut hätte.

Mein Wolf brauchte Freiheit.

Einen Moment, um von seinem Vorhaben, sie durch Knurren gefügig zu machen, wegzukommen.

Etwas frische Luft.

Vielleicht sogar einen Lauf.

Ich zog mein Oberteil aus und ließ es auf den Boden fallen, ohne mich darum zu kümmern, wo es landete. Mein Wolf hechelte zustimmend, bereit, sich zu befreien, durch das Unterholz zu sprinten und die ganze Last auf meinen Schultern zu vergessen.

Nur für fünf Minuten.

Majestät. Cillians telepathischer Ruf unterbrach meine Absicht und ließ meine Hand an meinem Gürtel innehalten.

„Anscheinend kann ich nicht einmal fünf verdammte Sekunden für mich haben", murmelte ich. *Ja?* Er würde mich nicht belästigen, wenn es nicht wichtig wäre.

Omega Riley hat um einen Anruf gebeten, falls Ihr Zeit habt. Ich glaube, sie möchte ein Update geben.

Ich rufe sie nach meinem Lauf an, antwortete ich, während ich meine Entkleidungsmission fortsetzte.

Da ist noch mehr, murmelte Cillian und ließ mich wieder innehalten.

Ja?

Quinnlynns Rückkehr hat sich herumgesprochen. Mehrere der Alpha-Prinzen verlangen einen Beweis für Euren Anspruch.

Ich knurrte. Dieses Wort – *Anspruch* – war die Quelle meiner Verärgerung.

Prinz Cael hat die Massen vorübergehend beruhigt, indem er ihnen versichert hat, dass Ihr die offizielle Krönung nur etwas nach hinten verschiebt.

Wie nett von ihm, murmelte ich, während sich meine Hände zu Fäusten ballten und an meine Seiten fielen.

Es war unvermeidlich.

Quinnlynn war kurz vor unserem offiziell angekündigten Krönungsball verschwunden. Es war der perfekte Zeitpunkt gewesen, denn der Sektor war in ein Chaos gestürzt worden, um das Großereignis vorzubereiten.

Und sie hatte diese Ablenkung genutzt, um unbemerkt durch die Barriere zu schlüpfen.

Jedenfalls nahm ich an, dass sie es so gemacht hatte.

Diesmal nicht, dachte ich, und zügelte ihre Schattenwandelfähigkeiten automatisch ein wenig mehr. *Du magst eine Göre sein, aber du bist* meine *Göre.*

Majestät?, fragte Cillian, der wahrscheinlich meine Gedanken mitgehört hatte.

Anstatt darauf einzugehen, sagte ich lediglich: *Ich verabscheue Politik, Cillian.*

Mein Kopf fiel nach hinten, um den Nachthimmel und die hellen und farbenfrohen Nordlichter über mir zu betrachten.

Trotz dieses schönen Anblicks seufzte ich.

Ich hatte mir dieses Leben nie gewünscht.

Ich tat das alles nur für *sie* – für die eine Frau, die mich gerade *hasste*. Diejenige, die ohne einen Blick zurückzuwerfen geflohen war und mich hundert Jahre lang in *ihrem* verdammten Sektor alleingelassen hatte. Für die Frau, die sich aus unbekannten Gründen auf eine Verfolgungsjagd durch die Sektoren eingelassen hatte.

Verdammt.

Ohne ihr verlockendes Angebot wäre ich immer noch Prinz meines eigenen Sektors. Wäre zufrieden auf meinem langweiligen Thron und in Frieden mit meinem gewählten Weg.

Zumindest glaubte ich das.

Aber die Wahrheit war, dass sie mit einem Angebot in mein Leben getreten war, das ich nicht hatte ablehnen können – unbegrenzte Macht und eine enge, kleine Omega-Pussy, die ich für den Rest meines Lebens ficken konnte.

Eine Gelegenheit, einen Erben zu zeugen. Meinen Erben.

Wie hätte ich eine so faszinierende Gelegenheit ausschlagen können?

Doch mit dieser Chance ging Verantwortung einher.

Regieren war eine meiner natürlichen Eigenschaften. Es machte mir eigentlich nichts aus, den Blutsektor oder die Wölfe und Menschen innerhalb meiner Grenzen zu schützen.

Doch der Blutsektor war so viel mehr als nur ein Gebiet. Er war das Herz des V-Clans. Der König aller Sektoren.

Und dafür musste ich politische Spiele spielen, um alle anderen Prinzen zufriedenzustellen.

Ein falscher Schritt und sie würden versuchen, mir den mir zustehenden Thron abspenstig zu machen. *Und meine Gefährtin gleich mit.*

Der Kampf um dieses Königreich und das Recht, die Erbin der Blutdynastie zu beanspruchen, mochten zwar pausiert haben, als Quinnlynn mich auserwählt hatte, aber der Konflikt war immer noch sehr präsent.

Im Laufe der Jahre hatte ich mehrere Anschläge auf mein Leben vereitelt und damit meinen Anspruch auf den Königstitel mehr als bewiesen.

Aber wenn meine Verlobte *dies* nicht in einem feierlichen Rahmen allen Prinzen verkünden würde – während einer Krönungszeremonie – würde ich niemals wirklich als Monarch respektiert werden.

Ihre Flucht vor all den Jahren hatte meine Macht und Stellung untergraben.

Welcher Alpha-Prinz verliert ein so wertvolles Juwel?

Wie konnte ich, Prinz Kieran O'Callaghan, so etwas zulassen?

Ich hatte mir zahlreiche Anschuldigungen und Kommentare zu Herzen genommen, hunderte von Gesprächen geführt und einige Beleidigungen über mich ergehen lassen.

Denn ich hatte Quinnlynns Verhalten als eine Herausforderung betrachtet. Eine, die meine Stärke als Alpha auf die Probe stellen sollte.

Es war auch eine Art Verrat gewesen, aber das hatte ich die anderen nicht sehen lassen. Ich hatte ihnen allen gesagt, es wäre ein Spiel – ein Spiel, das ich nun endlich gewonnen hatte.

Und jetzt wollten sie meinen Preis sehen. *Meine Königin.*

Was bedeutete, dass Cael recht hatte, ich musste die Krönungszeremonie vorantreiben. Der Blutsektor hatte schon zu lange keine richtige Königin und keinen richtigen König mehr gehabt. Es war Zeit für Quinnlynn und mich, unseren Platz auf dem Thron einzunehmen. *Gemeinsam.*

Wenn ich darf, habe ich einen Vorschlag, sagte Cillian leise, so höflich wie immer.

Ich bückte mich, um mein Oberteil vom Boden aufzusammeln und es wieder anzuziehen. Meine Pläne für einen Lauf waren offensichtlich geplatzt. *Wo bist du?*, fragte ich ihn und ignorierte vorübergehend seine Bemerkung.

In Lorcans Appartement, um einige Nachrichten durchzusehen, Majestät.

Anstatt zu antworten, schattenwandelte ich mich an den fraglichen Ort und starrte über den dunklen Kopf meines Cousins hinweg auf die Bildschirme. Lorcan hatte eine Vorliebe für Technik, was ich unterhaltsam fand.

Als mein engster lebender Blutsverwandter war er außerordentlich mächtig – ein Elite-Alpha, der eigentlich in Erwägung ziehen sollte, Sektorprinz zu werden, aber er hatte seine Rolle als Bodyguard immer dem Regieren vorgezogen.

Ich betrachtete die Nachrichten und bemerkte, dass es eine Kommunikation zwischen Alpha Lykos und Alpha Cael war.

„Die scheinen nicht an mich gerichtet zu sein", sagte ich leicht amüsiert. „Du spionierst doch nicht etwa unsere Nachbarn aus, oder, Cousin?"

Lorcan grunzte, der Mann war notorisch schweigsam. Obwohl er mir sehr ähnlich war und eine ähnliche Größe und Statur hatte, waren unsere Persönlichkeiten ziemlich gegensätzlich.

Was mich zu einem besseren König und ihn zu einem hervorragenden Elite-Alpha machte.

Cillian war jedoch der diplomatischste unseres Trios. Wir waren nicht verwandt, aber wir waren zusammen aufgewachsen. Weshalb ich ihn gewissermaßen zur Familie zählte. Außerdem hatte er ähnliche Gesichtszüge, sodass er leicht als Blutsverwandter durchgehen könnte.

Doch Blut zählte nicht so sehr wie Ehre und Respekt, und das hatte Cillian unzählige Male bewiesen.

„Es scheint, dass Cael und Lykos beschlossen haben, den Handel zwischen ihren Territorien zu öffnen", sagte Cillian. „Wir machen nur unsere Arbeit, indem wir das Abkommen überwachen und sicherstellen, dass es für die anderen Sektoren fair ist."

„Hmm", brummte ich, kannte aber den wahren Grund für die Durchsicht ihrer Nachrichten – sie wollten herausfinden, welche Art von Bündnis die beiden Prinzen planten.

Bündnisse konnten gefährlich sein, wenn sie zur Verfolgung eines gemeinsamen Feindes geschlossen wurden.

Und in diesem Fall könnte *ich* dieser Feind sein.

Es gab mehrere Prinzen, die mich dieses Amtes nicht für würdig hielten. Die meisten hatten nur ein paar Killer in meine Richtung geschickt. Doch Quinnlynns Rückkehr hatte die Lage verändert.

Ich hatte keinen Zweifel daran, dass meine Konkurrenten das ganze Jahrhundert über nach ihr gesucht hatten, in der Hoffnung, der Prinz zu sein, der sie nach Hause brachte und sie umstimmte, damit sie sich nicht mit mir verpaarte – entweder durch sanfte Überredung oder durch den Zwang, ihr Schicksal zu akzeptieren.

Während die meisten meiner Artgenossen auf Zustimmung Wert legten, gab es auch jene, die das nicht taten.

Das war es, was unsere Bindung so zerbrechlich machte – die Möglichkeit, dass ein anderer Alpha das Verlöbnis mit seinem Knoten brechen könnte.

Das hatte mich von dem Moment an beunruhigt, als ich von ihrem Verschwinden erfahren hatte, weil ich zunächst gedacht hatte, jemand hätte sie entführt.

Und als mir klar geworden war, dass sie von sich aus

gegangen war, hatte ich mir Sorgen gemacht, dass ein anderer Alpha sie zuerst finden könnte.

Zumindest so lange, bis es sich als zu schwierig für mich erwiesen hatte, sie zu fangen.

Da war mir klargeworden, dass die anderen keine Chance hatten, sie zu verfolgen. Meine kleine Betrügerin war zu schlau für uns alle, eine verschlagene Omega, mit der Fähigkeit, sich besser zu verstecken als jede andere, die ich je getroffen hatte.

Das alles war ein großes Risiko gewesen – daher die Notwendigkeit ihrer Bestrafung –, aber ich hatte immer fest daran geglaubt, dass ein hohes Risiko eine Belohnung mit sich brachte.

Quinnlynn hatte diese Meinung bestätigt, und ich hatte in den letzten Tagen gerade erst begonnen, meine Belohnung zu kosten.

Aber das Spiel war jetzt vorbei. Sie würde nicht mehr fliehen, oder die Konsequenzen würden schwerwiegend für sie sein.

Denn ich würde nicht zulassen, dass sie mich ein zweites Mal zum Narren hielt.

Einmal konnte ich es so darstellen, als ob mich meine Omega getestet hätte. Obwohl mir nicht alle geglaubt hatten. Aber ich hatte einfach keine Alternativen zu dieser Argumentation in Betracht gezogen.

Aber ein zweites Mal würde auf ein tieferes Problem hinweisen. Und das wäre nicht so leicht zu erklären und würde auch nicht toleriert werden.

Verdammt, die meisten Alphas hätten das schon beim ersten Mal nicht durchgehen lassen oder akzeptiert.

Aber ich war nicht wie die meisten Alphas, was meine widerspenstige Gefährtin viel mehr zu schätzen wissen sollte, als sie es zu tun schien.

„Wollt Ihr die Nachrichten der anderen Sektor-Anführer lesen?", fragte Cillian.

„Nicht nötig. Ich weiß, was sie alle sagen … sie wollen Prinzessin Quinnlynn sehen." Ich begegnete seinem dunklen Blick. „Cael hat recht. Wir müssen den Krönungsball vorbereiten. Aber du hast erwähnt, dass du noch einen anderen Vorschlag hast?"

Er nickte. „Ja. Ich empfehle, ein weiteres Verlobungsessen auszurichten."

Ich hob eine Braue. „Ach ja?" Ich hatte bereits geplant, ein weiteres Verlobungsessen zu veranstalten, aber meine Gründe unterschieden sich wahrscheinlich von denen meines Stellvertreters. Das machte mich neugierig auf seinen Gedankengang, der ihn zu diesem Vorschlag veranlasst hatte.

„Es wird dazu beitragen, den Sektor vor der Ankunft der Besucher zu vereinen."

„Willst du damit sagen, dass sie sich derzeit uneinig sind?", sagte ich und fragte mich, wie er die allgemeine Stimmung meiner Wölfe einschätzte. Ich hatte sie in den letzten Wochen vernachlässigt, da ich mich mit Quinnlynn beschäftigt hatte. Vielleicht war das ein Fehler gewesen.

„Ganz im Gegenteil, ihre Loyalität war noch nie so groß." Er deutete auf die Bildschirme. „Es gibt keine Gerüchte über Quinnlynns Hitze. Was die Alpha-Prinzen betrifft, so wart Ihr und Eure zukünftige Gefährtin damit beschäftigt, Euch wieder anzunähern."

Uns annähern, dachte ich mit einem Schnauben. *Nur Cillian würde unserem Fick so einen formellen Namen geben.*

Er antwortete nicht und bestätigte meine Gedanken nicht, aber ich wusste, dass er sie gehört hatte.

„Nur eine Handvoll Wölfe war in der Nähe, als Quinnlynns Hitze einsetzte, aber der Geruch hat sich verbreitet. Dennoch wurde Quinnlynns Zustand nicht ein einziges Mal erwähnt."

„Das heißt, keiner meiner Wölfe hat unsere Privatsphäre verraten", übersetzte ich und nickte. „Bist du immer noch der Meinung, dass eine formelle Veranstaltung nötig ist?"

„Ja. Weil es Euch zusteht, Majestät. Sie müssen Eure zukünftige Königin sehen." Er hielt inne, und sein Gesichtsausdruck verriet mir, dass er noch etwas zu ergänzen hatte.

„Halte dich meinetwegen nicht zurück, Cillian. Sag mir, was du denkst."

„Sie schuldet dem Sektor etwas, Majestät. Sie muss sich ihrem Volk stellen, um dessen Vertrauen zurückzugewinnen."

Ich lächelte, aber die Belustigung erreichte nicht mein Herz. Wenn überhaupt, dann war es nur ein Reflex.

Cillians Worte sagten mir, dass wir ähnlich dachten, wie immer.

Ich senkte mein Kinn, um seine Weisheit zu bestätigen, und fügte hinzu: „Respekt muss man sich verdienen." Das wusste ich besser als jeder andere. „Meine Zukünftige hat noch eine Menge Arbeit vor sich."

Ich wusste, dass sie das noch nicht verstanden hatte.

Aber das würde sie bald.

Die arme Quinnlynn hatte gedacht, es wäre eine Strafe, ihr meinen Biss zu verweigern.

Leider würde ihre richtige Strafe viel härter ausfallen.

Obwohl ich helfen könnte, sie zu organisieren, würde ich nicht derjenige sein, der dieses Unterfangen durchführen würde.

„Bitte verkünde dem Sektor, dass wir in sieben Tagen ein Verlobungsfest veranstalten werden. Das sollte unserer lieben Prinzessin genug Zeit geben, sich zu erholen."

„Werdet Ihr es in der neuen Veranstaltungshalle abhalten?"

„Ich denke, das wäre angemessen", antwortete ich. „Es wird ihr einen Eindruck von den Verbesserungen geben, die wir vorgenommen haben. Vielleicht wird sie sie zu schätzen wissen."

Ich bezweifelte das allerdings, da ich daran dachte, dass sie nicht viel Wertschätzung für meine Arbeit gezeigt hatte. Vielleicht würde sie den Namen „Das MacNamara" gutheißen.

Ihre Familiengeschichte war in die Glaswände eingraviert worden. Die Worte waren von den Wölfen des Blutsektors gezeichnet worden. Die meisten waren liebgewonnene Erinnerungen an ihre Eltern und machten das Gebäude zu einer Art Gedenkstätte.

Aber ihr Name tauchte nicht sehr oft auf.

Vielleicht würde sie durch die Entdeckung dieses Details erkennen, welche Auswirkungen ihr Verschwinden auf ihr Volk gehabt hatte.

Eine weitere Bestrafung, die grausam erscheinen mochte, aber sie musste die Folgen ihres Handelns verstehen. Doch es war an ihrem Volk, den Schmerz zu demonstrieren, der durch sie ausgelöst worden war.

Cillian hielt meinen Blick einen Moment lang gefangen. Er dachte wahrscheinlich ähnlich wie ich. „Ich werde das Verlobungsfest ankündigen, Majestät. Ich werde auch eine Schneiderin auftreiben, denn ich nehme an, dass Quinnlynn ein Kleid braucht."

Ich überlegte einen Moment lang. „Nein. Kümmere dich nicht darum. Ich werde Ivana bitten, ihr zu helfen." Das würde eine weitere Lektion sein, eine, die Cillian sofort verstand, denn seine Augenbrauen hoben sich.

Oder vielleicht war es auch die Erwähnung der zierlichen weißhaarigen Omega, die sein Interesse weckte.

„Hältst du das für klug?", fragte er, und in seiner Stimme schwang ein Hauch von Vorsicht mit.

„Ich würde es nicht vorschlagen, wenn ich das nicht täte", antwortete ich.

Sein Gesichtsausdruck verriet mir, dass er sich nicht sicher war, aber er ging nicht weiter darauf ein.

„Ich werde mit Ivana sprechen, bevor ich es Quinnlynn sage", fügte ich hinzu. „Es sei denn, du willst das tun?"

Seine Gesichtszüge verdunkelten sich und sein Kiefer spannte sich auf meinen Vorschlag hin an. Sein Schweigen sprach Bände.

Ich wölbte eine Braue. „Nein?" Er schwieg, seine Ablehnung war klar und deutlich. *Feigling.* „Na gut, dann werde ich sie fragen."

Er starrte mich einen Moment lang an, bevor er das Thema wechselte und fragte: „Was ist mit der Krönungszeremonie?"

Eines Tages werden wir über Ivana sprechen, sagte ich telepathisch zu ihm.

Heute nicht, Kieran, antwortete er barsch.

Kieran, nicht Majestät, dachte ich. *Empfindlich.*

Er verengte lediglich seine Augen.

Meinen ältesten Freund zu ärgern war immer unterhaltsam, aber im Moment brauchte ich ihn auf meiner Seite. Anstatt ihn also weiter zu verärgern, konzentrierte ich mich auf seine Frage. „Lass uns einen vorläufigen Termin in drei Wochen festlegen. Füge einen Vermerk hinzu, dass es davon abhängt, ob Quinnlynn verfügbar ist. Mach es suggestiv."

„Suggestiv, Majestät?"

Und plötzlich war ich wieder *Majestät.*

Cillian blieb nie lange wütend, es sei denn, ich hatte ihn wirklich sehr aufgebracht.

Er hatte recht – heute war nicht der richtige Tag dafür.

„Ja, suggestiv", antwortete ich auf seine klärende Frage. „Quinnlynn hat keinen richtigen Zyklus erlebt." Das war eigentlich ziemlich offensichtlich, da ich in Lorcans Appartement stand, anstatt meine Omega zu verknoten.

Er senkte verständnisvoll sein Kinn. „Er war kurz."

„Weshalb sie wahrscheinlich auch wieder läufig werden wird", fügte ich hinzu, wobei die Worte eher wie eine Warnung als ein Versprechen klangen. „Also solltest du jederzeit davon ausgehen, dass ihr Zyklus bevorsteht."

Cillian musterte mich nachdenklich mit seinen dunklen Augen. „Soll ich andeuten, dass Eure *Wiederbekanntschaft* einige Unregelmäßigkeiten verursacht?"

V-Clan-Omegas wurden nur einmal im Jahr läufig, daher verstand ich seine Erklärung – er wollte die Argumentation glaubhaft machen.

Denn dies war kein typischer Zeitpunkt für einen Zyklus unserer Art.

Der Zyklus fand in der Regel in den Sommermonaten statt, sodass wir uns während der längsten hellen Tage zurückziehen konnten.

„Erkläre es nicht", antwortete ich. „Lass sie denken, was sie wollen."

„Natürlich, Majestät."

„So haben wir zumindest einen Vorwand, um die Zeremonie zu verschieben, falls es nötig ist", fügte ich hinzu, um meine Logik zu erklären, für den Fall, dass sie nicht offensichtlich war.

Seine Augen verrieten mir, wie er über die Möglichkeit eines weiteren Aufschubs dachte. Denn dafür gab es nur einen weiteren Grund als den, dass Quinnlynn läufig werden könnte, und der war ihr mögliches Verschwinden. *Erneut.*

Zum Glück hatte ich nicht die Absicht, das zuzulassen.

Ich hatte meine Lektion gelernt. Es war an der Zeit, dass meine zukünftige Gefährtin ihre lernte.

„Das erlaubt uns außerdem, die Nachrichten der anderen zu überwachen", sagte Cillian nach einer Weile. „Wir haben eine Liste derer erstellt, die die Szene beobachtet haben, aber wie gesagt, der Geruch hat sich verbreitet."

Ich nickte. „Wer steht auf der Überwachungsliste?", fragte ich mich laut. „Wer hat gesehen, dass Quinnlynn läufig geworden ist?" Ich war so sehr auf sie konzentriert gewesen, dass ich mir nicht die Mühe gemacht hatte, auf die anderen Gerüche zu achten.

Cillian listete sieben Wölfe auf.

Nur einer stach hervor. „Myon war in der Stadt?" Oder zumindest in der Nähe. Nahe genug, um am Rande von Reykjavik zu laufen. „Wie lange ist er schon zurück?"

Er war ein Alpha, der früher Quinnlynns Familie bewacht hatte. Ich hatte ihn – und auch keinen der anderen – in meine Elitewache aufgenommen, weil ich sie nicht kannte. Ich vertraute ihnen nicht.

Wäre Quinnlynn geblieben, hätte sie vielleicht ein paar behalten.

Was bedeutete, dass es vielleicht Ärger oder Enttäuschung über ihr Verhalten gab.

Und wenn man bedachte, dass Myon der Anführer der Wachen gewesen war, würde er wahrscheinlich am verbittertsten sein. Er hatte sich für einen Wachposten weit außerhalb der Stadt entschieden, weil er lieber alleine leben wollte, als den Regimewechsel mitzuerleben.

Andere hatten sich entschieden, zu bleiben und sich zu beweisen. Mehrere von ihnen waren inzwischen befördert worden.

Aber nicht Myon.

„Er ist erst kürzlich zurückgekehrt. Er hat immer

wieder den Wunsch geäußert, Quinnlynn zu sehen, um sicherzustellen, dass es ihr gut geht", sagte Cillian. „Ich habe die Bitte bisher abgelehnt."

„Gut." Ich würde meine Verlobte fragen, ob sie ihn sehen wollte, und dann entscheiden. „Behaltet ihn und die anderen im Auge."

„Das werden wir. Falls jemand intime Geheimnisse preisgibt, werden wir das an den Reaktionen erkennen, die wir abfangen."

„In Ordnung", stimmte ich zu. „Dann hat Lorcan etwas zu tun."

Mein Cousin schnaubte, sein schwarzes Haar fiel ihm in ungeordneten Wellen über die Ohren, als er den Kopf nach hinten neigte und mich ansah. Er sprach nicht, sondern sagte mir nur mit seinen obsidianfarbenen Augen, was er von meinem „Scherz" hielt.

Ich langweile mich nie, schien er mit seiner stoischen Art zu sagen.

Oh, er konnte sprechen. Ich hatte seine Stimme schon einmal gehört. Er zog es nur vor, zu schweigen.

„Sag mir Bescheid, wenn du etwas Ungewöhnliches siehst oder hörst", sagte ich ernst.

Er grunzte wieder. Das war Lorcans Ausdruck für „*Das tue ich immer*". Er nannte mich nicht *Majestät*, wie Cillian es tat, und Cillian sprach mich nur deshalb so an, weil er darauf bestand, die Etikette des V-Clans aufrechtzuerhalten.

Erst wenn er mich *Kieran* nannte, wusste ich, dass ich etwas getan hatte, was ihn verärgert hatte. Ansonsten war ich für ihn immer *Majestät*.

„Sonst noch etwas?", fragte ich, als Lorcan sich wieder seinen Bildschirmen zuwandte.

„Omega Riley", murmelte Cillian.

„Richtig." Ich warf einen Blick auf meine Uhr. „Ich

rufe sie nach meinem Lauf zurück." Ich musste noch eine Menge Spannung abarbeiten, bevor ich zu meiner zukünftigen Gefährtin zurückkehren würde.

Sie hatte Essen und ein Dach über dem Kopf. Und ich hatte ihre Fähigkeiten gezügelt, sodass sie nicht Schattenwandeln konnte. Sie würde ein paar Stunden allein zurechtkommen.

Vielleicht würde es ihr helfen, sich zu beruhigen und zur Vernunft zu kommen.

Oder vielleicht würde es alles nur noch schlimmer machen.

Wie auch immer es ausgehen würde, ich würde damit zurechtkommen.

Du kannst mich so oft herausfordern, wie du willst, Quinnlynn. Du sollst nur wissen, dass ich immer gewinne. Und das bedeutet, dass du, meine kleine, süße Betrügerin, bei Fuß gehen wirst. Ich schwöre es.

QUINN

Ich ging in seinem Appartement auf und ab, während der seidene Morgenmantel, den ich in seinem Badezimmer gefunden hatte, gegen meine Oberschenkel rieb.

Die Rückstände meiner Hitze waren immer noch zu spüren – das Bedürfnis nach seinem Knoten schwelte in meinem Unterleib und machte meine Wölfin verrückt.

Er hat uns verlassen, dachte ich. *Er hat uns verlassen, als wir ihn noch gebraucht haben.*

Aber ich konnte es ihm nicht verdenken.

Ich hatte mich irrational verhalten. *Töricht.*

Ich ballte meine Hände an meinen Seiten zu Fäusten, während ich mich für meine eigene Dummheit tadelte. *Was zum Teufel ist los mit mir? Ich will nicht einmal beansprucht werden!*

Trotzdem fühlte ich mich inadäquat, ungerecht behandelt und *zurückgewiesen,* weil er mich nicht beansprucht hatte.

Was lächerlich war. Ich sollte begeistert sein und feiern, dass ich es geschafft hatte, meine Hitze zu überstehen, ohne in seine Fänge zu geraten. Und wahrscheinlich würde ich auch so empfinden, wäre da nicht meine niedergeschlagene Wölfin.

Sie war nicht in der Lage gewesen, seine Begründung zu analysieren, und sein Verschwinden schien das Gefühl der Ablehnung nur noch zu verstärken, anstatt sie zu heilen.

Meine Wölfin spürte jedoch meine Gelassenheit in Bezug auf Kierans fehlenden Anspruch, was sie ein wenig beruhigte. Hätten mich seine Worte nicht beruhigt, dann wäre sie verzweifelt und hätte wahrscheinlich alle Möbel in seinem Zimmer ruiniert.

Ich spürte, dass sie genau das tun wollte, ihr Instinkt zu toben, machte sie zu einer kleinen Göre.

Nicht, dass ich ihr einen Vorwurf machen konnte. Ich hätte wahrscheinlich dasselbe getan, wenn er ohne eine Erklärung gegangen wäre.

Doch das war er nicht.

Er war gegangen, nachdem er eine Bombe unter meinem Hintern hatte platzen lassen – in Form einer Begründung.

‚Ich habe dich nicht beansprucht, weil ich nicht riskieren wollte, dass du dich wieder von deiner Wölfin trennst.‘

Ein selbstloser Grund. Einen, den ich zugegebenermaßen respektieren konnte. Sehr sogar.

Und das verwirrte mich nur noch mehr, denn er hatte sich wieder einmal als würdiger Alpha erwiesen. Ich hingegen hatte mich im Grunde als die schlechteste Gefährtin überhaupt geoutet.

Ich hatte ihm nie den nötigen Respekt gezollt. Er hatte mir auf die großartigste Art und Weise durch meinen Zyklus geholfen, sich um mein Vergnügen gekümmert, dafür gesorgt, dass ich in Sicherheit war, und mir geholfen, mich wieder mit meiner Wölfin zu verbinden. Und ich hatte es ihm gedankt, indem ich ihn angeschrien hatte.

Ich biss die Zähne zusammen und ließ meinen Kopf zurückfallen, um die hohen Decken anzustarren.

Das war nicht richtig. Diese gebrochene Verbindung. Meine Anwesenheit im Blutsektor. Dieses unstillbare Bedürfnis.

Die Distanz, die zwischen uns wächst.

Ich schloss die Augen und schnitt eine Grimasse, mein Herz schien in meiner Brust ins Stottern zu geraten.

Ich hatte so viele Jahre damit verbracht, mein Leben einer Sache zu widmen, die über allem stand, auch über meinem eigenen Glück. Aber Kieran hatte mich in den letzten Wochen in etwas eingeführt, von dem ich gar nicht gewusst hatte, dass ich es vermisst hatte.

Und jetzt war ich mir nicht sicher, wie ich das hinter mir lassen sollte.

Verdammt, ich war mir nicht einmal sicher, ob ich das konnte.

Ich zog an der unsichtbaren Leine, die mich gefangen hielt, und seufzte. *Ja, ich kann definitiv nicht zu Fuß verschwinden, geschweige denn schattenwandeln.*

Meine Wölfin knurrte, irritiert von der Leine, die unsere Schattenwandlerfähigkeiten blockierte. Anstatt sie zu beruhigen, ließ ich das Geräusch über meine Lippen kommen, nur um von einem viel tieferen Knurren überrascht zu werden.

„Versuchst du bereits, dich aus dem Staub zu machen, Liebes?", fragte Kieran. Sein seidiger Tonfall war eine heiße Präsenz in meinem Rücken.

Ich blinzelte an die Decke, drehte mich dann zu ihm um, eine Erklärung bereits auf der Zunge.

Bis mir ein übelriechender, süßer Duft ins Gesicht schlug. *Unverpaart. Omega. Weiblich.* Meine Augen weiteten sich. „Wo zum Teufel bist du gewesen?"

Seine Augenbrauen schossen in die Höhe. „Wie bitte?"

Das war das zweite Mal heute, dass er diese Worte in demselben ungläubigen Ton zu mir sagte. Aber ich ignorierte die subtile Warnung darin und pirschte mich an ihn heran. „Du hast mich schon verstanden. Wo zum Teufel hast du gesteckt, Kieran?"

Meine Wölfin knurrte in mir, bereit, ihn und die potenzielle Konkurrentin zu zerfetzen.

Aber er gehörte nicht *uns*.

Denn er hatte mich nicht beansprucht.

Ich verstand seine Beweggründe, aber meine Wölfin nicht, und ihre erneute Verzweiflung machte mich wahnsinnig.

Ich … Ich wollte ihn zerfetzten.

Nein … ich will … ihn umarmen.

Ihn anflehen.

Vor ihm niederknien.

Ihm die Wahrheit offenbaren.

Eins mit ihm werden.

So viele konkurrierende Wünsche. Dieser *verdammte* Geruch war auch nicht gerade hilfreich. Ich packte sein Hemd und riss es in der Mitte auf, meine Krallen waren ausgefahren und hinterließen eine Blutspur.

„*Quinnlynn*", schnauzte er, die Wut in seiner Stimme war fast genauso groß wie meine.

„*Wo warst du?*", zischte ich zurück. Meine Wölfin überwältigte mich mit dem Bedürfnis, jeden Zentimeter von ihm zu untersuchen, um sicherzugehen, dass er unangetastet war. Aber dieser Duft betäubte meine Fähigkeit, vernünftig zu denken.

Untersuch ihn.

Rieche an ihm.

Beanspruche ihn.

Ich griff nach seiner Jeans, meine Krallen hatten sich zurückgezogen, als meine Nase auf seine Brust traf. Ich atmete tief ein, meine Augen schlossen sich in Euphorie. *Minze. Männlich. Meiner.*

Die Omega hatte ihn hier nicht berührt, seine Haut roch frisch.

Aber das war nicht der Ort, der am wichtigsten war.

Meine Wölfin musste es wissen. Musste wissen, dass er immer noch ihr gehörte. Dass er *unser* war.

Aber er war nicht unser.

Doch ich konnte nicht … Ich würde nicht … *Hör auf, zu denken.*

Sein Reißverschluss glitt mit einem Ratschen nach unten, mein Name drang erneut über seine Lippen.

Aber ich hörte ihm nicht zu. Ich hörte auf meine Instinkte. *Auf meine Wölfin.*

Ich ging in die Knie, fuhr mit meiner Nase an seinem Unterleib entlang, atmete tief ein und *vergewisserte mich*, dass er noch richtig roch. Bis ich seinen Schwanz erreichte, und feststellte, dass *mein* Aroma immer noch an ihm haftete. Meine Erregung. Mein Omega-Abdruck.

Denn er gehört mir.

Mein Mann.

Mein Alpha.

Mein Knoten.

Mein Gesicht befand sich direkt vor seinem pulsierenden Knoten und ich atmete Kierans vertrauten Duft ein. Meine Wölfin schnurrte, ihre Instinkte trieben meine an. *Ich will ihn. Ich brauche ihn. Muss ihn lecken.*

Ich berührte die Eichel seines härter werdenden Schwanzes und nahm ihn in den Mund, während ich seine Hose weiter nach unten zog.

Meine Wölfin wollte sich bei ihm bedanken, ihm zeigen, wie sehr sie es schätzte, dass er zu uns zurückgekehrt war, anstatt sich der anderen Omega hinzugeben.

Er war zu uns zurückgekehrt, anstatt die andere Frau zu beanspruchen.

Konkurrentin, schien meine Wölfin zu sagen. *Wir müssen unseren Wert beweisen. Müssen unseren Alpha zufriedenstellen. Müssen ihm unsere Dankbarkeit beweisen!*

Oder vielleicht war das nur meine Stimme in meinem Kopf. Meine Gedanken. Ich war mir nicht sicher, aber ich folgte den Anweisungen. Als ich nach oben schaute, schienen seine Augen zu glühen.

Er schien nicht erfreut zu sein. Er wirkte aufgebracht. Sogar wütend.

Ich muss mich mehr anstrengen, dachte ich, schlang meine Hand um seinen Knoten und massierte ihn, wie er es mir beigebracht hatte.

„Ist das deine Version einer Entschuldigung?", fragte er, seine Worte erinnerten mich an das erste Mal, als ich das getan hatte.

Nur schien er jetzt nicht amüsiert zu sein.

Er schien sauer.

Vielleicht wegen der Kratzspuren auf seiner Brust und dem Blut auf seiner Haut.

Kieran legte seine Hand in meinen Nacken. „Da musst du dich schon sehr viel mehr anstrengen, *Prinzessin*."

Meine Wölfin knurrte, das Geräusch drang aus meiner Kehle und vibrierte um seinen Schwanz herum.

Seine Augen verengten sich zu Schlitzen, aber er erwiderte das Knurren nicht. Er beobachtete einfach, wie ich mit meinen Zähnen an seinem Schaft entlangfuhr, bis hin zur Eichel.

Ist das eine Entschuldigung?, fragte ich mich. *Nein. Das ist eine Beanspruchung.*

Und ich demonstrierte es, indem ich ihn noch tiefer in meinen Mund nahm, wobei sich mein Drang, zu atmen, hinter meinem Bedürfnis, ihm zu gefallen, einreihte. Ich musste ihn erfreuen, ihn *beherrschen.*

Ich tat es außerdem, um ihm zu danken, dass er zu mir zurückgekehrt war. Zu uns. Zu meiner Wölfin. *Unmarkiert. Ohne den Geruch einer anderen Omega an der wichtigsten Stelle. Ganz unser.*

Abgesehen von dem subtilen Duft der anderen Frau, der immer noch verweilte, mich zu meinen Handlungen verleitete und mich mit einem Elan vorwärtstrieb, der seine Nasenlöcher dazu brachte, sich aufzublähen.

Sein Griff in meinem Nacken wurde fester, seine Unterleibsmuskeln spannten sich an.

Doch sein Gesicht blieb eine verärgerte Maske.

Ich muss das ändern, beschloss ich. *Ich will, dass er die Kontrolle verliert. Ich muss ihn zwingen, nachzugeben, und ihm klarmachen, dass ich besser bin als diese andere Omega. Wer auch immer sie ist.*

Allein der Gedanke an sie ließ mich wieder um ihn herum knurren.

Er spannte die Hand in meinem Nacken an. „Willst du mich davon ablenken, dich zu bestrafen? Dann hör auf zu knurren und mach deinen verdammten Job."

Meine Nasenflügel bebten angesichts der Grobheit seiner Worte und seines finsteren Tonfalls. Das hatte nichts damit zu tun, ihn abzulenken, sondern damit, ihn zu *beanspruchen.*

„Was? Zu grob?", sagte er, während er mich von seinem Schwanz runterzog.

Aber ich wehrte mich und saugte mich aus Protest an seinem Knoten fest.

Als das nicht ausreichte, grub ich meine Nägel in seine Hüften und ließ Blut fließen.

„Quinnlynn."

Was?, versuchte ich mit meinem Blick zu fragen. *Was*

willst du denn machen, Alpha? Mir deinen Knoten entziehen? Eine andere Omega beanspruchen? War das alles eine Lüge? Ein Weg, mich zu beschwichtigen, bevor ich die ultimative Strafe erhalte? Das akzeptiere ich verdammt noch mal nicht.

Er konnte mich nicht hören.

Aber ich wusste, dass er die Herausforderung in meinem Blick sah.

Ich fuhr mit meinen Zähnen über seine empfindliche Haut, warnte ihn, mich nicht aufzuhalten, sagte ihm ohne Worte, er solle mich das zu Ende bringen lassen, und *forderte ihn auf*, mein Angebot anzunehmen.

War es verrückt? Ja.

War es ein wenig verzweifelt? Wahrscheinlich.

War es kontraintuitiv für all meine Ziele? Auf jeden Fall.

Aber es fühlte sich richtig an. Ich brauchte das. *Er* brauchte es. Und das bewies ich, indem ich ihn so tief nahm, wie es meine Kehle zuließ, während ich ihn anknurrte, mich zu akzeptieren. Dies zu akzeptieren. *Uns* zu akzeptieren.

Sein Wolf stieg in seinem Blick auf, seine Iriden glichen einem Obsidian.

Meine Wölfin blickte zu ihm auf, ihre Gefühle waren ungehemmt und rein. Was immer er sah, ließ ihn davon abkommen, mich von seinem Schwanz herunterzuzerren.

Ich schluckte um ihn herum, meine Brust brannte, verlangte nach einem Atemzug. Aber ich weigerte mich, einen Rückzieher zu machen. Er musste verstehen, musste *wissen*, dass ich *seiner* würdig war.

Er betrachtete mich einen langen Moment, sein Daumen strich über meinen Puls, während ich gegen das Bedürfnis kämpfte, ihn freizugeben, um einzuatmen.

Ich werde nicht nachgeben.

Ich bin für dich bestimmt.

Du wirst keine andere Omega nehmen.

„Also gut, Kleines", sagte er, seine Stimme nicht mehr so schneidend wie zuvor. „Aber ich werde dich in meinem Samen ertränken." Seine dunklen Augen glitten zu meinen Schultern. „Zieh den Morgenmantel aus."

Ich bewegte mich nur, um die Seide von meinem Körper abzustreifen, dann griff ich wieder nach seinen Schenkeln.

Meine Augen hatten begonnen zu tränen, der Sauerstoffmangel benebelte mich.

Aber ich war entschlossen, durchzuhalten und den Kampf *zu gewinnen*, den ich mit meinem Mund begonnen hatte.

„Atme, Quinnlynn", forderte er, seine Finger glitten in mein Haar.

Er verengte seinen Blick und ließ mich seine schwindende Geduld sehen, aber er versuchte nicht, mich von ihm wegzureißen. Doch wenn ich mich nicht fügte, würde er meine Unterwerfung verlangen.

Und sein Gesichtsausdruck verriet mir, dass er dafür sorgen würde, dass *es mir* keinen *Spaß machte*, mich ihm zu unterwerfen.

Ich fuhr wieder mit den Zähnen an seinem Schaft entlang, warnte ihn, dass ich ihn beißen würde, wenn er wieder versuchen würde, mich zum Aufhören zu zwingen.

Bei dieser Aktion schnellten seine Augenbrauen in die Höhe.

Ich schnippte mit meiner Zunge gegen die Spitze seines Schwanzes, die Eichel noch im Mund, während ich einatmete, dann schluckte ich ihn wieder, während ich seinen Knoten massierte.

Er beobachtete mich mit kühlem Blick, aber die leichte Verfärbung seiner Wangen verriet mir, dass ich es geschafft hatte, seinen Zorn zu zügeln.

Gut, dachte ich.

Ich wusste zwar nicht so recht, warum sich das gut anfühlte oder warum ich überhaupt den Drang verspürte, das zu tun, aber ich ignorierte all das und konzentrierte mich auf seine Befriedigung.

Sah zu, wie sich seine Muskeln anspannten.

Schmeckte seinen Lusttropfen.

Fühlte, wie seine Erregung in meinem Mund pulsierte. Wie sie sich unvorstellbar ausdehnte, auf meiner Zunge ein *Feuer* entfachte.

Ja, ja.

Sein Knoten zuckte in meiner Kehle, was mich dazu veranlasste, ihn fester zu massieren, wobei mich die Erfahrungen aus meiner Hitze vorantrieben und meine Technik mit jeder Sekunde verbesserten.

Er fuhr mit den Fingern durch mein Haar, sein Wolf war immer noch deutlich in seinen Augen zu erkennen. „Ich werde mich nicht zurückhalten", warnte er mich. „Ich bin wütend, Quinnlynn. Aber du hast es so gewollt. Und jetzt will ich dich mit meinem Samen bespritzen und sicherstellen, dass du verstehst, zu wem du gehörst."

Seine Stimmlage hatte sich gesenkt und sein irischer Akzent war wieder deutlich zu hören.

Ich liebte es.

Liebte, dass ich das aus ihm herausgekitzelt hatte.

Liebte es, dass er davon sprach, mich zu beanspruchen.

Denn das war das Ziel – sicherzustellen, dass er meinen Wert verstehen würde.

Das war nicht das Ziel, flüsterte mein Unterbewusstsein.

Ich ignorierte es, konzentrierte mich auf Kieran und die Art und Weise, wie jeder Zentimeter von ihm angespannt zu sein schien, während er gegen den Drang ankämpfte, sich mir ganz hinzugeben. Die leichte

Anspannung in seinen Gliedern gab mir ein Gefühl der Macht, ebenso wie seine geweiteten Pupillen.

Er versuchte, gegen mich anzukämpfen.

Aber er würde den Kampf verlieren.

Weil ich hier die Kontrolle habe, wurde mir klar. *Mein Mund diktiert den Ausgang dieser Begegnung. Dieses Gefühl, das du gerade erlebst, Alpha, ist meinetwegen.*

Mein Name drang über seine Lippen, dieses Mal mit einem Hauch von Ehrfurcht.

Wenn ich es mir nicht nur eingebildet hatte.

Aber die Art und Weise, wie seine Finger meinen Nacken berührten, schien mein Gefühl zu bestätigen.

Doch im nächsten Moment packte er mich fester, unnachgiebig. „Einatmen", verlangte er, die Veränderung in seiner Stimme jagte mir einen elektrisierenden Schauer über den Rücken.

Wütender Alpha. Mächtiges Männchen. Hungriger Gefährte.

Ich holte tief Luft, da ich mir seiner bevorstehenden Explosion bewusst war, und nahm ihn dann wieder ganz in meiner Kehle auf.

Er hielt mich an Ort und Stelle, ein leises Grollen drang aus seiner Brust. „Du wirst schlucken, bis ich mit dir zufrieden bin, Kleines. Dann werde ich dich ans Bett fesseln und so lange angeleint halten, bis du nicht mehr versuchst, durch die Schatten zu flüchten."

Moment, was?

Es blieb keine Zeit zu fragen, was er meinte, oder gar über seine Worte nachzudenken, denn in der nächsten Sekunde explodierte er in meiner Kehle.

Ich schluckte, meine Kehle schmerzte aufgrund der Menge seiner Essenz und der Kraft seines Höhepunkts.

„Hör nicht auf, meinen Knoten zu massieren, kleine Betrügerin", hauchte er kehlig. Sein Griff um meinen Nacken war entschlossen und sein Daumen drückte gegen meinen Puls, während er weiterhin in heißen, dicken Wellen der Ekstase kam.

Er schloss die Augen, aber ließ mich nicht an seinem Vergnügen teilhaben, da er seinen Kopf zurückwarf.

Ich knurrte, verärgert über die Zurückweisung,

Aber er ignorierte mich, zog es stattdessen vor, sich seinem Orgasmus hinzugeben und so zu tun, als ob ich nicht diejenige wäre, die *jeden Tropfen davon schluckte*.

Ich gab seinen Knoten frei und packte seine Hüften. Meine Nägel gruben sich in seine Haut, zogen eine Blutspur.

Sein Wolf stieß einen animalischen Laut aus, der eine schwächere Person in die Knie gezwungen hätte.

Aber ich war kein schwächeres Wesen. Ich war seine verdammte Bestimmung, und ich würde nicht beiseite geschoben oder ignoriert oder *zugunsten einer anderen Omega verdrängt* werden!

Ich fuhr mit meinen Fingernägeln über seine Oberschenkel, lenkte seinen wütenden Blick auf mich.

Seine Hand verließ meinen Nacken, seine Finger krallten sich stattdessen in mein Haar. Er riss mich von sich weg, während er weiterhin kam. Er führte seine andere Hand zu seinem Knoten und die Venen entlang seines Unterarms traten hervor, als er sich selbst grob streichelte, was dazu führte, dass noch mehr von seiner Essenz über mein Gesicht spritzte.

Ich schnappte nach Luft, die einströmende Luft verbrannte meine Lunge.

Aber er war noch nicht fertig.

Er machte weiter, sein Samen ergoss sich über meinen Hals, meine Brüste und wieder über mein Gesicht.

Er besprizte mich mit seinem Sperma, während ich meine Nägel in seine Haut grub.

Und dann drängte er sich wieder in meinen Mund und entlud sich weiter in meiner Kehle.

Als er endlich fertig war, war ich wutentbrannt, verwirrt und so verdammt erregt, dass ich kaum noch klar denken konnte. Aber ein Gedanke war wichtiger als alle anderen – das Bedürfnis.

Ich zog meine Krallen wieder an seinen Schenkeln herab und stürzte mich auf ihn. Doch ein kehliges Knurren zwang mich zu Boden. Das Geräusch zerriss mich und ließ eine neue Welle der Erregung über meine Schenkel laufen.

Ich stöhnte auf, das Verlangen in mir wurde immer größer, fast schmerzhaft, als er es wieder tat.

Und wieder.

Sein kraftvolles Grollen veranlasste mich, mich auf den Rücken zu rollen und mich sofort zu unterwerfen. *„Alpha."* Das Wort drang flehend über meine Lippen, während Tränen aus meinen Augen liefen.

Aber er entließ mich nicht aus seinem Bann. Er knurrte erneut und bestrafte mich damit auf die schlimmste Weise.

„Kieran." Sein Name entrang sich mir, meine Stimme klang gequält, während ich mich auf dem Boden zusammenrollte und meine Eingeweide von seinem Ruf wie Feuer *brannten.*

Denn das war der Zweck dieses Knurrens – eine Omega auf den Knoten vorzubereiten. Aber so hatte er es während meines Zyklus nicht benutzt. Er hatte es vorgezogen, mich mit seinen Berührungen, seiner Zunge, seinen *Worten* vorzubereiten.

Nicht auf diese Weise.

Nicht, als wäre ich ein bedeutungsloses Fickspielzeug, das er zu seinem Vergnügen hielt.

Er ist einfach in meiner Kehle gekommen, wurde mir klar. *Er hat seine Augen geschlossen und mich nicht daran teilhaben lassen. Ich hätte jede beliebige Omega für ihn sein können. Nicht seine Gefährtin. Nicht seine zukünftige Königin.*

„Geh auf alle Viere, und ich gebe dir, was du brauchst", verlangte er in einem Tonfall, der wie ein Trommelschlag auf meine Sinne einhämmerte.

Ich schüttelte den Kopf.

Nicht so.

Er hatte versprochen, mich nicht auf diese Weise zu bestrafen. Oder hatte das nur für meine Hitze gegolten?

Ich verstand es nicht. Ich konnte nicht klar denken. Und als er wieder knurrte, konnte ich mich nur noch enger zusammenrollen und weinen.

„Warum?", hauchte ich. „Wieso versuchst du ...?" Ich brach mit einem schmerzhaften Stöhnen ab, als ein Krampf meinen Unterleib mit der Schärfe einer Klinge traf.

„Wieso versuche ich *was*?", fragte Kieran. „Warum ich dich an deinen Platz verweise? Vielleicht, weil du gerade versucht hast, *schattenzuwandeln* und zu *fliehen*, nachdem ich den größten Teil der letzten drei Wochen damit verbracht habe, dich zu heilen?"

Was? „Ich habe nicht –"

Seine unerwartete und doch sehnlichst gewünschte Berührung ließ mich aufschrecken. Seine Arme legten sich um mich, als er mich hochhob.

Nur hatte er mich nicht in die Arme genommen, um mich zu trösten.

Er knurrte *erneut* und warf mich auf das Bett. „Auf alle Viere, Omega. *Jetzt.*"

Ich zitterte, ratlos, wieso er mich so gefühllos behandelte. „N-Nicht so", flehte ich. „Bitte." Vielleicht machte mich das schwach. Ich hatte seinen Zorn verdient.

Ich hatte Glück gehabt, dass ich seine Wut noch nicht zu spüren bekommen hatte.

Aber nach den letzten Tagen, die wir zusammen verbracht hatten ... ich war mir nicht sicher, ob ich seinen Zorn ertragen konnte. Nicht jetzt. Nicht heute Abend.

„Bitte", hauchte ich wieder. „Ich wollte nicht ... Ich wollte nicht schattenwandeln. Ich wollte nur ... Ich wollte nur wissen ..."

„Was wissen?", verlangte er, seine Stimme klang wütender, als ich sie je gehört hatte. „Ob du überzeugend genug warst, damit ich dich nach deinem verkürzten Zyklus wieder freilasse? Ob du schon entkommen kannst? Was, Quinnlynn? Was wolltest du *wissen*?"

„Ob ich schattenwandeln könnte!", schrie ich, und mein Verstand brach unter seinem Alpha-Knurren. Er hatte jedes Wort mit einer solchen Kraft ausgesprochen, dass ich das Gefühl hatte, ich würde gleich zerbrechen.

Oder vielleicht war ich schon gebrochen.

Denn ich fühlte mich untröstlich.

Allein.

So verdammt heiß.

Und doch fühlte ich mich benutzt und wertlos. Es war das komplette Gegenteil von dem, was ich mir gewünscht hatte, als er zurückgekommen war.

Ich wollte, dass er meine Macht sah, mich als würdige Gefährtin erkannte.

Und er hatte mich in diesen nutzlosen Zustand versetzt, in dem ich kaum mehr als die Tränen in meinen Augen sehen konnte.

„Ich wollte nicht fliehen." Das Geständnis verließ heiser meine Kehle, mein Körper und mein Geist waren erschöpft. „Ich habe darüber nachgedacht, dass ich nicht in der Lage sein würde, dich zu verlassen. Ohne *dich* zu leben. Also habe ich versucht ... herauszufinden, ob ich es aushalten könnte."

Ich rollte mich auf dem Bett zusammen, verängstigt von dem, was jetzt kommen würde.

Nach einem Jahrhundert, in dem ich für mich selbst gekämpft hatte, in dem ich undenkbare Situationen überlebt hatte, war ich von dem einen Mann zu Fall gebracht worden, der mich niemals hätte verletzen sollen. *Mein zukünftiger Gefährte.*

Und doch hatte ich ihn verletzt.

Ich war ohne eine Erklärung gegangen.

Und jetzt sorgte er dafür, dass ich verstand, wie sich das anfühlte.

Ich verdiene es, dachte ich und erschauderte. *Ich verdiene seinen Zorn. Seine Züchtigung. Seine* Ablehnung.

Ich war ihm keine gute Gefährtin gewesen. Zur Hölle, ich entsprach immer noch nicht den Erwartungen. Ich hatte ihn *angegriffen* und bluten lassen, nur weil er nach einer anderen Omega gerochen hatte.

Eine Omega, die ihn nicht berührt hatte.

Nachdem er mir bereits von seinem Zölibat erzählt hatte.

Natürlich könnte das alles eine Lüge gewesen sein. Ein Weg, mich einzulullen, nur um mir dann wieder alles wegzunehmen.

Hatte ich wirklich etwas Besseres verdient?

Nein.

Denn Kieran hatte keine Ahnung, warum ich ihn verlassen hatte. Wenn er es wüsste, würde er mich vielleicht nicht hassen.

Aber ich war nicht sicher, ob ich ihm vertrauen konnte.

Vielleicht hatte ich aber auch zu viel Angst, es zu versuchen.

Was mich unwürdig macht.

Gefährten sollten einander vertrauen.

Aber unser gesamtes Verlöbnis beruhte auf einer Lüge.

Wir waren von Anfang an dem Untergang geweiht.

Kein Wunder, dass er mich hasst.

Selbst jetzt verhielt ich mich nicht so, wie es sich für eine Gefährtin gehörte. Er hatte mir einen Befehl gegeben, und ich hatte ihn ignoriert. Nein, ich hatte ihn *zurückgewiesen.*

So würde das nie funktionieren. Er hatte mit seinem Knurren meine Erregung hervorgerufen und mir dann gesagt, welche Position ich einnehmen sollte.

„Auf alle Viere, Omega. Jetzt."

Seine Forderung wirkte auf mein Herz und meinen Verstand ein, zwang mich, mich zu öffnen. Ich schuldete ihm wenigstens das – meine Unterwerfung.

Ich hatte ihn benutzt. Ich hatte mich mit ihm verlobt und ihn in meiner Abwesenheit alles regeln lassen. Ich hatte mir seine Macht erschlichen, um andere auf der Suche nach der Wahrheit zu schützen.

Jetzt war er an der Reihe, mich zu benutzen.

Ich ging auf meine Hände und Knie, wie er es verlangt hatte.

Neigte meinen Kopf.

„Ich unterwerfe mich", hauchte ich.

KIERAN

Q<small>UINNLYNNS</small> <small>GEBROCHENE</small> S<small>TIMME</small> und ihre Körperhaltung sagten mir, dass ich zu weit gegangen war.

Als sie ihre Krallen hatte aufblitzen lassen, auf mich zugestürmt war und Antworten verlangt hatte, nachdem ich gespürt hatte, dass sie zu schattenwandeln versucht hatte, war ich ausgerastet.

Nach allem, was ich für sie getan hatte, hatte sie sich dafür entschieden, mir zu danken, indem sie mich mit ihren Krallen zerfetzten und versuchen wollte, meine Gunst zu gewinnen, indem sie meinen Schwanz lutschte?

Ich war rasend vor Wut gewesen.

All das und die Art und Weise, wie sie mich zuvor behandelt hatte, brachten mich zu dem Schluss, dass meine Omega eine strenge Lektion in Sachen Unterwerfung brauchte.

Aber das …

Sie auf allen vieren zittern zu sehen, ihr Kopf gesenkt, die Tränen, die auf unsere Laken fielen, und das leise Schluchzen, das sich ihrer Kehle entrang … Das war nicht das, was ich wollte.

Ihre Bemerkungen darüber, dass sie sich nur gefragt

hatte, ob sie überhaupt noch schattenwandeln könnte, hatten mich mitten ins Herz getroffen.

Ich hatte angenommen, dass sie weglaufen wollte.

Eine Annahme, die ich hätte revidieren sollen, als ich bemerkt hatte, dass sie nur einen Seidenmantel trug.

Vielleicht hatte sie vorgehabt, in Wolfsgestalt zu fliehen – was den Mantel erklärt hätte –, aber ihre Reaktionen auf mich hatten bewiesen, dass sie sich noch nicht vollständig von ihrer Hitze erholt hatte.

Ein Fluchtversuch in diesem Zustand wäre eine schreckliche Entscheidung gewesen, und nachdem ich Quinnlynn über ein Jahrhundert lang nachgejagt war, wusste ich, dass sie nicht der Typ war, der floh, ohne jedes Detail zu bedenken.

Sie war zu klug, um in diesem Zustand zu fliehen.

Ich wusste das.

Doch ich hatte ohne nachzudenken aggressiv reagiert und war zu einem Schluss gelangt, der von einem Jahrhundert der Frustration getrieben gewesen war.

Verdammt.

Ich fuhr mit meiner Hand ihre Wirbelsäule hinunter und mein Magen krampfte sich zusammen, als ich spürte, wie sie zusammenzuckte.

Das hatte sie schon länger nicht mehr getan. Sie hatte sich nach mir gesehnt. Mir vertraut. Hatte mich *genossen*.

Aber jetzt nicht mehr.

Jetzt hatte sie Angst vor mir.

Und das war nicht gut.

Ich zog meine Hand zurück, damit ich die Reste meiner Klamotten ausziehen konnte.

Sie hatte mein Hemd zerrissen, mit ihren Krallen eine Blutspur auf meiner Haut hinterlassen und mir die Hose heruntergezerrt.

Ich dachte, sie wollte mich ablenken, damit ich

vergessen würde, dass sie gerade versucht hatte, wegzulaufen.

Aber jetzt, da ich mich genug beruhigt hatte, um richtig nachdenken zu können, erkannte ich den wahren Grund für ihre Handlungen – besitzergreifendes *Verlangen*.

„*Wo warst du?*", hatte sie gefragt.

Ich hatte angenommen, dass sie mir etwas vorgespielt hatte, um mich abzulenken, was mich noch wütender gemacht hatte – denn wie konnte sie es wagen, unsere Verlobung auf so schändliche Weise auszunutzen? Aber jetzt war klar, dass es kein Schauspiel gewesen war; sie hatte jedes Wort ernst gemeint.

Ihr ganzer Auftritt war einfach ihre Art gewesen, ihren Wert zu beweisen.

Und ich hatte sie im Grunde genommen auf die schlimmste Art, die man sich vorstellen konnte, erniedrigt.

Ich kniete mich neben sie aufs Bett, was bei ihr eine Gänsehaut verursachte ... nicht auf die gute, sondern auf die verängstigte Art.

Anstatt zu sprechen, drückte ich ihr einen Kuss auf die Schulter und begann für sie zu schnurren.

Sie zitterte und ihre Ellenbögen knickten ein, als könne sie ihr eigenes Gewicht nicht mehr halten. „Du folterst mich", hauchte sie. „Ich ... Ich weiß, dass ich es verdiene ... aber ..."

Ich brachte sie zum Schweigen, ließ meine Lippen erneut über ihre Schulter wandern, bevor ich sie im Nacken packte. „Ich würde dich niemals foltern, Quinnlynn."

Sie bis zur Unterwerfung ficken, ja.

Sie absichtlich verletzen, nein.

Ich schnurrte intensiver, als ich mich neben sie legte. Meine Hand ruhte immer noch in ihrem Nacken. „Komm her", sagte ich zu ihr und knetete sanft ihren Nacken, um ihr die Dominanz zu geben, von der ich wusste, dass sie sie brauchte. „Ich verspreche, nicht mehr zu knurren."

Sie bewegte sich nicht. „Ich … ich verstehe nicht."

„Ich entschuldige mich", gab ich leise zu. „Ich habe deine Absichten missverstanden und falsch reagiert. Deine Wölfin fühlte sich bedroht und ich dachte, du wolltest mich nur von deinem Fluchtversuch ablenken."

„Ich wollte nicht fliehen", hauchte sie.

„Ich weiß." Ich drückte wieder ihren Nacken, nicht grausam, nur genug, um ihr Halt zu geben. „Es tut mir leid, Quinnlynn. Du hattest nichts davon verdient."

„D-Doch, das habe ich. Ich … Ich habe dich wegen deiner Magie benutzt. Ich habe dich hier alleine gelassen. Ich bin eine schlechte Gefährtin."

Ich runzelte die Stirn. „Du hast mich wegen meiner Magie benutzt?" War das der wahre Grund gewesen, warum sie mich vor all den Jahren ausgewählt hatte? Um Zugang zu meinen Heilfähigkeiten zu bekommen? „Woher wusstest du überhaupt von meiner Fähigkeit zu heilen?"

„I-Ich wusste es nicht. Nicht wirklich. Ich wusste nur ein bisschen. Ich habe eine Menge gelernt." Ihre Arme und Beine zitterten, der süße Duft ihrer Erregung erinnerte mich daran, was mein Knurren mit ihr gemacht hatte.

Sie würde nicht mehr lange so weitermachen können.

„Quinnlynn …"

„Es tut mir leid", warf sie mit einem Schluchzen dazwischen. „Es tut mir leid, dass ich gegangen bin. Aber es gab keine Alternative. Ich musste einer Spur nachgehen, Kieran. Und deine Fähigkeit, zu heilen … hat *mir* geholfen. Aber sie hat mich auch abgelenkt. Ich habe mich selbst verloren. Ich habe die Zeit aus den Augen verloren."

Sie klang fast betrunken, ihr erregter Zustand entlockte

ihr Geständnisse, die wichtig erschienen, aber keinen Sinn ergaben.

„*Bitte*", flehte sie, ihre Stirn streifte das Bett. „Bitte hör auf, mich zu foltern. Es tut mir leid, Alpha. Ich werde …"

„Ich foltere dich nicht, Quinnlynn." Und doch war es eindeutig nicht wahr, denn aufgrund meines grausamen Verhaltens schien sie große Schmerzen zu haben.

Ich konnte sie noch nicht so verknoten, wie ich es wollte; das wäre zu gefühllos und würde unserer Verbindung weiter schaden.

Aber ich konnte sie auch nicht einfach so leiden lassen.

„Roll dich auf den Rücken", sagte ich zu ihr. „Ich will deine Augen sehen." Das war es, was wir brauchten – unsere Verbindung.

Doch sie bewegte sich nicht.

Stattdessen versteifte sie sich, fast so, als hätte sie mich nicht gehört oder als hätte sie mich falsch verstanden.

„Quinnlynn", murmelte ich und fuhr mit meiner Hand von ihrem Nacken ihre Wirbelsäule hinab. „Leg dich neben mich. Ich will dich sehen, Kleines", sagte ich und legte meine Hand wieder in ihren Nacken. „Bitte."

Ich unterstrich die Aufforderung mit meinem Schnurren, was sie fast gewaltsam erschaudern ließ.

„Kieran?" Das Misstrauen in ihrem Ton überwältigte mich. Ich hatte unsere zerbrechliche Verbindung gebrochen, weil ich ihre Absichten missverstanden hatte.

„Ich dachte, du würdest wieder weglaufen", murmelte ich, fuhr mit den Fingern in ihr Haar, um durch die verknoteten Strähnen zu kämmen. „Und ich dachte, du benutzt deine Wölfin, um mich davon abzulenken, dein Verhalten zu korrigieren."

Nichts davon war als Entschuldigung gedacht, nur als Erklärung.

„Ich habe mich geirrt. Es tut mir leid." Die Worte

brannten auf meiner Zunge, meine Fähigkeit, mich zu entschuldigen, war etwas eingerostet, da ich es nie wirklich nötig gehabt hatte. Aber jetzt tat ich es zum zweiten Mal innerhalb weniger Minuten.

„Es tut mir leid", sagte ich erneut, bereit, es so oft zu wiederholen, wie Quinnlynn es hören musste.

Ich würde mich bis in alle Ewigkeit bei ihr entschuldigen, solange sie mich wieder ansehen würde.

Doch es schien, dass alle guten Dinge wirklich drei waren, denn sie hob langsam den Kopf.

Und zerstörte dabei mein Herz.

Ihre Tränen mischten sich mit meinem Sperma, ihr Gesicht war ein einziges Chaos aus wütender Leidenschaft und Angst.

„Oh, Quinnlynn." Ich packte sie wieder im Nacken und zog sie an mich, wobei ich mein Schnurren verstärkte.

Sie schlotterte, als sie ihr feuchtes Gesicht in meine Halsbeuge schmiegte.

Ich schlang meine Arme um sie und schenkte ihr meine Kraft. Ich hatte erwartet, dass sie sich gegen mich wehren würde, aber nicht, dass sie zusammenbrechen würde.

Doch ich hätte es besser wissen müssen. Sie war immer noch in ihrer Hitze. Das machte sie verletzlich und ihre Wölfin übernahm die Kontrolle. Nach allem, was sie durchgemacht hatte, hatte mein bestrafendes Knurren natürlich ihre Schutzmauer durchbrochen.

Ich küsste sie auf den Kopf und hielt sie fest, während sie weinte und mein Schnurren ihr mehr Trost spendete als mein Knoten es je könnte.

Nun, vielleicht auch nicht. Ich hatte sie so intensiv erregt, dass sie wahrscheinlich gefickt werden musste, aber ich konnte nicht. Nicht so.

Trost und Schutz standen an erster Stelle. Ich hatte

unsere Verbindung geschädigt, und jetzt musste ich sie reparieren.

Cillian, rief ich und öffnete die telepathische Verbindung, die wir vor über tausend Jahren aufgebaut hatten.

Ja, Majestät?

Jemand muss in meinem Apartment leise ein Bad einlassen. Kannst du Vin oder Shiv bitten, herzuwandeln? Ich möchte nicht gestört werden, und ich kann Quinnlynn im Moment nicht alleine lassen.

Er schwieg einen Moment lang. *Geht es ihr gut?*

Es wird ihr wieder gut gehen, schwor ich. *Sie hat auf Ivanas Duft reagiert, und von da an ging es Schlag auf Schlag.*

Ich verstehe. Diese beiden Worte enthielten das ganze Gewicht einer Anschuldigung. Ich konnte förmlich hören, wie er dachte: „*Ich hab's dir ja gesagt*" – auch, ohne dass er die Worte aussprach.

Cillian.

Majestät.

Ich brauche deine Hilfe, bitte. Es müssen Vin oder Shiv sein. Sie waren beide Betas. Das Letzte, was ich tun wollte, war zu riskieren, dass Quinnlynn ein anderes Weibchen in meiner Suite wittern würde, geschweige denn eine unverpaarte Omega oder einen männlichen Alpha.

Bitte? Das ist neu.

Cillian, wiederholte ich und betonte seinen Namen mit einem Zischen.

Ich kümmere mich darum, Majestät. Für sie. Nicht für Euch.

Fast hätte ich geknurrt, aber ich wusste auf einer gewissen Ebene, dass ich diese Stichelei verdient hatte. Er hatte zuvor Bedenken über meine Idee geäußert, Ivana bei der Kleiderauswahl helfen zu lassen.

Danke, Cillian, murmelte ich und entschied mich, ihm meine Dankbarkeit zu bekunden.

Danke? Sein Schock war deutlich spürbar. *Du hast es wirklich verkackt, nicht wahr?*

Ich biss die Zähne aufeinander. *Cillian.* Diesmal fügte ich meinem Tonfall die nötige Warnung hinzu.

Und der Bastard gluckste lediglich. Er sagte jedoch nichts weiter, was mir verriet, dass er an den Arrangements arbeitete, um die ich gebeten hatte.

Innerhalb weniger Minuten spürte ich die Anwesenheit eines Betas in meiner Suite.

Quinnlynn regte sich, aber ich drückte ihren Kopf wieder an meine Schulter und flüsterte ihr Worte in meinem antiken Dialekt zu. Sie würde meine Worte nicht verstehen, da die Sprache schon vor langer Zeit ausgestorben war. Cillian und Lorcan konnten sich in diesem Dialekt unterhalten, aber nicht viele andere.

Wir waren Teil eines alten Stammes.

Dessen Land mein Gebiet gewesen war, bevor ich der Verlobung mit Quinnlynn zugestimmt hatte.

Ich hatte meine Leute mit in den Blutsektor genommen, zunächst vorübergehend. Meine frühere Heimat war jedoch zu Beginn der Ära der Infizierten zerstört worden.

Die Menschen hatten geglaubt, Bomben würden das Problem der Zombie-Plage lösen.

Sie hatten falsch gelegen.

Und schon bald war ihnen der Sprengstoff ausgegangen, sodass ihnen nur eine Möglichkeit geblieben war – sie mussten ein Heilmittel finden.

Es war etwas, das sie von Anfang an hätten tun sollen, aber die Anführer der Welt hatten zu viel wertvolle Zeit damit verschwendet, einander die Schuld zuzuschieben.

Zu dem Zeitpunkt, als die Überlebenden zusammengekommen waren, um sich mit der Forschung zu befassen, hatten sie bereits viele Mitglieder ihrer Teams verloren.

Bei den wenigen, die übrig geblieben waren, hatte es sich überwiegend um übernatürliche Wesen gehandelt, so wie mich, und wir hatten uns zu diesem Zeitpunkt mehr als alles andere darum gekümmert, die Mutation des Virus zu stoppen.

Der Blutsektor war dadurch zu meinem permanenten Wohnsitz geworden, was ich für eine Fügung des Schicksals hielt.

Denn jetzt, da ich Quinnlynn gekostet hatte, würde ich nie wieder gehen können. Nicht, dass ich das jemals wirklich gewollt hätte. Ich hatte geplant, beide V-Clan-Sektoren zu regieren.

Und es schien, dass ich das auch tun konnte, nur jetzt innerhalb der gleichen Grenzen und nicht mehr auf zwei getrennten Inseln.

Majestät, sagte Cillian und riss mich aus meinen müßigen Gedanken. *Das Bad ist bereit.*

Danke.

Ich bin mir nicht sicher, ob ich mich vor dieser Veränderung fürchten oder mich darüber amüsieren soll.

Fürchten, sagte ich, *weil sich als Begleiterscheinung brutale Besessenheit einschleicht.*

Ich habe kein Interesse an Eurer Gefährtin, Majestät.

Hmm, brummte ich, und entließ ihn mit einem leisen Knurren.

Ich wusste, dass Cillian weder mich noch Quinnlynn jemals verraten würde. Er war loyal bis ins Mark. Genau wie Lorcan.

Aber offenbar zeigte ich meine Dankbarkeit nicht oft genug. Vielleicht sollte ich das ändern, indem ich mich ein paar Wochen lang täglich bei ihnen bedankte, um zu sehen, wie lange es dauern würde, bis sie verlangten, dass ich damit aufhörte.

In der Zwischenzeit würde ich daran arbeiten, mir die Vergebung meiner Omega zu verdienen.

Beginnend mit einem Bad.

KIERAN

QUINNLYNN WAR an mich geschmiegt in der Badewanne eingeschlafen, ihre kleine Gestalt schien erschöpft von dem emotionalen Trauma der letzten Stunden.

Ihre intensive Hitze hatte ihr bereits viel Energie geraubt und hinzu kamen die Komplikationen mit ihrer Wölfin. Sie hatte sich den Schlaf verdient.

Doch sie regte sich, als ich ein Handtuch um sie schlang. Ihre dunklen Wimpern schlugen auf und gaben den Blick auf ihre misstrauisch dreinblickenden Augen frei. Es schien, dass nicht einmal ihre Träume ihr helfen konnten, unserer Realität zu entkommen.

Ich streichelte ihre Wange, küsste sie auf die Stirn, hob sie hoch und setzte sie auf den Badewannenrand. So hatte ich beide Arme frei, um uns richtig abtrocknen zu können.

Ich hatte nur wenig Mühe gehabt, sie zu baden, denn das Wasser hatte ihr geholfen, sich zu entspannen, während ich sie sanft eingeseift und abgewaschen hatte. Auch ihr Haar hatte ich mit Shampoo gewaschen und dann mit einem Kamm die Spülung durch ihre Strähnen gekämmt.

Das Wasser war nun schmutzig und lief ab.

Deshalb hatte ich uns noch kurz in der Dusche abgeduscht, um jeglichen Schmutz zu entfernen.

Nichts davon hatte sie aufgeweckt.

Aber in dem Moment, als das warme Tuch ihre Haut berührt hatte, war sie aufgewacht.

Sie beobachtete, wie ich mit dem Handtuch meine Gliedmaßen und meinen Oberkörper abtrocknete. Ihr Blick wanderte zu meiner Leiste. Ich war hart, automatisch verursacht durch ihre Nähe. Aber ich war nicht unbedingt erregt. Mich um sie zu kümmern, hatte Vorrang vor allem anderen.

Ich trocknete sie ab und schmiss die Handtücher beiseite. Ihr Blick blieb misstrauisch, und ihr offensichtliches Unbehagen lastete schwer auf meinem Herzen.

Als ich jedoch nach ihr griff, vergrub sie ihren Kopf an meiner Brust. Ihre Wölfin wollte eindeutig mehr von meinem Schnurren.

Und genau das gab ich ihr. Mein Schnurren vibrierte in einem gleichmäßigen Rhythmus zwischen uns, als ich sie in meine Arme nahm, um sie zurück zu meinem Bett zu tragen.

Es war jemand vorbeigekommen, um das Bettzeug zu wechseln, hatte aber die schmutzige Wäsche in einem Korb zurückgelassen, für den Fall, dass Quinnlynn sie zum Nestbau brauchte.

Aber sie schien es nicht einmal zu bemerken.

Sie war zu sehr damit beschäftigt, sich an mich zu klammern, als ich uns unter die sauberen Laken legte.

Ich rollte sie unter mich und badete sie in meiner Alpha-Stärke, während ich ihren Geist mit meiner heilenden Magie berührte. Sie zuckte zusammen, doch seufzte dann so zufrieden, dass ich es noch einmal tat.

„Danke", hauchte sie und drückte beim Einatmen ihre Nase gegen meine Brust.

Ich gab ihr mehr Energie, konnte aber nicht spüren, wo sie die Magie wirklich brauchte. Was seltsam war, denn sie schien sie in Hülle und Fülle zu absorbieren.

Ihre Hände wanderten zu meinen Schultern, ihre Lippen streiften über meine Haut, während sie versuchte, mich immer näher an sich zu ziehen. Ich ließ meine Hüften zwischen die ihren gleiten und meine Lebenskraft auf sie wirken, während ich darüber nachdachte, was sie vor unserem Bad und der Dusche zu mir gesagt hatte.

„Ich habe dich wegen deiner Macht benutzt."

„Ich musste einer Spur nachgehen, Kieran. Und deine Fähigkeit, zu heilen … hat mir geholfen."

Wobei geholfen?, fragte ich mich. *Welche Spur?*

Sie saugte meine Energie wie ein Schwamm auf, füllte ihre Reserven wieder auf und speicherte die Energie für die Zukunft. Fast hätte ich es unterbrochen, weil ich wusste, dass dies kein gutes Zeichen war, aber ich konnte nicht aufhören, ihr meine Energie *zu senden*. Ich wollte, dass sie mit meiner Energie gefüllt war und unsere beabsichtigte Verbindung sie stärkte.

„Quinnlynn", hauchte ich, meine Lippen in ihrem Haar. „Warum hast du meine Kraft gebraucht?"

„Für die Omegas." Sie klang verträumt, fast so, als ob sie ihre Umgebung nicht wirklich wahrnehmen würde.

Ein besserer Alpha würde diesen Zustand nicht ausnutzen.

Aber ich wollte Antworten.

Und es war höchste Zeit, dass sie mir welche gab.

„Welche Omegas?"

„Meine Omegas", murmelte sie, was mich die Stirn runzeln ließ. „Ich habe versucht, sie alle zu retten, aber ich konnte es nicht. Ich war nicht wie du. Diese Heilkraft gehört nicht mir. Sondern dir."

„Meinst du im Bariloche-Sektor?", fragte ich und zog mich zurück, um sie anzuschauen.

Sie blinzelte zu mir hoch, ihr Blick etwas verschwommen, klärte sich aber schnell.

Also beschloss ich, sie mit mehr Energie zu versorgen, was sie in ihren Traumzustand zurückversetzte, woraufhin sie glücklich seufzte und mich mit glänzenden Augen anstarrte.

Viel besser als Angst oder Misstrauen, entschied ich. „Du hast also meine Kraft benutzt, um den Omegas im Bariloche-Sektor zu helfen. Bist du deshalb dorthin gegangen?"

Ihre Wimpern flatterten, als sie wieder seufzte, verloren in meiner heilenden Berührung. „Deshalb bin ich geblieben ... um ihnen zu helfen. Du könntest so vielen weiteren Omegas helfen. Diese Kraft ... diese Kraft könnte die Sicherheit ... von allen gewährleisten."

„Von allen Omegas im Bariloche-Sektor?"

Sie begann den Kopf zu schütteln und ihre Lippen öffneten sich. „Mehr. Im Refug–" Sie brach ab, und zog ihre Augenbrauen zusammen. „Hmm, nein. Du könntest ... er sein." Ihr Griff um meine Schultern wurde fester und sie öffnete ihre Augen wieder, als etwas von der vorhergehenden Vorsicht in ihren Blick zurückkehrte. „Was machst du mit mir?"

„Ich versuche, dich zu beruhigen", sagte ich. „Damit du dich gut fühlst."

„Um mir Informationen zu entlocken?" Sie drückte sich ein wenig gegen mich, ihr Blick schien sich zu klären. „Du ... du benebelst mich ... mit deiner *Magie.*"

„Nur ein bisschen", gab ich zu, streichelte ihre Wange. „Deine Seele scheint es zu brauchen, auch wenn du dich nirgendwo verwundet oder verletzt anfühlst. Warum sonst würdest du so hungrig nach meiner Energie sein?"

Oder vielleicht hätte die Frage „*Warum bist du so hungrig nach meiner Energie?*" lauten sollen. Ich hatte ihr in den letzten Wochen mehr als genug gegeben, und ich hatte gespürt, wie sie mit meiner Energie aufgefüllt worden war, diese aber sofort wieder verbraucht hatte.

Ihre Nasenflügel blähten sich auf, ihre Hände drückten fester gegen meine Brust. „Hör auf."

Ich bekämpfte sie nicht, sondern erlaubte ihr, diese Runde zu gewinnen, weil ich es so sehr vermasselt hatte. „Na gut, Kleines." Ich rollte mich von ihr herunter, um mich neben sie zu legen und unterbrach den Energiefluss. Dann lehnte ich mich gegen das Kissen und drehte den Kopf, um sie zu beobachten und darauf zu warten, was sie als Nächstes tun würde.

Ich wollte Antworten haben.

Aber ich wollte vor allem meine temperamentvolle Gefährtin zurück.

Wenn es also nötig war, hier zu liegen und darauf zu warten, dass sie sich erholen würde, würde ich das tun.

Ihr Brustkorb hob und senkte sich in rascher Folge, während sie die Hände immer noch gehoben hielt, als lägen meine Schultern noch unter ihren Handflächen.

Dann ließ sie langsam den Blick auf mir ruhen und blinzelte. „Du hast aufgehört."

Ich wölbte eine Augenbraue. „Ja."

„Warum?"

Ich runzelte die Stirn. „Weil du es mir gesagt hast."

„Ich habe nicht erwartet, dass du auf mich hörst."

Ich schnaubte. „Ich werde dich nicht zwingen, meinen Trost anzunehmen, Quinnlynn." Natürlich schnurrte ich immer noch für sie, aber das war mehr mein Wolf als ich. Außerdem hatte sie nicht verlangt, dass ich auch damit aufhören sollte.

„Aber du hast deine Antworten nicht bekommen."

„Nein, habe ich nicht", stimmte ich zu und beobachtete sie und ihre Geheimnisse, die förmlich aus ihrem Blick sprudelten. „Aber dein Geist wird mir sagen, was ich wissen will, wenn wir verpaart sind. Ich habe hundert Jahre gewartet. Ich kann noch ein paar Wochen länger ausharren."

Sie erstarrte, weil meine Worte offensichtlich einen Nerv getroffen hatten.

Was verheimlichst du? Was soll ich nicht wissen?, fragte ich mich. *Hat es damit zu tun, warum du mich gewählt hast? Machst du dir Sorgen, wie ich auf diese Information reagieren werde?*

Ich drehte mich auf die Seite und legte meinen Kopf auf meinen aufgestützten Arm, um sie anzusehen, ohne sie zu berühren. Sie atmete flach.

Ja, ich habe definitiv einen Nerv getroffen.

„Was befürchtest du, was passiert, wenn ich es herausfinde?", fragte ich und musterte sie eingehend.

„Hundert Jahre?", wiederholte sie und ignorierte meine Frage. „Du ... du hast hundert Jahre auf ... meine Geheimnisse gewartet?"

„Ich habe über hundert Jahre auf viele Dinge gewartet, Quinnlynn. Deine Geheimnisse sind darunter, ja."

Die Härchen auf ihren Armen stellten sich auf, und ihre Angst schien mit jeder Sekunde größer zu werden. „Du ... du bist ..."

Ich hob eine Augenbraue. „Ich bin *was*?", fragte ich. „Dein zukünftiger Gefährte?"

Sie schluckte und wurde blass, aber sie antwortete nicht.

„Quinnlynn." Ich konnte den Seufzer nicht aus meiner Stimme heraushalten. „Wir sind seit über hundert Jahren verlobt. Ich hatte dich von Anfang an gewarnt, was es bedeutet, und dir gesagt, dass du diese Entscheidung eines Tages bereuen könntest. Ich hatte dir auch einen Ausweg geboten, aber du hast dich dafür entschieden, ihn zu ignorieren. Dann bist du geflohen. Und ich habe dich nach einhundert Jahren endlich eingefangen."

Sie starrte mich an und schwieg weiter.

„Und jetzt werden wir uns endlich verpaaren", schloss ich. „Die Nachricht von unserem Verlobungsessen hat sich bereits im ganzen Sektor herumgesprochen. Wir werden in einer Woche feiern."

Ihre Nasenlöcher blähten sich auf. „Eine Woche."

„Ja. Ich habe Ivana gebeten, dir bei der Suche nach einem Kleid zu helfen. Sie wird in zwei Tagen vorbeikommen."

„Ivana?", wiederholte sie, ihre Stimme war kaum mehr als ein Flüstern.

„Die Omega, die du vorhin an mir gerochen hast."

Das brachte etwas Farbe in ihre Wangen zurück. „Du willst, dass ich mit einer deiner Huren shoppen gehe?"

Meine Augenbrauen hoben sich. „Ivana ist keine Hure, Quinnlynn. Sie ist eine freiwillig unverpaarte Omega. Und ich habe keine *Huren*." Ich beugte mich zu ihr runter, verengte meine Augen zu Schlitzen. „Ich habe dir gesagt, wie viele Frauen ich in deiner Abwesenheit gevögelt habe … *keine*. Schon vergessen?"

Sie biss ihre Zähne zusammen und das verriet mir, dass sie sich sehr gut an die Details erinnerte, aber zu stur war, um es zuzugeben. „Lass mich raten, sie ist eine deiner *vielen* Anwärterinnen?"

„Nein. Deshalb habe ich sie auch für diese Aufgabe ausgewählt." Ich griff nach ihrem Kinn, um ihren Blick zu halten. „*Du* bist für mich bestimmt. Und ich finde es beleidigend, dass du meine Treue zu dir nicht ernst nimmst. Weißt du, wie schwer es war, ein Jahrhundert ohne den Komfort einer Frau in meinem Bett auszukommen?"

„Wie furchtbar für dich", sagte sie trocken und zeigte wieder keinen Respekt. „Muss in etwa so sein, wie den Zyklus ohne Knoten zu überstehen."

„Eine Entscheidung, die *du* für dich selbst getroffen hast", betonte ich und weigerte mich, Mitleid mit ihr zu haben. „Was ich eigentlich sagen will, ist, dass ich treu geblieben bin, obwohl ich es nicht musste. Und du behandelst mich, als hätte ich gelogen."

„Du hast gelogen", schnauzte sie.

„Worüber?", verlangte ich zu wissen, und meine Wut stieg. „Ich war dir gegenüber immer aufrichtig, Quinnlynn. Das kannst du nicht von dir behaupten, nicht wahr?"

„Warum?", fragte sie und ignorierte meine rhetorische Bemerkung. „Weil du mir von Anfang an gesagt hast, dass ich das bereuen würde? Weil ich die Anzeichen dafür, wer du bist, so ziemlich ignoriert und das Ganze trotzdem durchgezogen habe?"

Jetzt war es an mir, zu blinzeln. „Wovon zum Teufel redest du?"

„Du weißt, wovon ich spreche. Du hast ein Jahrhundert lang auf meine Geheimnisse gewartet! Und du hast sie mir fast entrissen, indem du genau die Magie benutzt hast, von der du weißt, dass ich sie *brauche,* um erfolgreich zu sein." Sie setzte sich auf und entfernte sich von mir. Wut und Angst umgaben ihre zierliche Gestalt. „Ich werde meine Geheimnisse niemals freiwillig preisgeben, nicht nach dem, was du meinen Eltern angetan hast."

Ich starrte sie an. „Deinen *Eltern?*" Ich hatte keine Ahnung, wovon sie sprach.

„Monde, wie konnte ich nur so blind sein?", fragte sie und hob ihre Hände an den Kopf, während sie ihre Knie an die Brust presste. „Ich ... ich dachte ... du wärst keiner der Anwärter. Weil du wusstest, dass ich zu dir kommen würde?"

„Quinnlynn", sagte ich entsetzt, setzte mich auf und lehnte mich mit ans Kopfteil.

Sie hörte mir nicht zu, sie war zu sehr damit beschäftigt, laut über etwas nachzudenken. Ein Rätsel, das es zu lösen galt.

„Woher wusstest du es? Oder hattest du vor zu kämpfen und wolltest sie alle damit überraschen?" Sie begann, sich die Schläfen zu massieren. „Ich weiß nicht … ich kann nicht …"

Ich ließ mein Schnurren wieder aufleben, das ich eingestellt hatte, nachdem sie meine Integrität erneut beleidigt hatte. Aber ich spürte, dass sie es jetzt brauchte. Ihr verwirrter Geisteszustand zeigte sich in ihren Handlungen und Worten.

„Erzähl mir von deinen Eltern", sagte ich sanft, nicht wie ein Befehl, aber doch fordernd. „Sag mir, was du denkst, was ich ihnen angetan habe."

Ihre Hände fielen und ihr Blick traf mich wie tausend Dolche. „Als ob du das nicht wüsstest."

Ich weiß es wirklich nicht, hätte ich fast gesagt. Stattdessen beschloss ich, sie ein wenig zu drängen. „Wenn ich es schon weiß, dann kann es doch nicht schaden, es noch einmal zu sagen, oder?"

„Wirst du mich zwingen, es laut auszusprechen?"

„Ja, Quinnlynn. Das werde ich." *Weil ich sonst nie erfahren werde, wovon zum Teufel du redest.*

„Du bist wirklich ein Monster", flüsterte sie, die Anschuldigung und der Schmerz in ihrer Stimme hätten mich fast umgehauen.

Aber ich musste herausfinden, was sie glaubte, das ich getan hatte, denn es hing eindeutig damit zusammen, warum sie weggelaufen war.

„Bin ich das?", fragte ich leise. „Bin ich ein Monster, Quinnlynn?"

„Du willst, dass ich laut sage, dass du meine Eltern getötet hast. Als eine Art krankes Vergnügen vielleicht? Also ja, Kieran, du bist ein Monster."

Meine Augenbrauen flogen in die Höhe. „Ich habe deine Eltern *getötet?*" In welchem beschissenen Albtraum hatte ich das bitte bewerkstelligt? „Sie sind bei einem Flugzeugabsturz gestorben", erwiderte ich.

Sie verdrehte die Augen. „Sicher. Nur hat mir meine Mutter in jener Nacht eine Botschaft geschickt." Sie fuhr mit ihrer Hand zu ihrem nackten Hals. „Als sie mir das hier geschickt hat …"

Ihre Pupillen weiteten sich, ihre Finger wanderten über ihren Hals, hinunter zu ihrer nackten Brust.

Sie schaute sich um, ihr Herzschlag beschleunigte sich merklich.

„Quinnlynn?", forderte ich und schnurrte automatisch lauter.

„Wo ist er? Wo ist mein Anhänger?" Sie begann verzweifelt, die Laken zu durchsuchen. „Was hast du mit ihm gemacht? Wo hast du ihn versteckt?"

Sie fing an, an den Decken zu reißen, und zwang mich, sie zu packen.

Das machte mich zu ihrem nächsten Ziel, sie agierte brutal und beinahe psychotisch.

Weil sie denkt, ich hätte ihre Eltern ermordet. „Quinnlynn", schnappte ich, als sie unter mir um ihr Leben kämpfte. Ich wollte nicht riskieren, sie zu verletzen oder dass sie sich selbst wehtat, also packte ich ihre Handgelenke und drückte sie auf das Bett. Dann presste ich meine Hüften gegen ihre, damit sie nicht versuchen würde, mich zu treten. „Beruhige dich."

„Ich werde mich nicht beruhigen! Du hast meine Eltern auf dem Gewissen!"

„Warum zum Teufel sollte ich sie töten?", fragte ich fordernd.

„Wo ist mein Anhänger?", schrie sie und ignorierte meine Frage völlig.

„In der Schmuckschatulle auf der Kommode", fauchte ich. „Ich habe ihn dir abgenommen, nachdem du dich neulich verwandelt hast." Ich hatte nicht riskieren wollen, dass er während ihrer Hitze beschädigt würde.

„Ich ... Ich war so blind", flüsterte sie, ohne mich wirklich zu hören. „Du hast mich von Anfang an gewarnt, hast gesagt, ich würde es bereuen ..."

„Aber doch nicht, weil ich deine Eltern getötet habe, Quinnlynn. Sie sind bei einem Flugzeugabsturz gestorben. Einem *Unfall*."

„Lügner", flüsterte sie. „Meine Mutter hat mir eine Botschaft geschickt, wie du das Flugzeug sabotiert hast."

„Wie *ich* das Flugzeug sabotiert habe?", wiederholte ich ungläubig.

„Ein Alpha-Prinz", sagte sie und blinzelte heftig. „*Du.*"

„Nicht ich."

„Was?" Sie runzelte die Stirn. „Aber ... aber du hast doch hundert Jahre auf meine Geheimnisse gewartet. Die meiner Eltern." Ein Teil ihrer Verwirrung schien zu schwinden, als sie die Anschuldigungen aussprach. „Ich werde es dir nie verraten. Eher sterbe ich."

Ich starrte auf sie herab. Mein Schnurren erfüllte weiter meine Brust, da es das Einzige zu sein schien, was sie einigermaßen bei klarem Verstand hielt. „Welche Geheimnisse könnte ich wohl von deinen Eltern erfahren wollen?"

„Über die ..." Sie verstummte allmählich, ihre

Wimpern öffneten und schlossen sich, als würde sie angestrengt über etwas nachdenken. „Du weißt schon."

„Nein, Quinnlynn. Ich weiß es nicht, denn ich habe deine Eltern nicht umgebracht." Ich fixierte ihre Handgelenke unter einer meiner Handflächen und streichelte mit meiner freien Hand ihre Wange, um sie zu zwingen, mir in die Augen zu sehen. „Sie sind bei einem tragischen Unfall gestorben, Kleines. Sie wurden nicht ermordet."

Sie begann den Kopf zu schütteln, ihr Blick schien sich mit Erinnerungen zu verdunkeln. „Kein Unfall."

„Hast du das über diese Art Nachricht erfahren?", fragte ich und bezog mich dabei auf ihre Offenbarung, dass ihre Mutter ihr eine Botschaft über eine Sabotage geschickt hatte.

„Ja. Sie haben gesagt, es sei kein Unfall gewesen."

„Und dass ein Alpha-Prinz sie sabotiert hat", wiederholte ich.

Sie nickte.

„Nicht ich."

„Nicht du spezifisch", antwortete sie, blinzelte erneut, als wollte sie den Nebel aus ihrem Kopf vertreiben. „Aber du hast hundert Jahre auf meine Geheimnisse gewartet."

„Ja. Um herauszufinden, warum du mich gewählt hast", sagte ich. Was jetzt keinen Sinn mehr ergab. Wenn ihre Eltern ihr gesagt hatten, dass jemand ihr Flugzeug manipuliert und sie dadurch getötet hatte, und sie wusste, dass es ein Alpha-Prinz gewesen war … warum hatte sie mich dann gewählt?

Weil ich nicht um ihre Hand gekämpft habe, wurde mir mit einem Schlag klar. *Ich habe mich nicht dem Kampf um die Königswürde des Blutsektors angeschlossen.*

Das machte mich zu einer *sicheren* Wahl.

Sie hatte außerdem meine Energie, meine *Magie*

gewollt, aber ich wusste immer noch nicht, woher sie davon gewusst hatte ... und wofür sie die Magie gebraucht hatte.

Und dann war sie verschwunden ... „Um eine Spur zu verfolgen", hauchte ich.

„Was?"

„Deshalb bist du gegangen. Du hast eine Spur im Mordfall deiner Eltern verfolgt."

Ihre Miene hellte sich sofort auf, aber sie antwortete nicht, denn das brauchte sie nicht. Ich verstand es jetzt.

„Ich musste einer Spur nachgehen, Kieran. Und deine Fähigkeit, zu heilen ... hat mir geholfen. Aber sie hat mich auch abgelenkt. Ich habe mich selbst verloren. Ich habe die Zeit aus den Augen verloren." Jetzt erinnerte ich mich.

„Wie hat dir meine Kraft geholfen? Wofür hast du sie benutzt?" Die Antwort fiel mir jedoch fast sofort ein. „Die Omegas." Im Bariloche-Sektor hatte sie meine Gabe benutzt, um sie zu heilen.

Aber sie hatte es so klingen lassen, als hätte sie mich auch wegen meiner Macht ausgesucht.

Vielleicht hatte sie gemeint, es wäre ein Vorteil, den sie *nutzen wollte*, nachdem sie mich verlassen und mich so wegen meiner Macht *ausgenutzt hatte*.

Nein. Da ist noch etwas anderes, es fehlt noch ein Teil der Geschichte, ein Geheimnis, das sie noch nicht preisgegeben hat. Ich konnte es jetzt in ihrem Blick sehen und auch die Angst riechen – die Angst davor, dass ich es entdecken würde.

Sie war nicht bereit, es mir zu sagen.

Und ausnahmsweise wollte ich sie nicht dazu drängen, ihr Geheimnis preiszugeben.

Denn sie hatte bereits ein ziemlich großes Geheimnis über ihre Eltern verraten, und ich musste der Sache nachgehen, da mir kein Grund einfiel, warum sie über den

Tod ihrer Eltern lügen sollte. Aber ich verstand jetzt, wieso sie es niemandem erzählte.

„Du hast es niemandem gesagt, weil du nicht weißt, wer es getan hat", sagte ich. Deshalb hatte sie mich auch gerade beschuldigt. „Warum hast du es mir nicht gesagt, Quinnlynn? Ich bin dein zukünftiger Gefährte. Ich hätte dir helfen können, die Wahrheit herauszufinden."

„Oder dafür sorgen können, dass es niemand erfährt", flüsterte sie, ihr Entsetzen hing in einer potenten Duftwolke zwischen uns.

Bei ihren Worten öffnete sich mein Mund, und die Wahrheit, die den Worten zugrunde lag, traf mich mitten ins Herz.

Sie vertraut mir nicht. Natürlich tat sie das nicht; sie hatte mir nie die Chance gegeben, meine Unschuld oder meinen wahren Wert zu beweisen.

Das war der Kern unseres Problems – der Mangel an Vertrauen ineinander. Mein Misstrauen war durch ihre Handlungen geweckt worden, während ihr Misstrauen mir gegenüber nur eine natürliche Reaktion auf ihre Situation war.

Beides waren verzeihliche Vergehen.

Das Wichtigste war, *wie* wir von diesem Moment an weitermachten.

Denn meine kleine Betrügerin hatte mir gerade eine Möglichkeit gegeben, sie für mich zu gewinnen.

Wenn ich herausfinden könnte, wer ihre Eltern ermordet hatte, würde ich damit auch ihr Vertrauen in mich gewinnen.

Leider hatte ich keine Ahnung, wo ich anfangen sollte. Ihre Eltern waren vor über hundert Jahren gestorben, und das Flugzeug war längst in den Tiefen des Arktischen Ozeans versunken.

Ich würde morgen anfangen, mich damit zu befassen.

Nachdem ich geholfen hatte, meine Auserkorene aus diesem bizarren Geisteszustand herauszulocken.

„Ich habe deine Eltern nicht umgebracht, Liebes", sagte ich und ließ ihre Handgelenke los. „Und die einzigen Geheimnisse, die ich von dir erfahren wollte, sind die wahren Gründe, warum du dich mit mir verlobt hast."

Sie schluckte, ihr Gesichtsausdruck war weiterhin unruhig und der Geruch des Entsetzens hing noch immer zwischen uns im Raum. Sie blieb völlig bewegungslos unter mir liegen, anscheinend zu verängstigt, um sich zu regen.

„Ich wusste von Anfang an, dass du irgendwelche Hintergedanken hast, Quinnlynn. Und ich nehme Verrat nicht gut auf, aber ich beginne zu vermuten, dass deine Gründe edelmütig waren, also werde ich vielleicht etwas Nachsicht walten lassen. Aber der Sektor wird das nicht tun. Deshalb werden wir das Verlobungsessen durchziehen. " Ich rutschte von ihr herunter und legte mich auf meine Seite.

Sie bewegte sich immer noch nicht; atmete kaum merklich.

„Ich werde deinen Einkaufsbummel mit Ivana um zwei Tage verschieben, es sei denn, du bist bereit, früher zu gehen." Angesichts ihres Schockzustandes schien es allerdings unwahrscheinlich.

Als sie weiter schwieg, schnurrte ich einfach für sie.

Und ließ meine heilende Energie in sie hineinfließen.

Sie hatte etwas preisgegeben, das ihr offensichtlich viel bedeutete, und sie wusste nicht, wie sie weiter vorgehen sollte. Anstatt sie zu drängen, beschloss ich, ihr meine Kraft und Unterstützung zu geben.

Ich würde abwarten, bis sie den nächsten Schritt machen würde.

Ich werde auf dich warten, Kleines. Egal, wie lange es dauert.

QUINN

Ich existierte in einer Wolke.

Schwebte.

Driftete.

Brach durch die Oberfläche.

Nur um mich in einer warmen Decke einzurollen, die vor Kraft und Zuneigung vibrierte.

Ich genoss die Behaglichkeit dieses Geräuschs, klammerte mich an den sprichwörtlichen Anker, der mich in dieser bizarren Version der Realität erdete.

Einer Realität, in der Kieran O'Callaghan schnurrte. Und schnurrte. Und schnurrte.

Es war also eher ein Traum, aber einer, aus dem ich nicht erwachen wollte.

Weshalb ich wieder davonschwebte und in das Land des Schlafes abdriftete, in dem sich meine Fantasien mit meinen Albträumen verbanden.

Eine kühle Brise wirbelte um mich herum, die Luft hauchte Noten aus meiner Vergangenheit. *Worte. Ein Alarm. Ein stechender Schmerz in meiner Brust.*

Ich versuchte, den Schmerz wegzumassieren, aber ich fühlte mich gefangen. Unfähig, mich zu bewegen. *Verloren.*

„Dies ist ein Zeichen der Macht, mo stoirín. Und es gehört jetzt dir. Trage es für uns. Trage es für dich. Trag es, wenn du unseren Verräter tötest."

Die Stimme meiner Mutter ging mir immer wieder durch den Kopf. Ihr Bild an meiner Wand hatte ich mir schon hunderte Male vorgestellt.

Eine dringende Nachricht.

Eine, die mich in einer kalten, trostlosen Nacht geweckt hatte.

Die Sonne scheint nicht. Der Himmel ist grau und trostlos. Es ist Januar. Mama und Papa sollten bald zu Hause sein.

„Quinn."

Ich rollte mich von der sanften Stimme weg, fest entschlossen, weiterzuschlafen.

„Quinnlynn."

Die Stimme meines Vaters brachte mich dazu, ein Auge zu öffnen. „Hmm?" Ich brummte, noch nicht ganz bereit, aufzuwachen.

„Wir brauchen dich", sagte mein Vater, der Flüsterton in seiner Stimme, ließ mich die Stirn runzeln.

„Was?"

„Sieh uns an, mo stoirín", flehte meine Mutter. „Bitte."

Ich murmelte etwas und meine Erinnerung glitt in die Realität zurück, als ich mich gegen eine Wand aus harten Muskeln presste, die sich als heißer Mann herausstellte. *Schnurren.* Ich drückte meine Nase gegen seine nackte Brust, atmete tief ein. *Minze. Mann. Mein.*

Aber dieser Traum ... *die Erinnerung* ... verweilte.

„Was ist passiert?", fragte ich, während ich versuchte, mich auf das zu konzentrieren, was ich im Traum gesehen hatte, anstatt auf die nackte Haut. *Das ist nicht richtig.* Ich rollte mich erneut, drehte mich um, aber die Wand vor mir war aus Glas. „Mama?", hauchte ich, ihr Bild war in meinen Gedanken präsent. Und doch … existierte sie nicht mehr.

Die Halskette.

Ich fasste an meinen Hals, und meine Finger schlossen sich sofort um den Anhänger.

„Mama", flüsterte ich, schloss die Augen, als ich mich daran erinnerte, wie die Halskette erschienen war.

Ein Zauber.

Eine verspätete Ankündigung.

Eine Warnung meiner Eltern, die *Tage* nach ihrem Tod erschienen war.

Ich war in tiefer Trauer und mein Geist war vernebelt gewesen, aber ihre Worte waren geblieben.

„*Traue den Alpha-Prinzen nicht. Nicht, bevor du die Wahrheit herausgefunden hast, mo stoirín.* "

Ich wiederholte die Worte laut, meine Stimme war heiser vom unruhigen Schlaf.

„Jemand hat das Flugzeug verzaubert", sagte ich und blinzelte zu den Fenstern. „Meine Eltern hatten keine andere Wahl. Es hieß entweder sie oder …" *Oder das Refugium.*

Das Flugzeug hätte den Verräter direkt ins Herz der Omega-Welt geführt.

Der einzige Weg, um sicherzustellen, dass der Täter der Spur nicht folgen konnte, bestand darin, die Verbindung auszulöschen. Dazu war die Kraft meiner beiden Eltern erforderlich gewesen.

„Sie haben das Flugzeug zum Absturz gebracht", flüsterte ich, wobei mir Tränen über die Wangen glitten. „*Seinetwegen.* " Es machte sie zu Märtyrern, nicht zu Mordopfern. Ich sah keinen Unterschied.

Sie waren wegen jemandem gestorben, dem sie vertraut hatten.

Einem Alpha-Prinzen.

Nicht Kieran, dachte ich und erinnerte mich an sein Verhalten gestern Abend. Oder war das heute früh gewesen? Gestern? Ich konnte es nicht genau sagen. Ich hatte jegliches Zeitgefühl verloren, meine Hitze hatte meinen Verstand und meine Gedanken verzerrt.

Aber etwas war konstant geblieben – der Mann in meinem Rücken.

Und sein Schnurren.

Ich rollte mich wieder in ihn hinein, meine Nase kehrte an seine Brust zurück und atmete ihn ein, als wäre er meine Lebensquelle. Er schlang seine Arme um mich, seine Wärme war wie eine Decke, nach der ich mich mehr sehnte als nach den Laken um uns herum. Ich drückte mich an ihn, entschlossen, uns für immer miteinander zu verbinden.

Das war ein großer Unterschied zu dem, wie er mich vor Wochen gefunden hatte.

Vor Jahren, als ich noch auf der Flucht gewesen war.

Aber es fühlte sich richtig an. *Er* fühlte sich richtig an.

Ich hatte ein Leben lang allein gekämpft. Vielleicht war es an der Zeit, ihn zu involvieren, ihn *helfen* zu lassen.

Er will unsere Geheimnisse, erinnerte mich ein kleiner Teil meines Unterbewusstseins.

Ja, aber er hat seine Beweggründe erklärt.

Er könnte lügen.

Ich glaube nicht, dass er das tut.

Es war ein Gespräch zwischen zwei Seiten meines Geistes … eine, die sich danach sehnte, ihn als Gefährten willkommen zu heißen, und der anderen, die Angst hatte, jemandem unser Vertrauen zu schenken.

Ich erschauderte und dann zuckte ich zusammen, als er mich wieder mit seiner heilenden Magie durchflutete. *Ja, ja.* Ein Seufzer entkam mir, meine Seele jubelte, sobald sie mit Kierans mächtiger Energie in Kontakt kam.

Er könnte versuchen, mich wieder einzulullen, aber ich war mir nicht sicher, ob es mich noch interessierte.

Doch er sagte kein Wort.

Er *drängte* mich nicht.

Er ließ mich einfach in seiner Präsenz schwelgen.

Ich verdiene ihn nicht, dachte ich schläfrig. *Ich bin nicht fair zu ihm gewesen.*

Dieser Gedanke verfolgte mich bis in den Schlaf.

Und als ich aufwachte, strömte Licht durch die Fenster herein.

Ich zuckte zusammen und wich den Sonnenstrahlen aus, stieß aber gegen ein muskulöses Bein, als ich zurückwich. Meine Lippen verzogen sich nach unten. „Kieran?"

„Du musst etwas essen, Kleines", sagte er, sein Schnurren lenkte meinen Blick aufwärts, wo ich ihn immer noch nackt, aber mit einem Tablett auf dem Schoß vorfand. „Darf ich dich füttern?"

Er hielt eine Erdbeere für mich hoch, woraufhin meine Wölfin fast sabberte.

Ich stürzte mich darauf, aber mein Körper war zu träge, um die Bewegung auszuführen, also wankte ich stattdessen, und mein Kopf landete unsanft in meinen Kissen.

Er wölbte eine Braue. „War das deine Version eines … *Ja?*"

Ich öffnete meinen Mund. Das war Antwort genug.

Seine Lippen zuckten amüsiert, und er führte die Beere an meinen Mund.

Dann gab er mir etwas Wasser.

Gefolgt von mehr Obst.

Bis ich einigermaßen belastbar genug war, um mich aufzusetzen und ihm Gesellschaft zu leisten.

Alles aus den letzten − ähm, *Stunden? Tagen?* −

verschmolz irgendwie miteinander, aber ich erinnerte mich an die meisten wichtigen Dinge. Einschließlich meines Geständnisses über meine Eltern und Kierans anfängliche Bestrafung, die er nie wirklich zum Abschluss gebracht hatte.

Ich erinnerte mich außerdem an die Art und Weise, wie er mir seit gefühlten Wochen Trost gespendet hatte.

Er hatte sich um mich gekümmert.

War ein echter Gefährte gewesen.

Und er hatte extrem viel Geduld bewiesen.

Es könnte daran liegen, dass er Zugang zum Refugium haben will, erinnerte ich mich. Ich hatte dieses Geheimnis nicht so lange für mich behalten, um es dann nach nur wenigen gemeinsamen Wochen einem Alpha-Prinzen zu offenbaren.

Aber ich räumte mir selber ein, dass *ich* es ihm sagen *wollte.* Ich wollte die ganze Wahrheit mit ihm teilen. Um einen Gefährten an meiner Seite zu haben.

Die meiste Energie, die er mir zugeführt hatte, war direkt in den Zauber geflossen, der das Refugium umgab. Ich war ihre Hauptquelle, denn meine Magie schützte sie vor einer möglichen Entdeckung und hielt ihren Standort von der sprichwörtlichen Landkarte fern.

Ich hatte jedoch so viel von meiner Energie verwendet, um den Omegas zu helfen, dass ich es zugelassen hatte, dass sich mein Zustand so weit verschlechtert hatte, dass ich meine Wölfin fast völlig verloren hatte.

Ich war nicht naiv. Ich wusste, dass Kieran der einzige Grund war, warum ich mich nicht völlig von meiner animalischen Seele getrennt hatte. Hätte ich versucht, mich zu verwandeln, während ich im Bariloche-Sektor gewesen war, wäre ich wahrscheinlich wild geworden. Ich hätte nicht die nötige Energie gehabt, um die Bestie zu kontrollieren, und ich hätte mich in ihr verloren.

Es hätte bedeutet, auch das Refugium zu verlieren.

Ich hatte mir zu viel auferlegt und versucht, zu viele andere auf Kosten meiner selbst und meiner Familiendynastie zu retten.

Kieran hatte nicht nur mich gerettet, er hatte uns alle gerettet. Und er wusste das nicht einmal.

Vielleicht sollte ich es ihm sagen, dachte ich und schaute ihn an, als er mir etwas Fleisch an die Lippen hielt. *Vielleicht ist es an der Zeit, ihm zu vertrauen.*

Er hielt mir wieder die Wasserflasche an die Lippen und sein Blick wanderte zu meinem Mund. „Ivana wird in ein paar Stunden hier sein, um mit dir einkaufen zu gehen. Ich habe es so lange hinausgezögert, wie ich konnte, aber unser Verlobungsessen ist morgen. Und du brauchst ein Kleid, Quinnlynn."

„M-Morgen?", wiederholte ich. „Ich dachte …" Hatte er nicht gesagt, es sei in einer Woche?

„Ja. Wir liegen schon seit … sehr langer Zeit in diesem Bett." Er stellte die Wasserflasche und das Tablett beiseite und offenbarte, dass er nicht wirklich nackt war, sondern ein Paar enge schwarze Boxershorts trug. „Auch wenn Cillians Bemerkungen über das *Wiederaufleben unserer Bekanntschaft* gut für mein Ego sind, ist es dennoch an der Zeit, dass dich der Sektor sieht."

Das Wiederaufleben unserer Bekanntschaft? Wovon redete er?

„Deine Wölfe brauchen dich, Prinzessin", fuhr Kieran fort. „Sie müssen wissen, dass ihre zukünftige Königin wirklich nach Hause zurückgekehrt ist."

Stimmt das? Bin ich endgültig nach Hause zurückgekehrt?, fragte ich mich. Meine Wölfin fühlte sich auf jeden Fall heimisch, besonders mit Kieran an unserer Seite.

Aber seine Worte beunruhigten mich auch.

Denn die Erwähnung des Verlobungsessens erinnerte

mich an die Krönungsfeierlichkeiten, die ich vor über hundert Jahren verpasst hatte.

Wenn Kieran das Verlobungsessen verschoben hatte, dann hatte er wahrscheinlich auch unsere Krönung verschoben.

Das bedeutete, dass die Alpha-Prinzen bald eintreffen würden.

Und unter ihnen war derjenige, der meine Eltern auf dem Gewissen hatte.

„Wann ist die Krönung?", hauchte ich, und überlegte dabei, wie viel Zeit ich haben würde, um mich auf die Zeremonie und den Besuch der Alphas vorzubereiten.

„Morgen in zwei Wochen", antwortete er und musterte mich eingehend. „Und du wirst die ganze Zeit an meiner Seite bleiben, also denke nicht einmal daran, schattenzuwandeln."

Ich schluckte, mein Blick fiel auf meine Hände, die ich in meinem Schoß verschränkt hatte. Ich saß nackt neben ihm, was mir eigentlich ein verletzliches Gefühl hätte geben müssen, aber es waren seine Worte, die mich mehr verletzten – und doch hatte ich sie verdient.

Denn ich war schon einmal weggelaufen, und es bestand ein hohes Risiko, dass ich es noch einmal versuchen würde.

Allerdings gab es jetzt einen entscheidenden Unterschied.

Er weiß es jetzt, dachte ich. *Er kennt die Wahrheit, unter welchen Umständen meine Eltern ums Leben gekommen sind.*

„Einer dieser Alphas hat meine Eltern getötet", sagte ich leise. „Und du lädst sie alle in den Blutsektor ein."

„Das tue ich", stimmte er zu, während er seine Hand an meinem Arm hinaufgleiten ließ und um meinen Nacken legte, um meine Aufmerksamkeit auf sich zu ziehen. „Wir werden die Gelegenheit nutzen, um mehr über sie zu erfahren und zu sehen, ob sich jemand verrät."

Ich blinzelte. „Das werden wir?"

„Wir beide zusammen", murmelte er, nickte. „Du hast im Schlaf gesagt, dass das Flugzeug verzaubert wurde. War das die Ursache für den Absturz?"

In seinem Tonfall lag eine leichte Schärfe, die mich innehalten ließ.

Ich konnte mich nicht erinnern, wie viel ich in meinem Traumzustand preisgegeben hatte.

Realität und Alpträume hatten sich vermischt.

Ihn jetzt zu belügen, würde sein Vertrauen zunichtemachen. Es wäre auch unehrenhaft, da er mich in den letzten Wochen wirklich respektiert hatte.

Was kann es schon schaden, ihm die Wahrheit zu sagen?, dachte ich. *Nicht alles, aber genug, damit er seinen Wert beweisen kann?*

Denn wenn er der Schuldige wäre, wüsste er die Wahrheit schon. Und wenn er nicht der Mörder meiner Eltern war, dann hatte er es vielleicht ernst gemeint, als er gesagt hatte, wir würden zusammenarbeiten, um dieses Rätsel zu lösen.

„Das Flugzeug wurde mit einem Zauber belegt", sagte ich langsam und beschloss, ihm ein wenig Vertrauen entgegenzubringen. *Ein Friedensangebot*, dachte ich. „Die einzige Möglichkeit, den Zauber zu brechen, war, das Flugzeug abstürzen zu lassen."

„Warum nicht einfach landen?"

Allein diese Frage sagte mir, dass er unschuldig war. Nur jemand, der das Endziel nicht kannte, würde so etwas fragen.

„Weil die Landung des Flugzeuges der Wunsch des Attentäters war", sagte ich. „Der Alpha-Prinz wollte den Aufenthaltsort meiner Eltern erfahren und den hätte er bekommen, wenn sie gelandet wären. Sie konnten es sich nicht leisten, dass er herausfand, wo sie waren."

Und sie hatten nicht genug Treibstoff gehabt, um woanders zu landen, denn sie waren über Hunderte von Kilometern von Meer und Gletschern umgeben gewesen. Es wäre zu offensichtlich gewesen, wenn sie in Grönland gelandet wären.

Also waren sie tiefer in den Polarkreis vorgedrungen, weit entfernt von ihrem ursprünglichen Ziel.

Währenddessen hatten sie den Anhänger, der nun an meinem Hals hing, mit einem Zauber belegt ... einer Botschaft.

Dann waren sie in größter Entfernung vom Endziel abgestürzt.

„Weil das, was sie vorhatten, mit den Geheimnissen deiner Eltern zu tun hat", sagte Kieran leise.

Ich schluckte und nickte.

Er studierte mich einen Moment lang, sein Blick war durchdringend. „Irgendwann werde ich diese Geheimnisse erfahren, Quinnlynn."

Ich weiß, dachte ich, unfähig, die Worte auszusprechen. *Du wirst sie erfahren, wenn wir vollständig verpaart sind, und das nicht nur wegen der Verbindung zu meinem Geist, sondern wegen der Magie meiner Familie.*

„Aber ich werde dich heute nicht dazu drängen", fuhr er fort. Sein Daumen streifte meinen Puls, während er sich zu mir beugte und mir einen süßen Kuss auf die Lippen drückte.

Die Zärtlichkeit dieser Handlung überraschte mich, und abgesehen davon war ich mir ziemlich sicher, dass es unser erster Kuss war.

Doch er zog sich zurück, bevor es zu mehr führen konnte. „Ivana wird bald hier sein. Du musst duschen und dich warm anziehen. Es ist kalt draußen."

„Sie kommt hierher?", fragte ich, und meine Nackenhaare stellten sich sofort auf. „In dein Appartement?"

Er lächelte. „So sehr es mir auch Spaß machen würde, deine besitzergreifende Seite zu provozieren, nein. Sie wird unten mit Cillian im Wohnbereich warten."

„Cillian?", wiederholte ich und runzelte die Stirn. „Sie ist unverpaart."

Seine Augenbraue wanderte in die Höhe. „Ja. Ich glaube, das haben wir bereits ausführlich besprochen, Quinnlynn."

„Richtig ... du sagtest, sie ist freiwillig unverpaart?"

„Das ist sie."

„Und das ist ... das ist erlaubt?"

Er hob eine Schulter. „Ich werde keine Omega dazu zwingen, sich zu verpaaren, aber ich habe es auf mich genommen, sie vor unerwünschten Verehrern zu schützen. Das ist wahrscheinlich auch der Grund, warum sie noch immer unverpaart ist – niemand hat versucht, ihr den Hof zu machen."

„Weil sie sich nicht paaren will, oder weil sie sich mit dir paaren will?", fragte ich, während meine Wölfin wieder in mir hin und her streifte, knurrte und ihren Anspruch geltend machen wollte. *Unser Alpha. Nicht ihrer. Sie ist hier nicht willkommen. Ich werde sie töten.*

Kieran seufzte, nahm seine Hand von meinem Nacken und fuhr sich mit den Fingern durch sein Haar. „Du musst Ivana nach ihren Gründen fragen. Ich kann nur sagen, dass sie sich nicht paaren will. Punkt."

„Und wenn sie auf dich wartet?", fragte ich, während sich meine Nägel zu Krallen schärften.

„Selbst wenn sie das täte, wäre es irrelevant", antwortete er, wobei sein Wolf in seinem Blick aufblitzte. „Ich bin vergeben, Quinnlynn."

„Das sagt mir nicht, ob sie meinen Anspruch missachtet hat oder nicht", wies ich darauf hin.

„Sie hat nie Interesse bekundet, Quinnlynn. Jedenfalls nicht an mir."

Ich runzelte die Stirn. „Aber für einen anderen?"

Seine Lippen verzogen sich zu einem halben Lächeln. „Das geht mich nichts an, Kleines. Jetzt fahr deine Krallen ein und geh duschen, bevor ich beschließe, dich selbst zu baden." Er beugte sich vor und packte mein Kinn. „Und ich werde dich nicht in Wasser baden."

Die Verheißung seiner Worte ließ meinen Bauch kribbeln, und ein Hauch von Erregung befeuchtete meine Schenkel. Seine Nasenlöcher blähten sich auf.

„Geh duschen", knurrte er. „*Jetzt.*"

Ich hüpfte hastig vom Bett, entschlossen zu gehorchen, vor allem, weil ich mir selbst nicht zutraute, zu bleiben.

Denn in seinem Sperma zu baden, könnte Spaß machen.

Ich wäre von seinem Duft und seinem Anspruch durchtränkt, und diesen Duft würde ich sehr gerne in Ivanas Gegenwart tragen.

Und was dann? Würde ich mit seinem Duft durch den Sektor stolzieren? Kleider anprobieren, während ich noch mit seinem Sperma bedeckt war?

Kein schlechter Plan.

Ich hielt im Türrahmen zum Badezimmer inne und drehte mich zu Kieran um.

Seine Augen verengten sich.

Dann stieg er langsam aus dem Bett, kam auf mich zu, während sein Knurren eine Warnung und ein Versprechen zugleich enthielt.

Meine Füße waren wie angewurzelt, meine Wölfin weigerte sich, vor ihrem heranschleichenden Gefährten davonzulaufen.

Er packte mich an den Hüften und hob mich hoch, ohne innezuhalten, aber anstatt mich zurück ins Bett zu bringen, stellte er mich unter die Dusche.

Platzierte mich unter dem Duschkopf.

Drehte das Wasser auf.

Und ging weg, obwohl er hart war.

Ich runzelte die Stirn, und bohrte meinen Blick in seinen Rücken. „Das ist nicht das, was du versprochen hast."

„Nein, das stimmt", bestätigte er, seine Stimme tief und voller dunkler Versprechen. „Aber ich belohne Ungehorsam nicht, Kleines." Er warf einen Blick über seine muskulöse Schulter, sein Blick glühte. „Und es scheint, dass dir die Vorstellung, von meinem Samen durchtränkt zu werden, ein wenig zu sehr gefällt, um als Strafe zu dienen."

Mit seinen abschließenden, seidigen Worten verschwand er und ließ mich fröstelnd unter dem lauwarmen Wasser stehen.

Es wurde schnell heiß.

Aber es trug wenig dazu bei, die Enttäuschung in meinem Inneren zu vertreiben.

Meine Wölfin wollte spielen.

Genau wie ich.

„Ich belohne Ungehorsam nicht, Kleines."

Was macht er dann, wenn wir uns benehmen?, fragte ich mich und starrte immer noch auf die geschlossene Tür. *Vielleicht finden wir es später heraus.*

Oder vielleicht würde ich mehr über seine Vorlieben bei Bestrafungen erfahren.

Denn ich hatte ein Jahrhundert an „schlechtem" Benehmen wiedergutzumachen.

Und ich bezweifelte, dass Kieran mir irgendetwas davon verziehen hatte.

QUINN

Omega Ivana war umwerfend.

Deshalb hasste ich sie natürlich, bevor sie überhaupt etwas gesagt hatte.

„Mein Prinz", grüßte sie, wobei ihr langes weißes Haar den Boden berührte, während sie knickste.

Es war eine elegante Geste, die durch ihre Porzellanhaut noch majestätischer wirkte.

Sie war das komplette Gegenteil von mir – helle Farben, die sich von meiner dunklen Farbpalette abhoben.

Eisblaue Augen, weißblonde Augenbrauen und Wimpern, passend zu ihrem Haar, und volle rosa Lippen.

Sie fühlte sich offensichtlich in diesen opulent ausgestatteten Wohnräumen wie zu Hause. Es gab eine große Sitzecke und zwei Aufzüge, die in Marmor eingefasst waren.

Ich war gerade in einem dieser Fahrstühle gefahren, weil es Kieran vorgezogen hatte, von seinem Appartement mit dem Aufzug ins Erdgeschoss zu gelangen, anstatt durch die Schatten zu wandeln.

„Hallo, Ivana", grüßte er höflich und legte seine Hand

auf meinen unteren Rücken, während er sprach. „Ich glaube, du hattest noch nicht das Vergnügen, unsere zukünftige Königin kennenzulernen. Das ist Quinnlynn."

Ivana sprach zunächst nicht, sie hob lediglich ein wenig den Blick, um mich zu betrachten. „Prinzessin MacNamara." Ihre kalte, förmliche Anrede ließ mich eine Augenbraue heben.

Ich warf Kieran einen Blick zu, aber er war zu sehr damit beschäftigt, Cillian zu mustern. Die beiden Männer schienen ein privates Gespräch zu führen.

Telepathie, dachte ich und erinnerte mich an Cillians einzigartiges Talent. Ich hatte noch nie einen V-Clan-Wolf mit dieser Fähigkeit getroffen, aber er stammte von einer sehr alten Blutlinie ab. Genau wie Kieran. Sie waren beide fast gleich stark, was ihre Freundschaft sehr faszinierend machte.

Die meisten Alphas weigerten sich, sich zu unterwerfen.

Aber Cillian fügte sich eindeutig Kierans Willen, wie er jetzt bewies, als er den Kopf leicht neigte, um dem zuzustimmen, was sie gerade besprochen hatten.

Kieran wandte sich mir zu, seine Lippen spitzten sich ein wenig. „Cillian wird heute an deiner Seite bleiben. Versuch nicht, wegzulaufen. Er hat schlechte Laune."

Ich runzelte die Stirn. „Wo soll ich denn hinlaufen? Wir sind auf einer Insel." Und ich konnte dank des Zaubers, mit dem Kieran meine Schattenwandlerfähigkeiten geblockt hatte, nicht weglaufen.

Er zuckte mit der Schulter. „Ich bin mir sicher, dass du kreativ werden könntest, wenn es darauf ankommt."

Es klang fast wie ein Kompliment, aber ich vermutete, dass er es eher als Beleidigung meinte. „Im Moment bin ich nicht besonders daran interessiert, wegzulaufen, aber vielleicht überdenke ich es später noch einmal."

„Hmm", brummte er, seine Hand fuhr meinen Rücken hinauf und schloss sich um meinen Nacken. Er trat vor mich und drehte Ivana und Cillian den Rücken zu, während er seine Lippen an mein Ohr führte.

„Vielleicht werde ich dich *später* beim Lauf in Wolfsgestalt begleiten." Die Worte waren sanft. Doch sein Griff an meinem Hals war es keineswegs. „Aber nur, wenn du dich benimmst."

Seine Worte von vorhin hallten in meinen Gedanken wider: *„Ich belohne Ungehorsam nicht, Kleines."*

Und jetzt schien es, als würde er mich mit einem Lauf belohnen wollen, wenn ich mich benahm. *Indem er mit mir Laufen geht*, dachte ich und verengte die Augen. „Ich bin kein Hund, Kieran."

„Nein. Du bist nur meine kleine Betrügerin", flüsterte er, während er seine Nase an meinem Hals rieb. „Ich werde nicht weit weg sein. Cillian wird nach mir rufen, wenn du mich brauchst."

Eine Drohung schwang in seinen Worten mit, die ich prompt ignorierte, denn ich hatte nicht die Absicht, zu *fliehen*. Dennoch verstand ich, warum er weiterhin etwas anderes behauptete.

Ich hatte es verdient.

Genauso wie ich jetzt wahrscheinlich Ivanas kühlen Blick verdient hatte.

Vielleicht war dieser Blick aber auch nur das Ergebnis ihrer Eifersucht.

Kieran war ein erstklassiger Alpha-Anwärter, nach dem sich viele Omegas sehnen würden, aber er gehörte *mir*. Und ihn überhaupt als Gefährten in Betracht zu ziehen, war eine Beleidigung meiner Person – ihrer zukünftigen Königin.

Ich packte seine Hüften, als er sich zu entfernen begann, und sah ihm in die funkelnden Augen.

„Ich gehe nirgendwo hin", sagte ich ihm, die Worte unterstrichen meinen Anspruch. Ich wollte, dass diese Omega verstand, dass dieser Alpha mir gehörte. Und auch wenn dieser Anspruch nur vorübergehend sein mochte – sein *sollte* – fühlte es sich richtig an.

„Falsch, Liebes." Er massierte meinen Nacken. „Du gehst ein Kleid kaufen."

Das war nicht das, was ich gemeint hatte, und er wusste es, aber ich spielte trotzdem mit. „Genau. Und dann komme ich zurück, damit wir zusammen laufen gehen können."

Er zog eine Augenbraue hoch.

Ich tat es ihm gleich.

„Du hast also vor, dich zu benehmen."

„Ich habe vor, zu regieren", korrigierte ich ihn und fühlte mich mutig. *Ich bin eine Königin. Ich knie nicht nieder. Ich benehme mich nicht. Ich herrsche.*

Seine Lippen schürzten sich. „Ich verstehe." Er drückte seine Stirn an meine. „Dann such dir ein Kleid aus, das einer Königin würdig ist." Er verschwand durch die Schatten, bevor ich etwas erwidern konnte. Ich hielt die Luft noch an, als ich einer neugierig dreinblickenden Ivana gegenübertrat.

In ihren eisblauen Augen war weder Eifersucht zu erkennen, noch sah ich Verärgerung oder bösen Willen. Nur … Interesse.

Ähm, okay. Das ist nicht das, was ich erwartet hatte.

Sie schien ihre Meinung über mich zu überdenken, denn ihr Blick wanderte über meine Stiefel, meine Jeans und meinen Pullover, bevor er zu meinem Gesicht zurückkehrte.

Ich hob erneut meine Augenbraue, diesmal um sie herauszufordern. „Und?", forderte ich sie auf. „Erfülle ich deine Erwartungen, Ivana?"

Sie betrachtete mich einen Moment lang. „Nicht ganz", antwortete sie.

Dann drehte sie sich schwungvoll um, während ihr langes, seidiges Haar ihr wie ein Umhang hinterher wehte. Sie durchquerte den Wohnraum, wobei die Absätze ihrer Stiefel auf dem Stein unter ihr klapperten.

„Wie bitte?", blaffte ich sie an, denn ich war nicht daran gewöhnt, so unhöflich behandelt zu werden, und schon gar nicht von einer anderen Omega.

Alles, was ich in diesem Leben getan hatte, war dazu gedacht gewesen, sie zu beschützen. Ihnen *zu helfen.*

Natürlich wusste Ivana das nicht. Sie schien unter Kierans Obhut ziemlich gut aufgehoben zu sein, aber nicht alle Omegas hatten so viel Glück.

Ivana hielt inne und sah zu mir zurück. Sie strahlte großes Selbstvertrauen aus. „Du hast gefragt. Ich habe geantwortet." Sie zuckte mit den Schultern. „Wenn du keine ehrliche Antwort möchtest, stell keine Fragen." Mit diesen Worten lief sie weiter.

Ich starrte ihr hinterher, verblüfft von ihrer Offenheit, aber auch von ihrem unhöflichen Auftreten – und doch war ich gleichzeitig davon beeindruckt.

„Das wird ein verdammt langer Nachmittag", murmelte Cillian.

„Das habe ich gehört", rief Ivana ihm zu.

„Ich habe nicht versucht, es zu verbergen", antwortete er und sah mich an. „Nach Euch, Prinzessin."

Anstatt die Worte zu kommentieren, setzte ich mich in Bewegung und folgte Ivana. „Und was hast du erwartet?", fragte ich, ehrlich neugierig, was sie sich vorgestellt hatte.

„Eine Prinzessin, die nicht beim ersten Anzeichen von Ärger flieht", erwiderte sie ohne Zögern. „Aber ich nehme an, dass du noch nicht versucht hast, wieder wegzulaufen, also ist es wohl jetzt erledigt."

„Ich bin nicht beim ersten Anzeichen von Ärger *geflohen.*"

„Ach?" Sie blieb vor ein paar schweren Holztüren stehen und schaute mich ungläubig an. „Du bist also nicht während der Zombie-Apokalypse verschwunden?"

„Es war keine Zombie-Apokalypse", warf Cillian ein.

Sie winkte ab. „Ja, ja, die *Ära der Infizierten.* Es sind aber Zombies. Und sie" − Ivana zeigte auf mich − „ist abgehauen und hat uns alle im Stich gelassen."

Meine Augenbrauen schossen bis unter meinen Haaransatz. „Habe ich nicht. Ich bin einige Jahre davor gegangen."

„Und seitdem nicht zurückgekommen", murmelte Ivana. „Ja, *Prinzessin*, ich kenne den historischen Bericht über dein Leben." Sie überquerte die Schwelle und trat in einen großen Flur, den ich nicht wiedererkannte. Fenster säumten den Korridor und erinnerten mich ein wenig an die Glaswand in Kierans Appartement.

Anstatt mich darauf zu konzentrieren, richtete ich meine Aufmerksamkeit wieder auf Ivana.

„Erzähle mir mehr über meine *Geschichte*", bat ich, aufrichtig neugierig auf die Gerüchte. Ivana war eindeutig jung, höchstens fünfundzwanzig, und sie war noch nicht einmal am Leben gewesen, als ich *geflohen* war. „Welche Geschichten haben sie dir über mich erzählt?"

„Spielt das eine Rolle?", fragte sie, und führte mich mit einem Wissen und einem Selbstvertrauen herum, das mir verriet, dass sie oft hierherkam.

Wir werden später darauf zurückkommen, warum du dich so gut im Appartement meines Auserwählten auskennst, dachte ich und musterte die hellhaarige Frau. „Ich habe dich darum gebeten, weil es mir wichtig ist", sagte ich zu ihr. „Und du hast mir die Wahrheit versprochen, also sei so nett."

„Ich habe dir gar nichts versprochen", antwortete sie.

„Ivana", warnte Cillian.

„Was?" Sie begegnete seinem Blick und hielt ihm stand, ohne mit der Wimper zu zucken. „Ich tue Kieran einen Gefallen, weil er mich gebeten hat, seiner *Zukünftigen* bei der Suche nach einem Kleid zu helfen. Er hat mir nicht gesagt, dass ich dabei nett sein muss."

„Gut, dann befehle ich dir, dass du nett sein sollst." Sein Ton legte nahe, dass sie auf seinen Befehl hören sollte.

Aber die Omega lächelte nur. „Ich lehne respektvoll *ab*."

Seine Augen verengten sich und seine Alpha-Energie erfüllte die Luft. „*Ivana.*"

„Was willst du machen? Mich *anknurren*?", provozierte sie ihn und zog eine Augenbraue hoch.

Er biss seine Zähne aufeinander.

„Ja, das habe ich mir gedacht." Sie warf mir einen Blick zu, den ich nicht deuten konnte, und ging weiter zum Ausgang. „Komm schon, Prinzessin. Die Läden schließen in zwei Stunden, und ich bezweifle, dass einer von ihnen für dich länger geöffnet bleibt."

Meine Augenbrauen schossen wieder in die Höhe und Cillian sah aus, als wäre er bereit, die Omega mit dem vorlauten Mundwerk zu töten.

Die beiden hatten eindeutig eine gemeinsame Vergangenheit, und ich fragte mich, ob die kleine private Unterhaltung vorhin zwischen Kieran und Cillian etwas mit Ivana und nicht mit mir zu tun gehabt hatte.

Ich folgte der feurigen Omega durch die Lobby zum Ausgang – die genau wie die Wände des Flurs ganz aus Glas waren – hinaus auf die Straße. Wir befanden uns am Hafen, direkt im Zentrum von Reykjavik. Das hatte ich schon anhand der Aussicht aus Kierans Appartement vermutet, aber es war schön, sich hier unten auf der Straße zu orientieren.

Ich holte tief Luft und genoss die vertrauten Gerüche.

Aber das Klacken von Ivanas hochhackigen Stiefeln verriet mir, dass sie bereits auf einer Mission war.

Und leider nicht in Richtung Wasser abbiegen würde.

Seufzend drehte ich mich um und folgte ihr, wobei meine absatzlosen Stiefel lautlos auf dem Beton aufsetzten. Cillian war ebenfalls still, er ging mit einer tödlichen Anmut, die jeder Vernunft widersprach, neben uns her.

Genau wie Kieran, dachte ich und stellte mir die Panther-ähnlichen Schritte meines zukünftigen Gefährten vor. *Es ist ein Wunder, dass sie sich noch nicht gegenseitig umgebracht haben.*

Nicht alle Alphas wollen Krieg, Prinzessin, antwortete Cillian und ich schreckte geschockt auf.

Denn ich hatte nicht laut gesprochen, sondern nur gedacht.

Er schmunzelte über mein offensichtliches Unbehagen. *Wenn Ihr Euch nicht auf diese Weise unterhalten wollt, schlage ich vor, dass Ihr die Lautstärke Eurer Gedanken dämpft.*

Wie kann man seine Gedankenlautstärke dämpfen?, fragte ich ungläubig.

Indem Ihr Eure Stimme anpasst, schlug er vor.

Ich warf ihm einen skeptischen Blick zu. *Du könntest versuchen, mich auszublenden*, erwiderte ich.

Normalerweise tue ich das, gab er zu. *Aber es gibt bestimmte Wörter und Namen, auf die ich achte, darunter Kierans und meinen eigenen.*

Dann musst du eine Menge Gedanken belauschen, sagte ich scherzhaft.

Tue ich auch. Seine dunklen Augen richteten sich auf Ivana, die ein paar Schritte vor uns ging. *Aber ich habe gelernt, diese Gedanken genau zu wählen.*

Vielleicht kannst du dich dafür entscheiden, *meinen nicht zu lauschen.*

Nur, wenn Ihr mit Kieran zusammen seid, antwortete er. *Ansonsten ist es meine Aufgabe, Euch zu beschützen.*

Mich beschützen?, wiederholte ich und schnaubte. *Oder meinst du, mich zu bespitzeln, damit ich nicht wieder weglaufe?*

Meine Aufgabe ist es, Euch zu beschützen. Für alles andere ist Kieran zuständig. Seine fast schwarzen Augen trafen meine. *Es ist seine Aufgabe, dafür zu sorgen, dass Ihr nicht weglauft, nicht meine.*

Ich dachte über seine Worte nach, während wir durch die Stadt liefen. Seine Worte erleichterten mich, denn Kieran hatte ihn mir nicht zugewiesen, um sicherzustellen, dass ich nicht zu fliehen versuchte, sondern um mich zu schützen.

Aber warum?, fragte ich. *Warum brauche ich hier einen Bodyguard?*

Cillian antwortete nicht, sondern ließ seinen Blick über den gegenüberliegenden Bürgersteig schweifen.

Ich folgte seinem Blick und meine Lippen spitzten sich. Mehrere Menschen und Wölfe hielten auf dem Bürgersteig inne oder kamen gerade aus Gebäuden, aber keiner von ihnen machte Anstalten, sich uns zu nähern.

Ich schluckte, und die Härchen auf meinen Armen tanzten vor Unbehagen, weil sie alle untereinander tuschelten.

Und mich beobachteten.

Zwei weitere Gestaltwandler traten aus einem Gebäude, von denen ich einen sofort erkannte. *Myon.* Mein Herz setzte einen Schlag aus, und meine Füße bewegten sich fast von alleine auf ihn zu.

Aber er stoppte mich mit einem finsteren Blick.

Mein Mund blieb bei dem angewiderten Ausdruck, der

seine blassen Gesichtszüge entstellte, offen stehen. Ich wäre vor Überraschung fast über meine Füße gestolpert.

Myon war Teil der Elite meines Vaters gewesen, das Äquivalent dessen, was Cillian und Lorcan für Kieran waren. Er hatte mich immer wie eine Tochter behandelt, war in mich vernarrt gewesen und hatte mich aus der Ferne beschützt.

Sein mürrischer Blick verriet mir jedoch, dass sich die Dinge zwischen uns definitiv geändert hatten. Er sah in mir nicht mehr seine *kleine Prinzessin* – wie er mich einst liebevoll genannt hatte –, sondern etwas anderes. *Jemand* anderes.

Als ich meinen Blick die Straße auf und ab schweifen ließ, wurde mir klar, dass er nicht der Einzige war, der mich so ansah. Fast alle teilten seine offensichtliche Abneigung.

Ich senkte den Blick und meine Schultern schienen sich wie von Zauberhand nach vorne zu senken, als ich mich danach sehnte, durch die Schatten wandeln zu können. Aber Kieran hatte mir diese Fähigkeit genommen. Er hatte mich gezwungen, wie eine Sterbliche durch diese Straßen zu gehen, ohne die Möglichkeit zu haben, zu verschwinden.

Das ist meine Strafe, wurde mir klar, und der Schmerz darüber traf mich mitten ins Herz. *Er lässt mich den Zorn des Sektors spüren, damit ich weiß, wie enttäuscht sie von mir sind, weil ich gegangen bin.*

Cillian sagte nichts dazu, aber das war auch nicht nötig. Meine Gedanken waren sowieso nicht für ihn bestimmt. Sie waren mein.

Ich hatte das Schlimmste von Kieran erwartet, irgendeine Art von sexueller Folter oder die öffentliche Bekanntgabe der Auflösung unserer Verlobung, vielleicht einen Knoten unter Zwang oder sogar, dass ich seinen

Erben zur Welt bringen musste. Damit bräuchte er mich dann nicht mehr.

Er könnte die königliche Linie fortsetzen, ohne mich dabei zur Gefährtin nehmen zu müssen, dachte ich düster.

Aber nein.

Er hatte eine weitaus angemessenere Strafe gewählt, eine, die mir eine Lektion erteilen sollte.

Doch keiner von ihnen, nicht einmal Kieran, kannte die Wahrheit darüber, warum ich gegangen war. *Würde es ihre Meinung ändern, wenn sie es wüssten?,* fragte ich mich. *Oder würden sie wütend auf mich sein, weil ich ihnen so wichtige Details vorenthalten habe?*

Das Refugium war ein lang gehütetes Geheimnis, von dem nur meine Familie wusste.

Doch die Welt hatte sich im letzten Jahrhundert drastisch verändert. Vielleicht war es an der Zeit, das Geheimnis zu teilen. Vielleicht war es an der Zeit ... mit Kieran zu sprechen und ihm alles zu erzählen.

Kann ich ihm vertrauen?, fragte ich mich, als ich Ivana um eine Ecke auf eine offene Straße folgte. *Kann ich ...?* Meine Gedanken verstummten, als von der Szene vor mir abgelenkt wurde.

Einige andere Rudelmitglieder hatten sich versammelt, die alle schweigend dastanden, als wir an ihnen vorbeigingen.

Niemand begrüßte mich.

Alles, was sie taten, war mich *anzustarren.*

Nein, nicht einmal das. Sie *glotzten* mich an.

„Tust du unserem Prinzen einen Gefallen, Ivana?", fragte eine Frau mit süßlicher Stimme.

„Du bist nur eifersüchtig, dass er dich nicht gefragt hat, Miranda", erwiderte Ivana in einem passenden Ton. „Natürlich, das tut er nie, nicht wahr?"

Die dunkelhaarige Frau – Miranda – verdrehte ihre ebenso dunklen Augen. „Du weißt gar nichts."

„Ich weiß genug", sagte Ivana und lächelte. „Genau wie ich weiß, dass er dein Angebot niemals annehmen wird, und auch keines der anderen." Sie schaute die Gruppe um Miranda herum scharf an.

Omegas, sagte mir meine Wölfin, die ihre Nase in die Luft gestreckt hatte, um sie zu wittern. *Fruchtbare. Unverpaarte. Omegas.*

Das sind die Frauen, die ihm einen Antrag gemacht haben, wurde mir im nächsten Moment klar, und mein Blick verengte sich. *Das sind die respektlosen Wölfinnen, die es gewagt haben, das zu berühren, was rechtmäßig mir gehört.*

Es war ein Schlag ins Gesicht, eine sprichwörtliche Beleidigung meines Throns.

So gerne ich sie auch in ihre Schranken weisen und sie an meine Überlegenheit erinnern wollte, ich konnte es nicht. Denn ich hatte mir dieses Schicksal selbst eingebrockt. Ich erkannte das jetzt, verstand die Verachtung, die meine Wölfe mir entgegenbrachten, und akzeptierte ihren Hass.

Denn manchmal bedeutete zu führen auch, Opfer zum Wohl der Welt zu bringen.

Ich wusste das besser als jeder andere. Ich hatte unzählige Opfer für diejenigen erbracht, die schwächer waren als ich, für diejenigen, die mich mehr *brauchten* als meine eigenen Leute.

Der Blutsektor hatte Kieran.

Die Omegas, die ich gerettet hatte, hatten nur mich. Meine Eltern hatten auch nur mich gehabt. Ich war die Einzige, die hatte herausfinden können, was wirklich mit ihnen geschehen war.

Eines Tages würde mein Volk es verstehen, wenn ich ihnen die Wahrheit sagen könnte.

Bis dahin würde ich ihr Urteil akzeptieren. Ich würde ihre Wut akzeptieren. Ich würde ihre Respektlosigkeit akzeptieren.

Cillian schaute mich neugierig an, seine Brauen hoben sich.

Halt dich aus meinem Kopf raus, warnte ich ihn.

Dafür ist es zu spät, Prinzessin, murmelte er, als wir vor einem Laden anhielten. *Aber ich habe nicht die Angewohnheit, das, was ich mitbekomme, weiterzugeben, es sei denn, ich empfinde es als eine Bedrohung.*

Oh. Ich wusste nicht, was ich dazu sagen sollte, denn ich war mir nicht sicher, wie viel er wirklich mitbekommen hatte.

Und obwohl ich glaube, dass Ihr eine Bedrohung für Kieran darstellt, ist es doch die Art von Bedrohung, die er meiner Meinung nach verdient, fuhr er fort, während er um mich herumgriff, um die Tür zu öffnen. *Eure Geheimnisse sind also bei mir sicher, Prinzessin.*

„Ivana", fügte er laut hinzu und lenkte sie damit von der sich vertiefenden Unterhaltung mit den Omegas ab. Ich hatte nicht zugehört, zu sehr war ich in mein Gespräch mit Cillian vertieft gewesen.

„Ja, Ivana", sagte Miranda. „Tu, was der Alpha dir sagt, und vielleicht wird er dich endlich verknoten. Oh, warte … das hat bei dir nicht besonders gut geklappt, nicht wahr?"

„Ungefähr so gut, wie Prinz Kieran in deinem Fall um seinen Knoten anzubetteln", schoss Ivana zurück, völlig unbeeindruckt von ihren Sticheleien. „Wenigstens versuche ich nicht, verpaarte Alphas zu verführen."

„Er ist noch nicht verpaart", schniefte Miranda, und ihr brauner Blick traf kühn den meinen. „Oder ist er das, *Prinzessin*?"

Ich starrte sie einen Moment lang an und wusste kurz

nicht, was ich sagen sollte. Nie hatten Omegas auf diese Weise mit mir gesprochen.

Leider war unsere Situation hier nicht unbedingt typisch. Ich hatte meine Wölfe im Stich gelassen, was sie alle als unverzeihlich ansahen.

Dann war ich aufgrund meines Blutes in eine Machtposition zurückgekehrt.

Und das nur, weil Kieran mich gefunden und gezwungen hatte, nach Hause zurückzukehren.

Damit würde ich mich bei diesen Gestaltwandlern nicht beliebt machen. Einige von ihnen – einschließlich der Omegas, die vor mir auf der Straße standen – kannte ich nicht einmal. Mein Familienname und mein Schicksal mochten zwar in der ganzen V-Clan-Welt bekannt sein, aber diese Wölfe *kannten* mich nicht wirklich. Das taten nur sehr wenige.

Obwohl Miranda und die anderen eindeutig meinen Anspruch missachtet hatten, indem sie versuchten, meinen Gefährten zu verführen, konnte ich es nicht übers Herz bringen, ihnen gegenüber unhöflich zu sein. Nicht wegen dieser Kleinlichkeit. Nicht, nachdem ich sie im Stich gelassen hatte.

Es spielte keine Rolle, dass ich es aus den richtigen Gründen getan hatte. Solange ich es nicht erklären konnte, würden sie es nicht verstehen.

Was bedeutete, dass ich mir ihre Vergebung und ihren Respekt mit anderen Mitteln verdienen musste.

„Nein", sagte ich schließlich und überlegte mir meine Antwort genau, während ich sie durchdringend ansah. „Nein, er ist noch nicht verpaart."

Ihre Augenbrauen hoben sich in offensichtlicher Überraschung über meine ruhige Antwort – eine ausdrucksstarke Reaktion, die mich zum Lächeln brachte.

„Aber er wird es bald sein", fügte ich hinzu. „Und dann werde ich deine Königin sein und er *mein* König."

Mit diesen Worten, die die Spannung zwischen uns versüßten, drehte ich mich zu Cillian um, der noch immer für uns die Tür offenhielt.

Nur um von Ivana mit einer Hand auf der Schulter aufgehalten zu werden.

Ich konzentrierte meinen Blick auf sie und zog fragend eine Augenbraue hoch.

„Ich habe meine Meinung geändert", sagte sie und ließ ihren Blick interessiert über mich gleiten. „Jetzt fängst du an, meinen Erwartungen gerecht zu werden."

Sie lächelte.

Dann führte sie uns in den Laden.

KIERAN

MAJESTÄT.

Ich hörte auf, die E-Mail an Riley zu verfassen, und lehnte mich zurück, um meinem Elitemann in Gedanken zu antworten. *Ja, Cillian?*

Myon folgt uns. Ich habe ihn gerade vor dem Laden herumschleichen sehen.

Ich fuhr mir mit der Hand übers Gesicht und seufzte. *Er macht sich wahrscheinlich nur Sorgen um sie. Er und ihr Vater standen sich sehr nahe.*

Quinnlynns Vater hatte zahlreiche Aufzeichnungen hinterlassen, die allesamt darauf hindeuteten, dass sie sich sehr nahegestanden hatten. Ihr Verhältnis musste mit dem zwischen mir und Cillian oder Lorcan vergleichbar gewesen sein. Ich hatte es schon bemerkt, als ich den älteren Gestaltwandler kennengelernt hatte.

Myon hatte seine Missbilligung mir gegenüber von Anfang an deutlich gemacht. Seine Abneigung gegen meine Verlobung mit Quinnlynn war in der Art, wie er mir gegenübergetreten war, spürbar gewesen. Es war keine Eifersucht gewesen, sondern eine Art väterliche

Verachtung, die darauf hatte schließen lassen, dass er unsere Verbindung nicht gutgeheißen hatte.

Das war einer der vielen Gründe gewesen, warum ich ihm nicht erlaubt hatte, Teil meiner persönlichen Elite zu bleiben.

Ich konnte es mir nicht leisten, jemanden in meinen Reihen zu haben, dem ich nicht vertrauen konnte.

Er war nicht gerade warmherzig, als sie sich begegneten, antwortete Cillian. *Er strahlte regelrecht Missbilligung aus.*

Hmm, brummte ich. *Kommt mir bekannt vor.*

Es gibt noch mehr, fuhr er fort.

Ist das nicht immer so?, seufzte ich.

Er ignorierte meine Bemerkung. *Miranda hat sich zu erkennen gegeben.*

Ich dachte einen Moment lang darüber nach. *Wie hat Quinnlynn reagiert?*

Wie eine Königin, murmelte er, und in seinem Tonfall schwang Anerkennung mit. *Sie hat sehr deutlich gemacht, dass sie beabsichtigt, dich zu ihrem König zu machen.*

Hat sie das? Das machte mich neugierig. *Und du glaubst ihr?*

Ja.

Hast du sonst noch etwas mitbekommen?, fragte ich, noch neugieriger als zuvor.

Viele Dinge, Majestät. Viele Dinge.

Und du wirst sie nicht mit mir teilen?

Nein, Majestät.

Weil du immer noch unzufrieden mit deinem Auftrag bist?, vermutete ich. *Bestrafst du mich dafür, weil du einen Abend mit deiner Zukünftigen verbringen musst?*

Ivana ist nicht meine Zukünftige, erwiderte er ohne Umschweife. *Und nein. Ich gebe die Informationen nicht weiter, weil ich Quinnlynn versprochen habe, es nicht zu tun. Ihr braucht eine Herausforderung, Majestät. Das haucht Euch Leben ein, nicht wahr?*

Meine Lippen zuckten bei der Erinnerung an Quinnlynns *Antrag*. Er lenkte das Gespräch eindeutig auf diese Erinnerung, und es funktionierte. *Entweder verarschst du mich, Cillian, oder du stellst meine Geduld wirklich auf die Probe.*

Vielleicht ein bisschen von beidem, gab er zu. *Aber Eure Omega braucht Euch, Majestät. Also versucht, etwas Geduld für sie aufzubringen.*

Ich runzelte darüber die Stirn. *Seid ihr auf dem Weg nach Hause?*

Ja, wir sind fast da. Und alle Wölfe auf der Straße drehen Quinnlynn den Rücken zu.

Scheiße. Ich schloss mein Tablet und stand auf.

Ihr wusstet, dass das passieren würde, Majestät.

Ich hatte es vermutet, aber das bedeutete nicht, dass ich es genoss, recht zu haben. Ohne ihre Fähigkeit schattenzuwandeln, wäre Quinnlynn gezwungen, sich ihnen zu stellen. *Ich bin auf dem Weg.*

Lasst sie es beenden, sagte Cillian, bevor ich mich zu ihm teleportieren konnte. *Ihr Kopf ist hocherhoben und sie nimmt alles mit Fassung hin. Verderbt ihr nicht den Moment, indem Ihr sie schwach erscheinen lasst.*

Ich schluckte, meine Hände ballten sich zu Fäusten. *Du hast mich kontaktiert, um mich zu bestrafen, nicht wahr?* Er musste wissen, wie sehr ich mich danach sehnte, zu ihr zu gehen, sie in meine Arme zu ziehen und den Schmerz mit meinem Schnurren zu verdrängen.

Nein, Majestät. Ich stelle nur sicher, dass Ihr meinen lückenlosen Bericht erhaltet, wie gewünscht.

Ich schnaubte. *A basthaird mór.*

Ein Begriff, den ich, glaube ich, erst vor wenigen Stunden benutzt habe, um Euch zu beschreiben.

Du hast mich einen Gobdaw genannt. Im Grunde genommen war das ein überheblicher Trottel.

So ungefähr, antwortete er. *Aber Ihr beleidigt meine Mutter, wenn Ihr mich einen Bastard nennt.*

Ich schüttelte lediglich den Kopf. *Ich hasse diese Spiele.*

Ich auch, Majestät. Ich auch.

Und doch spielte er gerade mit mir.

Wir sind fast da, sagte er. *Sie hat kein einziges Wort verloren.*

Was denkt sie?

Fragt Ihr sie, wenn Ihr sie seht, schlug er vor.

Natürlich würde er mir nicht helfen. Er wusste, dass ich es in Wahrheit gar nicht wissen wollte, denn ich würde es vorziehen, dass sie sich mir freiwillig öffnete.

Ich ging die Treppe hinunter und wartete in der Nähe der Eingangstür auf meine Auserkorene.

Mehrere Wölfe standen mit dem Rücken zum Bürgersteig vor meiner Tür. Ihr Ausflug musste sich herumgesprochen haben, woraufhin der halbe verdammte Sektor herausgekommen war, um seine Enttäuschung über seine Königin zu zeigen.

Cillian hatte recht gehabt – ich hatte gewusst, dass so etwas passieren würde.

Ich hatte nur nicht erwartet, dass es mich so sehr aufwühlen würde.

Vielleicht empfand ich aber auch nur so, weil ich jetzt wusste, dass sie unter anderem geflohen war, um mehr über den Tod ihrer Eltern herauszufinden. Es war ein ehrenwertes Anliegen, doch ich wünschte, sie hätte es mir mitgeteilt, bevor sie gegangen war. Aber Vertrauen musste man sich verdienen, und das erfuhr sie jetzt am eigenen Leib, von jenen, die unter unserer Herrschaft im Blutsektor lebten.

Ich beobachtete in den Schatten, wie sie den Bürgersteig hinunterlief. Ivana war nicht zu sehen. *Warum ist Ivana nicht bei ihr?,* fragte ich.

Quinnlynn hat sich bei ihr für ihre Hilfe bedankt und ihr dann gesagt, dass sie den Rückweg allein antreten würde.

Wie hat Ivana das aufgenommen?

Ivana hat genickt und gesagt: „Wie es sich für eine Königin gehört." Dann ist sie gegangen.

Sie sind also gut miteinander ausgekommen?, drängte ich.

Es scheint so.

Das ist gut. Ich hatte gehofft, dass das passieren würde. Ivana war eine starke Omega, eine, die ihre Forderungen stellte und nichts anderes akzeptierte, als dass sie erfüllt wurden. Sie war meiner Verlobten sehr ähnlich.

Denn wie Quinnlynn hatte auch Ivana ihren Wunschgefährten selbst ausgesucht.

Aber er hatte sie abgewiesen.

Weil er ein dickköpfiger Arsch ist, der sich weigert, glücklich zu sein.

Ihr könnt mich auch mal, sagte Cillian. Er hatte offensichtlich meinen Gedanken belauscht.

Lauschen hat Konsequenzen.

Er antwortete nicht, sondern blickte mir stattdessen durch die Fenster in die Augen. Ich versteckte mich immer noch in den Schatten, aber er konnte mich trotzdem spüren. Quinnlynn würde das auch können, wenn sie es versuchen würde, aber ich vermutete, dass sie zu sehr damit beschäftigt war, ihre Gefühle im Zaum zu halten.

Drei Gestaltwandler versperrten ihr den Zugang zum Gebäude. Ihre Gesichter glichen steinernen Masken, als sie hinter ihnen stehenblieb.

Ich musste mich sehr beherrschen, um nicht zu knurren und zu verlangen, dass sie meiner Auserkorenen aus dem Weg gingen. Aber das war ihre Aufgabe, nicht meine.

Denn Cillian hatte recht – ich musste sie das allein zu Ende bringen lassen.

Sie betrachtete sie einen Moment lang, was mir die Gelegenheit gab, ihre Gesichtszüge genau zu studieren. Abgesehen von einem leichten Zucken ihrer Lippen schien sie nach außen hin von dem Schauspiel völlig unbeeindruckt zu sein. Aber das leichte Zucken um ihre Mundwinkel verriet mir, dass sie das alles viel mehr beschäftigte, als sie zugeben wollte.

Ich zog die Schatten wie einen Umhang fester um mich und versteckte mich, denn der Instinkt, die Kontrolle zu übernehmen, ließ mich an meiner Beherrschung zweifeln.

Aber dann lächelte Quinnlynn, ein Ausdruck, wie ich ihn seit ihrer Rückkehr noch nie gesehen hatte, und es verschlug mir buchstäblich den Atem.

„Es ist schön zu sehen, dass ihr euch alle gegenseitig unterstützt." Ihre Stimme war sanft, aber sie drang durch die Fenster, und mein geschärftes Gehör erlaubte mir, jedes Wort zu verstehen.

„Ich wünschte, diese Demonstration der Einigkeit ginge nicht auf meine Kosten", fuhr sie fort, „aber ich verstehe euren Ärger und eure Frustration. Ich akzeptiere es. Aber nichts davon wird dazu führen, dass ich euch alle weniger liebe."

Sie drehte sich um, um ihren Blick über die Gestaltwandler auf der anderen Straßenseite schweifen zu lassen, und drehte mir dabei den Rücken zu.

„Der Blutsektor ist meine Heimat, und ich weiß, dass mein Handeln als unehrenhaft empfunden wurde, aber ich bin zurückgekehrt und fest entschlossen, den Thron meiner Familie mit Kieran O'Callaghan an meiner Seite zu besteigen."

„Ihr glaubt, Ihr seid ihm noch würdig, nach allem, was Ihr getan habt?"

Ich verengte meine Augen, als ich diejenige ausfindig

machte, die sich zu einer solchen Frage erdreistet hatte. Sie kam von der anderen Straßenseite. Weiblich, aber sehr bestimmend.

„Vielleicht wollen wir Euch nicht mehr auf dem Thron haben", sagte eine zweite Frau. „Vielleicht wäre es uns lieber, wenn sich Kieran eine geeignetere Gefährtin suchen würde."

„Sie ist Thronfolgerin", antwortete ein Mann. „Ihre Blutlinie muss gedeihen."

Schnauben folgte auf seinen Einwurf.

„Sie kann uns einen Erben schenken, um zu gedeihen, und dann wieder weglaufen und sich verstecken." Das kam von der zweiten Frauenstimme. *Florence*. Ich erkannte sie nur, weil sie sich umdrehte, um sich zu zeigen, als sie sprach.

Mehrere andere folgten ihrem Beispiel, ihre Mienen waren hart und voller Wut, als noch mehr bösartige Kommentare über ihre Lippen kamen.

„Wir wollen Euch hier nicht haben."

„Wir akzeptieren Euch nicht."

„Ihr habt uns im Stich gelassen."

„Ich werde Euch nicht meine Königin nennen."

„Eure Eltern würden sich für Euch schämen."

„Ihr habt den Namen MacNamara beschmutzt."

„Geht dahin zurück, wo Ihr hergekommen seid. Ihr seid hier nicht mehr willkommen."

Quinnlynn bewegte sich nicht, ihre Schultern starr, als all diese verletzenden Worte durch die Nachtluft drangen.

Die drei Männer, die den Eingang zu meinem Gebäude versperrten, bewegten sich schließlich, aber nur, um sich ihr zuzuwenden, nicht um ihr Einlass zu gewähren.

„Ihr seid eine Schande", sagte einer von ihnen. „Eine Omega, die ihrer eigenen Genetik nicht würdig ist."

„Kieran sollte sich mit Euch fortpflanzen und Euch dann töten."

Ich kann nicht zulassen, dass das so weitergeht, warnte ich Cillian.

Doch er hatte sich bereits in Bewegung gesetzt, ignorierte meine Bemerkung und konzentrierte sich auf den Beta, der mich und meine Gefährtin gerade beleidigt hatte. Er packte den Bastard an der Kehle und drückte ihn gegen die Tür.

„Du wagst es, deinen zukünftigen König und deine zukünftige Königin mit einer solchen Blasphemie zu entehren? Den *Tod* eurer Königin durch die Hand des Königs zu fordern?", blaffte er.

Quinnlynn legte eine Hand auf Cillians Schulter. „Es ist okay", flüsterte sie, ihre Stimme war nicht mehr ganz so fest wie zuvor. „Alles, was sie gesagt haben, ist wahr."

„Nein. Alles, was sie gesagt haben, lässt mich an meiner Führung dieses Sektors zweifeln", korrigierte ich, als ich neben ihr auftauchte, nicht mehr in der Lage, diese Grausamkeit zu beobachten.

Einige der Wölfe keuchten überrascht auf.

Andere neigten sofort den Kopf.

Und einige trugen einen Ausdruck der Scham, darunter auch der Beta, den Cillian noch immer an die Tür gedrückt hielt.

„Der Blutsektor gedeiht als Einheit", fügte ich hinzu. „Aber dazu gehört auch gegenseitiger Respekt und Vergebung."

Ich sah jeden Wolf auf der Straße an und ließ sie meine Scham und Enttäuschung über ihr Verhalten spüren.

Quinnlynn den Rücken zu zeigen, war eine Sache.

Aber das? Sie mit ihren grausamen Worten zu ersticken? Das würde ich nicht zulassen.

„Wir alle legen Wert auf Unterstützung und Respekt", erinnerte ich sie. „Ja, Prinzessin Quinnlynn hat unser Vertrauen in sie gebrochen, aber sie ist zurückgekehrt. Ich habe die feste Absicht, unsere Verbindung wieder aufzubauen, denn wir haben uns einst etwas geschworen, und ich vertraue darauf, dass sie sich an unser Abkommen halten wird."

Ich reichte meiner zukünftigen Gefährtin die Hand, mein Blick traf endlich ihren.

„Ist mein Vertrauen in dich gerechtfertigt?", fragte ich leise, meine Worte waren für Quinnlynn bestimmt, nicht für die anderen.

Zur Hölle, diese ganze Zurschaustellung von Hingabe war für sie.

Ich wollte, dass die Wölfe wussten, dass ich ihr eine zweite Chance gab und ihr vertraute. Deshalb sollten sie das auch tun.

Denn ich vermutete, dass ihre Gründe für die Flucht über das hinausgingen, was ich bereits über ihre Eltern wusste.

Das machte ihr Handeln nobel.

Wenn sie ihre Geschichte erzählt hätte, würden sich die Anwesenden bei ihr entschuldigen, nicht umgekehrt.

Ihre dunklen Augen schimmerten mit unausgesprochenen Gefühlen, als sie meine Worte und meine Haltung bewertete.

Mein Angebot war nicht dazu gedacht, sie herabzusetzen. Es war auch kein Machtspiel. Es ging darum, als Team zusammenzustehen, unsere Stärken zu teilen und unser gegenseitiges Versprechen zu demonstrieren.

Wenn sie mich kennen würde, würde sie das wissen.

Ich hatte sie nicht aufgefordert, sich zu unterwerfen. Stattdessen hatte ich sie um ihr Vertrauen gebeten.

Und sie gab es mir, indem sie meine Hand annahm. „Ja", sagte sie leise. „Wir können einander vertrauen." Die Emotion in ihren Augen wuchs mit jedem Wort und sagte mir, dass dies ein entscheidender Moment zwischen uns war.

So klein und doch so unglaublich groß zugleich.

Ich zog sie an mich und schnurrte automatisch für sie, als ich meine Lippen auf ihr Haar presste. Sie zitterte, ihre Erschöpfung war spürbar, und ich versuchte, sie mit meiner Kraft zu beschwichtigen.

Sie war so stark gewesen, als sie durch diese Straßen gegangen war und die Ablehnung ihrer Heimat hingenommen hatte, sich all die bissigen Kommentare angehört und meine Hand genommen hatte, damit sie es alle sehen konnten. Stolz blühte in meiner Brust auf, mein Wolf war mit seiner auserwählten Gefährtin äußerst zufrieden.

„Hast du ein Kleid gefunden?", fragte ich sie sanft, wohl wissend, dass wir immer noch ein Publikum hatten.

Sollen sie uns sehen. Uns kennenlernen. Sie sollen uns verstehen.

„Ja." Sie schmiegte sich an meine Brust, ihre Hand ließ meine los, während ihre Arme meine Taille umschlangen. „Es werden ein paar Änderungen vorgenommen. Es könnte aber auch blutverschmiert oder in Fetzen gerissen hier ankommen."

„Cameron würde das nicht tun", versprach ich, meine Lippen an Quinnlynns Ohr. „Er weiß, wie wichtig der morgige Tag ist."

Quinnlynn antwortete nicht, atmete nur tief ein und ließ zu, dass meine Energie ihre eigene verstärkte.

Ich legte meinen Arm um ihren unteren Rücken und hielt sie sicher fest, während ich mit meiner freien Hand ihren Nacken sanft drückte, um ihr meine Zuversicht zu demonstrieren.

Es war eine Berührung, die sagte: *Meine,* und ich wollte, dass sie jeder sah.

Weil ich vorhatte, diese mutige Wölfin zur Gefährtin zu nehmen.

Das Rudel hatte sie vielleicht nicht für würdig befunden, aber ich schon.

Und meine Meinung zählte.

Ich richtete meinen Blick auf die Wölfe um uns herum und vergewisserte mich, dass sie alle unsere Umarmung sahen und sie verstanden. Hier ging es nicht darum, Quinnlynn zu unterwerfen oder meine Macht über sie zu demonstrieren. Hier ging es darum, unsere *gemeinsame* Macht zu zeigen. Und ich konnte sehen, wie die Anerkennung unserer Macht in der Menge gedieh.

Wir sind euer Königspaar, eure Anführer, eure Zukunft. Wir sind vereint. Ich vergebe meiner zukünftigen Gefährtin und Königin, und das werdet ihr auch.

„Denkt über das nach, was ich gesagt habe", befahl ich unseren Beobachtern. „Wir sehen uns morgen."

Ich warf Cillian einen Blick zu. Er hielt den Beta immer noch am Hals gepackt, sein Griff war unnachgiebig. *Du kannst an ihm ein Exempel statuieren, wenn du willst,* murmelte ich meinem Elitemann über unsere mentale Verbindung zu. *Aber töte ihn nicht. Er hat das Recht verdient, vor uns zu kriechen und um Vergebung zu bitten.*

Er hat Eure Ehre beleidigt und gefordert, dass Ihr Euch fortpflanzt und dann Eure Königin tötet. Er verdient den Tod, argumentierte Cillian.

Dann sorge dafür, dass es ihm wehtut. Aber erteile ihm eine Lektion, an die er sich erinnern und aus der er lernen kann, ja? Ich wartete nicht auf Cillians Zustimmung, sondern wandelte mit meiner zukünftigen Gefährtin durch die Schatten in mein Zimmer zurück.

Sie bewegte sich nicht, ihr Gesicht war noch immer an

meiner Brust vergraben, als wir neben meinem Bett auftauchten.

Ich schnurrte lauter für sie, um ihr einen Moment Zeit zu geben, sich zu akklimatisieren und meine Stärke unter vier Augen zu akzeptieren. Sie erschauderte und schlang ihre Arme um mich, als sie meine Energie aufnahm. Es war nicht dasselbe wie bei einer Heilung, nur ein Austausch von Kraft, der uns erdete.

Es war ein Austausch, der sich noch intensivieren würde, wenn wir uns offiziell paaren würden.

Aber darüber würden wir ein andermal reden.

Im Moment brauchte meine Gefährtin meine Unterstützung, und die hatte sie sich mit ihrer Leistung mehr als verdient.

„Willst du immer noch laufen gehen?", fragte ich sanft.

KIERAN

QUINNLYNN ANTWORTETE NICHT SOFORT, sie umklammerte mich immer noch, als wäre ich ihr Rettungsring. Aber schließlich hob sie den Kopf und ließ mich in ihre wunderschönen Augen blicken. Sie starrte mich mit einer Mischung aus Verwirrung, Verwunderung und *Verlangen* an.

Letzteres stammte von ihrer Wölfin, die mich durch ihre dunklen Pupillen hungrig anschaute.

Mein Wolf knurrte zustimmend und war bereit zu spielen, wenn es unsere Gefährtin wollte.

Doch der menschliche Teil von Quinnlynn hatte immer noch das Sagen. „Warum?"

Ich runzelte die Stirn. „Warum ich laufen gehen möchte?" Hatte sie unser vorheriges Gespräch vergessen?

„Nein, ich meine, warum hast du sie unterbrochen?" Sie musterte mich eingehend. „Ich habe ihren Zorn verdient, Kieran. Ich habe sie im Stich gelassen. Sie haben sich das Recht verdient, mich zu bestrafen."

Ich betrachtete sie einen Moment lang, bevor ich sagte: „Vor ein paar Wochen hätte ich noch zugestimmt. Ich kenne zwar nicht alle Gründe, warum du gegangen bist, aber ich vermute, dass diese Gründe edler Natur sind."

Sie schluckte, ihre Augen suchten immer noch die meinen nach etwas ab, das ich nicht deuten konnte. „Aber sie haben das Recht, ihre Wut zum Ausdruck zu bringen."

„Ja", stimmte ich zu. „Aber das Rudel wird es sich nie verzeihen, wenn sie herausfinden, dass sie dich unnötigerweise infrage gestellt und verletzt haben. Es wird sie zerreißen, Quinnlynn."

„Vorausgesetzt, ich kann es ihnen jemals sagen."

„Warum solltest du nicht?", fragte ich, während mein Daumen ihren Nacken streichelte. „Haben sie es nicht verdient, die Wahrheit über deine Eltern zu erfahren?"

„Um ihnen die Wahrheit zu offenbaren, muss ich herausfinden, wer sie getötet hat. Das bedeutet, dass ich den Grund offenbaren muss, warum das alles passiert ist, der Grund, warum ihr Flugzeug verzaubert wurde. Und ich weiß nicht, ob ich das tun kann."

Daraufhin hob ich eine Augenbraue. „Weil du dem Sektor nicht traust?"

„Weil es ein Familiengeheimnis ist, das seit Generationen gehütet wird", flüsterte sie, ihre Miene drückte Verschlossenheit aus. Allein dieser Blick sagte mir, dass sie noch nicht bereit war, mir dieses Geheimnis anzuvertrauen, was bedeutete, dass sie mich noch nicht als Familie betrachtete.

„Das ist der Hauptgrund, warum du weggelaufen bist", überlegte ich laut. „Du wolltest nicht, dass ich dieses Geheimnis erfahre."

„Das habe ich bereits zugegeben", antwortete sie.

Ich nickte. „Ja, als ich dich getröstet habe und du mir vorgeworfen hast, dass ich dich nur einlullen wollte, um an Informationen zu kommen."

Sie schluckte und ihre Kehle arbeitete, während sie zu überlegen schien, wie sie antworten sollte. „Ich glaube nicht, dass du meine Eltern ermordet hast."

„Gut. Weil ich es nicht getan habe."

„Aber ich bin noch nicht bereit, es dir zu sagen", fügte sie zurückhaltend hinzu.

„Hmm", brummte ich. Nun, ich nahm an, dass diese Antwort besser war, als sich einfach zu weigern, es mir zu sagen. Stattdessen hatte sie gesagt, sie sei noch nicht bereit, sich mir anzuvertrauen ... *noch nicht*. Ein Schlüsselsatz, der darauf hindeutete, dass sie in Erwägung zog, sich mir von sich aus zu öffnen.

Ich könnte sie jetzt beißen und alle ihre Geheimnisse erfahren.

Aber ich würde es mir lieber verdienen.

Weil es eine Herausforderung ist, dachte ich und lächelte ein wenig. *Etwas, von dem sie weiß, dass ich es genieße.*

„Wirst du mir eines Tages sagen, wer dir die Informationen über mich geliefert hat?", fragte ich aufrichtig neugierig. „Ich habe mich nämlich gefragt, wer dir seit dem Beginn unseres Werbens Geheimnisse anvertraut hat."

Sie schwieg einen langen Moment, dann nickte sie langsam. „Ja. Wenn du mir Zeit gibst, alles zu verarbeiten, werde ich dir die Antworten geben, die du suchst."

„Dann haben wir also eine Abmachung?", formulierte ich um. „Eine, bei der ich dir vertrauen muss, dass du nicht wieder wegläufst?"

„Nicht ganz. Du hast mich bereits an die Leine genommen, Kieran. Ich bitte nicht darum, freigelassen zu werden. Ich bitte nur um mehr Zeit."

„In der Tat", stimmte ich zu, denn sie hatte recht – sie hatte mich nicht gebeten, sie freizulassen. Sie hatte mich nur gebeten, sie nicht dazu zu drängen, Details zu offenbaren.

Oder sie zu beißen, fügte ich im Geiste hinzu. Denn wir wussten beide, dass ich sie zur Gefährtin nehmen konnte, wann immer ich es wollte. Sie war jetzt vollständig geheilt. Alles, was ich tun musste, war, meine Reißzähne in ihrem hübschen kleinen Hals zu versenken, und sie würde in jeder Hinsicht *mein* sein.

Es wäre aber schöner, aus ihrem Mund zu hören, wie sie mich anflehte, sie zu beanspruchen.

Zu hören, wie sie die Wahrheit aussprach, anstatt die Gedanken in ihrem Kopf versteckt zu halten.

Ich wollte Quinnlynn – den *menschlichen Teil von ihr* – dazu bringen, ihr Verlangen, sich mit mir zu paaren, mit Worten zu *gestehen*, nicht nur mit ihrem Körper.

Ja, das ist mir viel lieber, beschloss ich. „Also gut, Kleines", sagte ich zu ihr. „Ich nehme die Herausforderung an."

Etwas funkelte in ihren Augen und ich konnte einen Hauch von Erregung spüren. „Wirklich?"

„Das tue ich", antwortete ich und festigte den Griff um ihren Nacken, während ich meinen anderen Arm um ihre schlanke Taille legte. „Du bist die Mühe wert, Quinnlynn."

„Wegen meiner Blutlinie?", mutmaßte sie.

Ich schüttelte den Kopf. „Nein, Liebes. Deinetwegen." Ich drückte meine Lippen auf die ihren. Mein Wunsch, sie zu küssen, war mir fremd.

Ich hatte noch nie die Frauen geküsst, mit denen ich zusammen gewesen war.

Ich hatte einfach kein Bedürfnis danach verspürt.

Aber bei Quinnlynn … sie machte mir Lust auf so viel mehr. Sie brachte mich dazu, sie kosten und erforschen und jedes köstliche Detail über sie erfahren zu wollen. Sie brachte mich dazu, mich vor ihr verbeugen und sie anbeten zu wollen, während ich ihre Unterwerfung genoss und ihr meine eigenen Vorlieben im Leben beibrachte. Es war ein Rätsel, das mich begierig und leicht verwirrt machte.

Aber ich wurde durch ihre Anwesenheit wieder geerdet.

„Du bist sehr mutig." Meine Worte waren leise und unterstrichen von dem Stolz, der meine Brust wärmte. „Und auch ehrenhaft."

Ich ließ ihren Nacken los und umfasste ihre Wange, um ihr in die Augen zu sehen, während ich sprach.

Sie reagierte darauf und wölbte sich in meine Berührung hinein, während ihre blassen Wangen in hübschen Rosatönen erblühten.

„Du hast dich heute gegenüber unseres Sektors wie eine Königin verhalten und hast dich trotz ihrer Enttäuschung und des Schmerzes nicht einmal abgewandt. Du hast es stattdessen begrüßt und dich sogar entschuldigt. Es gibt nicht viele, die so stark sein können, Quinnlynn."

„Ich habe getan, was getan werden musste", flüsterte sie.

„Du hast deine Strafe mit Anstand und Würde ertragen." Ich strich mit dem Daumen über ihren Wangenknochen und ließ diese Worte zwischen uns in der Luft hängen. „Ich bin stolz auf dich, meine Königin."

Die Röte auf ihren Wangen verstärkte sich und ihre Augen suchten meine nach Antworten auf die Fragen ab, die sie nicht laut aussprach.

Eine Frage hatte ich jedoch noch nicht ganz beantwortet: *Warum hast du sie unterbrochen?*

„Um deine Frage zu beantworten, Quinnlynn, ich habe unsere Wölfe unterbrochen, weil es Zeit war, dass sie aufhörten. Es ist sinnlos, in der Vergangenheit zu verweilen. Nur die Zukunft ist wichtig. Sie haben ihre Bedenken geäußert, du hast ihre Beschwerden akzeptiert, und jetzt müssen wir uns alle auf morgen konzentrieren. Auf unsere Zukunft."

Sie starrte mich mit noch mehr Fragen in ihren

ausdrucksstarken Augen an und schüttelte leicht den Kopf. „Du bist ganz und gar nicht das, was ich erwartet habe, Kieran O'Callaghan."

„Vielleicht gibst du mir dann die Chance, dir zu zeigen, wer ich bin, Quinnlynn MacNamara."

„Vielleicht werde ich das", erwiderte sie sanft, während sie mich weiterhin musterte. „Ein Teil von mir macht sich immer noch Sorgen, dass deine Freundlichkeit nur ein Trick ist, um mich in Sicherheit zu wiegen, damit du mich später bestrafen kannst."

„Und worin könnte diese richtige Bestrafung bestehen?", fragte ich, neugierig darauf, ihre dunklen Gedanken zu erfahren. „Ich habe dir bereits gesagt, dass ich treu geblieben bin und nicht die Absicht habe, eine andere Omega zu nehmen."

„Du könntest lügen", flüsterte sie.

„Das könnte sein", räumte ich ein. „Aber ich denke, meine Taten sollten den Wahrheitsgehalt meiner Aussagen beweisen, Quinnlynn."

Sie begann zu nicken, nur um dann innezuhalten. „Es ist nicht leicht, zu vertrauen."

„Nein, das ist es wohl nicht." Ich war auch noch nicht bereit, ihr zu vertrauen. „Aber bist du bereit, es zu versuchen?"

Es dauerte einen Moment, bis sie mit einem leisen „Ja" antwortete.

„Du klingst noch nicht sehr sicher."

„Ich möchte es versuchen", gab sie zu. Die Wahrheit in diesen Worten spiegelte sich in ihrem Gesichtsausdruck und ihrem Tonfall wider. „Aber es ist schon lange her, seit ich jemand anderem als Kyra vertrauen konnte."

Ich runzelte die Stirn. „Kyra?"

Ihre Augen weiteten sich sofort, der Name war ihr

offensichtlich unabsichtlich rausgerutscht. „Meine … Meine …"

„Informantin?", riet ich.

Sie antwortete nicht, aber das brauchte sie auch nicht. Ich konnte es in ihrem besorgten Blick sehen. Sie hatte mir diesen Namen nicht offenbaren wollen.

Das hatte ich definitiv erkannt.

„Eine Vampir-Omega", überlegte ich und meine Lippen zuckten. „Ich nehme an, ihr seid Freundinnen, oder? Sie ist vor ein paar Jahrhunderten verschwunden und hat ihren Alpha ziemlich wütend gemacht."

Quinnlynn sprach immer noch nicht.

„Er starb auch auf ziemlich grausame Weise", fuhr ich fort. „Aber irgendetwas sagt mir, dass du das alles schon weißt."

Die Röte auf ihren Wangen war längst einer Blässe gewichen, die mir weit mehr sagte, als es ihre Worte je könnten.

„Ich verstehe." Das war eine sehr interessante Information. Und es schien, dass sie mir nicht mehr sagen musste, *wer* ihr die Informationen über mich geliefert hatte. Sie hatte mir die Antwort aus Versehen gegeben.

Alpha Fare war kein Freund von mir gewesen, nur ein Bekannter. Die meisten Vampire fielen in diese Kategorie. Aber er hatte genug über mich gewusst, um wichtige Informationen mit seiner Gefährtin zu teilen.

„Kieran …" Mein Name verließ ihren Mund mit einem Seufzen.

„Was denkst du, was ich tun werde?", fragte ich sie leicht amüsiert. „Verlangen, dass du mir Kyras Aufenthaltsort verrätst, damit ich ihn den Vampiren zur Vergeltung mitteilen kann?"

Sie schien noch blasser zu werden, was eigentlich nicht

möglich sein sollte, da sie ohnehin schon wie ein Geist aussah.

Ich nahm meine Hand von ihrem unteren Rücken und umfasste ihre Wangen.

„Ich spiele nicht nach den Regeln der anderen, Liebling. Nur nach meinen eigenen." Ich drückte meine Lippen auf ihre und beruhigte ihre Sorgen mit meinem Schnurren „Ich nehme an, dass es in diesem Fall gut für dich ist, dass ich kein Held bin, hm?" Ich zog sie in eine weitere Umarmung, die sie verhalten annahm.

Anstatt noch mehr zu sagen, hielt ich sie einfach fest.

Sie hatte ein weiteres Geheimnis gelüftet, und ich würde ihr durch mein Handeln beweisen, dass sie mir vertrauen konnte. Genauso wie ich mich darauf verlassen würde, dass sie mir durch ihre eigenen Entscheidungen zeigte, dass ich ihr vertrauen konnte.

Ich hatte nicht ein einziges Mal gespürt, dass sie an meiner unsichtbaren Leine gezerrt hätte, auch nicht, als der Sektor sich gegen sie gewandt hatte.

Und das Gefühl, das ich neulich gespürt hatte, war ein Missverständnis zwischen uns gewesen.

Was bedeutete, dass sie wirklich nicht daran gedacht hatte, wegzulaufen. Zumindest nicht in absehbarer Zukunft.

Obwohl ich unbedingt glauben wollte, dass sie bleiben würde, konnte ich es nicht. Noch nicht.

Die Zeit würde unser Vertrauen ineinander stärken.

Oder sie würde es ganz vernichten.

Nur das Schicksal wusste, was kommen würde.

Aber im Moment … „Es war ein langer Abend", flüsterte ich ihr ins Ohr. „Wie wäre es, wenn wir laufen gehen?"

„Laufen?", wiederholte sie heiser.

Ich nickte. „Ja. Laufen. Wir können zusammen den Sonnenaufgang beobachten." Ich drückte ihr einen Kuss auf die pulsierende Stelle an ihrem Hals. „Morgen ist schließlich ein neuer Tag. Und ich würde ihn gerne mit dir an meiner Seite begrüßen." Ich richtete mich auf, um ihren Blick zu lesen.

Ein wenig Farbe war in ihre Wangen zurückgekehrt, mein Schnurren schien das Gegenmittel für all unsere Probleme zu sein.

Oder vielleicht beruhigte sie aber auch, dass ich sie nicht gedrängt hatte.

„Ein Lauf", sagte sie wieder.

Ich zog eine Braue nach oben. „Ja, Quinnlynn. In Wolfsgestalt."

Ihr Kinn senkte sich ein wenig, ihr Nicken war zittrig. „Ich ... darauf hätte ich Lust."

Meine Lippen zuckten. „Deine Wölfin verlangt, dass du zustimmst, nicht wahr?"

„Ja", sagte sie und räusperte sich. „Sie ... Sie verlangt eine Menge Dinge."

Ich verzog meinen Mund zu einem breiten Lächeln. „Vielleicht kannst du mir diese Dinge nach unserem Lauf genauer erläutern", schlug ich vor. „Am besten nackt."

Der süße Duft ihrer Erregung lag in der Luft und bestätigte, dass sie und ihre Wölfin das Abendprogramm sehr mochten.

„Du verwandelst dich besser schnell, meine Liebe", warnte ich sie. „Oder ich gehe gleich zum nackten Teil des Abends über."

Sie erschauderte sichtlich. „Ich bin mir nicht sicher, ob ich gegen diesen Plan etwas einzuwenden hätte."

Ich knabberte an ihrem Kinn und meine Lippen fanden wieder ihr Ohr. „Dann betrachte unseren Lauf als Vorspiel." Ich griff nach dem Saum ihres Pullovers und zerrte ihn nach oben, sodass ihre Brüste darunter zum Vorschein kamen. Sie hatte sich nicht die Mühe gemacht,

Unterwäsche zu tragen – etwas, das typisch für unsere Art war. Ich fand diese Eigenart gerade jetzt sehr nützlich.

Ich zog meinen Pullover ebenfalls aus und ließ beide auf den Boden fallen.

Dann griff ich nach ihrer Hose, während sie nach meiner griff. Ihre Hände waren kühn, als sie meinen Blick traf und festhielt. *Da ist meine Gefährtin,* dachte ich. *Meine starke, schöne, verwegene Frau.*

Sie hatte meine Sektorgrenzen überschritten, um mir einen Antrag zu machen, wohl wissend, dass ich sie mit Gewalt hätte nehmen können. Und doch war sie selbstbewusst gewesen. Kühn. Vielleicht ein bisschen naiv.

Doch sie hatte alles von Anfang an geplant.

Und dann war sie weggelaufen.

„Du hast mich gefragt, ob es deine Blutlinie ist, die ich begehre." Ich zog ihr den Reißverschluss herunter. „Aber es ist so viel mehr, Quinnlynn. Es ist dein Mut, der mir gefällt. Dein Kampfgeist. Deine Fähigkeit, mich auszutricksen und zu überlisten."

Sie trat aus ihren Stiefeln, ihre Augen glichen zwei schwarzen Diamanten, als sie meinen Blick gefangen hielt.

Ich kniete vor ihr nieder und ließ meine Hände über ihre Beine wandern, während ich sie des Stoffes entledigte. „Dein Talent, dich all die Jahre zu verstecken, ohne dass ich dich erwischen konnte", fügte ich hinzu, während mein Mund nur wenige Zentimeter von ihrer feuchten Mitte entfernt war. „Ich habe dich nur gefangen, weil du dich entschieden hast, mich dich fangen zu lassen, nicht wahr?"

Ihre Augen funkelten und ihre Lippen öffneten sich, um ihre süße kleine Zunge zu enthüllen.

„Du hast mir einmal gesagt, wie sehr ich eine Herausforderung genieße, Quinnlynn." Ich beugte mich gerade weit genug vor, um die Worte gegen ihre Lustperle zu hauchen. „Du lagst nicht falsch." Ich schmiegte mein

Gesicht an ihren rasierten Hügel und atmete ihren verführerischen Duft ein. „Und du wurdest zu meiner liebsten Herausforderung von allen."

Ich küsste ihre feuchte Spalte mit offenem Mund.

Ihre Knie gaben nach, aber ich hielt sie fest und drückte sie an mich, während ich sie mit meiner Zunge verschlang. Sie umklammerte meinen Kopf, ihre Lippen öffneten sich zu einem Stöhnen, das sich in ein Knurren verwandelte, als ich sie zu Boden führte und „*Verwandle dich*" sagte.

Ich ließ sie los, um mich vollständig zu entkleiden, wobei mein Blick die ganze Zeit auf ihrem Gesicht ruhen blieb.

„Siehst du?", murmelte ich und trat wieder näher. „Eine Herausforderung." Ich beugte mich hinunter und knabberte an ihrer empfindlichen Lustperle. „Aber wir wissen beide, dass ich dich dazu zwingen kann, dich zu verwandeln, Quinnlynn. Also schenk mir diesen Lauf, und wenn du brav bist, werde ich diese süße Pussy lecken, bis die Sonne aufgeht."

QUINN

M<small>EINE</small> O<small>BERSCHENKEL</small> <small>KRIBBELTEN</small> bei der Erinnerung an meinen Lauf mit Kieran und daran, wie er mich fast eine Stunde lang zum Schreien gebracht hatte.

Er hatte mich mit seiner Zunge gefoltert.

Aber nicht verknotet.

„Ich glaube, das war ich dir nach neulich Abend schuldig", hatte er gesagt und damit gemeint, dass er geknurrt hatte, nachdem ich ihm einen geblasen hatte.

Er hatte zwar nicht unrecht, aber ich sehnte mich nach so viel mehr. Vor allem nach seinem Knoten.

Ich presste meine Knie zusammen, was Cameron dazu veranlasste, mich zu tadeln. „Ihr müsst stillhalten, Prinzessin."

„Tut mir leid", murmelte ich, als er einen Teil meines Kleides am Rücken öffnete, um es neu zuzubinden.

Es war ein korsettähnliches Oberteil, die Schnürung reichte von meinem Hintern bis zu den Schulterblättern, und bei jeder meiner Bewegungen verschob sich ihr kreuz und quer verlaufendes Muster.

Ich schloss meine Augen und versuchte, mich auf

262

meine Atmung zu konzentrieren, während Cameron arbeitete.

Er hatte mein Haar bereits frisiert und sich dafür entschieden, es schlicht zu halten, indem er ein hellblaues Band durch einige Locken geflochten hatte. Es gab meinem Haar viel Volumen, und der Farbtupfer half, die Tiefe und Dicke meiner Mähne hervorzuheben – etwas, das ich sehr zu schätzen wusste, nachdem ich mein Haar jahrzehntelang einfach im Nacken zurückgebunden hatte.

Ich hätte eine Krone tragen können.

Aber irgendwie fühlte es sich besser an, wenn ich das Verlobungsessen als *ich* selbst und nicht als zukünftige Königin bestreiten würde.

Meine Eltern waren mit ihrem Reichtum oder ihrer Macht nie auffällig umgegangen, eine Eigenschaft, die ich sehr bewundert hatte und der ich folgen wollte. Es schien, als hätte Kieran das auch getan, zumindest bis zu einem gewissen Grad.

Ihm gehörte dieses Gebäude, aber es ging ihm nicht darum, seine Position oder Überlegenheit gegenüber dem Rudel zu demonstrieren. Es war eine reine Vorsichtsmaßnahme.

Kieran hatte diesen Sektor als Alpha-Prinz betreten, nicht als Erbe. Der einzige Grund, warum man ihn willkommen geheißen hatte, war unsere Verlobung. Doch ich ahnte, dass es jetzt um viel mehr ging als das. Ich hatte gesehen, wie sich der Sektor gestern Abend vor ihm verneigt hatte. Der Respekt der Leute war spürbar, ebenso wie ihre Scham darüber, dass er ihr Verhalten gerügt hatte.

Sie betrachteten ihn jetzt als ihren Alpha. Ihren *König*. Genau wie ich es gewollt hatte, so wie ich es *geplant* hatte.

Ich sollte hocherfreut sein. Stolz. Zufrieden, dass alles so geklappt hatte, wie ich es mir gewünscht hatte.

Doch ich war überhaupt nicht erfreut. Ich war … enttäuscht.

Enttäuscht, dass ich nicht hier gewesen war, um das alles mitzuerleben. Enttäuscht, dass ich nicht hier gewesen war, um zu helfen. Enttäuscht, dass ich nicht Teil der Reise gewesen war.

Enttäuscht, dass ich zu lange gebraucht habe, um nach Hause zu kommen.

Ich schluckte, während sich die widersprüchlichen Gedanken in meinem Kopf abspielten.

Genau so musste es sein.

Ich habe alles richtig gemacht.

Warum fühlt sich dann alles so falsch an?

Kyra hatte mich im Laufe der Jahre immer wieder auf dem Laufenden gehalten, aber es war etwas ganz anderes, die Ergebnisse zu hören, als sie aus der Nähe zu sehen. Es war etwas anderes, die Liebe und Bewunderung zu spüren, die das Rudel für Kieran entwickelt hatte, oder ihren Zorn und ihre Verärgerung über mich.

Nichts war so, wie ich es mir vorgestellt hatte.

Vor allem, weil ich gehofft hatte, den Mord meiner Eltern vor Jahrzehnten zu lösen. Ich hatte mich so sehr darin verstrickt, den Omegas zu helfen, dass ich mich nicht darauf konzentriert hatte, das weiterzuverfolgen.

Weil Kyra mir versichert hatte, dass Kieran hier alles im Griff hatte.

Was auch stimmte – er hatte sich in meiner Abwesenheit hervorragend um den Blutsektor gekümmert.

Aber dieses Wissen war einer der Gründe, warum ich nicht nach Hause geeilt war. *Allen geht es gut. Sie brauchen mich nicht.*

Aber jetzt erkannte ich die Ausreden. Ich war so lange auf der Flucht gewesen, dass ich vergessen hatte, wie wichtig es war, nach Hause zu kommen.

Und nun würde ich die Folgen dieses Versäumnisses zu spüren bekommen.

Tief durchatmen, Quinn. Tief durchatmen.

„Geschafft", verkündete Cameron hinter mir. Seine Hände fanden meine Schultern, die Berührung war seltsam warm. „Augen auf, Prinzessin. Kopf hoch. Macht Eure Eltern stolz."

Ich atmete langsam aus und tat, was er sagte, wobei mein Blick seine blauen Augen im Spiegel vor mir traf. „Danke."

„Nicht der Rede wert, Darling. Mit einer solchen Schönheit zu arbeiten, ist Dank genug."

„Vorsicht, Beta, sonst könnte ich deine Zuneigung zu meiner zukünftigen Gefährtin missverstehen", schallte Kierans tödliche Stimme durch die Luft, als er sich direkt neben uns materialisierte. Seine Macht war wie eine Lawine aus Energie, die meine Haut so stark erhitzte, dass sie leicht brannte.

Cameron ließ sofort die Hände sinken. „D-das würde ich nie tun", stammelte er. „I-Ich weiß, dass sie … Euch gehört. Mein Prinz." Er verbeugte sich tief, woraufhin ich Kierans Blick im Spiegel auffing.

Lass ihn in Ruhe, sagte ich mit meinen Augen.

Er zog lediglich eine Augenbraue in die Höhe, als würde er mich herausfordern, ihn zu zwingen.

Nun gut, Alpha, dachte ich, als ich mich ihm zuwandte und seinen schwarzen Smoking betrachtete. Er passte ihm wie angegossen und enthüllte die schlanke und schöne Kraft unter der Kleidung. Ich ließ meinen Blick über ihn gleiten und erlaubte ihm, mein Interesse zu sehen.

„Du siehst sehr gut aus, mein Prinz", sagte ich sittsam.

„Tue ich das?", konterte er, und sein Gesichtsausdruck verriet mir, dass ich mich mehr anstrengen musste, um ihn abzulenken.

„Das tust du." Ich fuhr mit den Fingern über seine Weste bis zu seiner Krawatte und setzte meinen Weg fort, bis ich seinen Kragen erreichte. „Schwarz steht dir gut."

„Hmm", brummte er, die Hände immer noch in den Taschen, während er auf mich herabblickte. Aber ich sah das Aufflackern von Belustigung in seinen mitternächtlichen Augen. Er mochte dieses Spiel.

„Es erinnert mich an deinen Wolf", flüsterte ich. „Vielleicht lässt du mich ihn später sehen."

Für den Bruchteil einer Sekunde übernahm sein inneres Tier die Kontrolle, und die dunklen Tiefen seiner Pupillen strahlten seine Zustimmung aus.

„Ich würde ihn sehr gerne streicheln", fügte ich hinzu, während ich mich an ihn presste.

Schließlich bewegte er sich, seine Hände glitten aus seinen Taschen und packten meine Hüften, als er mich vom Spiegel wegzog und mit dem Rücken gegen eine Wand drückte, während seine dunklen Augen animalische Aggression ausstrahlten.

Da ist mein Alpha, dachte ich und erlaubte ihm, mich genau so zu positionieren, wie er mich wollte.

Aber anstatt seinen Anspruch geltend zu machen, drückte er mich lediglich gegen die Wand und trat einen Schritt zurück, um mich auf ähnliche Weise zu bewundern, wie ich ihn vor Sekunden gemustert hatte.

„Hast du dieses Kleid ausgesucht?", fragte er mich. „Oder hat es Beta Cameron für dich gefunden?"

Ich ließ meine Hand wieder über seine Brust gleiten, während ich antwortete: „Es war eines der Kleider, die er für mich herausgesucht hat. Ich habe es gewählt, weil es blau ist, die Lieblingsfarbe meiner Mutter." Mein Arm fiel an meine Seite, meine Hände ballten sich zu Fäusten.

Aber es war die Wahrheit.

Meine Mutter hatte das Mitternachtsblau geliebt, weil

es sie an den isländischen Himmel in stürmischen Nächten erinnert hatte. Mein Vater hingegen hatte immer die grünlichen Töne der Nordlichter bevorzugt, die man nur an klaren Abenden sehen konnte.

Polare Gegensätze.

Aber das war es, was sie so perfekt füreinander gemacht hatte.

Kieran hob eine Hand, um die Schleife in meinem Haar zu berühren. „Und wessen Wahl war das?"

„Meine", sagte ich.

„Anstelle einer Krone?", fragte er.

„Ja. Ich möchte heute Abend nur Quinn sein."

„Aber du bist nicht nur Quinn", antwortete er. „Du bist Prinzessin Quinnlynn MacNamara, die zukünftige Königin des Blutsektors."

„Der Titel einer Königin bedeutet nichts ohne den Respekt ihres Königreichs", erwiderte ich.

Er studierte mich einen Moment lang, sein Blick suchte nach einer Antwort, während er meine Worte abwägte.

Dann tat er etwas, das mich überraschte − er stimmte mir nickend zu.

Dieser Mann ist ganz anders, als ich erwartet habe, dachte ich. Wir hatten vor meiner Abreise gerade mal einen Monat zusammen verbracht, und ich war entweder blind oder zu sehr auf meine Aufgabe konzentriert gewesen, um sein wahres Wesen zu erkennen.

Oder vielleicht hatte ich all diese Eigenschaften in ihm gesehen und hatte deshalb ohne schlechtes Gewissen gehen können.

Aber jetzt … jetzt *sah* ich *ihn*.

Und was ich sah, gefiel mir sehr gut.

„Du siehst umwerfend aus, Quinnlynn", murmelte er schließlich. „Und du hast recht − eine Krone ist nur ein

Statement. Eines, das du nicht nötig hast, weil deine Schönheit und deine Präsenz für dich sprechen."

Meine Wangen erwärmten sich unter seinem Lob. „Danke."

Er lächelte und drückte seine Lippen auf meine Schläfe, bevor er sich dem noch immer sich verneigenden Beta zuwandte. „Du hast gute Arbeit geleistet, Cameron. Natürlich war die Leinwand schon perfekt, aber du hast meine zukünftige Gefährtin zufriedengestellt, und das stellt auch mich sehr zufrieden."

„Leinwand?", wiederholte ich und runzelte die Stirn.

„Du", sagte Kieran und schaute mich an. „Ich kann seine Arbeit nicht wirklich loben, denn du bist bereits perfekt, so wie du bist. Ein Kleid und eine Hochsteckfrisur werden nichts daran ändern."

„Oh." Jetzt standen meine Wangen in Flammen. Denn dieses Kompliment war noch besser als seine Bemerkung über meine Krone.

„Du kannst dich rühren, Cameron", seufzte Kieran. „Ich werde dich nicht dafür bestrafen, dass du meiner Zukünftigen ein Kompliment gemacht hast. Nicht, wenn sie so süß das Ego meines Wolfes gestreichelt hat, um dir das Fell zu retten."

Meine Lippen spitzten sich bei dieser Bemerkung, was ihn dazu veranlasste, mich wieder anzuschauen. Sein eigener Mund ahmte mein Grinsen nach.

„Danke, Cameron. Du kannst nun gehen."

„M-Majestät", stammelte der Beta, senkte seinen Kopf und verschwand ohne ein weiteres Wort.

„Ich mag dieses Lächeln sehr", sagte Kieran, sein Tonfall wurde weicher, jetzt, da wir allein waren. „Ich möchte es öfter sehen."

„Du wirst es heute Abend wahrscheinlich nicht oft

sehen", gab ich zu, während ich mich auf das bevorstehende Ereignis konzentrierte.

„Ist unsere Verlobung wirklich so beunruhigend?", fragte er, aber die Leichtigkeit in seinem Ton verriet mir, dass er genau wusste, was ich gemeint hatte. Es hatte nichts mit unserer *Verlobung* zu tun.

„Sie hassen mich, Kieran. Und ich kann es ihnen nicht verdenken."

Er trat wieder auf mich zu, legte seine Hand an meine Wange. „Ich auch nicht", gab er zu. „Aber gemeinsam werden wir sie auf einen Weg leiten, der uns alle in die Zukunft führen wird."

Woher weiß er immer genau, was er sagen muss?, fragte ich mich.

„Es wird dauern, und heute Abend ist nur der erste Schritt, aber der wichtigste", fügte er hinzu, seine Worte waren genau das, was ich hören musste. „Ich werde an deiner Seite stehen, wenn du eine Hürde überwinden musst, Quinnlynn. Wir werden unseren Weg schon finden. Das verspreche ich dir."

„Wie kannst du dir so sicher sein?", flüsterte ich.

„Ich habe nicht zufällig so lange überlebt, meine liebe Auserkorene", antwortete er, und seine Lippen verzogen sich erneut. „Und da ich schon seit weit über einem Jahrtausend lebe, habe ich mir mein Selbstvertrauen mehr als verdient."

Ich musterte sein Gesicht, seine markanten Wangenknochen, die dichten Wimpern und den maskulinen Kiefer, und beschloss, dass seine Worte wahr waren. Er hatte sich sein Selbstvertrauen verdient und noch viel mehr als das.

Er hat sich das Recht verdient, die Wahrheit zu erfahren, stellte ich erschrocken fest.

All seine Handlungen, seine Entscheidungen, seine

Fürsorge und seine Geduld hatten dazu geführt, dass der Weg, den wir gehen mussten, so offensichtlich war.

Er sprach immer wieder von der Zukunft, und davon, das Rudel gemeinsam anzuführen und ihnen zu zeigen, wie sie der Zukunft entgegenblicken könnten.

Es ging allerdings um so viel mehr als nur den Blutsektor.

Wir mussten der Zukunft entgegenblicken.

Und daher hatte ich nur eine Möglichkeit.

Ich musste ihm alles erzählen.

Nein. Ich musste es ihm *zeigen*.

Denn bloße Worte würden nicht ausreichen. Er musste es sehen, um es zu verstehen.

Ich zeige es ihm heute Abend nach dem Essen, beschloss ich. *Es ist an der Zeit, ihn mit dem Refugium bekannt zu machen.*

KIERAN

Q<small>UINNLYNN</small> <small>STRAHLTE</small> E<small>LEGANZ</small> und Anmut aus, als wir Hand in Hand in Richtung der Veranstaltungshalle liefen. Sie wollte heute Abend zu Fuß zum Verlobungsessen gehen, ihr Wunsch, mehr von unserem Zuhause zu sehen, war spürbar.

Ich hatte ihr nachgegeben, vor allem, weil es die richtige Entscheidung war.

Es waren viele Menschen aus ihren Häusern gekommen, um uns zu sehen, und um ihre Neugierde zu befriedigen. Sie waren zur Veranstaltung des heutigen Abends nicht eingeladen, hauptsächlich zu ihrer eigenen Sicherheit, aber unser Spaziergang durch die Straßen der Stadt trug dazu bei, sie auf eine Weise einzubeziehen, die sie zu schätzen schienen.

Quinnlynn lächelte jeden an, an dem sie vorbeikam, war unbeschwert und freundlich.

Dies waren die Sterblichen unter unserem Schutz und sie halfen uns im Gegenzug dabei, zu gedeihen, indem sie ihr Blut spendeten. Es war eine gegenseitige Vereinbarung, die uns allen half, in Harmonie zu leben. Die

Gestaltwandler beschützten die Menschen, und ihre natürliche Essenz half uns zu wachsen.

Es wäre ein Leichtes, sie zu überwältigen und in die Knechtschaft zu zwingen – eine Methode, für die sich viele unserer vampirischen Cousins entschieden hatten –, aber ich zog die friedliche Beziehung zwischen übernatürlichen und sterblichen Wesen vor.

Vielleicht erschien es mir natürlicher, auf diese Weise zu existieren, weil Gestaltwandler auch teilweise menschlich waren. Vampire waren … *anders*. Nicht tot. Nicht lebendig. Einfach irgendetwas dazwischen, und sie brauchten viel mehr Blut als wir V-Clan-Wölfe, um zu überleben.

„Du hast diesen Sektor wirklich zum Blühen gebracht", sagte sie leise, während sie sich die neue Infrastruktur ansah. „Danke, Kieran."

Ich drückte ihre Hand. „Ich weiß die Herausforderung zu schätzen."

Sie blickte mich an, ihre dunklen Augen erinnerten mich an den Mitternachtshimmel … sternenlos und doch glitzernd wie schwarze Diamanten. *Wunderschön.* „Im letzten Update, das ich gelesen habe, stand, dass in Reykjavik etwa zehntausend Menschen leben und im restlichen Island etwas weniger als fünftausend. Stimmt das noch?"

„Die Daten sind ein paar Jahrzehnte alt", murmelte ich. „Wir sind jetzt eher bei dreißigtausend. Das liegt vor allem an Cillians Vorliebe, Sterbliche in Not zu retten."

Cillian materialisierte sich mit einem Schnauben neben uns. Ich hatte seine Annäherung gespürt und meine Worte waren beabsichtigt. „Ihr habt mir gesagt, ich solle sie aus anderen Gebieten der Welt holen, damit das Fortpflanzungspotenzial hoch bleibt. Ihr sagtet, wir bräuchten mehr Blut, um es in andere V-Clan-Sektoren zu bringen?"

Wir wussten beide, warum ich ihm diese Aufgabe übertragen hatte, und ja, es war um des Wohlstands willen. Aber auch, weil er wirklich eine Vorliebe dafür hatte, Menschen in Not zu retten. So war Ivana in den Blutsektor gekommen und es war auch der Grund dafür, weshalb sie sich sehr zu ihm hingezogen fühlte.

Aber seine Leidenschaft, andere zu retten, hielt ihn davon ab, sich zu binden.

„Du lieferst Blut in andere Sektoren?", fragte Quinnlynn, ihren Blick auf mich gerichtet.

Ich nickte. „Es gibt einige, die in für Menschen ungeeigneten Klimazonen leben. Sie können ihre eigenen Herden nicht so pflegen, wie wir es hier tun."

Ein paar Sterbliche in der Nähe runzelten die Stirn über meine Wortwahl, aber es schien angemessener zu sein als sie als *Vieh* zu bezeichnen.

Leider war die Trennung zwischen uns unbestreitbar. Die Menschen waren die unterlegene Spezies, und ihr Blut war für uns wie Nahrung. Ende der Diskussion.

„Lunar-Sektor?", vermutete Quinnlynn.

„Unter anderem", murmelte ich. „Sie haben sich von Svalbard bis nach Sewernaya Zemlya ausgebreitet. Die Gebiete sind für Sterbliche einfach unbewohnbar." Der gesamte ehemalige russische Archipel war zu kalt und wenig einladend, um das Überleben der Menschen dort sichern zu können. „Also schicken wir ihnen bei Bedarf Nahrung."

„Hat Prinz Cael dort noch das Kommando?", fragte sie leise.

„Prinz Cael, Prinz Tadhg und Prinz Lykos haben das Gebiet gleichmäßig unter sich aufgeteilt", antwortete ich.

„Der Lunar-Sektor, der Alpha-Sektor und der Glacier-Sektor."

„Prinz Cael leitet den Lunar-Sektor, Prinz Tadhg den Alpha-Sektor und Prinz Lykos den Gletschersektor", schlussfolgerte sie.

Ich nickte. „Ja."

„Und was ist mit dem Dunkelzeit-Sektor passiert?" Es war eine leise Frage, die darauf hindeutete, dass sie bereits ahnte, dass meine Antwort nicht positiv ausfallen würde.

„Zerstört", antwortete ich schlicht und einfach. „Während des ersten Krieges, der durch die Infizierten ausgelöst wurde."

Sie schluckte, ihr Griff um meine Hand wurde fester. „Wegen der Menschen."

„Wegen der Menschen", wiederholte ich. Mein Ton ließ einige Sterbliche zusammenzucken und sie zogen sich in ihre Häuser zurück.

Der Dunkelzeit-Sektor war für mich ein schwieriges Thema, da er meine frühere Heimat in Irland gewesen war.

Durch die Verbreitung der Virusinfektion war ich gezwungen gewesen, ein zu verteidigendes Gebiet auszuwählen, und ich hatte mich für den Blutsektor entschieden, weil er bereits so gut ausgestattet war, dass wir überleben konnten. Ich hatte mich nicht aus Loyalität zu den Wölfen des V-Clans oder gar wegen des Throns dazu entschieden. Ich hatte einfach den praktischsten Weg genommen, den ich hatte sehen können.

„Ich konnte alle rechtzeitig rausbringen", sagte ich zu Quinnlynn. „Es gab keine Opfer."

„Abgesehen von der Zerstörung deiner Heimat", flüsterte sie und ließ ihren Blick sinken.

Ich blieb stehen und baute mich vor ihr auf, meine freie Hand legte ich unter ihr Kinn, während meine andere Hand ihre umschloss. „Das hier ist jetzt meine Heimat, Quinnlynn. *Unsere* Heimat. Ich bereue meine Entscheidung nicht, also fühle dich niemals meinetwegen schuldig."

Sie schaute zu mir auf, ihr Blick war konzentriert. „Wäre ich hier gewesen, hätten wir versuchen können, beide Sektoren zu retten."

„Nicht wirklich", sagte ich. „Ich wäre wahrscheinlich gestorben, wenn ich geblieben wäre."

Sie biss ihre Zähne zusammen, schien widersprechen zu wollen.

„Die Sterblichen mögen schwächer sein, aber ihre Technologie hat sich als sehr tödlich erwiesen", sagte ich, bevor sie etwas erwidern konnte. „*Jetzt* haben wir die nötigen Sicherheitsparameter, um einen solchen Angriff zu vereiteln, damals hatten wir das nicht."

Sie schien darüber nachzudenken, aber ich war noch nicht fertig.

„Es ergibt keinen Sinn, über das Was-wäre-wenn nachzudenken. Du hast nach dem Verbleib des Dunkelzeit-Sektors gefragt. Ich habe geantwortet. Nicht, um dir Schuldgefühle zu machen oder dich zu bestrafen, sondern um dich auf den neuesten Stand zu bringen. Verstanden?"

Sie antwortete einen Moment lang nicht, doch sah es schließlich ein und nickte. „Ich verstehe."

„Gut." Ich ließ ihr Kinn los, um ihre Wange zu streicheln, und legte meine Stirn an ihre. „In deiner Abwesenheit hat sich viel verändert, Quinnlynn. Aber mein Wunsch, an deiner Seite zu stehen, ist geblieben. Du hast mich gewählt und jetzt ist es an der Zeit, dem Sektor zu zeigen, dass ich mich auch für dich entschieden habe."

Für meine betrügerische Omega.

Meine verschlagene Gefährtin.

Meine verlockende Herausforderung.

Für meine Königin.

Ich gab dem Wunsch nach, sie zu küssen, wenn auch nur für eine Sekunde. Ein leichtes Aufeinandertreffen der Lippen. Dann zog ich mich zurück, um unseren Spaziergang fortzusetzen, während sie in nachdenklichem Schweigen neben mir herging. Ich ließ es zu, und mein Blick wanderte zu Cillian an meiner anderen Seite.

Er würde mir sagen, wenn es irgendetwas gäbe, das ich wissen oder über das ich mir Sorgen machen müsste. Nicht nur im Hinblick auf Quinnlynn, sondern auch auf die Wölfe, die vor uns auf der Straße warteten.

„Du hast die Veranstaltungshalle wieder aufgebaut?", fragte sie leise, während sie das prächtige Gebäude vor uns betrachtete.

„Ja, und wir haben es in „Das MacNamara" umbenannt", informierte ich sie leise. „Es befinden sich Hunderte von Tributen an deine Eltern darin." Ich hatte diesen Teil als Überraschung und auch als eine Art Bestrafung gedacht, aber es war richtig, sie zu warnen, denn es würde ein ziemlicher Schock sein, wenn sie durch diese Türen treten würde.

Sie hielt inne und sah mich an. „Tribute?"

„Vom Rudel", stellte ich klar.

„Oh." Ihre Lippen verzogen sich zu einem Lächeln. „Das hätten sie geliebt." Sie setzte ihren Weg fort und griff mit der freien Hand nach dem Anhänger, der um ihren Hals hing. „Sie standen nicht gerne im Mittelpunkt, aber sie haben unsere Wurzeln immer respektiert. Deshalb haben sie auch den Park in der Nähe ihres Heims angelegt." Sie verlangsamte ihren Schritt wieder. „Existiert der noch?"

„Ja", bestätigte ich. „Es gibt ein ganzes Team, das sich um die Instandhaltung dieses Parks kümmert."

„Das Haus wurde nicht instand gesetzt", sagte sie und erinnerte sich wahrscheinlich an unseren ersten Lauf.

„Nein, das Haus nicht. Der Sektor war der Meinung, dass die Familie MacNamara es vorziehen würde, wenn es von der Natur zurückerobert werden würde." Damit sollte Quinnlynn zu verstehen gegeben werden, dass man sie für genauso tot gehalten hatte wie ihre Eltern.

Ihr Nicken verriet mir, dass sie die Botschaft laut und deutlich verstanden hatte. „Ich habe immer die Natur bevorzugt", sagte sie leise. „Aber ich denke, ich könnte mich an das Gebäude gewöhnen, in dem sich dein Appartement befindet. Meine Wölfin jedoch könnte häufige Besuche auf dem Lande erfordern."

„Unsere Wölfe", korrigierte ich, als ich ihre Hand zum Mund führte. „Das Gebäude gehört *uns*. Wir können auch ein anderes Haus in der Nähe des Anwesens deiner Eltern bauen." Ich küsste ihren Handrücken, während ich meinen Blick auf die Gruppe vor uns richtete.

Ich wollte, dass sie genau wussten, wo ich stand, wenn es um Quinnlynn ging. *Mein.*

Einige der Männer senkten ihre Blicke aus Respekt und Verständnis.

Während eine Handvoll Frauen ihre Augen zu Schlitzen verengte und uns ihre Enttäuschung sehen ließen.

Eine von ihnen war Omega Miranda, eine besonders vorlaute Frau, die nicht zu verstehen schien, was die Worte „Ich bin nicht interessiert" bedeuteten.

Ich hatte gewusst, dass sie für Quinnlynn ein Problem darstellen würde, aber ich würde es meiner zukünftigen Gefährtin überlassen, sich darum zu kümmern. Es war eine direkte Beleidigung des Throns, wenn mir diese Frau nachstellte. Wenn Quinnlynn sie für ihr Verhalten bestrafen wollte, würde ich ihr nicht im Weg stehen.

Genauso wie ich jeden Mann bestrafen – und wahrscheinlich töten – würde, der dumm genug wäre, sich meiner Auserwählten zu nähern.

Lorcan erschien neben Quinnlynn. Sie zuckte ein wenig zusammen, da sie eindeutig noch nicht auf die Aura eingestimmt war, die Lorcan zu verströmen pflegte. Das würde sich mit der Zeit ändern. So wie sie auch meine zu erkennen lernen würde.

„Wie schön, dass du uns Gesellschaft leistest, Lorcan", sagte ich und schaute meinen Cousin an.

Er ignorierte mich, sein Blick war auf die Menschenmenge gerichtet, die sich sechs Meter vor uns angesammelt hatte.

Wir lebten seit über hundert Jahren hier, und er traute immer noch keinem. Cillian fühlte sich viel wohler, aber ich wusste, dass er die Gedanken aller um uns herum abhörte, auf der Suche nach irgendwelchen üblen Gedanken.

Ich fühlte mich sicher genug, um Quinnlynns Hand loszulassen und sie stattdessen auf ihren unteren Rücken zu legen. Ich hatte die Absicht, bei jedem Schritt direkt neben ihr zu bleiben, was ich ihr ohne Worte klarmachte.

„Guten Abend", sagte ich zu denen, die auf uns warteten. „Ich nehme an, eure Anwesenheit hier draußen bedeutet, dass das Abendessen noch nicht serviert wurde?"

Ein paar der Gestaltwandler grinsten, doch Miranda erwiderte: „Wir haben auf Euch gewartet, mein Prinz."

„Und meine zukünftige Gefährtin, nehme ich an?", erwiderte ich, nicht willens, dieses Spiel mit ihr zu spielen. „Schließlich ist es unser Verlobungsessen."

Quinnlynn lehnte sich an mich. „Ich denke, wir alle wissen, dass sie deinetwegen hier sind, Kieran, aber ich weiß es trotzdem zu schätzen. Und ich freue mich darauf, die Tribute an meine Eltern, den König und die Königin des Blutsektors, zu sehen."

Letzteres sprach sie dominanter aus, während sie der Omega, die sie beleidigt hatte, kühn in die Augen sah.

„Ja, an Eure Eltern", antwortete Miranda kühl. „Nicht an Euch."

Quinnlynn lächelte. „Ich würde nicht erwarten, dass man mir Tribut zollt. Abgesehen davon, dass ich noch am Leben bin, hatte ich auch noch keine Gelegenheit, mich eines solchen würdig zu erweisen. Meine Eltern hingegen schon. Und ich weiß es zu schätzen, dass ihr sie alle ehrt. Sie würden sich über diese Geste sehr freuen."

„Dann lasst uns hineingehen, ja?", schlug ich vor und ignorierte Miranda und die Erwiderung, die sie meiner Gefährtin gegenüber zu äußern gedachte.

Ich wartete nicht darauf, dass jemand zustimmte, sondern legte einfach meine Hand auf Quinnlynns Rücken, um sie durch die Menge in das Gebäude zu führen. Alle Wände des Gebäudes waren aus Glas gefertigt, und jede einzelne war mit Tributen und Erinnerungen an die MacNamara-Herrschaft versehen. Sie erzählten eine Geschichte von Größe und Respekt, da Quinnlynns Eltern ein Vermächtnis der Liebe und Zuneigung hinterlassen hatten.

Sie hatten fast tausend Jahre lang über den Blutsektor geherrscht, bevor sie Quinnlynn bekommen hatten.

Ihr Tod hatte einen bleibenden Eindruck hinterlassen, der sich in den Geschichten widerspiegelte, die in diesen Wänden festgehalten wurden.

Ich blieb schweigend an Quinnlynns Seite, bis sie innehielt und jede einzelne Botschaft auf unserem Weg ins Innere las.

Erst nach über einer Stunde sagte sie leise: „Wir sollten

essen, aber ich würde sehr gerne hierher zurückkommen und weiterlesen."

„Du bist hier jederzeit willkommen, Quinnlynn. Dieses Gebäude wurde zu Ehren deiner Familie errichtet. Und damit gehört es *dir*."

Sie schüttelte den Kopf. „Nein. Dieses Gebäude gehört dem Sektor. Es ist ein Denkmal, das wir alle in Ehren halten und besuchen sollten."

Das stimmte. „Aber du kannst hierherkommen, wann immer du möchtest."

„Danke, Kieran." Ihre Augen strahlten, und die Tränen, die in ihren dunklen Tiefen glitzerten, erinnerten mich an das Meer bei Nacht. „Danke, dass du das geschaffen hast."

Ich erwiderte ihr Lächeln mit einem kleinen Grinsen meinerseits. „Es war meine Pflicht als zukünftiger König, meine liebe Auserkorene. Betrachte es als eines meiner Geschenke zur Verpaarung."

Ich küsste sie, bevor sie etwas erwidern konnte. Mein Verlangen, ihr zu huldigen, überwältigte meine Instinkte. Der Drang, meine Lippen auf die ihren zu pressen, setzte sich über meinen Verstand hinweg und brachte mich dazu, sie gegen die Wand zu drücken und sie mit meiner Zunge zu verschlingen.

Nicht hier, sagte ich mir. *Aber vielleicht ... vielleicht später.*

Küssen diente keinen praktischen Zwecken. Ich hatte es auch nie als eine angenehme Form des Vorspiels empfunden. Nicht, wenn es so viele andere Bereiche des Körpers gab, die auf den Mund und die Zunge reagierten.

Aber je mehr Zeit ich mit Quinnlynn verbrachte, desto mehr wollte ich sie einfach nur küssen. Stundenlang. Tagelang. Vielleicht wochenlang.

Ich wollte nichts weiter tun, als unsere Zungen in

einem intimen Tanz kommunizieren zu lassen. Der Tanz zwischen Liebenden, *Gefährten*.

Ich ließ sie los, bevor ich meinem Wunsch nachgab, und ihre Augen verrieten mir einen Hauch von Enttäuschung.

Aber wir mussten zu einem Abendessen ... zu unserem Verlobungsessen.

Und ich hatte eine Rede zu halten.

Es schien nur fair zu sein, wenn man bedachte, dass sie diejenige war, die bei unserem ersten Verlobungsessen das Wort ergriffen hatte. Sie hatte sich mir vor dem gesamten Sektor versprochen und offen erklärt, dass sie mich als Gefährten akzeptierte.

Heute Abend würde ich mich revanchieren, denn das Rudel sah mich jetzt als seinen Anführer, und ich musste ihnen klarmachen, dass ich ihre zukünftige Königin nach Hause gebracht hatte.

Und ich hatte die Absicht, sie nie wieder gehen zu lassen.

Niemals.

QUINN

DAS VERLOBUNGSESSEN HATTE mich in meiner Entscheidung bestärkt, das Geheimnis um das Refugium mit Kieran zu teilen.

Ich war nicht nur von der Mahlzeit beeindruckt, sondern auch davon, wie er die Tische angeordnet hatte – was ich zugegebenermaßen faszinierend fand. Der gesamte Sektor hatte an drei langen, rechteckigen Tischen Platz genommen, Kieran und ich in der Mitte der mittleren Reihe, während wir die Speisen mit allen um uns herum teilten.

Wir saßen mit dem Rücken zu einer anderen Gruppe Wölfe hinter uns, was ein gewisses Maß an Vertrauen zeigte, während wir in aller Ruhe aßen und uns an guten Gesprächen erfreuten.

Wir zeigten keine Überlegenheit und demonstrierten keine Macht über den Sektor. Wir waren lediglich zwei Wölfe wie sie, genau wie es sein sollte.

Aber meine Bewunderung für Kieran ging über die Sitzordnung und den allgemeinen Vertrauensbeweis hinaus. Sie wurde noch verstärkt durch den Empfang, den das Rudel *ihm* bereitet hatte.

Alle blickten zu ihm auf, ihr Respekt und ihre Bewunderung waren spürbar.

Selbst jetzt, als wir unser Dessert gegessen hatten, beteten sie ihn an, als wäre er ein Gott.

Dennoch unterhielten sie sich offen mit ihm, stellten ihm Fragen und sprachen mit ihm, als wäre er ein Bruder. Ein Partner. Ein wahrer Freund.

Sie lieben ihn.

Das sollten sie auch. Er hatte sich über hundert Jahre lang um sie gekümmert. Er hatte den Sektor trotz des apokalyptischen Ereignisses wiederaufgebaut und gefestigt. Kieran hatte sie alle in Sicherheit gebracht, ein System entwickelt, wodurch alle V-Clan-Wölfe genug Blut erhielten, und damit mein Volk für sich gewonnen.

Unser ursprüngliches Verlobungsessen war mit einer Unsicherheit behaftet gewesen, die nun nicht mehr bestand.

Zumindest was Kieran betraf.

Ich hingegen hatte eine Menge Arbeit vor mir. Was ich erwartet hatte und akzeptierte.

Ein paar der Wölfe unterhielten sich höflich mit mir, darunter auch Ivana. Sie hatte sich den Platz mir gegenüber ausgesucht, und ihre entspannte Art und Offenheit lockerte das Abendessen ein wenig auf.

Ich spürte aber auch, dass mich einige der anderen mit Verachtung betrachteten. Vor allem Miranda.

Ich ignorierte sie. Sie war die Kopfschmerzen nicht wert. Keine der eifersüchtigen Omegas war das.

Dieser Alpha gehörte mir.

Sie konnten ihre eigenen Prinzen finden.

Ich nahm mein Weinglas in die Hand – der kristallene Stiel fühlte sich kühl zwischen meinen Fingerspitzen an –

und führte es an meine Lippen. Die rote Flüssigkeit war eine Mischung aus vergorenen Trauben und gespendetem Blut, eine berauschende Kombination, die ich schon viel zu lange nicht mehr gekostet hatte.

Kieran beobachtete mich, während ich schluckte, und sein Blick funkelte wissend. Er musste wissen, dass dies mein erstes Glas Blut seit sehr langer Zeit war. Ich hatte mich kaum selbst erhalten, wie man unschwer daran erkennen konnte, dass ich mich von meiner Wölfin distanziert hatte.

Ohne zu fragen, ergriff er die Flasche, um mein Glas nachzufüllen, und stand dann mit seinem eigenen Glas in der Hand auf.

Ich runzelte die Stirn und fragte mich, ob er wollte, dass ich mich ihm anschloss, aber er hielt mich mit der freien Hand auf der Schulter vom Aufstehen ab. Das Echo der Gabel, mit der er gegen das feine Kristallglas klopfte, hallte durch den Raum. Er wartete, bis alle zur Ruhe gekommen waren, und lächelte dann.

Er ist wirklich gutaussehend, staunte ich, als seine Grübchen aufblitzten. *Unglaublich gutaussehend.*

„Guten Abend", rief er in den nun stillen Raum. „Ich danke euch allen, dass ihr heute Abend gekommen seid. Mein besonderer Dank gilt jenen, die von den Außenposten und anderen entfernten Gebieten des Sektors angereist sind."

Er sah Myon und die anderen Alphas gezielt an, die um ihn herum saßen.

Myon senkte sein Kinn, als seine Anwesenheit anerkannt wurde, bevor er mich mit seinem hellblauen Blick musterte.

Die Verachtung, die ich gestern noch in seinen Gesichtszügen gesehen hatte, hatte sich in etwas weniger

Hasserfülltes verwandelt, aber ich spürte, dass er immer noch nicht zufrieden mit mir war.

Doch er zuckte zusammen, als sein Blick nach unten wanderte und er den Anhänger sah, der um meinen Hals hing. Die Erinnerung an das Geschehene schmerzte ihn wahrscheinlich auf ähnliche Weise wie mich.

Es tut mir leid, wollte ich ihm zurufen. *Ich weiß, dass du sie so sehr geliebt hast wie ich.* Er und mein Vater waren beste Freunde gewesen, was wahrscheinlich seine Enttäuschung über meine Entscheidungen erklärte.

Ich hatte ihm nie erzählt, was wirklich passiert war.

Also dachte er, ich wäre einfach so weglaufen.

Etwas, das er sehr missbilligen musste.

Dein Vater hat dich besser erzogen, würde er wahrscheinlich sagen.

Aber das lag nur daran, dass er die Wahrheit nicht kannte. *Keiner kennt sie.*

„Wie ihr alle wisst, ist der Zweck der heutigen Veranstaltung die Feier meiner Verlobung mit Quinnlynn MacNamara." Er lächelte auf mich herab. *„Noch einmal."*

Gelächter und irritiertes Schnauben folgte auf seine Worte.

Ich ignorierte alles und widmete meine ganze Aufmerksamkeit stattdessen Kieran. Er war der zukünftige König und er hatte sich meinen Respekt vor allen anderen verdient.

„Aber heute Abend geht es um viel mehr als um eine zukünftige Verpaarung. Es geht darum, unsere Prinzessin zu Hause willkommen zu heißen." Er drückte sanft meine Schulter, bevor er sich wieder unserem Publikum zuwandte.

In dem riesigen Saal befanden sich mindestens tausend Gestaltwandler, und seine Stimme war nur deshalb zu hören, weil wir besser hören konnten als jeder Mensch, sonst hätte er ein Mikrofon gebraucht.

Aber als er einen Blick auf den langen Tisch hinter uns und den anderen vor uns warf, war klar, dass ihn alle gut verstanden hatten.

„Ich weiß, dass sich viele von euch fragen, wo sie gewesen ist und wie ich sie gefunden habe, und wie ihr alle wisst, enthalte ich dem Sektor keine Informationen vor. Also werde ich euch die Wahrheit sagen."

Mein Herz blieb stehen. *Was?*

„Ich habe Quinnlynn im Bariloche-Sektor gefunden, wo sie Omega-Gefangene heilte, nachdem diese brutal von Alpha Carlos' Wölfen missbraucht worden waren. Es gab viele Omegas, die durch den Sklavenhandel in diesen Sektor gekommen waren", fuhr er fort, bevor ich reagieren konnte. „Quinnlynn war halb tot, nachdem sie ihre ganze Energie in eine sterbende X-Clan-Omega geleitet hatte."

Ich schluckte und fühlte mich von den Blicken der anderen noch erdrückter als zuvor, aber es waren die da?auffolgenden Worte, die mich zusammenzucken ließen.

„Quinnlynn hätte fliehen können, aber sie entschied sich zu bleiben, um zu helfen. Um zu heilen. Um sie zu beschützen. Denn *das* ist es, was Monarchen tun – sie helfen denen, die Hilfe brauchen, oft auf Kosten ihrer selbst."

Seine Hand verließ meine Schulter und wanderte zu meinem Nacken.

„Ich bin sicher, viele von euch haben von der Auflösung des Bariloche-Sektors gehört. Was ihr noch nicht gehört habt, ist, dass an diesem Tag zweiundsiebzig Omegas gerettet werden konnten. Die meisten von ihnen waren nur dank unserer zukünftigen Königin am Leben."

Zweiundsiebzig, wiederholte ich in Gedanken. *Es sollten mindestens dreiundachtzig sein. Was ist mit den anderen elf passiert?*

„Sie war vielleicht nicht für uns da, als wir dachten, wir bräuchten sie, aber sie vertraute mir, ihrem zukünftigen Gefährten, die Führung ihres Sektors an, während sie denen half, die sie dringender brauchten." Er fuhr mit seinem Daumen an meinem Nacken entlang. Seine Berührung war ehrfürchtig und gleichzeitig besitzergreifend.

Ich erschauderte, denn seine Worte und seine Anwesenheit gaben mir das Gefühl, wertgeschätzt und gleichzeitig beansprucht zu werden. *Denn er ist mein Alpha.*

„Diejenigen unter euch, die sich also fragen, wie ich ihr so leicht verzeihen konnte, obwohl sie uns im Stich gelassen hat, verstehen meine Entscheidung jetzt vielleicht besser. Ich kann mir keine stärkere, passendere Gefährtin vorstellen als Quinnlynn MacNamara."

Er hob sein Glas und sein Blick kehrte zu mir zurück. Sein Stolz auf *mich* war so deutlich spürbar, dass ich erstarrte.

„Willkommen zu Hause, Quinnlynn. Ich kann es kaum erwarten, dass du deinen Platz einnimmst und unsere Königin wirst." Er hob sein Glas zum Toast und führte es für einen dekadenten Schluck an seine Lippen, bevor er sich zu mir herunterbeugte, um den Wein in seinem Mund mit mir zu teilen.

Ich schluckte. Die Geste war so unglaublich intim, dass ich für einen Moment unser Publikum vergaß, bis sie anfingen zu jubeln.

„Auf unsere künftige Königin", sagte Cillian, woraufhin mehrere andere seine Worte wiederholten, während Kierans Zunge in meinen Mund glitt und meine sinnlich streichelte.

Es ging alles so schnell.

Die einführenden Worte.

Das sündhafte Versprechen.

Doch es war vorbei, bevor ich überhaupt die Gelegenheit hatte, mir das Gefühl einzuprägen.

Der Drang, nach ihm zu greifen und ihn zu drängen, mich wieder zu küssen, überwältigte meine Glieder und zwang mich, aufzustehen.

Aber er hielt mich auf, bevor ich seinen Mund erobern konnte.

Dann wandelten wir durch die Schatten, tauchten auf der anderen Seite des Raumes wieder auf.

Ich atmete schwer, war verwirrt von seinen lobenden Worten und verblüfft von seinem tadellosen Timing. Entweder hatte er das geprobt oder er hatte die ausdrückliche Anweisung gegeben, die Musik in dem Moment zu starten, wenn er uns auf die Tanzfläche führte.

Egal *wie*, es funktionierte.

Ich fühlte mich wie in einem Traum, als er mich mit gekonnten Schritten durch den Raum wirbelte, seine Hände berührten mich überall, während er mich durch die Bewegungen führte.

An einem Punkt beugte er mich rückwärts und ich berührte fast den Boden.

Im nächsten Augenblick wirbelte ich um ihn herum. Meine Gedanken drehten sich so schnell wie meine Füße.

Ich hauchte seinen Namen und einen Wimpernschlag später spürte ich, wie seine Lippen meine berührten und mich zum Schweigen brachten.

Hier geht es darum, es zu fühlen. Es geht darum, unserem Sektor zu zeigen, dass wir ein Team sind. Es geht darum, unsere Kompatibilität unter Beweis zu stellen und unsere Einheit zu demonstrieren.

Auch vor hundert Jahren hatten wir so getanzt.

Nur war jetzt alles viel intensiver. *Echt.* Denn im Gegensatz zu damals hatte ich nicht mehr vor, wegzulaufen.

Kieran wirbelte mich wieder herum, und aus seiner Brust ertönte ein leises Schnurren, das meine Knie weich werden ließ.

„Mmm", brummte er in mein Ohr. „Jetzt, da ich weiß, dass Tanzen eine Möglichkeit ist, dich zu verführen, werde ich diese Taktik öfter anwenden."

Er zog sich zurück, bevor ich etwas erwidern konnte. Seine Augen schimmerten dunkel und verheißungsvoll, während er sich in einer Geste des größten Respekts tief vor mir verbeugte.

Die Wölfe im Saal heulten zustimmend, und meine Wangen erhitzten sich unter ihrer Wertschätzung und der Art und Weise, wie ich auf der Tanzfläche vor ihnen allen dahingeschmolzen war.

Wenigstens starrten sie mich nicht mehr an.

Nun, zumindest die meisten.

Zweifellos gab es einige, die mich verachteten, und diese wenigen schienen von Omega Miranda angeführt zu werden.

Ich ignorierte sie weiter und konzentrierte mich stattdessen auf den Rest der Menge.

Als mein Blick Myons traf, schenkte er mir ein kleines Lächeln.

Ich erwiderte es.

Und dann führte mich Kieran eigens zu ihm, was unserer letzten Verlobungsfeier entsprach, bei der wir Myons Zustimmung eingeholt hatten, bevor wir uns mit allen anderen anwesenden Gestaltwandlern unterhielten.

Mindestens die Hälfte des Sektors fehlte heute Abend, aber die Worte, die jetzt gesprochen wurden, würden alle erreichen, die nicht anwesend waren.

Ich vermutete, dass viele das Abendessen aus offensichtlichen Gründen boykottiert hatten.

Und andere waren vielleicht nicht in der Lage, ihre Posten zu verlassen.

Kieran hatte sich zwar bei den wenigen bedankt, die sich für die heutige Veranstaltung hierher begeben hatten, aber ich wusste auch, dass er nicht allen erlaubt hatte, die Grenzen des Territoriums zu räumen.

Der Schutz des Sektors war zu wichtig, um sie für eine Feier zu vernachlässigen. Wir würden uns die Zeit nehmen, diejenigen, die nicht teilgenommen hatten, persönlich aufzusuchen und dann auf ihre Bedenken einzugehen.

Unsere Hoffnung war, dass die jetzt ausgetauschten Worte die Gemüter der anderen beruhigen würden, bevor wir uns mit ihnen treffen würden.

„Myon", grüßte Kieran. „Danke, dass du gekommen bist."

Mein ehemaliger Vormund nickte. „Das würde ich mir nicht entgehen lassen." Seine hellen Augen trafen meine, ein Hauch von Traurigkeit in ihren Tiefen. „Ich wünschte, du hättest es mir gesagt, Quinnlynn."

Ich schluckte, und war unsicher, was er genau meinte. „Ich habe getan, was ich tun musste."

Er musterte mich einen Moment lang und zog eine Schachtel aus seiner Tasche. „Die gehörten deiner Mutter. Ich denke, sie würde wollen, dass du sie bekommst." Sein Blick fiel auf meinen Hals. „Sie passen zusammen."

Ich runzelte die Stirn, als ich nach der Schachtel griff. „Sie passen zusammen?", wiederholte ich langsam und hob den Deckel an.

Ich starrte auf die Ohrringe im Inneren. Die schwarzen Halbmonde passten perfekt zu meinem Anhänger, genau wie er gesagt hatte.

„Ich … Ich verstehe nicht. Wie hast du …? Wann hast du …?"

„Ich glaube, was meine Gefährtin – und ich selbst ebenfalls – gerne wissen würde, ist, *warum* du sie nicht früher zu uns gebracht hast. Ich kann mir vorstellen, dass du sie schon seit geraumer Zeit hast." Kierans Ton ließ mir einen Schauer über den Rücken laufen.

Oder vielleicht lag es auch an der Kraft, die von den Diamanten ausging.

Ich konnte spüren, wie sie auf meiner Haut vibrierten, als ich die vertrauten Anhänger berührte.

„Ich nehme an, ich habe sie auf ähnliche Weise erhalten wie du, Quinnlynn", antwortete Myon, der mich anschaute, bevor er zu Kieran hinübersah. „Und ich hatte vor, sie dir bei deiner Krönung zu überreichen, weil ich dachte, deine Mutter würde es so wollen, aber die Krönung fand nie statt."

Kieran verengte seinen Blick, da ihm diese Antwort offensichtlich nicht gefiel. „Du wusstest, dass ich ihre Halskette habe. Warum hast du die Ohrringe nicht erwähnt?"

„Ich wurde aus der königlichen Elite entlassen, bevor ich etwas sagen konnte." Er zuckte mit den Schultern. „Also habe ich auf Quinnlynns Rückkehr gewartet, denn sie sind Eigentum der Familie MacNamara, zu der du noch nicht gehörst."

Kieran stieß ein leises Knurren aus. „Selbst jetzt zweifelst du noch an meiner Würdigkeit."

„Ich werde immer an dir zweifeln. Das ist mein Job."

„Nicht mehr", antwortete Kieran.

Myon trat einen Schritt vor, sein langes Haar floss wie ein Wasserfall über seine Schultern. „Meine Geschichte mit ihrer Familie übertrifft deine bei Weitem, O'Callaghan."

Kieran starrte ihn an, ungerührt von der unverhohlenen Zurschaustellung von Aggression. „Ich lebe nicht in der Vergangenheit, Myon. Ich lebe in der Gegenwart. Und meine Zukunft ist an Quinnlynns Seite, *als ihr Gefährte*.“

Er legte seine Hand auf meinen Rücken, während er sprach, und drehte uns dann von Myon weg, bevor der Alpha antworten konnte.

Cillian schritt sanft ein und verhinderte, dass uns Myon folgte.

Ich warf einen Blick über meine Schulter und sah zu Myon zurück. Meine Kehle schnürte sich zu, und die Versuchung, ihm für die Ohrringe zu danken, übermannte mich.

Aber ich konnte es nicht.

Nicht, nachdem er Kieran so unverhohlen respektlos behandelt hatte.

Langsam wandte ich meinen Blick von dem ältesten Freund meines Vaters ab und stellte fest, dass mich Kieran beobachtete, ohne auch nur eine einzige Regung auf seinem Gesicht zu zeigen.

„Du hast recht“, sagte ich sanft. „Unsere Zukunft ist miteinander verbunden, und ich möchte lieber in der Gegenwart mit dir leben, als in der Vergangenheit zu existieren.“

Denn Letzteres – *in der Vergangenheit zu leben* – bedeutete, die Wahrheit weiterhin vor Kieran zu verbergen, weiterhin für meine Entscheidungen und meine Flucht verachtet zu werden und ein einsames, marterndes und unerfülltes Leben zu führen.

Und wofür?

Um den Mörder meiner Eltern weiterhin nicht zu finden?

Sollte ich für immer geschwächt bleiben, um das Refugium mit Energie zu versorgen?

Ich hatte hundert Jahre lang versucht, es allein zu schaffen, und was hatte ich an Erfolgen vorzuweisen?

Ich hatte unzählige Omegas gerettet, ja.

Aber wie viele mehr hätte ich mit Kieran an meiner Seite retten können?

Ich warf einen Blick auf Miranda und die Gruppe der unverpaarten Omegas neben ihr. Sie alle standen unter Kierans Schutz und er bewachte sie, ohne seine Macht zu missbrauchen.

Währenddessen wurde meine Seele in dem Versuch, die Schilde um das Refugium aufrechtzuerhalten, immer weiter ausgelaugt.

Für wie lange noch? Würde ich wieder so geschwächt werden, dass ich mich dauerhaft von meiner Wölfin distanzierte?

Ich hatte nicht einmal gemerkt, wie gefährlich nahe ich daran gewesen war, mich zu verlieren, bis mich Kieran gefunden hatte.

Und ich hatte es ihm gedankt, indem ich ihn Vorwürfe gemacht hatte. Ihn gefürchtet hatte. Ihm wieder hatte entkommen wollen.

Ich richtete meine Aufmerksamkeit wieder auf meinen zukünftigen Gefährten und trat vor ihn. Er schaute mir emotionslos zu, als ich begann, vor ihm zu knien.

„Du bist meine Zukunft", sagte ich zu ihm, wohl wissend, dass mich alle Anwesenden dabei beobachteten, wie ich mich dem zukünftigen König des Blutsektors offen unterwarf. „Du bist mein auserwählter Gefährte."

Er starrte mich einen Moment lang an, aber sein Gesichtsausdruck war immer noch unergründlich. Dann richtete er seine Aufmerksamkeit auf die erwartungsvolle Menge. „Merkt euch diesen Moment", sagte er zu ihnen. „Es ist das einzige Mal, dass ihr eure zukünftige Königin auf den Knien sehen werdet, denn sie ist dazu bestimmt, zu führen, nicht dazu, sich zu beugen."

Er hielt mir die Hand hin, und ich nahm sein Angebot sofort an.

Nur wollte er mir nicht beim Aufstehen helfen.

Er hob meine Hand zu seinen Lippen und küsste meinen Handrücken, sodass es alle sehen konnten.

„Ich muss mich um meine zukünftige Gefährtin kümmern", murmelte er. „Die Feierlichkeiten werden mit der Krönung fortgesetzt. Bis dahin werden wir bereits verpaart sein."

Alle heulten, was erst verstummte, als Kieran uns in sein Zimmer teleportierte. Er hatte offensichtlich beschlossen, den Abend vorzeitig zu beenden.

Aber ich war nicht bereit für unseren Gefährtenbund.

Noch nicht.

„Du musst mir erlauben, durch die Schatten zu wandeln", hauchte ich, als er mich hochzog.

Er runzelte die Stirn. „Was?"

„Du musst mich schattenwandeln lassen. Nur so kann ich es dir zeigen."

„Mir was zeigen?", fragte er und seine Stirn legte sich vor Verwirrung in Falten.

„Das Refugium", hauchte ich.

Seine Iriden flackerten, das einzige Anzeichen dafür, dass er den Begriff erkannte. Vielleicht, weil ich ihn mal erwähnt hatte. Vielleicht, weil er davon gehört oder in den Familienunterlagen gelesen hatte. Ich war mir nicht sicher. Und ich konnte mich nicht genug konzentrieren, um es herauszufinden.

Ich wollte ihn dort hinführen, damit er es selbst sehen konnte.

Aber dafür musste er mir die Fesseln abnehmen und mich schattenwandeln lassen, was in Anbetracht unserer

Umstände wahrscheinlich mehr war, als ich verdiente. Doch wenn er wirklich der Alpha war, für den ich ihn hielt, würde er meiner Bitte zustimmen.

Nicht, weil ich mir sein Vertrauen verdient hatte.

Sondern weil er der Alpha war, der das Erbe meiner Blutlinie schützen würde.

Das Herzstück meiner Welt.

Den wahren Diamanten unserer Art.

„Bitte, Kieran. Es ist der einzige Weg. Ich möchte, dass du es verstehst, dass du die Wahrheit kennst, aber es dir zu sagen, ist nicht dasselbe, wie es dir zu zeigen."

Seine Züge verhärteten sich. „Quinnlynn …"

„Bitte." Ich drückte seine Hand, lockerte meinen Griff nur langsam. „Du musst meine Fesseln lösen."

KIERAN

Iᴄʜ ʙᴇᴛʀᴀᴄʜᴛᴇᴛᴇ sie einen Moment lang. Mein Instinkt sagte mir, dass ich ihr vertrauen sollte, während mir mein Verstand alle Gründe nannte, es nicht zu tun.

Warum jetzt? Warum hier? Warum heute Abend?

„Wie wäre es, wenn du mir stattdessen sagst, wohin ich dich schattenwandeln soll", schlug ich vor.

Quinnlynn schüttelte den Kopf. „So einfach ist das nicht."

„Natürlich ist es das nicht." Ich konnte mir den sarkastischen Ton nicht verkneifen. Sie hatte sich ausgerechnet den heutigen Abend ausgesucht, um mich zu bitten, ihr zu vertrauen und sie freizulassen. Direkt nach unserem Verlobungsessen.

Es war im Grunde dieselbe Nacht, in der sie vor hundert Jahren verschwunden war.

Hielt sie mich für naiv? Glaubte sie, dass mich ein paar gut platzierte Kommentare einlullen würden?

Ich ließ meinen Blick über sie gleiten, angewidert von der Vorstellung, dass sie mich wieder hintergehen würde.

„Ich meine es ernst, Kieran", sagte sie, und ihre kleine

Hand umklammerte Myons Schachtel, als wäre sie ein Rettungsanker.

Sie hielt sich kaum noch an mir fest, obwohl ich sie gerade hochgezogen hatte.

„So einfach ist das nicht", wiederholte sie. „Man muss dorthin gebracht werden, um zu wissen, wo es ist."

Ich wölbte eine Augenbraue. „Das ist ja ein toller Zufall, Prinzessin."

Sie zuckte bei meinem Tonfall zusammen.

Aber ich konnte es mir nicht verkneifen.

Hielt sie mich wirklich für so dumm, sie jetzt freizulassen?

Oder will sie mir wirklich etwas zeigen?, fragte ich mich verwirrt.

Ich trat einige Schritte zurück, um nachzudenken, aber sie folgte mir.

„Kieran, ich versuche, dir zu sagen, warum ich gegangen bin, aber es wäre viel einfacher, es dir zu zeigen."

„Dann sollte ich dich vielleicht dazu zwingen, es mir zu sagen", erwiderte ich abwehrend. Sie rührte in alten Wunden, die ich nicht mehr spüren wollte.

So viel zum Thema ‚Leben in der Gegenwart', murmelte ein dunkler Teil von mir. Aber war das wirklich dasselbe? Sie hatte sich mein Vertrauen noch nicht verdient. Nicht ganz.

Die Erinnerung an ihr Verschwinden hatte meine Fähigkeit, ihr zu vertrauen, beeinträchtigt.

Doch diese Erinnerung faszinierte mich auch. Sie rief meine wilde Seite hervor, die Bestie, die sie für die unsere hielt.

Es schürte mein Bedürfnis, sie zu nehmen. Sie zu beanspruchen. Sie zu meiner zu machen.

Und doch wollte ein Teil von mir ihr vertrauen und ihr die Freiheit geben, um zu sehen, was sie tun würde. Dieser

Teil *mochte* das Katz-und-Maus-Spiel und hätte nichts gegen eine weitere Herausforderung einzuwenden.

Aber es würde unseren Sektor zerstören. Wir hatten heute Abend mit einem guten Neustart begonnen. Es würde langsam vorwärtsgehen, aber ich hatte Vertrauen in diesen Prozess.

Wenn sie mich – *uns* – erneut hintergehen würde, würde ich den Sektor vielleicht nicht wieder zusammenbringen können.

„Es wäre einfacher, es dir zu zeigen", flüsterte sie mit flehendem Blick.

„Warum sollte ich es dir leicht machen, Quinnlynn? Habe ich nicht genug getan, um mich als würdig zu erweisen, dein Gefährte zu sein?"

Verdammt. Ich kann dieses Gespräch jetzt nicht führen. Ich muss nachdenken.

Und ich muss aus diesen erdrückenden Klamotten raus.

Ich machte mich auf den Weg zum Kleiderschrank, denn ich war fest entschlossen, zumindest was dieses eine Detail betraf.

Ich hatte uns mit der Absicht hierhergebracht, sie zu küssen, sie zu verehren und sie zu *beißen*.

Und sie hatte mit ihrer Bitte meine Pläne auf den Kopf gestellt.

Die einzige Bitte, die ich nicht von ihr hören wollte, war: „Löse meine Fesseln."

Alles nur, weil sie wollte, dass ich ihr vertraute.

Scheiß drauf.

Und scheiß auf mich, weil ich erkannte, dass ich noch nicht bereit war, ihr alles zu glauben.

Das warf die Frage auf: *Wie soll ich mich mit ihr verpaaren, ohne ihr zu vertrauen?*

Quinnlynn machte hinter mir ein frustriertes Geräusch. „Der Grund, warum ich dir das zeigen will, ist, *dass* ich dich für würdig halte. Mehr als würdig." Dann knurrte sie. „Du ... du bist nicht das, was ich erwartet habe, und doch alles, was ich brauche."

An der Schwelle meines Kleiderschranks hielt ich inne, denn die letzten vier Worte hatten mein Interesse geweckt. *„Alles, was ich brauche. "*

Alles, was du brauchst ... wofür?, fragte ich mich.

„Ich bin nicht fair zu dir gewesen", fuhr sie fort. „Ich ... ich wusste nicht, wem ich vertrauen konnte. Meine Eltern ..." Sie räusperte sich. „Kieran, ich habe dich gewählt, weil du nicht um mich gekämpft hast. Das brachte mich auf die Idee, dass du vielleicht anders sein könntest, und das bist du auch. Mir war nur nie klar, *wie* anders."

Ich drehte mich um und zog eine Augenbraue hoch. „Anders als was?"

„Anders als die Alphas, die sich nur nach Macht sehnen." Sie schluckte. „Ich meine, du sehnst dich danach, aber nicht aus denselben Gründen wie sie oder zumindest einige von ihnen. Nun, einer im Besonderen. Denke ich. Und nicht ... nicht nur nach Macht, sondern nach dem *Zugang*."

Meine Augen verengten sich. „Was willst du mir damit sagen, Quinnlynn? Zugang, wozu?"

Ich ahnte schon die Antwort – ihre *Familiengeheimnisse.*

„Das Refugium", flüsterte sie und benutzte diesen Begriff erneut, wobei sie ihn so leise aussprach, als sei er heilig. „Ich möchte dich zum Refugium bringen. Bitte."

„Was ist das?"

„Ein Ort, den du sehen musst, um ihn zu verstehen", antwortete sie, die Antwort bei Weitem nicht überzeugend genug. „Ein Ort ... ein Ort, den ich dir zeigen muss, und du musst mir vertrauen, dass ich dich hinbringe."

Ich spannte meinen Kiefer an. Die Verzweiflung in

ihrem Geruch könnte daher rühren, dass sie fliehen wollte, anstatt einfach die Wahrheit zu sagen.

Dieser Schimmer in ihrem Blick, der mich anflehte, die Vergangenheit hinter uns zu lassen und ihr zu vertrauen, dass sie uns in die Zukunft führen würde, war gerade genug, um mich davon abzuhalten, sie rundheraus abzulehnen.

Ich könnte sie einfach ficken. Sie zur Gefährtin nehmen. Und ihren Kopf nach der Wahrheit durchwühlen.

Das würde jedoch das zarte Band, das wir in den letzten Wochen geknüpft hatten, zerstören. Und ich wollte nicht, dass unsere Vergangenheit unser Schicksal befleckte.

Ich wollte an sie glauben. Ihr vertrauen. Ich wollte, dass sie mir ihre Wahrheit zeigte.

Ich wollte sie nicht aus ihren Gedanken stehlen und dabei unsere zerbrechliche Verbindung zerstören.

Sie würde mir nie verzeihen, wenn ich sie zwingen würde. Nicht, während sie kurz davor war, sich von allein zu öffnen.

Wenn das alles kein Trick ist, murmelte meine pessimistische Seite, und mein Blick wanderte wieder zu der Schachtel. Sie war auf eine Weise symbolisch, die ich nicht ganz verstand. Ein Zeichen aus der Vergangenheit, das die Zukunft verzerren könnte.

Ein lächerlicher Gedanke.

Ich kniff mir in den Nasenrücken und atmete tief durch. *Konzentrier dich.* „Auf welches Klima soll ich mich vorbereiten?", fragte ich, um sie zu testen.

Sie atmete hörbar aus, ihr Puls beschleunigte sich um einige Schläge.

War sie erleichtert, weil sie dachte, ich sei auf ihren Trick hereingefallen?

Oder war sie erleichtert, dass ich ihr vertraute?

„Befreist du mich von den Fesseln?", fragte sie leise und ihr Ausdruck war viel zu hoffnungsvoll.

„Ich bin mir noch nicht sicher", gab ich zu. „Sag mir erst, auf welches Klima ich mich vorbereiten soll." *Hör auf, mich hinzuhalten und gib mir eine richtige Antwort, sonst weiß ich, dass du lügst.*

„K-kalt", stammelte sie.

Nicht gerade die selbstsichere Antwort, die ich erwartet hatte, aber ich nickte trotzdem und verschwand im Kleiderschrank, um mich für die *Kälte* zu kleiden.

Quinnlynn betrat den Schrank und biss sich auf die Lippe.

Ich ignorierte sie und hängte meinen Smokingjacke auf.

Dann löste ich meine Weste, meine Krawatte und mein Hemd, drehte mich um und sah, wie sie hinter sich an den Schnüren zerrte.

Nachdem ich sie einen Moment hatte leiden lassen und es seltsam liebenswert fand, trat ich vor. „Dreh dich um, kleine Betrügerin."

„Ich versuche nicht, dich zu betrügen", murmelte sie, gehorchte mir aber trotzdem.

Ich beugte mich zu ihr hinunter und drückte meine Lippen gegen ihr Ohr. „Das werden wir sehen, nicht wahr, Liebes?"

Eine Gänsehaut breitete sich auf ihren Schultern und Armen aus. Die Reaktion war entweder eine Folge des Lufthauchs oder eine körperliche Reaktion auf meine Worte. Es war schwer zu sagen, aber ich half ihr trotzdem aus dem Kleid.

Dann packte ich sie im Nacken und zog sie an mich heran, denn mein Wolf verlangte, dass ich wenigstens eine Art von Anspruch erhob.

Und das tat ich mit ihrem Mund.

Ich hatte die ganze verdammte Nacht darauf gewartet, sie zu küssen, und wenn ich dabei war, sie wieder zu verlieren, dann würde ich diese Erinnerung verdammt noch mal stehlen und sie in Zukunft nach meinem Gutdünken nutzen.

Sie keuchte und ihre nackten Brüste trafen auf meinen Körper, als ich meinen Griff in ihrem Nacken festigte und mit meiner anderen Hand zu ihrem Hintern fuhr. Ich packte sie unnachgiebig, während ich sie noch näher an mich zog.

Und sie mit meiner Zunge dominierte.

Nahm mehr, als ich gab.

Ich prägte ihre Seele, ohne sie zu beißen. Ohne sie zu beanspruchen. Ich nahm sie so sehr in Besitz, dass es nicht mehr infrage stand, wem sie gehörte.

Mein.

Meine Gefährtin.

Meine Omega.

Meine zukünftige Königin.

Ich fickte sie mit meinem Mund und nahm sie auf eine Weise, die sie nie vergessen würde.

Mit meiner verdammten Zunge.

„Betrachte das als ein Gelübde", flüsterte ich düster. „Verrate mich noch einmal, und du wirst es bereuen, Quinnlynn MacNamara."

Ich knabberte an ihrer Unterlippe, biss so fest zu, dass es weh tat, ohne dass sie blutete.

Beim nächsten Mal würde ich die Haut durchbrechen, und ich sorgte dafür, dass sie das in meinem Blick sah.

„Das Katz-und-Maus-Spiel ist vorbei", sagte ich. „Hast du mich verstanden?"

„Ja."

„Gut." Ich ließ sie los. „Zieh dir etwas Warmes an, denn wir gehen an einen *kalten* Ort."

Ich drehte mich um, um meine Hose auszuziehen, aber mein Schwanz war so verdammt hart, dass ich mir Sorgen machte, ich könnte mich aus Versehen am Reißverschluss verletzen. Der Gedanke, dass sie mich täuschen könnte, reichte aus, um meinen Ständer zum Erschlaffen zu bringen, zumindest bis mir in den Sinn kam, wie ich sie jagen und bestrafen würde.

Das machte mich wieder hart, während ich mir eine Jeans anzog.

Diese Frau ist die absolut verlockendste Herausforderung meines Lebens, aber auch die frustrierendste.

Ich zog mir Socken und Stiefel an und schnappte mir dann einen Pullover, bevor ich mich ihr wieder zuwandte.

Sie trug ein ähnliches Outfit, nur hatte sie noch einen Mantel hinzugefügt. Außerdem trug sie die Ohrringe ihrer Mutter, die ihr zugegebenermaßen sehr gut standen.

„Wenigstens weiß ich, dass dir die Klamotten passen, die ich für dich besorgt habe", sagte ich und warf einen Blick auf die Seite des Schranks, die ich für sie freigeräumt hatte. „Es wäre eine Schande, das alles zu verschwenden, nicht wahr?"

Quinnlynn griff um mich herum und zog eine gefütterte Lederjacke von einem Bügel. „Ich werde nichts verschwenden, Kieran. Morgen früh sind wir wieder zurück."

Ich nahm ihr die Jacke ab. „Mach keine Versprechungen, die du nicht halten kannst, Prinzessin."

„Ich lüge dich nicht an." Sie verschränkte ihre Arme. „Aber deine Reaktion auf all das beweist mir, dass du anders bist. Wenn du mein Geheimnis kennen würdest, würdest du danach lechzen, Zugang zu bekommen."

„Ach wirklich?", fragte ich, während ich an ihrem pelzigen Revers zupfte.

„Ja." Sie klang jetzt viel zuversichtlicher, was meine

Neugierde steigerte. „Und du wirst dich dafür entschuldigen, dass du an mir gezweifelt hast, wenn wir dort sind."

„Werde ich das?"

„Ja", wiederholte sie. „Ich weiß, dass ich mir dein Vertrauen noch nicht ganz verdient habe, aber danach wird es keine Zweifel mehr geben."

Nun, das war eine vielversprechende Aussage. Es könnte alles Blödsinn sein, aber ich hoffte sehr, dass es wahr war. „Na gut, Kleines. Du hast gewonnen."

Ihre Lippen öffneten sich. „Ich gewinne?"

Ich nickte und wies den Weg aus dem Schrank. „Aber ich meine es ernst, Quinnlynn. Wenn du dich mir noch einmal widersetzt, wirst du es bereuen." Denn es würde unseren Sektor zerstören, und das konnte ich nicht zulassen. „Also überlege dir gut, was du als Nächstes tust."

Während ich sprach, löste ich ihre Fesseln und gab ihr ihre Fähigkeit zum Schattenwandeln zurück. Ich hatte ihr den Rücken zugedreht, vor allem, weil ich sie testen wollte, aber als ich den Vorgang beendet hatte, stellte sie sich lediglich vor mich und ihre Augen quollen mit einer Emotion über, die ich nur schwer deuten konnte.

Glück? Dankbarkeit? Ein Anflug von Unbehagen? Es war eine seltsame Mischung, die mich eine Augenbraue hochziehen ließ.

„Hast du Zweifel?"

„Nein. Es ist nur eine Weile her, seit ich das letzte Mal dort war. Und ich hoffe wirklich, dass ich dort freundlicher empfangen werde als hier", sagte sie und ihre Wangen röteten sich.

„Empfangen?", wiederholte ich. „Wen werden wir besuchen?"

Sie packte meine Hand. „Du wirst schon sehen."

„Quinnlynn." Ich packte ihren Arm. „Sag mir, zu wem wir gehen. Und zwar sofort."

Ich hatte zugestimmt, an einen Ort zu gehen, und nicht zu einer unbekannten Gruppe von Menschen gebracht zu werden. Ich konnte auf mich selbst aufpassen, aber Quinnlynn war meine Achillesferse.

„Vertrau mir", flüsterte sie, während sich die Schatten bereits um uns beide schlossen.

Cillian. Quinnlynn ist ...

Die Welt veränderte sich, das Gefühl, dass etwas falsch war, überkam mich, als meine Macht die Luft zwischen mir und Quinnlynn zerriss. Ich strauchelte, und ihr Arm schien unter meinem Griff zu verschwinden.

Ihr Name verließ meinen Mund mit einem Knurren, während ich darum kämpfte, sehen zu können, wobei mich die Kraft kurzzeitig blendete und mich zu Boden riss, als hätte man mich gestoßen.

Aber es war niemand da.

Keine Person.

Keine mystische Kraft.

Nur mein Schlafzimmer.

Ich lag auf dem Boden.

Und Quinnlynn ...

War nirgends zu sehen.

Ich blinzelte mehrmals und versuchte, meinen Kopf zu klären, um zu verarbeiten, was gerade passiert war. Alles fühlte sich für einen Moment wie betäubt an. *Falsch. Auf den Kopf gestellt. Verweigert.*

Nein.

Abgelehnt.

Die Macht war durch mich hindurch geschossen und *hatte mich zurückgewiesen.*

Ich spannte meinen Kiefer an.

Quinnlynn hatte unsere Verlobung mit einem

verdammten Zauber aufgelöst. Sie war schon wieder abgehauen.

Und dieses Mal hatte sie dafür gesorgt, dass es jeder in diesem verdammten Sektor spüren würde.

Was unschwer zu erkennen war, als meine beiden Elitewölfe nur wenige Sekunden nach den Ereignissen aus dem Nichts auftauchten.

Cillian ließ seinen Blick durch den Raum schweifen und fluchte.

Lorcan verengte seine Augen zu Schlitzen.

Und ich erlaubte meiner Bestie, auf die sehr öffentliche Zurückweisung unserer *Verlobten* zu reagieren.

Und brüllte.

QUINN

Autsch. Ich lag auf etwas Weichem, rollte mich zusammen und versuchte, den Schmerz aus meinem Kopf zu vertreiben. *Aua*.

Ich fühlte mich, als wäre ich von einer Klippe auf einen Eisblock gesprungen.

Ich stöhnte, als wäre ich zersplittert. *Was habe ich getan? Wo bin ich?*

Ich konnte nicht klar denken, meine Erinnerungen waren bestenfalls trübe. Schattenwandeln.

Schatten. Schatten. Schatten.

Schattenwandeln.

Hmm.

Ich schluckte, meine Kehle war rau wie Sandpapier.

Warum schwebe ich auf einer Wolke? Es war flauschig. Roch süß. Wohlig. Wie zu Hause. Ich seufzte, und der vertraute Geruch strahlte eine enorme Wärme aus, was mich verwirrte. Es war so lange her, seit ich das letzte Mal hier gewesen war. In Sicherheit. In meinem Nest. Meinem sicheren Hafen.

Außer …

Es fehlt etwas.

Nein. Nicht etwas. Jemand.

„Kieran", hauchte ich, und suchte automatisch nach ihm.

„Nicht hier, fürchte ich", sagte eine vertraute Stimme.

Ich runzelte die Stirn.

Was?

„Der Zauber hat ihn abgewiesen. Verdammt, er hätte auch dich fast abgewiesen. Das ist wirklich seltsam, wenn man bedenkt, dass du ihn erschaffen hast. Vielleicht ist das *Refugium* sauer, weil du so lange weg warst? Verdammt, ich weiß, dass ich ziemlich sauer deswegen bin."

Kyra, realisierte ich.

„Du warst im Blutsektor, bevor du hierhergekommen bist. Ich kann nicht sagen, dass mich das nicht ein wenig verletzt hat, Schwester."

Der Spitzname bestätigte mir, dass es tatsächlich sie war, erklärte aber nicht, warum sie hier war oder wie ich hergekommen war.

Doch dann … dann trafen mich die Erinnerungen wie ein Blitz.

Das Verlobungsessen. Kieran. Tanzen. Ohrringe. Ich hatte ihn überzeugt, mir zu vertrauen. Schattenwandeln …

Meine Augen flogen auf.

Ich schloss sie sofort wieder. *Scheiße.* „Wo bin ich gelandet?", fragte ich, meine Stimme klang so schwach, wie ich mich fühlte.

„Neben einem Seehund", antwortete Kyra. „Das arme Ding hat sich zu Tode erschreckt."

Ich stöhnte, als sie kicherte, offensichtlich amüsiert über die Erinnerung.

„Zum Glück hat Fritz dich gesehen. Er konnte dich aus dem Wasser ziehen. Ich habe dich dann hierher teleportiert." Sie strich über meine Stirn. „Du bist noch nicht ganz geheilt, aber fast."

„Und Kieran?"

„Er hat es nicht durch die Barriere geschafft", sagte sie, womit sie wiederholte, was sie mir bereits gesagt hatte. „Ich nehme an, er ist immer noch im Blutsektor."

„*Scheiße.*" Ich versuchte, mich aufzusetzen, aber sie drückte mich wieder nach unten.

„Oh, nein, das tust du nicht. Du brauchst mindestens noch einen oder zwei Tage Schlaf."

Ich runzelte die Stirn. „Was?"

„Du hattest bisher nur drei Tage, oder so …"

„*Drei Tage?*" Ich versuchte, mich wieder aufzusetzen, fing diesmal ihre Hände ab, als sie versuchte, mich festzuhalten. Ich wehrte sie ab und setzte mich auf.

Sobald ich mich aufsetzte, wurde mir unglaublich schwindelig, was mich mit einem Stöhnen wieder in die Rückenlage schickte.

„Geschieht dir recht, du sturer Esel", schnauzte sie, wobei ihr englischer Akzent durch ihre Wut noch verstärkt wurde. „Was zur Hölle ist los mit dir?"

„Kieran", hauchte ich, als ich versuchte, meine Augen wieder zu öffnen. „Er wird mich umbringen."

„Ja? Na dann ist es gut, dass du hier bei mir bist."

Ich wollte den Kopf schütteln, war aber zu schwach. „Nein. Ich habe ihm mein Wort gegeben. Er wird denken …" Ich zuckte zusammen, meine Kehle war so trocken, dass die Worte wie ein harsches Flüstern herauskamen.

„Hier." Ein Strohhalm berührte meine Lippen, und ich saugte daran, bis ich mich verschluckte.

„Ganz ruhig, Quinn. Es ist kein Knoten."

Fast hätte ich bei ihrem schlechten Witz geknurrt, aber ich war zu sehr mit Schlucken beschäftigt, um einen Ton von mir zu geben.

Als ich endlich fertig war, versuchte ich erneut, meine Augen zu öffnen. Ganz langsam. Ich erkannte, dass ich mich in meinem Nest befand – dem Nest, das ich seit Jahrzehnten nicht mehr besucht hatte. Es war nicht mit Staub überzogen, was mir sagte, dass jemand es für mich sauber gehalten hatte.

Wahrscheinlich Kyra.

Sie leitete das Refugium in meiner Abwesenheit.

Wir waren Partnerinnen. *Schwestern,* dachte ich, nicht durch Blut, sondern aus Bestimmung.

Wir hatten ein gemeinsames Ziel – die Rettung von Omegas aller Arten.

Ich war in diese Rolle hineingeboren worden.

Sie war hineingeraten, nachdem sie ihren Vampir-Alpha-Gefährten getötet hatte.

Es hätte sie zerreißen sollen, denn das Gift des Alphas war eine Sucht für Omegas – sie sehnten sich während des Trinkens von Blut und in ihrer Hitze danach. Es hatte etwas mit dem Biss des Alphas zu tun und mit dem Machtaustausch.

Kyra war zur Hälfte eine V-Clan-Wölfin.

Daher verhielt sie sich nicht wie ein typischer Vampir. Sie hatte von beiden Elternteilen im Grunde nur die guten Eigenschaften geerbt, aber keine Schwächen.

Sie reichte mir ein Trinkpäckchen. Ich trank alles aus, bevor ich erneut versuchte, mich aufzusetzen. Diesmal hielt sie mich nicht auf, warf mir nur einen Blick zu, der ausdrückte, was sie davon hielt.

Was für ein matronenhafter Blick, dachte ich und unterdrückte ein Lächeln. Denn Kyra war das ganze Gegenteil von matronenhaft. Sie war eine Omega, der man seine Welpen nicht anvertrauen sollte. Sie würde ihnen innerhalb von Minuten beibringen, Streiche zu spielen und einander zu verfluchen.

Denn Kyra glaubte nicht an Regeln und Gesetze.

Das Einzige, was zählte, war Loyalität.

„Warum will dich dein Alpha-Prinz dann töten?", fragte sie. „Das Letzte, was ich gehört habe, war, dass er dir so verfallen war, dass er jede andere Omega zurückgewiesen hat, die versucht hatte, ihn zu verführen."

„Das hast du gehört?"

„Ich habe es gesehen", korrigierte sie. „Ich habe den Blutsektor im Auge behalten, genau wie du es von mir verlangt hast. Was du übrigens wissen würdest, wenn du dir die Mühe gemacht hättest, mich anzurufen."

Ich schnitt eine Grimasse. „Ich saß im Bariloche-Sektor fest."

„Bis du nicht mehr festsaßt."

„Nein, nicht die ganze Zeit", stimmte ich zu. „Kieran hat mich nach Island zurückgebracht und mir die Fähigkeit zum Schattenwandeln genommen."

„War dein Eintreffen im Refugium deshalb so beschissen?"

Ich zuckte mit den Schultern. „Vielleicht. Oder, weil ich versucht habe, ihn mitzubringen. Du hast gesagt, der Zauber hat ihn zurückgewiesen?"

„Ja, ich habe es gespürt."

„Aber er ist mein Gefährte."

Ihre Augenbrauen hoben sich, als ihr Blick zu meinem Hals wanderte. „Hat er dich endlich beansprucht?"

„Beabsichtigter Gefährte", verbesserte ich mich.

„Ah. Nun, das erklärt es – der Zauber lässt ihn nicht eintreten, weil er genau genommen noch nicht Teil der Blutlinie deiner Familie ist. Er müsste erst von dir trinken."

„Aber ich habe seine Essenz schon in mich aufgenommen."

„So funktioniert das nicht, Quinn. Er braucht dein Blut." Sie warf mir einen skeptischen Blick zu. „Erinnerst du dich nicht daran, wie es bei Livi war, nachdem sie beansprucht wurde? Ihr Alpha konnte die Barriere durchbrechen, nachdem er sie gebissen hatte."

„Natürlich erinnere ich mich daran. Ich habe geholfen, ihn zu überwältigen."

„Genau, das ganze Verteidigungstraining hatte sich endlich ausgezahlt. Er konnte ihr nur folgen und die Barriere überschreiten, weil er ihr Blut geschluckt hatte."

„Verdammt", brummte ich und erkannte, dass sie recht hatte. Ich hatte mich so sehr darauf gefreut, Kieran das Refugium zu zeigen, dass ich die magische Barriere nicht richtig bedacht hatte. Ich hatte angenommen, dass er als mein auserwählter Gefährte hereinkommen könnte, zumal meine Blutlinie den Zauber erschaffen und aufrechterhalten hatte.

Offensichtlich war dem nicht so.

„Er wird mich umbringen." Nicht wirklich, ich war nur dramatisch, aber er würde definitiv wütend sein.

Mein Magen drehte sich bei dem Gedanken um, und mein Herz setzte mehrere Schläge aus.

Er denkt wahrscheinlich, ich hätte ihn hintergangen. Schon wieder.

„Ich muss zurück", murmelte ich.

„Äh, nein?", erwiderte Kyra. „Du hast gerade gesagt, er wird dich töten."

„Weil er wahrscheinlich denkt, ich hätte ihn wieder verlassen. Ich werde es ihm erklären. Es wird schon gut gehen." *Hoffe ich.*

Ich legte meine Hand an die Stirn, da mein Kopf schmerzte und Wellen der Übelkeit in mein Inneres schickte. Ich fühlte mich benommen, als ob ich mich übergeben müsste. Und die Krämpfe halfen auch nicht.

Wahrscheinlich ist das meine Wölfin, die sich in mein Herz krallt, dachte ich verwirrt. *Vielleicht kann sie den Zorn ihres Gefährten spüren.*

Doch nein, ich konnte Kieran überhaupt nicht spüren. Nicht einmal seine Heilenergie.

Meine Augen flogen auf – ich war mir nicht sicher, wann ich sie geschlossen hatte – und mein Inneres revoltierte erneut. „Ich kann ihn nicht spüren." Ich versuchte, das Band zu finden, das mich mit seiner Macht, mit seiner *Stärke* verband, und fühlte nichts. „Wie …?"

Hatte er sich abgeschirmt?

Ist er verletzt?

Ich fing an, blindlings um mich herumzutasten und nach meiner Kleidung zu suchen. Irgendwann hatte man mir meinen Pullover und meine Jeans ausgezogen.

„Quinn?"

„Ich kann ihn nicht spüren!", wiederholte ich verzweifelt.

Hatte er unser Band irgendwie gebrochen? Hatte er sich eine andere Gefährtin genommen?

Er hatte mir versprochen, dass ich es bereuen würde, wenn ich ihn noch einmal hinterging.

Hatte er damit gemeint, mich abzulehnen? Nach allem, was wir gemeinsam durchgemacht hatten?

Oh, Monde …

Das hätte ich wohl verdient, dachte ich. Doch ich hatte ihn nicht hintergangen. „Ich muss gehen. Ich muss durch die Schatten …"

Ich brach mit einem Schmerzensschrei ab, als mein Inneres zersplitterte.

„Quinn!", rief Kyra.

Aber ich konnte sie kaum verstehen.

Irgendetwas war falsch. *Sehr, sehr falsch.* Ich spürte, wie sich meine Seele spaltete und meine Wölfin vor Schmerz brüllte.

313

Es war das genaue Gegenteil von einer Heilung.

Das … Das war die *Hölle*.

Ich vergrub mich in meinem Nest und suchte nach dem Duft, von dem ich wusste, dass er mir helfen würde. Aber ich konnte ihn nicht riechen, weil *er* nicht hier war. Mein Alpha. Meine Bestimmung. Mein Kieran.

„Ich muss … zu …" Ich konnte den Satz nicht zu Ende führen, denn ein weiterer quälender Krampf löste in mir das reine Chaos aus. Ich wand mich, stöhnte und wimmerte.

Stimmen ertönten in der Nähe.

Kyra. Ein Mann. Eine andere Frau.

Namen und Erinnerungen wirbelten durch meinen Geist, und alle drehten sich um Kieran.

Er bestraft mich, erkannte ich mit einem Keuchen. *Er macht etwas … um meine Heilung aufzuhalten. Er tut mir weh.*

Weil ich ihn verletzt habe.

Ich hatte ihn im Stich gelassen.

Nur, dass ich es nicht gewollt hatte. Nicht dieses Mal.

„Kieran", hauchte ich, und Tränen trübten meine Sicht, als die Realität zum Albtraum wurde.

Ich stand in Flammen, brannte von innen heraus und verlor mich in dieser Agonie der Einsamkeit.

Er hasst mich.

Er lehnt mich ab.

Er sorgt dafür, dass ich weiß, dass es mit uns vorbei ist.

Aber ich hatte ihn nicht hintergangen. *Ich verspreche es, Kieran. Ich … Ich habe versucht, dich … mitzunehmen.*

Ich schluchzte, mein Körper weigerte sich, durch die Schatten zu wandeln, während mein Verstand zersplitterte und ich darum kämpfte, die Wahrheit von der Fiktion zu unterscheiden.

Vielleicht war das alles nur ein Albtraum. Vielleicht würde ich bald durch seinen vertrauten Duft aufwachen.

Oder vielleicht …

Vielleicht ist das mein Tod. Durch die Hand meines eigenen Gefährten.

Ich dachte … Ich dachte, ich könnte dich lieben …

Und jetzt …

Jetzt sehe ich, dass du … du bist wirklich …

Ein Schurke.

Weitere Stimmen drangen an meine Ohren. Kyra schrie etwas. Ich erkannte nur vage ihre Stimme, ihre Anwesenheit vermittelte mir, dass etwas *nicht in Ordnung* war.

Ich wimmerte und flehte nach Kieran. Ich brauchte ihn, wollte alles erklären, damit er mir verzeihen konnte.

Um … mich zu *akzeptieren.*

Meine Wölfin wimmerte, das Geräusch entkam meiner Kehle oder vielleicht war es auch eine Art Sirene im Hintergrund. Ich konnte nichts mehr sehen. Konnte nichts mehr hören.

Ich war dem schmerzhaften Gefühl der Einsamkeit erlegen.

Überwältigt von der Dunkelheit.

Alleine … in meinem Nest … ohne … meinen Gefährten.

Meinen Kieran.

Es tut mir leid, dachte ich in einem Versuch, mit ihm zu kommunizieren. *Ich hatte nie vor, dich wieder zu verlassen. Eigentlich … wollte ich … bleiben.*

Aber er würde mir niemals glauben. Ich verstand das. Ich *spürte* es. Diese Qual war meine Strafe.

Und er hatte recht.

Ich bereute es wirklich.

Alles.

Vertrauen. Liebe. *Ich falle.*

Es war nicht fair. Aber das Leben war nie fair oder

einfach, geschweige denn gütig. Das Leben war eine Herausforderung.

Genau wie ich.

Ich war *seine* Herausforderung.

Und mit jedem quälenden Krampf wurde klarer, dass er mich nicht länger als eine Herausforderung ansah, der er nachjagen wollte.

Der Schurke wollte, dass ich litt. Alleine. In diesem Nest. Ohne meinen vorgesehenen Gefährten.

Ohne seine Wärme.

Ohne seine Zuneigung.

Ohne sein Schnurren.

Ohne seinen … *Knoten*.

KIERAN

Mein Wolf trieb uns an unsere Grenzen, als wir über das Eis sprinteten. Meine Pfoten flogen nur so über die eisige Oberfläche des Gletschers.

Es war gefährlich.

Wild.

Und genau das, was ich brauchte.

Zumindest dachte ich das, denn dieser verdammte Schmerz in meiner Brust wollte nicht nachgeben.

Sie hat gelogen.

Sie hat uns verraten.

Sie hat uns abgewiesen.

Das Gefühl, zu Boden gestoßen zu werden, überkam mich erneut, und ich knurrte frustriert. Ich war mir nicht sicher, wie sie das gemacht hatte. Während ein Teil von mir von dieser Machtdemonstration beeindruckt war, war der andere einfach nur wütend.

Ich hatte ihr mein Vertrauen geschenkt. Ich hatte mir erlaubt, zu hoffen.

Und sie hatte mein Vertrauen verdammt noch mal ausgenutzt, um zu verschwinden. *Schon wieder.*

Ich hatte unser Versteckspiel gewonnen. Wie konnte sie es wagen, mich zu einer weiteren Runde herauszufordern!

Ich hatte meinen Wert bewiesen. Ich hatte sie geheilt und ihr geholfen, ihre Wölfin zu zähmen. Hatte ihre Dissoziation behoben. Ich hatte sie *verknotet*.

Verdammt!

Ich hätte sie einfach beanspruchen und sie dazu zwingen sollen, mir zu gehören.

Aber dann hätte ich mitbekommen, wie sehr es sie quälte, gefangen zu sein. Ich hätte erfahren, dass alles, was sie mir erzählt hatte, eine Lüge war. Wir hätten den Rest unseres Lebens damit verbracht, einander zu hassen.

Mein Wolf knurrte protestierend und schlug mit seinen Pfoten noch fester auf das Eis.

Ich war nur noch ein Zeuge meiner Handlungen, denn mein Tier hatte schon vor Stunden das Kommando übernommen. Ich könnte es zügeln, aber ich wollte es nicht. Ich fühlte mich wild. Lebendig. *Wütend*.

Quinnlynn MacNamara hatte mich benutzt.

Sie hatte sich mit mir verlobt. Dann war sie abgehauen. Ich hatte sie gefunden. Und jetzt war sie wieder verschwunden.

Der dunkle Teil meiner Seele war von der Aussicht auf eine weitere Verfolgungsjagd begeistert. Aber ich war besorgt, was dieser Teil in mir hervorrufen würde, wenn ich sie erwischte.

Denn der gesamte Sektor wusste nun von ihrem Verschwinden. Zur Hölle, es würde mich nicht wundern, wenn auch die anderen Sektoren davon wüssten.

Ihre Ablehnung war gewaltig gewesen, denn der Zauber hatte eine Schockwelle durch den gesamten Blutsektor geschickt. *Jeder* hatte ihr Verschwinden gespürt.

Und ich war zu verblüfft gewesen, um es anzusprechen.

Meine Aufgabe als Alpha-Prinz des Blutsektors bestand darin, das Rudel zu beruhigen. Aber wie zum Teufel sollte ich das tun, wenn ich mich so völlig zerstört fühlte?

Ich konnte nicht zulassen, dass sie mich so sahen.

Deswegen war ich vor *vier* Tagen losgelaufen.

Ein Lauf, den ich nicht hatte aufhalten können.

Ein Lauf, der mich tief in die eisigen Berge geführt hatte, wo es weder Essen noch Leben gab. Irgendwann würde ich durch die Schatten zurückwandeln.

Aber jetzt noch nicht.

Erst wenn der Wunsch meines Wolfes, alles zu zerfetzen–

Majestät.

Ich knurrte über Cillians unerwünschte Unterbrechung. *Es ist mir egal, worum es geht. Lass. Mich. In. Ruhe.*

Jemand ist durch die Schutzmaßnahmen gebrochen, fuhr er fort und ignorierte mich völlig.

Dann kümmere dich darum. Ich war für diesen politischen Scheiß nicht in der Stimmung.

So einfach ist das nicht. Ihr müsst …

Ich brauche Zeit für mich, warf ich ein, wohl wissend, dass ich ein egoistischer Arsch und nicht in der Lage war, das Problem zu lösen. *Kümmere dich selbst darum.*

Wenn ich ihn aus meinen Gedanken ausschließen könnte, würde ich es tun.

Leider überwältigte seine telepathische Fähigkeit meinen Wunsch, ihn zu ignorieren. *Sie ist deinetwegen hier, Kieran,* sagte er und mein Name schlug wie eine Peitsche in meine Gedanken ein.

Ich verringerte meine Geschwindigkeit. *Sie?* Mein Wolf wurde munter. Erregung und Wut mischten sich auf berauschende Weise in unserem Blut. *Quinnlynn?* War sie zurückgekehrt?

Nein, Kyra.

Ich blinzelte, während sich mein Schritt jetzt fast zu einem Schlendern verlangsamte. *Was?*

Wir halten sie in Lorcans Appartement fest. Er hielt inne. *Kieran, sie hat eine Ampulle mit Blut bei sich. Quinnlynns Blut.*

Ich erstarrte. *Blut?*

Sie will uns nicht sagen, warum. Sie sagt, dass sie es nur dir gegenüber erklären wird.

Was bedeutete, dass sie versucht hatten, sie zum Reden zu bringen, aber sie hatte sich geweigert. *Glaubst du, sie hat das Blut benutzt, um unsere Grenze zu überschreiten?*

Quinnlynn hatte Kyra bereits erwähnt, hatte angedeutet, dass sie die Quelle ihrer Informationen über mich war. Aber sie war nicht weiter darauf eingegangen.

Hatte Kyra ihr Blut zuvor schon genutzt, um unbemerkt in unser Land einzudringen?

Nein. Sie sagte, das Blut sei für dich und sie wollte nicht näher darauf eingehen.

Ich runzelte die Stirn, als ich in meine menschliche Gestalt zurückkehrte. *Hast du es bemerkt, als sie die Grenzen überschritten hat?*

Nein. Ich habe sie in deiner Suite gefunden, als ich nach dir gesucht habe.

Ich zog die Augenbrauen hoch. *In meiner Suite?*

Ja. Sie ist in deinem Schlafzimmer auf und ab gegangen.

Das bedeutet, dass sie unbemerkt eingetreten ist.

Ja, bestätigte er.

Kann man also wirklich davon sprechen, dass ihr sie ‚festhaltet'? Wenn sie durch all unsere Sicherheitsvorkehrungen schlüpfen konnte, bezweifelte ich, dass wir sie lange festhalten konnten.

Ehrlich gesagt? Ich weiß es nicht. Er klang misstrauisch. *Aber im Moment ist sie noch entgegenkommend.*

Entgegenkommend, wiederholte ich ungläubig.

Sie sagt, wenn du sie noch länger warten lässt, dann geht sie, und du wirst nie erfahren, was mit Quinnlynn passiert ist, denn sie wird dafür sorgen, dass du sie nie wieder siehst.

Ich knurrte. *Ich bin auf dem Weg.* Vielleicht würde ich sie töten, da sie es gewagt hatte, meine zukünftige Gefährtin zu bedrohen. Oder vielleicht würde ich ihr auch sagen, dass sie gehen sollte, weil ich kein Interesse daran hatte, was sie zu sagen hätte.

Ja, definitiv das Erste.

Denn egal wie wütend ich auch war, ich war immer noch besorgt.

Verdammt.

Ich schattenwandelte mich in Lorcans begehbaren Kleiderschrank und nahm eine seiner Jeans. Wir hatten die gleiche Größe, also passte sie.

Dann schlich ich in sein Schlafzimmer, öffnete die Tür und ging in sein Arbeitszimmer.

Er begrüßte mich an der Schwelle und musterte mich. Er erkannte seine Hose, als er seine prüfenden Augen über mich schweifen ließ. Dann trat er zurück und gab den Blick auf die Frau frei, die auf seinem Stuhl saß, als gehörte er ihr.

Ich katalogisierte ihre Erscheinung mit einem einzigen Blick.

Blauschwarzes Haar.

Katzenartige grüne Augen.

Blasse Haut.

Klein.

Vampir.

Doch sie war so viel mehr als das. Sie war außerdem zum Teil eine V-Clan-Wölfin. Eine Omega mit gemischten Genen. Was nicht unbedingt ungewöhnlich war, aber ich konnte die uralte Energie spüren, die von ihrem kleinen Körper ausging.

Diese Frau war mächtig.

Und sie hatte tatsächlich eine Ampulle mit Quinnlynns Blut. Sie stand vor ihr auf dem Tisch, wie eine Art beschissenes Friedensangebot. Der Geruch wirkte wie eine Droge auf mich, und mein Wolf sehnte sich nach dem Geschmack seiner Gefährtin.

Oder vielleicht war es auch mein Bedürfnis nach Gewalt, das mich nach dem Inhalt dieser Ampulle lechzen ließ.

„Wo ist sie?", fragte ich, ohne mich zu räuspern oder zu erklären, wen ich meinte. Das raue Knurren in meiner Stimme schien mehr als angemessen für dieses Gespräch.

„Im Refugium", antwortete sie und kam sofort auf den Punkt.

„Sag mir, wo das ist. Sofort." Denn ich wollte meiner kleinen Betrügerin den hübschen Hals umdrehen.

„Ich kann nicht. Du musst erst das Blut trinken." Sie zeigte mit einem spitzen Nagel auf die Ampulle auf dem Schreibtisch. „Aber ich bin mir nicht sicher, ob es funktionieren wird."

Ich runzelte die Stirn. „Funktionieren?"

„Ob es funktionieren wird, den Barrierezauber auf der Insel zu durchbrechen. Dazu muss man vollständig verpaart sein, aber ich hoffe, wir können den Zauber austricksen, indem du ihr Blut in dich aufnimmst." Sie stieß sich vom Schreibtisch ab und stand auf. „Also trink aus. Dann werde ich dich zu ihr bringen."

Lorcan trat vor, legte seine Hand auf meine Schulter. Das war sein Äquivalent zu einer Ablehnung. Nicht, dass es nötig gewesen wäre.

Denn verdammt wäre ich, wenn ich mich von diesem kleinen blauhaarigen Persönchen irgendwohin bringen lassen würde.

Ich hatte ihr gesagt, sie solle mir sagen, wohin ich

gehen musste, und nicht, dass sie mich dorthin begleiten sollte.

„Warum sollte ich mit dir irgendwo hingehen?", schnauzte ich sie an. „Ich weiß alles von deiner Vorliebe, Alphas zu töten, Kyra. Und ich habe nicht vor, dein nächstes Opfer zu werden."

Manche Alphas würden vielleicht über die Vorstellung lachen, eine Omega zu fürchten. Aber ich nicht. Ich hatte nicht so lange überlebt, weil ich meinem Ego erlaubt hatte, alle Logik außer Kraft zu setzen.

Diese unscheinbare Frau hatte sich schon vor Jahrzehnten als tödlich erwiesen. Sie war die sprichwörtliche Schwarze Witwe mit Kräften, von deren Ausmaß niemand etwas wusste.

Sie schürzte ihre Lippen. „Ich töte nur Alphas, die es verdient haben, Kieran. Hast du etwas getan, um meinen Zorn zu verdienen?"

„Ich weiß es nicht", gab ich zu. „Habe ich das?"

„Du fängst gerade damit an." Sie schlich um den Schreibtisch herum. Ihre Bewegungen waren katzenhaft und passten zu ihren Augen. „Deine zukünftige Gefährtin ist verletzt und beginnt gerade ihren Zyklus. Wenn du dich weiterhin weigerst, ihr zu helfen, dann wirst du meinen Zorn zu spüren bekommen."

Ich starrte die Omega an, die mindestens dreißig Zentimeter kleiner war als ich. Sie konnte nicht größer als einen Meter fünfzig sein. Dennoch spürte ich die tödliche Aura, die sie wie ein dunkler Mantel aus rätselhafter Energie umgab.

„Sie ist meine beste Freundin, Kieran", fuhr Kyra fort. „Und ich habe sie schreiend in ihrem Nest zurückgelassen. Wenn du also nicht mit mir kommen willst, dann sag es jetzt. Irgendjemand muss ihr Trost spenden, und auch wenn sie sich dich wünscht, kann ich sie nicht einfach alleine leiden lassen."

Meine Augen verengten sich. „Sie hat mich ziemlich spektakulär abgewiesen, also verzeih mir, dass ich dir nicht glaube, dass sie mich *will.*"

„Ist er schwerhörig geworden, als ihn der Zauber hierher zurückgeschickt hat?", fragte Kyra beiläufig, ihren Blick auf Lorcan und dann auf Cillian gerichtet. „Ich könnte schwören, ich habe ihm gerade die Sachlage erklärt."

„Wie wäre es, wenn du es noch einmal versuchst?", schlug Cillian vor, sein Tonfall war emotionslos.

Sie rollte mit den Augen und sah mich wieder an. „Der *Barrierezauber* hat dich abgewiesen. Nicht Quinnlynn. Er hätte sie fast umgebracht."

„Du meinst den Zauber, den sie benutzt hat, um ohne mich durch die Schatten zu wandeln?"

Die katzenartige Omega starrte mich durchdringend an. „Nein, Trottel. Ich spreche vom Barrierezauber, der die Insel schützt. Er hat sie beim Aufprall bewusstlos geschlagen und das hat dazu geführt, dass sie gegen einen Eisblock geprallt und in das nahe gelegene Wasser gefallen ist. Dann ist sie aufgewacht und kurz darauf in ihren Zyklus gekommen. Und jetzt bin ich hier, weil sie dich braucht."

Lorcan und Cillian knurrten beide über ihren Tonfall und ihre Beleidigung, aber ich war zu sehr damit beschäftigt, ihre Worte zu entschlüsseln, um mich um die Nuancen ihrer Äußerungen zu kümmern.

„Was schützt dieser Barrierezauber?"

„Das Refugium."

Offensichtlich. „Was ist das Refugium?", verlangte ich zu wissen, müde von diesem verdammten Rätsel. „Sag mir, was es ist, und ich überlege, ob ich mit dir gehe."

„Kieran", knurrte Lorcan und brach damit sein langes Schweigen.

Ich hob eine Hand, um ihn zu stoppen, und hielt meinen Blick auf die Omega gerichtet. „Quinnlynn sagte, sie müsse es mir zeigen, damit ich es verstehe. Doch nach allem, was passiert ist, traue ich weder ihr noch dir. Also sag mir stattdessen, was es ist."

„Sie hat es dir nicht gesagt?" Ein Hauch von Unbehagen schlich sich in Kyras Gesichtszüge und Tonfall, und ihr Blick glitt misstrauisch über mich.

„Offensichtlich nicht."

„Aber sie ... sie hat gesagt, sie wolle sich mit dir verpaaren", sagte Kyra langsam, und ihr Gesichtsausdruck verwandelte sich in Verwirrung. „Ich ... ich bin hier, um ihr zu helfen, dachte ich. Es sei denn ... vielleicht liegt es an ihrem Zyklus?"

Sie trat einen Schritt zurück, aber Lorcan schattenwandelte sich hinter sie, versperrte ihr den Weg und packte ihre Hüfte, um sie festzuhalten. Die Omega erbebte daraufhin.

Seine Macht leckte an meinen Sinnen und sagte mir, dass er sie geerdet hatte.

Anscheinend kann sie doch festgehalten werden, dachte ich. *Genau wie Quinnlynn.*

Quinnlynn hatte mich dazu gebracht, ihr zu vertrauen, damit sie schattenwandeln und entkommen konnte.

Vielleicht, dachte ich. *Es sei denn, diese Frau sagt die Wahrheit.*

„Erzähl uns von diesem Refugium", forderte ich.

„Ich ... Ich dachte, du wüsstest ... Sie ... Sie hat versucht, dich dorthin zu bringen. Warum sollte sie ...?" Kyra blinzelte verwirrt. „Es ist schon so viele Jahre her, seit ich sie das letzte Mal gesehen habe. Vielleicht habe ich sie falsch verstanden?"

„Sie sagte mir, es sei ein Ort, den ich sehen müsse. Dann sagte sie, nur sie könne mich dorthin teleportieren, woraufhin ich beschloss, ihr zu vertrauen. Danach hat sie mich mit ihrem Zauber abgelehnt." Das könnte der *Barrierezauber* gewesen sein, von dem Kyra immer wieder gesprochen hatte. Aber ich war mir nicht sicher, ob ich ihr glauben konnte. Ich war mir nicht sicher, ob ich überhaupt etwas glauben konnte, was Quinnlynn betraf.

„Warum sollte sie versuchen, ihn dorthin zu bringen, wenn sie nicht vorhatte, ihm die Wahrheit zu sagen?", warf Cillian ein.

„Oder es war alles nur ein Trick", murmelte Lorcan, bevor ich die Worte aussprechen konnte.

In jeder anderen Situation hätte ich ihn wortlos angestarrt, weil er sein Schweigen *zweimal* in so kurzer Zeit gebrochen hatte.

Aber ich war zu sehr damit beschäftigt, die Omega zu mustern, als dass ich mich auf meinen Cousin hätte konzentrieren können.

„Es war keine List", sagte Kyra. „Ich habe gespürt, wie sie versucht hat, Kieran hereinzubringen. Dann hat Fritz sie gefunden, wie sie am eisigen Ufer angespült wurde. Er hat mir geholfen, sie hereinzubringen."

„Fritz?", wiederholte ich. „Wer zum Teufel ist Fritz?"

„Ein Beschützer", flüsterte sie. „Das Refugium …" Sie brach ab und ihr Blick traf den meinen. „Es ist ein sicherer Ort für Omegas. Die MacNamara-Magie schützt die Insel. Und sie dient als Barriere. Nur Omegas können hindurchgehen. Oder ihre Gefährten."

KIERAN

Meine Augenbrauen hoben sich. „Eine Insel voller V-Clan-Omegas?"

Sie schüttelte den Kopf. „Omegas aller Art."

Ich warf Cillian einen Blick zu und dann Lorcan, deren ungläubiger Gesichtsausdruck dem meinen gleichkam.

Kein Wunder, dass Quinnlynn mir das lieber zeigen wollte, als es mir zu erzählen.

Denn es ergab keinen Sinn.

Wie konnte eine Insel mit Omegas existieren, ohne dass andere davon wussten?

Die MacNamara-Blutlinie schützt sie.

Ihr Familiengeheimnis.

Der Grund, warum ihre Mutter und ihr Vater getötet wurden.

„Deshalb hat ein Alpha ihre Eltern ermordet", flüsterte ich, als sich alles zusammenfügte. „Aber was hat der Mord an ihnen bewirkt? Hat es die Magie der Barriere geschwächt?"

Kyra schüttelte den Kopf. „Nein. Die Magie hielt wegen Quinnlynn."

„Was hat der Mord dann bewirkt?"

„Der Alpha hat sie nicht direkt ermordet. Er hat ihr Flugzeug mit einem Ortungszauber belegt, und die einzige Möglichkeit, ihn zu umgehen, war, woanders zu landen. Doch es gab keinen sicheren Ort zum Landen … nicht da, wo sie waren. Nicht ohne zu viel zu verraten. Also … entschieden sie sich, auf dem Meer zu sterben."

„Das ist es also, was Quinnlynn meinte", stellte ich laut fest. „Sie hat gesagt, dass der Täter das Flugzeug verzaubert hat und sie es zum Absturz bringen mussten. Aber sie hat nicht näher erklärt, warum."

Doch jetzt verstand ich es.

Wären sie nicht abgestürzt, hätten sie ihren Standort verraten.

Und so hatten sie beschlossen, sich das Leben zu nehmen, um das Refugium zu schützen.

Das erklärte so viel über Quinnlynn. Alles, was sie getan hatte, war für das Refugium gewesen. „Deshalb ist sie im Bariloche-Sektor geblieben. Deshalb brauchte sie meine Heilkräfte. Das war der Grund, warum sie weggelaufen ist."

Sie war auf der Suche nach dem Mörder ihrer Eltern gewesen und hatte sich währenddessen um hilfsbedürftige Omegas gekümmert.

„Sie konnte niemandem trauen", antwortete Kyra. „Schon gar nicht einem Alpha-Prinzen."

Ich nickte, denn ich verstand jetzt.

„Aber sie hat versucht, dich ins Refugium zu bringen. Und jetzt braucht sie dich mehr denn je. Sie ist nicht nur in ihren Zyklus geraten, sondern heilt auch langsamer, als sie sollte, wahrscheinlich weil sie ihre gesamte Energie in die Barriere einfließen lässt."

Das erklärte, warum sie so viel von meiner Kraft absorbiert hatte, als ich sie geheilt hatte. Sie hatte sich wie eine leere Hülle angefühlt, die viel mehr Energie brauchte, als sie sollte.

Und das lag an ihrem Familienerbe und der Magie, die von ihrer Seele gespeist wurde.

„Ich weiß nicht, ob du durch das Trinken ihres Blutes durch die Barriere kommst, aber wir müssen es versuchen. Das Refugium braucht sie. Verdammt, das Refugium braucht ihren Alpha. Ich habe sie noch nie so schwach gesehen. Es ist, als verbrauche sie ihre ganze Lebensenergie, um die Magie aufrechtzuerhalten." Die allzu selbstsichere Omega war längst verschwunden, und nun stand eine besorgte Freundin vor mir.

Welche Seite von ihr ist echt?, fragte ich mich. *Egal, sie ist eine ausgezeichnete Schauspielerin.*

Es gibt eine Möglichkeit, sie zu zwingen, ihre Loyalität zu beweisen, antwortete Cillian.

Ich schaute ihn an. *Hast du einen Vorschlag?*

Ja. „Wir lassen Kieran nirgendwo alleine hingehen", sagte er laut und übernahm die Führung bei der Idee, die er ausgeheckt hatte.

Ich unterbrach ihn nicht.

Ich war zwar der Anführer hier, aber er war genauso mächtig und intelligent wie ich. Wenn er etwas zu verhandeln hatte, würde ich es zulassen.

Kyra knurrte. „Dann kannst du mir nicht helfen." Sie versuchte, sich aus Lorcans Griff zu befreien, aber er hielt sie fest umklammert.

„Er sagt nicht, dass Kieran nicht gehen darf", sagte mein Cousin tief und bedrohlich. „Er sagt, dass wir ihn nicht *allein* mit dir gehen lassen werden."

Diesmal konnte ich nicht anders, als meinen stets schweigsamen Cousin anzustarren.

Doch sein Blick war auf die Omega vor ihm gerichtet. „Einer von uns begleitet euch", fuhr er fort.

Cillian nickte zu meiner Linken. „Ja. Einer von uns wird euch begleiten, um Kieran zu schützen."

Kyra lachte freudlos. „Hat mir denn keiner von euch zugehört?", fragte sie. „Die Barriere lässt nur Omegas und ihre Gefährten durch."

„Und du bist unverpaart", erwiderte Cillian, ohne zu zögern. „Seit du deinen Vampir-Gefährten getötet hast."

Meine Lippen spitzten sich. *Ein Treuetest,* dachte ich. *Raffiniert.*

Er wollte Kyra dazu bringen, sich zu beweisen, indem sie sich mit einem meiner Cousins verpaarte. Wenn sie wirklich ihre beste Freundin retten wollte, würde sie fast allem zustimmen, auch dem.

Nicht, dass einer meiner Cousins das durchziehen würde.

Sie wollten nur sehen, was sie tun und wie sie reagieren würde.

Oh, wir haben die volle Absicht, das durchzuziehen, versprach mir Cillian. *Du wirst mit dieser Frau nirgendwo allein hingehen. Und für den Fall, dass sie die Wahrheit sagt, müssen wir Quinnlynn schnellstmöglich erreichen. Das ist die einzige Lösung für dieses Problem.*

Ich warf ihm einen stechenden Blick zu. *Das wird nicht passieren. Wenn sie zustimmt, haben wir unseren Beweis. Und für den Fall, dass sie eine hervorragende Schauspielerin ist, kann ich mich selbst verteidigen.*

Nicht in deinem jetzigen emotionalen Zustand, erwiderte er streng und ließ keinen Widerspruch zu. Dann wandte er sich Kyra zu. „Nimm einen von uns zum Gefährten, damit wir mit dir hinübergehen können. Wenn Kieran dann immer noch abgewehrt wird, kann einer von uns Quinnlynn zu ihm zurückbringen."

„Glaubst du, ich habe nicht versucht, sie hierher zu bringen?", blaffte Kyra und zog eine Augenbraue hoch.

„Denn glaub mir, das habe ich. Aber die Barriere hat reagiert, und Quinnlynn hat so laut geschrien, dass sie das ganze Refugium aufgeweckt hat."

„Wir sollen dir vertrauen?", fragte Cillian. „Ich glaube—"

„Du hast uns keinen einzigen Grund gegeben, dir zu vertrauen", unterbrach Lorcan ihn. „Wir haben dich mit einem Dolch bewaffnet in Kierans Apartment gefunden."

„Zu meinem Schutz", fauchte sie. „Ich bin nicht hier, um jemanden zu verletzen. Ich versuche, Quinn zu helfen."

„Und abgesehen von ein paar ausgefallenen Erklärungen, die wahr sein könnten oder auch nicht, hast du uns keinen wirklichen Grund gegeben, dir zu vertrauen", konterte Lorcan, sein irischer Akzent weitaus gedämpfter als meiner. Wahrscheinlich, weil er seine Stimmbänder nie benutzte. Doch diese Frau schien ihn zu einer sehr gesprächigen Version seiner selbst inspiriert zu haben.

„Also stellt ihr mir ein Ultimatum", antwortete sie.

„Nein, wir geben dir die Gelegenheit, deine Loyalität zu beweisen", korrigierte sie Cillian.

„Indem ihr mich zwingt, mich mit einem von euch zu verpaaren." Sie stieß ein humorloses Lachen aus. „Wie ritterlich."

„Glaubst du, wir wollen eine Gefährtin? Noch dazu eine, die dafür bekannt ist, dass sie ihren letzten Alpha getötet hat?", fragte Cillian.

Sie kniff ihre Augen zusammen.

Aber er war noch nicht fertig. „Wir sind beide weit über tausend Jahre alt, Omega. Wenn wir eine Gefährtin wollten, hätten wir uns schon längst eine genommen. Wir sind Kieran verpflichtet und nur Kieran. Wenn das bedeutet, dass wir uns eine unausstehliche Göre als

Gefährtin nehmen müssen, um seine Sicherheit zu gewährleisten, dann ist das eben so."

„Das ist wahre Loyalität", fügte Lorcan hinzu. „Wir würden für ihn sterben. Würdest du das auch für deine vermeintlich beste Freundin tun?"

Ich knirschte mit den Zähnen, blieb aber stumm. Ich würde das so lange weiterlaufen lassen, bis sie eine Entscheidung traf. Dann würde ich eingreifen und ihnen sagen, dass sie sich verpissen sollten. Ich würde dieser Omega erlauben, mich in das schwer zu verstehende Refugium zu bringen.

Vorausgesetzt, sie würde sich in ihrer Entscheidung als loyal erweisen.

Kyra knurrte meine beiden Elitewölfe an. „Ihr beide wisst nichts über mich."

„Wir wissen genug, um dir nicht zu trauen, kleine Mörderin", antwortete Lorcan.

Ich war mir nicht sicher, was mich mehr schockierte … die Tatsache, dass die Anwesenheit dieser Frau auf wundersame Weise die Zunge meines Cousins gelockert hatte, oder dass meine beiden besten Freunde bereit waren, sich für mich mit einer berüchtigten Alpha-Mörderin zu verpaaren.

Ich hatte nicht die Absicht, das zuzulassen.

Nicht, warnte Cillian, der offensichtlich hörte, wie ich in Gedanken einen Plan ausklügelte. *Das ist unsere Aufgabe. Misch dich nicht ein.*

Du wirst diese Mörderin nicht für mich zur Gefährtin nehmen. Ich kann mich verdammt noch mal selbst verteidigen.

Nein, Kieran. Er sah mich an, seine dunklen Augen verströmten todbringende Energie. *Das steht nicht zur Debatte. Entweder stimmt sie dieser Forderung zu, oder sie kehrt ohne dich zurück.*

Ich werde meine Gefährtin nicht leiden lassen.

Sie ist nicht deine verdammte Gefährtin, schoss er zurück. *Noch nicht. Vielleicht nie. Ich habe die Energie gespürt, die dich auf deinen Hintern befördert hat. Ich lasse dich nicht ohne Verstärkung in die Nähe dieses verdammten Ding. Und Lorcan wird das auch nicht zulassen.*

Du kannst mich nicht aufhalten.

Das wird nicht nötig sein, antwortete er und lenkte meine Aufmerksamkeit wieder auf Kyra und Lorcan.

Sie drehte sich zu ihm um, und die beiden lieferten sich einen verbalen Kampf über Loyalität und darüber, dass keiner von uns die Bedeutung dieses Wortes wirklich verstand.

„Ich habe verdammt noch mal keine Zeit für so was", schnauzte die Omega, ihr englischer Akzent stärker als zuvor. „Aber du kannst mir glauben, dass ich dir den Arsch aufreißen werde, wenn ich zurückkomme, *Alpha*." Die Luft flirrte vor Energie, als Kyra versuchte, durch die Schatten zu wandeln.

Lorcan starrte nur auf sie herab, sein Blick war kalt und berechnend. „Probleme, *Omega*?"

Sie knurrte ihn an. „Na schön. Du willst eine Demonstration meiner Loyalität? Ich werde dir Loyalität zeigen." Sie packte ihn an seinen langen Haaren und zog ihn zu sich herunter.

Dann versenkte sie ihre Reißzähne in seinem Hals.

„Scheiße!", rief ich und trat vor, weil ich befürchtete, dass sie ihm die Kehle herausreißen würde.

Aber Lorcan knurrte warnend, seine Kraft peitschte um sie herum, während er ein zweites Knurren ausstieß, das ihre Knie zum Nachgeben brachte.

Er fing sie mit einem Arm auf, hob sie in die Luft und erwiderte den Gefallen, indem er seine Zähne in ihrem Hals versenkte. Seine dunklen Augen funkelten vor

Hunger, als er ihre Essenz verschlang, und ihr Paarungsbund einrastete.

Götter im Himmel. „Hast du deinen verdammten Verstand verloren?", fragte ich entgeistert.

„Wir sind deine Elite", unterbrach mich Cillian. „Es ist unsere Aufgabe, dein Leben zu schützen."

„Nicht auf Kosten des eigenen Lebens", schnauzte ich.

„Es ist vollbracht", antwortete Lorcan, seine Stimme tief und voller Verlangen. Eine Paarung verlangte nach Sex. Das bedeutete, sein Wolf würde ficken wollen. Jetzt. Sofort.

Aber mein Cousin ließ stattdessen seine neue Gefährtin frei, und sein Gesichtsausdruck verriet nichts, während er sie anstarrte.

„Sie sagt die Wahrheit", sagte er nach einer Weile.

„Echt jetzt?", fauchte sie, während sie ihre Hand auf die Bisswunde an ihrem Hals legte. „Wenigstens weiß ich, dass es dein Kumpel ernst meinte, als er sagte, ihr wolltet keine Gefährtinnen."

Lorcan ignorierte sie und richtete seinen Blick wieder auf mich. „Wir müssen gehen. Trink das Blut. Wenn es nicht klappt, bringe ich Quinnlynn hierher zurück."

Meine Gedanken drehten sich, und mein Wolf knurrte über Lorcans selbstherrliches Verhalten.

Ja, er war mein Cousin.

Und das machte ihn mächtig und stark und befähigte ihn zu eigenen Entscheidungen.

Aber eine Gefährtin zu nehmen, um mich zu schützen?

„Wir sind mit dieser Diskussion noch nicht fertig, verdammt", sagte ich zu ihm, während ich zum Tisch schattenwandelte, um die Ampulle mit Quinnlynns Blut zu packen.

„Du kannst dich später bei mir bedanken", sagte er trocken. Sein Verhalten verblüffte mich. Es war so untypisch für ihn, dass ich anfing, mich zu fragen, ob jemand meinen Cousin durch einen Doppelgänger ersetzt hatte.

Oder vielleicht war er auch mit einem Bann belegt worden.

Ich betrachtete die Omega. *Oder vielleicht wurde er auch verhext.*

Mein Kiefer verkrampfte sich, als ich erkannte, dass ich keine andere Wahl hatte. Wenn sie die Wahrheit über Quinnlynn sagte, dann brauchte mich meine angedachte Gefährtin. Und ich war in den letzten Tagen zu Unrecht wütend gewesen.

„Du solltest uns besser nicht hereinlegen, Omega", warnte ich sie, während ich den Korken der Ampulle herauszog.

„Ich bin mir ziemlich sicher, dass es keine schlimmere Strafe gibt, als die, die ich bereits auf mich genommen habe", erwiderte sie mit zusammengebissenen Zähnen.

Lorcans Augen blitzten auf, als er ihren Gedanken lauschte, aber ich konnte keine Schuldgefühle bei ihm entdecken. Er war nicht der Typ, der eine Entscheidung bereute. Er handelte aus einem Impuls heraus und tat, was er tun musste, um zu überleben.

So wie ich.

Anstatt die Omega weiter zu hinterfragen, leerte ich den Inhalt der Ampulle.

Und schluckte.

Es wäre Zeitverschwendung, weiter auf diesem Punkt herumzureiten.

Jetzt gab es kein Zurück mehr.

Leider fühlte ich mich nicht anders als zuvor. Was bedeutete, dass mich das Trinken ihres Blutes nicht mit ihr verpaart hatte.

Sie brauchte meinen Biss.

Aber vielleicht würde es ausreichen, um durch die Barriere zu kommen.

Es sollte besser funktionieren.

„Bring mich zu Quinnlynn", forderte ich.

„Uns", warf Lorcan ein und hielt Kyra die Hand hin. „Bring *uns* zu Quinnlynn."

Kyra murmelte etwas vor sich hin und griff nach seiner Hand. Dann griff sie nach mir. „Ich hoffe, das tut verdammt weh", sagte sie zu uns beiden. „*Sehr* weh. "

KIERAN

D<small>IE</small> W<small>ELT</small> um mich herum flimmerte. Mir wurde schwindlig und flau im Magen.

Wenigstens bin ich stehend gelandet.

Meine nackten Füße brannten, als ich auf dem Eis schwankte, und meine Haut kribbelte von der eisigen Kälte.

Lorcan fluchte nicht weit von mir entfernt.

„Kyra?", fragte eine tiefe Stimme vorsichtig.

„Es ist in Ordnung", sagte sie durch zusammengebissene Zähne. „Er ist wegen Quinn hier."

„Und der andere?", drängte der Mann, woraufhin ich in seine Richtung blinzelte. Ich konnte ihn nicht sehen, nicht vollständig, aber ich schätzte aufgrund seiner Größe, dass er der Omega war, den Kyra erwähnt hatte. *Fritz.*

„Um den kümmere ich mich selbst", antwortete sie trocken.

Ich schloss meine Augen und holte tief Luft. *Quinnlynn.* Ich konnte sie überall spüren.

Ihre Kraft. Ihren Duft. Ihre Anwesenheit.

Sie war definitiv hier.

Aber es war mehr als das.

Dieser Ort war *sie.*

Die Energie ihrer Familie wirbelte um jeden Aspekt der Schöpfung dieser Insel herum. Ich konnte spüren, wie die uralte Energie auf meinen Geist drückte und eine Bezahlung verlangte.

Das brachte meinen Wolf dazu, aufgebracht hin und her zu laufen. Er konnte den Tribut spüren, den dieser Ort von unserer zukünftigen Gefährtin einforderte. Ihre Seele war völlig entblößt.

Diese Insel laugte sie aus.

Vollständig.

Ich konnte spüren, wie die Wellen an ihr zerrten und mehr verlangten. Aber meine tapfere Omega hatte kaum noch etwas zu geben.

„Wird sie oft ohnmächtig, wenn sie zu Besuch kommt?", fragte ich laut und öffnete meine Augen, um die majestätischen Außenmauern der Festung zu betrachten.

„Nein, aber es ist sehr lange her, seit sie das letzte Mal hier war", antwortete Kyra argwöhnisch. „Sie ist nach eurer Verlobung hierhergekommen. Dann ist sie gegangen, um eine Spur zu verfolgen, und ist nie wirklich zurückgekehrt."

Ich nickte. „Die Insel verlangt von ihr, dass sie die verlorene Zeit wieder aufholt." Das war zumindest meine Vermutung. „Bring mich zu ihr."

Ich konnte Quinnlynns Bedürfnis fühlen, so wie ich auch den Barrierezauber spüren konnte, der mich abschätzte. Der Zauber haftete an meiner Haut, wie eine klebrige Substanz, unsicher, ob er mir erlauben sollte zu bleiben oder nicht. Eine falsche Bewegung und er würde mich abweisen. Vielleicht sogar töten.

Ich musste Quinnlynn beißen.

Und zwar unverzüglich.

Sonst würde ich riskieren, von der Insel geworfen zu werden.

Der einzige Grund, warum er mich noch nicht rausgeschmissen hatte, war das Blut aus der Ampulle.

Und vielleicht war es auch eine kleine Schwäche in dem Schild, die durch Quinnlynns Erschöpfung verursacht wurde.

Was bedeutete, dass ich vielleicht nicht der Einzige war, der sich hier reinmogeln konnte.

Je eher wir verpaart wären, desto eher würde ich ihr helfen können.

Es würde keine Diskussionen mehr geben. Keine Bestrafung. Keine Kommentare. Nur meine Reißzähne, die auf ihre Kehle treffen und uns ein für alle Mal aneinander binden würden.

Sobald das erledigt wäre, würden wir unsere Zukunft beschreiten können.

„Wir müssen zu Fuß gehen", sagte Kyra. „Ich befürchte, dass der Zauber auf dich reagiert."

Ich nickte und stimmte ihrer Einschätzung zu.

Das Schattenwandeln verlangte von mir, dass ich meine inneren Kräfte anzapfte, was die Magie um uns herum stören könnte. Ich durfte auf keinen Fall bedrohlich wirken, sondern so, als ob ich hierhergehörte. „Dieser Zauber ist anders als alles, was ich je gespürt habe. Wie alt ist er?"

„Älter als wir", sagte Lorcan trocken, den Blick auf seine neue Gefährtin gerichtet.

Sie funkelte ihn an. „Hör auf, in meinem Kopf herumzustochern."

„Nein. Erst wenn ich sicher bin, dass wir hier in Sicherheit sind."

„Du bist hier nicht sicher", erwiderte sie.

„Das befürchte ich auch", antwortete er.

Sie biss die Zähne zusammen und drehte sich auf dem Absatz ihrer Stiefel um. „Ich habe dir gesagt, dass alles in Ordnung ist, Fritz", fauchte sie, während sie auf die Wand zuging. „Öffnet das Tor."

Die Magie schimmerte vor uns und erlaubte mir, das *Tor* zu sehen, das sie erwähnt hatte.

Aber es war weniger ein Tor als vielmehr ein großer Eingang aus Feuer.

Lorcan betrachtete es mit Interesse, während ich mir den Schnee im Umkreis ansah. Nichts war geschmolzen.

Interessant.

Ich würde die Funktionsweise dafür später herausfinden müssen, *nachdem* ich mich um meine Gefährtin gekümmert hatte.

Kyra tanzte durch das feurige Portal, und ihr blauschwarzes Haar zeigte uns den Weg.

Lorcan folgte ihr.

Dann rief er mir von der anderen Seite zu, dass es sicher sei, und so trat ich ebenfalls hindurch.

Auf meiner Haut schimmerte noch mehr von dieser greifbaren Magie, aber die klebrigen Rückstände gaben mir ein extrem unbehagliches Gefühl. *Keine falsche Bewegung,* erinnerte ich mich.

Ein Trio aus Omegas betrat den Hof, dessen eisige Landschaft zu einem Palast führte, der wie Millionen von Kristallen glitzerte.

„Es ist in Ordnung", sagte Kyra erneut. „Ich werde nicht genötigt. Und das ist der zukünftige König des Blutsektors, den du im Visier hast, Jas!", schrie sie einer Wache zu, die einen Pfeil auf meinen Kopf gerichtet hatte.

Ich wölbte eine Augenbraue, schaute zu Kyra und ignorierte die Bedrohung in meinem Rücken. „Wie weit ist Quinnlynn entfernt?"

Kyra zeigte auf den Palast. „Sie ist dort in ihren

Zimmern untergebracht. Vielleicht eine Viertelstunde Fußweg von hier."

„Und wenn wir rennen?", fragte ich sie.

„Ich würde es nicht empfehlen", warf Lorcan ein. „Die Omegas haben eine Armee, und es scheint, dass wir ihre normalen Besuchsprotokolle verletzen. Deshalb sind im Moment so viele Waffen auf uns gerichtet."

„Danke, dass du die Informationen aus meinem Kopf stiehlst, Gefährte", sagte Kyra in einem sarkastisch-süßen Ton.

„Lass uns etwas schneller gehen", schlug ich vor und ignorierte die Bemerkungen über die Waffen. Im Moment machte ich mir mehr Sorgen darüber, dass mich die Barriere ins arktische Meer katapultieren könnte.

Kyra warf Lorcan, der unbeeindruckt hinter ihr stand, noch einen warnenden Blick zu und ging den steinernen Weg hinunter in Richtung des Palastes.

Der Hof um uns herum war mit Eisskulpturen geschmückt, ähnlich wie bei einem Springbrunnen. Nur, dass hier alles gefroren war.

Trotzdem sah es sehr schön aus.

Genau wie der Palast vor uns, mit seinen dekorativen Glaselementen und eisähnlichen Türmen.

Die Tore bestanden aus synthetischem Metall und öffneten sich, als wir uns näherten.

Und die Treppe vor uns war aus weißem Stein, ähnlich wie der Weg, auf dem wir gingen.

Weitere Omegas hielten sich hier auf, viele von ihnen mit Waffen in den Händen.

Doch ein Zeichen von Kyra ließ sie alle innehalten.

Sie hielt hier eindeutig eine Machtposition inne. Was mich im Übrigen nicht überraschte, da sie Quinnlynns beste Freundin war. Das alles verlieh den Geschichten darüber, wie Kyra ihren Gefährten hatte ausbluten lassen, zusätzliche Glaubwürdigkeit.

Sie war zweifelsohne imstande, jemanden zu töten.

Doch Lorcan schien kein Interesse daran zu haben, sie kennenzulernen. Er sah sogar so aus, als würde er sie eher umbringen wollen.

An den Türen des Palastes kamen uns zwei Wachen entgegen, deren Gerüche bestätigten, dass es sich nicht um V-Clan-Wölfe, sondern um etwas anderes handelte.

W-Clan, vielleicht?

Sie verschwanden, bevor ich sie richtig einschätzen konnte.

Ich hätte sie fast gefragt, aber ich nahm plötzlich Quinnlynns Duft wahr und mein Wolf wurde unruhig. *Der Duft ihrer Erregung.* Sie war definitiv wieder in ihre Hitze geraten.

Das überraschte mich nicht, denn ihr letzter Zyklus war nicht vollständig gewesen. Und ich hatte den Verdacht, dass sie die Magie, die sie auf dieser Insel auslaugte, in einen verletzlicheren Zustand versetzt hatte.

Meine Nase leitete mich mehr als Kyra und mein Wolf folgte dem Duft seiner Gefährtin.

Die Vampir-Omega stellte sich mir nicht in den Weg oder führte mich an, sondern ging einfach neben mir her, während Lorcan mir den Rücken freihielt.

Ich folgte dem Duft, ging durch eine Tür und dann eine prächtige Treppe hinauf und schließlich einen kunstvoll verzierten Korridor hinunter, dessen Wände und Decken von kristallisiertem Glas eingerahmt waren.

Die Reise ging noch einige Minuten weiter, zu einem anderen Teil des Palastes, der weniger bevölkert schien.

Familienquartiere, stellte ich schnell fest, als ich durch eine weitere verstärkte Tür trat.

Ich ignorierte Kyra und Lorcan, konzentrierte mich nur darauf, meine Omega zu finden.

Ihr Wimmern hallte leise durch die Luft und ihr Duft war ein Leuchtfeuer für meine Sinne.

Ich rannte nicht, denn die Magie in der Luft erinnerte mich daran, ruhig zu bleiben, aber ich beschleunigte mein Tempo.

Über weitere Treppen gelangte ich in ein Stockwerk mit drei Türen. Kein Glas. *Schlafräume.*

Quinnlynns Zimmer befand sich am Ende des Korridors und ihre Tür war teilweise geöffnet. Ich blickte in einen großen Raum, der mit einer beträchtlichen Anzahl an Fenstern ausgestattet war, die einen Blick auf die verschneiten Berge in der Ferne boten. Wir befanden uns eindeutig sehr weit im Norden, auf einer Insel vor der Küste von Grönland oder Kanada. Vielleicht sogar in Russland.

Aber das spielte keine Rolle.

Ich hatte nur Augen für meine Gefährtin, die sich in einem Bett zusammengerollt hatte und deren dunkles Haar sich um sie herum ausbreitete, während sie vor Schmerzen wimmerte.

Meine Energie übertrug sich sofort auf sie, gab ihr die Vitalität, nach der sich ihre Seele sehnte, und entlockte ihr einen hohen Schrei.

„Was machst du?", fragte Kyra barsch.

Ich ignorierte sie und ging mit nackten Füßen, in denen ich schon seit einiger Zeit kein Gefühl mehr hatte, zu meiner Gefährtin.

„Kieran." Mein Name verließ ihre Lippen mit einem Wimmern. „Es tut mir leid."

„Ssch", beruhigte ich sie, setzte mich zu ihr aufs Bett und streifte dabei meine Jeans ab. „Ich bin hier, Kleines."

Sie schüttelte den Kopf. „Du hasst mich. Das ist ein Fiebertraum."

„Kein Traum." Ich zog sie an mich, während ich zu schnurren begann. „Und ich könnte dich niemals hassen, Prinzessin."

Sie schluchzte, als ihr Kopf auf meine Brust traf, und ihre Schreie brachen mir das Herz. Das war nicht meine starke Gefährtin, sondern eine Omega, die durch den Druck, diese Insel am Leben zu erhalten, gebrochen war. Eine Omega, die darunter litt, ohne ihren Alpha in ihre Hitze zu geraten. Eine Omega, die das Gewicht der Welt schon viel zu lange auf ihren Schultern getragen hatte.

Es war an der Zeit, uns zu vereinen, *gemeinsam* zu führen anstatt *allein*.

Sie brauchte meine Kraft mehr denn je.

Genau wie ich ihre Wahrheit erfahren musste.

Dieser geheime Ort war nun unser, wir mussten ihn gemeinsam schützen.

„Du wirst nie wieder allein sein", versprach ich ihr, und mein Wolf brummte zustimmend.

Ich küsste sie auf die Stirn und strich ihr das Haar aus ihrem schönen Gesicht.

„Sieh mich an, Quinnlynn", flüsterte ich. „Ich bin kein Traum. Es ist wahr. Ich bin hier. Und ich werde dich beanspruchen."

„Kieran?" Mein Name klang so weich und zerbrechlich auf ihren Lippen.

„Ich bin hier", wiederholte ich, schnurrte lauter für sie und schickte ihrer Seele mehr Energie.

Es schien durch sie hindurchzugehen, die Magie um uns herum hungerte nach mehr. War hungrig nach *mir*.

Ich spürte die Präsenz der Barriere nicht mehr, sondern nur noch eine subtile Neugier, fast so, als wäre der Zauber lebendig und zu Gefühlen fähig.

Das war nicht möglich – Magie gedieh nicht von allein.

Aber es fühlte sich an, als sei sie physisch, vielleicht weil sie so stark mit meiner zukünftigen Gefährtin verbunden war, ein Stück von ihr. *Ihr Herz.*

Sie nahm mehr von meiner Energie auf und ihre Nase drückte sich gegen meine Brust, während sie versuchte, in mich hineinzukriechen.

Ich rollte sie aufs Bett, legte mich auf sie und presste meine Hüften gegen ihre. Endlich wagte sie es, ihre Augen zu öffnen, und die schönen dunklen Tiefen fanden sofort die meinen.

Sie blinzelte ein paar Mal, als würde sie aus einem tiefen Schlaf erwachen, während ihr Blick klar wurde. „Du bist hier?"

„Ich bin hier", sagte ich erneut.

„Im Refugium?"

Ich nickte. „Kyra hat mich geholt." Ich drehte meinen Kopf zu ihr, nur um festzustellen, dass sie und Lorcan gegangen waren. Aber das spielte keine Rolle. Denn Quinnlynn schien es zu verstehen. „Das Blut hat funktioniert."

„Ja." Ich stützte einen Arm neben ihrem Kopf auf, während meine andere Hand ihre Wange berührte. „Aber ich muss dich beanspruchen."

Ihre Augen funkelten. „Ja."

„Bist du bereit?", fragte ich, ein wenig erfreut über ihre Zustimmung. Es könnte allerdings auch einfach die Hitze sein, die aus ihr sprach, aber letztendlich würde es nichts ändern. Ich musste es tun. Sie gehörte mir. Und es war an der Zeit.

„Ich werde vielleicht nie wirklich bereit sein", flüsterte sie, und diese Worte klangen viel mehr nach der Quinnlynn, die ich kannte. „Aber es ist das, was ich will, was ich *brauche.*"

„Um das Refugium zu schützen?", fragte ich und übersetzte damit das *Brauchen,* von dem sie gesprochen hatte. Aber sie schüttelte den Kopf. „Um *uns* ins Gleichgewicht zu bringen. Um … *uns* … in die Zukunft zu bringen."

Darüber hatten wir uns neulich Abend unterhalten – wir hatten über die Vergangenheit gesprochen, die Gegenwart und die Zukunft, kurz bevor sie verschwunden war.

Oder besser gesagt, kurz bevor ich dachte, sie wäre verschwunden und hätte mich erneut hintergangen.

Aber jetzt kannte ich die Wahrheit.

Sie hatte versucht, mich hierher zu bringen, um mir das tiefste Geheimnis ihrer Familie zu zeigen. Weil sie sich entschlossen hatte, mich reinzulassen. Mir zu vertrauen. Mich wirklich zu ihrem Gefährten zu machen.

Und jetzt *wollte* sie, dass ich den Prozess vollendete.

„Du willst das", sagte ich erstaunt, während mein Blick ihren suchte. „Es ist nicht länger ein Spiel. Du benutzt mich nicht mehr meiner Macht wegen. Du willst *uns*."

„Das will ich", bestätigte sie. Ihre Augen waren nun völlig klar.

Dann neigte sie ihren Kopf, entblößte ihren Hals.

Und dann sagte sie die Worte, die ich so lange schon von ihr hatte hören wollen.

Seit über hundert Jahren.

„Beiß mich, Kieran. Mach mich zu deiner *wahren Gefährtin*."

QUINN

KIERAN HATTE mich mit seiner Energie und seiner Kraft überflutet und mich vom Rande des Wahnsinns zurückgeholt.

Ich war mir nicht sicher, wie lange es anhalten würde, denn das Brennen in mir wurde mit jeder Sekunde heißer.

Aber ich war für die kurze Verschnaufpause dankbar.

Es verschaffte mir etwas Zeit, alles zu begreifen, und nun *wusste* ich, dass er tatsächlich die Barriere durchbrochen hatte und zu mir gekommen war.

Kein Traum.

Kieran ist hier.

Er liegt auf mir.

Nackt.

Und er ist im Begriff, mich zu beanspruchen.

„Bitte", flüsterte ich, wollte seinen Anspruch spüren, bevor ich wieder vor Lust den Verstand verlor. Alles war einfach so *heiß*, ein Chaos aus Schweiß und Tränen. Und *Qualen.*

Er gab mir mehr Heilkraft und ich seufzte zufrieden. Sein Schnurren und sein Duft überwältigten meine Sinne, seine maskuline Präsenz war ein Geschenk der Götter selbst und lullte mich in einen Zustand der Glückseligkeit.

Doch ich brauchte mehr.

„Beiß mich", wiederholte ich, den Kopf immer noch geneigt, um meinen Hals zu entblößen.

„Ich überlege gerade, wo ich dich markieren will", murmelte er, während seine Lippen auf dem Weg zu meinem Ohr meine Wange streiften. „Ich kämpfe mit der Entscheidung, ob ich es an einer Stelle machen will, die jeder sehen kann, oder an einer Stelle, die nur mir gehört."

Er küsste meinen Hals und seine Lippen streiften meinen Puls.

„Ich möchte, dass jeder weiß, dass wir verpaart sind, Quinnlynn. Aber vor allem möchte ich, dass *du* weißt, dass ich dich für mich beansprucht habe. Und dass unsere Seelen miteinander verbunden sind. Dass du endlich *mir* gehörst, verdammt." Er knabberte an meiner empfindlichen Haut, neckte mich, bevor er seinen Mund auf den meinen legte.

Sein Name wollte gerade meine Lippen verlassen, als ich von seiner Zunge unterbrochen wurde, und er mich in einem Kuss verschlang, bei dem ich Sterne sah.

Weil ich zu atmen vergaß.

Dieser Alpha verschlang mich. Besaß mich. *Beanspruchte mich, ohne mich zu beißen.*

Und ich konnte nicht ... gegen ihn ankämpfen. Und ich wollte es auch nicht.

Ich packte seine Schultern und hielt mich fest, während er meinen Mund in Beschlag nahm, jeden meiner Gedanken zerstörte und mich in Empfindungen einführte, die ich bislang nur mit seinem Knoten erlebt hatte.

Oh, Monde ... dieser Mann konnte küssen. Kein Wunder, dass er sich zurückgehalten hatte. Das ... das war ... *allumfassend.*

Aber es endete zu schnell und seine Stirn traf meine, als er gegen meine geschwollenen Lippen ausatmete. „Verdammt, Quinnlynn. Ich fühle mich, als könnte ich dich ewig küssen."

„Dann tu es", sagte ich. „Küss mich, Kieran. Küss mich für immer."

„Mein erster und letzter Kuss", hauchte er und verwirrte mich.

„Erster?", wiederholte ich verständnislos.

„Du bist die Einzige, Quinnlynn. Die Einzige, die ich je geküsst habe. Die Einzige, die ich je küssen wollte."

„Du hast … Du hast noch nie eine andere Omega geküsst?", flüsterte ich, schockiert von seinem Geständnis.

„Nur dich."

Nur mich?

Bevor ich etwas sagen konnte, eroberte er wieder meinen Mund, und seine geschickte Zunge verdrängte meine verblüfften Gedanken im Nu und heizte erneut meine Leidenschaft an.

Ich grub meine Nägel in seine Schultern, und mein Körper stand in Flammen, die mich völlig zu verzehren drohten, wenn er mir nicht *mehr* geben würde.

Er knurrte und mein Magen zog sich zusammen, während sich meine Erregung zwischen meinen Schenkeln sammelte und seine mit meiner eigenen verband.

Ich war so bereit für ihn, meine Hitze hatte meinen Körper auf ein unaussprechliches *Bedürfnis* vorbereitet. Ich wimmerte, ein Teil des überwältigenden Drangs, mich zu paaren, kehrte zurück und löste einen Strudel von Gefühlen in mir aus.

„Bitte", hauchte ich gegen seine Lippen, da ich kaum noch atmen konnte.

Er war meine Luft. Mein Ziel. Meine *Rettungsleine*. Nur Kieran. Für immer Kieran.

Seine Hand verließ mein Gesicht und wanderte an meiner Seite hinunter zu meiner Hüfte. Ich spreizte meine Schenkel noch weiter, wollte, dass er mich berührte, dass er mich fickte, dass er unsere Paarung *vollendete*.

„Du willst meinen Knoten, Prinzessin?"

„Ja." Ich drückte mich gegen ihn. Wir brauchten kein Vorspiel. Nicht, solange ich mich so fühlte. Nicht, wenn ich ihn so dringend brauchte wie in diesem Moment.

Aber Kieran war ein verdammter Quälgeist.

Denn er küsste mich *erneut*.

Als er sich ganz auf mich stützte, strich er noch einmal mit seiner Hand über meine Seite.

Ich spürte seinen Schwanz an meiner Lustperle, seinen Schaft, der an ein Brandzeichen auf meiner erregten feuchten Haut erinnerte. Ich versuchte, mich unter ihm zu bewegen, mich zu winden, ihn zu überreden, mich zu nehmen, aber er hielt mich mit Leichtigkeit, während mich sein Mund eroberte.

Seine Zähne streiften meine Unterlippe.

Seine Zunge kostete mich. *Füllte mich. Fickte mich.*

Ich schlang meine Arme um seine Schultern und hielt mich fest, denn diese Verpaarung wurde vollständig von Kieran O'Callaghan kontrolliert. Meinem vorhergesehenen Gefährten. Meiner Zukunft. Meinem auserwählten König.

Er lächelte gegen meinen Mund, beide Hände erkundeten meinen Körper. Er streichelte mich und streichelte mich, bis sich mein Verlangen zu einer Raserei hochschaukelte, die in meinen Adern wie geschmolzene Lava wirkte.

Ich wimmerte.

Bettelte.

Ich hatte meinen eigenen verdammten Namen vergessen.

Doch dann spürte ich seinen Mund an meinem Hals, seine Zähne streiften wieder meinen Puls. „Ich brauche dich nicht *hier* zu markieren", flüsterte er. „Ein Blick auf dich und jeder wird wissen, dass du mir gehörst. Niemand wird den sichtbaren Abdruck meines Mundes sehen müssen, um es zu beweisen."

Er begann, sich einen Weg nach unten zu küssen, seine Zunge und sein Mund erwiesen sich als sehr gründlich.

„Nein, meine verschlagene Gefährtin." Seine Worte waren ein zartes Kribbeln auf meiner Haut, als er an meiner Brust verweilte. „Ich möchte dich irgendwo für *uns* markieren. An einem Ort, den du jeden Tag siehst. An einem Ort, den du immer als den *unseren* erkennen wirst."

Er nahm meine Brustwarze zwischen seine Zähne, sodass ich zusammenzuckte und ein erstickter Laut meine Kehle verließ.

„Mmhmm", brummte er. „Vielleicht hier?" Bevor er seinen Weg nach unten fortsetzte, biss er fest genug zu, um mich zu necken, durchbrach aber die Haut nicht.

„*Kieran.*"

„Ssch", flüsterte er. „Die Barriere fühlt sich jetzt stärker an. Es ist wahrscheinlich meine Macht. Wir haben ein wenig Zeit, damit ich den richtigen Ort aussuchen kann."

Er hielt inne, um seine Zunge in meinen Bauchnabel zu tauchen, und entlockte mir ein Stöhnen.

„Meine Hitze", keuchte ich. „Ich will … ich brauche … ich will … *es bewusst erleben.*"

„Und das wirst du auch", versprach er, während er mich mit einer weiteren berauschenden Welle seiner heilenden Energie überflutete. Ich schmolz förmlich dahin, meine Wölfin war zufrieden, schnurrte und schwelgte in der Macht ihres auserwählten Gefährten. Sie sah dies als eine Art Verlobungsgeschenk an. Eine Absichtserklärung.

Eine Demonstration seines Wertes.

Ich zitterte, und mein Inneres zog sich vor Intensität zusammen, als Kieran mir einen Kuss mit offenem Mund auf die empfindlichste Stelle drückte.

Er führte mich mit seiner Zunge und einem kleinen Lecken fast zum Orgasmus. Mein Körper war so bereit zu verbrennen, dass ich nicht viel brauchte.

Aber er hielt inne und wanderte mit seiner Zunge zu meinem Hüftknochen, um dort die Haut anzuknabbern.

Und dann hinunter zu meinen Innenschenkeln.

Sein Mund und seine Hände waren überall, meine Haut glühte von seinen Berührungen, mein Inneres war ein feuriges Durcheinander des exquisitesten Wahnsinns.

„Du bestrafst mich", beschuldigte ich ihn, aber wölbte mich ihm erneut entgegen.

„Nein, Liebling, ich bete dich an." Sein Mund kehrte zu meiner harten Lustperle zurück, seine Lippen flüsterten heiße Worte der Anbetung gegen sie und zwangen mich, in die Vergessenheit zu taumeln.

Es *brannte*.

Ich schrie.

Die Welt wurde dunkel.

Und dann wurde es wieder hell und ich keuchte.

Die Zeit hörte auf zu existieren. Alles, was zählte, war Kierans Mund, seine Berührung, sein *Knurren* und seine Kontrolle.

Er war hier der Alpha. Der Dominante zwischen uns. Der mächtige Wolf, der immer wusste, was zu sagen war und wann.

Ich gab ihm alles. Mein Vertrauen. Mein Herz. Meine Seele. Meine *Existenz*.

Denn ich vertraute ihm.

Er würde mich beschützen. Er würde mich befriedigen. Er würde mich beanspruchen.

Er ist ein würdiger Gefährte.

Er ist mein Gefährte.

Mein Kieran.

Mein Alpha.

„Ja", schnurrte er gegen meine feuchte Mitte, sein Mund nur wenige Zentimeter von meinem pochenden Nervenbündel entfernt. „Ich gehöre dir und du gehörst mir."

Ich musste laut gesprochen haben, was seine dunklen Augen bestätigten, als er zustimmend zu mir aufsah.

Er mochte es *„mein"* genannt zu werden.

Oder vielleicht *würdig*.

Vielleicht war es alles.

Er küsste sich wieder nach oben, seine Bewegung war geschmeidig und anmutig, wie es seiner Rolle in dieser Welt entsprach. Voller Kraft und Eleganz. So perfekt. Männlich. Ein kleines bisschen wild. Und doch absolut fesselnd.

„Nimm mich zur Gefährtin", flehte ich ihn an. „Bitte, Kieran. Ich möchte dich in jeder Hinsicht in mir spüren."

Er lächelte und sein Mund hielt direkt über meinem Herzen inne. „Wie du wünschst, meine Königin." Seine Eckzähne schlugen in meine Haut, bevor ich ihn korrigieren konnte, seine Kraft traf mich wie eine Lawine und sog mich in die Dunkelheit.

So. Viel. Energie.

So. Viel. *Kieran.*

Meine Welt verschwand, wurde in den Strudel meines Gefährten gerissen und löschte jeden Gedanken aus, den ich je besessen hatte.

Und plötzlich war mein Kopf mit Kierans Gedanken ausgefüllt.

Ich wurde von seinen Gedanken, seinem Verlangen, seinen Gefühlen und *von seiner Loyalität* überwältigt.

Jedes Wort. Jede Aussage. Jede Behauptung. Es war

alles wahr. Er hatte nie gelogen. Nicht ein einziges Mal. Er hatte mir immer genau gesagt, was er fühlte und was er sich wünschte.

Er hatte meine Eltern nicht umgebracht.

Er hatte es nicht auf meine Familiengeheimnisse abgesehen.

Er wollte einfach nur mich. *Und mein Herz.* Er wollte, dass ich darum bettelte. Und dass ich ihn um seiner selbst willen akzeptierte, nicht wegen eines hinterhältigen Plans. Er hatte mehr als ein Jahrhundert lang über meine Gründe gegrübelt.

Und jetzt wusste er es. Jetzt konnte er sehen, was mich in jener Nacht zu meiner Entscheidung bewogen hatte.

Es hatte nicht nur damit zu tun, dass er sich nicht am Kampf um den Thron beteiligt hatte. Es ging auch um ihn. Um seine Macht. Seinen Bad-Boy-Status. Seine einschüchternde Aura.

Ich hatte gewusst, dass es keiner der anderen Alpha-Prinzen wagen würde, sich gegen ihn zu stellen. Und diejenigen, die es taten, würden zugrunde gehen.

Denn er war dafür geschaffen, ein König zu sein. *Mein* König.

Seine Macht hatte meine Erwartungen mehr als erfüllt. Aber ich hatte nicht erwartet, dass er so charmant sein würde. So entwaffnend charmant. So … *perfekt.*

Er hielt sich selbst für einen Schurken, und für manche stimmte das vielleicht auch.

Aber für mich war er ein Held. Er hatte den Blutsektor mit der Leichtigkeit und dem Geschick eines Königs geführt. Er hatte bewiesen, dass er all das war, was ich brauchte, und noch viel mehr.

Kieran war der Alpha, von dem ich nicht einmal wusste, dass ich ihn begehrt hatte, und jetzt konnte ich mir ein Leben ohne ihn nicht mehr vorstellen. Ein Teil von mir war wütend, dass ich so lange gewartet hatte, um mich so vollständig, so sicher, so *zu Hause* zu fühlen.

Ich wusste, dass mein Weg zu diesem Zeitpunkt Teil dessen war, warum wir so gut zueinander passten.

Ich hatte im Laufe der Jahre gelernt, alle Aspekte und Facetten des Lebens zu schätzen, und Kieran hatte gelernt, ein König zu sein.

Gemeinsam waren wir aus unserer Vergangenheit gestärkt hervorgegangen und würden unschlagbar in die Zukunft gehen.

Er war älter, weiser und mächtiger. Aber ich verstand andere Sektoren, andere übernatürliche Wesen und das Privileg, die Zufluchtsstätte für Omegas in Not zu schützen.

Unsere Leben würden für immer miteinander verbunden sein, wir würden einander stärken und zusammen *gedeihen*.

In diesem Moment entstand eine so schöne Zusammenkunft, dass ich weinen musste.

Und Kieran küsste meine Tränen weg.

Glitt dann langsam in mich hinein. *Mit Liebe.* Nicht schnell. Nicht hart. Nur zärtlich. Es fühlte sich richtig an, es gab nur noch ein *Wir*.

Sein Mund beanspruchte den meinen, seine Zunge gab Ehegelübde gegen die meine ab, während er meinen Körper an neue Grenzen trieb.

Rein- und rausglitt.

Mich beherrschte.

Mich wertschätzte.

Mich ehrte.

Ich schlang meine Beine um seine Taille und zog ihn tiefer in mich hinein. Und tiefer. Ich versuchte, ihn in mir festzuhalten. Und bettelte um seinen Knoten.

Aber er küsste mein Flehen weg und zwang mich, sein

langsames Tempo zu akzeptieren. Seine Streicheleinheiten. Seine hypnotischen Liebkosungen.

Kierans Hände prägten sich meine Rundungen ein.

Seine Zunge sprach von Liebe, während sie meine umspielte.

Und meine Brust pochte von seinem Biss.

Du hast mich beansprucht, staunte ich, als ich unsere mentale Verbindung herstellte und mich freute, wie leicht ich ihn in meinen Gedanken fand.

Das habe ich, bestätigte er. Nicht, dass es nötig gewesen wäre. Ich wusste natürlich, dass wir jetzt offiziell verpaart waren. Aber es hatte etwas Intimes, Worte über unsere telepathische Verbindung auszutauschen.

Ich konnte sein Verlangen hören. Ich konnte seine dunkleren Sehnsüchte spüren. Und ich spürte auch sein Bedürfnis, mir das Gefühl zu geben, geliebt zu werden.

Weil seine Gefühle für mich sehr tief gingen.

So wie meine.

Wir waren endlich auf dem richtigen Weg, unsere Leben waren für die bevorstehende Reise miteinander verflochten, und unsere Herzen verschmolzen zu einer Einheit.

Mein Alpha, hauchte ich, drückte mich an ihn und spannte mich noch einmal an. *Gib mir meinen Knoten.*

Deinen Knoten?, fragte er mit einer hochgezogenen Augenbraue.

Ja. Mein Alpha. Mein Knoten.

Er gluckste, der Klang war tief, sexy und vibrierte gegen meine Brust. „Also gut, meine kleine Betrügerin", flüsterte er gegen meine Lippen. „Du hast gewonnen."

Ich kam nicht dazu, ihn zu fragen, was er meinte, denn in der nächsten Sekunde platzte sein Knoten heraus und trieb mich in den Wahnsinn.

Es pulsierte und pochte in mir und zwang mich, mit

ihm in das darauffolgende, gefühlvolle Vergessen einzutauchen.

Ein kleiner Teil meines Verstandes registrierte seine Besorgnis darüber, dass er keine weitere Antibabypille genommen hatte.

Vor ein paar Wochen hätte mich das noch erschreckt.

Aber jetzt ... jetzt begrüßte ich alles, was das Leben für uns bereithielt.

Wir sind auf einem neuen Weg, sagte ich zu ihm. *Was auch immer geschieht ... soll geschehen.* Das war mehr eine Träumerei meinerseits, aber das machte es nicht weniger wahr.

„Bist du bereit, dass ich dich wieder in deine Hitze entlasse?", fragte Kieran leise und legte seine Hände erneut auf meine Wangen. „Ich vermute, dass es dieses Mal deine üblichen dreißig Tage dauern wird."

Ich konnte spüren, wie mein Körper dieser Aussage zustimmte. Mein vorheriger Zyklus war nur zum Aufwärmen gewesen, damit sich meine Seele wieder an unsere jährliche Routine gewöhnen konnte.

Diese Hitze war echt.

Ungefähr einen Monat lang ficken.

Ich strich mit den Händen über das Bettzeug unter uns, meine Beine waren immer noch um seine Hüften geschlungen. „Ich werde Nachschub brauchen", sagte ich ihm.

„Ich vermute, Lorcan und Kyra kümmern sich bereits darum."

„Lorcan?", wiederholte ich.

Kieran schüttelte den Kopf. „Das ist eine Geschichte für die Zeit, wenn deine Hitze vorbei ist. Im Moment will ich mich nur darauf konzentrieren, dich zu ficken."

Mein Innerstes schloss sich um seinen Knoten, begierig

nach dem Versprechen in seinen Worten. „Ja, Alpha. Dreißig Tage lang ficken."

Er knurrte. „Ich werde jeden Zentimeter von dir beherrschen."

„Gut." Ich lächelte, liebte die Herausforderung in seinem Blick sehr. „Jetzt küss mich noch einmal. Ich möchte meinen Verstand verlieren, während ich deine Zunge in meinem Mund habe."

Ich gab ihm über unsere mentale Verbindung die Erlaubnis, mich wieder in meine Hitze zu versetzen.

Also machte er sich nicht die Mühe, zu fragen. Er eroberte einfach meine Lippen.

Und überließ mich meinen feurigen Instinkten.

Was dazu führte, dass ich ihn ficken wollte. *Den ganzen Monat lang.*

KIERAN

QUINNLYNN STRECKTE sich neben mir aus, ihr Mund öffnete sich zu einem bezaubernden Gähnen, während sie sich an meine Seite schmiegte. Ich schnurrte, zufrieden mit der Befriedigung meiner Gefährtin.

Vier Wochen des Fickens hatten uns beide sehr ausgelaugt, aber ich spürte, dass Quinnlynn noch nicht bereit war, zurückzukommen. Jedenfalls nicht ganz. Sie war in den letzten Tagen weniger abgelenkt gewesen, was vor allem an ihrem Nistbedürfnis gelegen hatte. Es hatte Vorrang vor ihrem Paarungsdrang gehabt. Ihr Instinkt, ihre sichere Zuflucht zu beschützen, wurde durch das Band gefördert, das sich zwischen uns gebildet hatte.

Lorcan hatte durch die Schatten zwei Körbe mit Kleidung für mich hierher gebracht, die ich Quinnlynn geben konnte.

Zum Glück hatte er sie draußen im Flur stehen gelassen, denn der Alpha war sich der Besitzansprüche meines Wolfes durchaus bewusst. Alphas beschützten von Natur aus ihre paarungsbereiten Omegas, etwas, das uns ganz normal vorkam. Der Geruch eines anderen Alphas in der Nähe des Nestes konnte selbst die kontrolliertesten Alphas in eine gefährliche Rage versetzen.

Allerdings hatte es meinen Wolf ein wenig besänftigt, Lorcans Paarungsduft zu wittern. Deshalb hatte ich nicht den Drang verspürt, ihm die Kehle herauszureißen. Natürlich hätte sich das im Handumdrehen ändern können. Die Entscheidung meines Cousins, auf Distanz zu bleiben, war also klug gewesen.

Ich fuhr mit den Fingern durch Quinnlynns dunkles Haar, liebte den Kontrast zu ihrer blassen Haut. Ihre Wangen waren leicht errötet, was mir sagte, dass sie gesund und glücklich war.

Die Omegas hatten eine Art Liefersystem eingerichtet, das es mir leicht machte, Quinnlynn mit Nahrung zu versorgen. Sie hatte sich nicht gegen mich gewehrt, was vermutlich daran lag, dass sie die Auswahl sehr mochte.

Was bedeutete, dass entweder jemand eine Liste mit Lebensmitteln geführt hatte, die alle Omegas während der Hitze gerne aßen, oder dass sie eine Liste mit den Vorlieben der einzelnen Personen hatten.

Wie auch immer, ich hatte vor, mir diese Informationen zu verschaffen.

Es würde sich in der Zukunft als nützlich erweisen.

Quinnlynn gähnte erneut und vergrub dann ihre Nase an meiner Brust, um leise nach *mehr* zu verlangen.

Ich lächelte und mein Schnurren wurde intensiver, um ihrer Bitte nachzukommen.

Sie seufzte und drängte ein Bein zwischen meine, während sie ihren Körper für sich sprechen ließ.

Wir hatten genug Tage ihres Zyklus durchlaufen, um zu wissen, was als Nächstes kommen würde.

Zuerst ein kleines Knabbern.

Direkt über meiner Brust.

Gefolgt von ein paar Küssen, bis hinauf zu meinem Hals.

Meine Lippen verzogen sich, als sie genau das tat, was ich erwartet hatte, während sie sich auf mich setzte und sich an mich schmiegte.

Ich war in diesen Tagen ständig in einem erregten Zustand, was es ihr leicht machte, sich auf mich zu setzen, um sich bis zum Anschlag auszufüllen.

„Du bist so schön, Quinnlynn", sagte ich zu ihr. Es gefiel mir, wie sie ihre Hand auf meine Brust legte, als sie sich aufsetzte.

Sie brummte zur Antwort und mochte mein Kompliment augenscheinlich.

Es schien, als würde sich meine kleine Omega sehr an einem Lob erfreuen, was ich wirklich genoss. Sie machte es mir leicht, ihr Komplimente zu machen, besonders als sie begann, mich zu reiten.

Langsam.

Intensiv.

Sie wartet darauf, dass ihr Alpha die Kontrolle übernimmt.

An manchen Tagen hatte ich sie stundenlang auf mir reiten lassen.

Aber ich spürte, wie sie jetzt aus ihrer Hitze herauskam, und das machte mich begierig darauf, dieses letzte Mal auszunutzen.

Ich gab ihr ein paar Sekunden Zeit, um ihre Bedürfnisse zu befriedigen.

Dann setzte ich mich langsam auf, während mein Blick ihren traf.

Sie schlang ihre Beine um meine Taille, während ihre Wölfin ein anerkennendes Knurren von sich gab. Ich erwiderte es, als ich meine Hand um ihren Nacken legte und sie in einen Kuss zog.

Verdammt, ich liebe das. Ich liebe sie. Ich war süchtig nach ihrem Geschmack. Ihrer Zunge. Ihren *Lippen.* Jede Umarmung fühlte sich wie die Erste an, was keinen Sinn ergab, da wir einen ganzen Monat damit verbracht hatten, in ihrem Nest rumzumachen.

Aber ich konnte nicht genug von ihr bekommen.

Unsere Zungen duellierten sich und ich genoss es, wie sie es mir mit jeder Bewegung gleichtat.

Das habe ich ihr beigebracht, oder? Oder vielleicht hat sie es mir beigebracht?

Es spielte keine Rolle.

Wir beherrschten einander, lernten unsere Vorlieben kennen, fanden unser Gleichgewicht und stürzten uns gemeinsam in eine berauschende Welt der intensiven Lust.

Ich knetete ihre Brust mit meiner freien Hand und drehte ihre Brustwarze. Sie wimmerte. Ich hatte mit der Zeit herausgefunden, dass sie das liebte.

Genauso wie meine tiefen Stöße, die ich ihr jetzt gab, und die leichten Berührungen ihrer Lustperle, die durch die Bewegung meiner Hüfte entstanden.

Sie zitterte, ihr Orgasmus war bereits nahe.

Meine wunderschöne, empfindliche Gefährtin, flüsterte ich in ihren Geist. *Ich werde dich so hart kommen lassen, dass du Sterne siehst.*

Ja, Alpha. Ja.

Kieran, korrigierte ich sie. *Sag meinen Namen, Liebling.*

Kieran, wiederholte sie sofort.

Braves Mädchen, lobte ich sie.

Ihr Inneres pulsierte um meinen Schwanz, und ihr Körper vibrierte vor Verlangen.

So ist es gut, Quinnlynn. Reite mich, sagte ich ihr und stieß nach oben. *Nimm dir dein Vergnügen. Lass es dir gutgehen.*

Kieran, stöhnte sie, und unser Kuss wurde leidenschaftlich und aggressiv zugleich. Sie biss in meine Zunge und sog meine Essenz in ihren Mund.

Ich würde den Gefallen sofort an ihrem Hals erwidern.

Ich wollte nur zuerst spüren, wie sie sich in ihr Vergnügen stürzte.

Mmm, du fühlst dich so verdammt gut an, Liebling, lobte ich sie. *Du massierst mich auf die beste Art und Weise. Ich könnte für immer in dir bleiben.*

Ja, hauchte sie. *Ja, Kieran. Bitte.*

Ich will dich in Vergessenheit ficken und niemals damit aufhören, dich zu verknoten. Ich knabberte an ihrer Unterlippe und Quinnlynn biss wieder auf meine Zunge. Es tat weh, aber ich mochte es. Denn ich konnte ihre sinnliche Befriedigung spüren, mich so intim zu markieren, mich zu schmecken, mich zu *beanspruchen. Kannst du für mich kommen, Liebling?*

Ihr Innerstes pulsierte noch fester um meine Länge und sie bewegte sich schneller, als sie versuchte, meine Bitte zu erfüllen. Ich spürte, wie ihr Puls raste, wie sich ihre Wärme ausbreitete und wie ihre Erregung meinen Schaft überzog. *Kieran!*

Jetzt, Quinnlynn. Komm jetzt.

Sie kam, und ihre Ekstase brach in heißen, intensiven Peitschenhieben um mich herum und *durch* mich *hindurch* aus. Ich konnte ihre Freude in ihren Gedanken hören, ihre Verzückung um meinen Schwanz spüren und ihren Orgasmus durch unser Paarungsband so fühlen, als wäre es mein eigener.

Verdammt, Liebes, hauchte ich und stieß mit einem heftigen Stoß in sie hinein.

Ich drehte uns herum und bettete sie auf den Rücken, aber ihre Beine blieben um meine Hüften geschlungen.

Dann nahm ich sie so, wie ich es brauchte – schnell und hart – und zwang sie zu einem weiteren Höhepunkt, währenddessen sie meinen Namen schrie.

„Das ist so verdammt gut", sagte ich zu ihr, während meine Lippen zu ihrem Hals wanderten und ich mich bereit machte, sie zu beißen. Diese Bisswunde würde heilen. Die andere nicht. Es war Teil der Magie, die unsere Seelen zusammenhielt. Sie würde für immer meinen Anspruch auf ihrer Brust tragen.

Allein der Gedanke daran machte mich härter.

Das Wasser lief mir im Mund zusammen.

Mein Biest wollte sie *kosten*.

Ich gab dem Verlangen nach, meine vampirähnlichen Reißzähne bohrten sich in ihre Kehle und riefen einen weiteren euphorischen Wirbelsturm in ihr hervor.

Sie zitterte unter mir und war der Ohnmacht bedrohlich nahe.

Aber ich erdete sie mit meinem Knoten in der Gegenwart, meine eigene Glückseligkeit war überwältigend, berauschend und geradezu *betäubend*.

Ich fühlte mich benommen von meinem Höhepunkt und ihrem Blut, während mein Wolf gesättigt, aber zugleich hungrig nach mehr war.

Ich bin süchtig nach dir, sagte ich zu ihr. *Ich bin süchtig nach dem hier.*

Mmm, brummte sie, ihre Zustimmung war spürbar.

Wir verstanden uns. Wir liebten uns. Wir existierten nur noch zusammen.

Meine Gefährtin, flüsterte ich und nahm noch einen weiteren Schluck ihrer köstlichen Essenz, bevor ich meine Zunge mit einem Eckzahn einritzte und ihr einen sinnlichen Kuss meines Blutes gab.

Meiner, antwortete sie.

Deiner, stimmte ich zu, während meine Hand erneut zu ihrer Brust glitt. *Aber du bist auch mein.*

Sie brummte wieder und legte ihre Arme um meinen Hals. Sie hielt mich fest, während wir uns in unserem gemeinsamen Hochgefühl küssten.

Mein Knoten pulsierte.

Und pulsierte.

Und pulsierte.

Es war, als wüsste mein Körper, dass sie kurz davor war, aus ihrer Hitze herauszukommen, also musste ich jedes Gramm, das ich noch in mir hatte, tief in sie hineinpumpen.

Im Gegenzug nahm sie in gleicher Weise so viel von mir auf, wie sie konnte, und füllte jeden Zentimeter ihres Inneren mit meinem Sperma aus.

Ich schnurrte, zufrieden mit meiner Gefährtin und ihrer Bereitschaft zu spielen. Zu ficken. Zu tun, was ich verlangte. Ich war überglücklich, dass sie mir *vertraute*.

Ich hatte schon vor Wochen gespürt, wie sie sich meiner Kontrolle hingegeben hatte, wie sie darauf vertraut hatte, dass ich sie beschützen würde, und wie sie in dem Moment einfach nur *existiert* hatte. *Ich habe in meinem Leben schon viele Herausforderungen erlebt, Quinnlynn. Aber keine davon lässt sich mit der Freude vergleichen, die du mir bereitet hast. Allein für diesen Moment war es jede Anstrengung wert.*

Wir würden uns dem Sektor bald gemeinsam stellen.

Ihnen allen versichern, dass unsere Liebe und Bindung unerschütterlich waren.

Und wir würden ihnen helfen, auf den uns vorbestimmten Wegen Frieden zu finden.

Ich glitt mit meiner Hand nach unten zu ihrem flachen Bauch, meine andere Hand immer noch in ihrem Nacken.

Sie blickte mich mit ihren dunklen Augen an, als ich mich von ihrem Mund löste. Das Wissen in ihren Tiefen war größer als mein eigenes. *Ein neues Leben.* Es war nicht geplant gewesen. Doch wir hatten beide unser Schicksal akzeptiert.

Die königliche Blutlinie würde erweitert werden.

In Form unseres zukünftigen Kindes.

Ein Erbe. Unser Erbe.

Die Freude in Quinnlynns Gesichtszügen verriet mir,

dass dies kein unerwünschtes Geschenk, sondern ein Segen war. Ich teilte ihre Gefühle, und mein Wolf freute sich über die Schöpfung, die den Schoß unserer Gefährtin wärmte.

Ich hätte nie erwartet, dass ich mir so etwas wünschen würde.

Aber Quinnlynn hatte all meine Hoffnungen übertroffen und dem Leben einen neuen Sinn gegeben.

Deshalb akzeptierte und begrüßte ich diese neue Herausforderung, denn ich würde mich ihr an der Seite meiner Gefährtin stellen.

Du wirst ein wunderbarer Vater sein, flüsterte sie in meinen Gedanken, und die Klarheit ihrer Antwort bestätigte, was ich bereits über ihre schwindende Hitze wusste.

Und du wirst eine tolle Mutter, sagte ich in ihren Gedanken.

Dann küsste ich sie wieder und mein Knoten löste sich, um sich auf eine letzte Runde vorzubereiten.

Es würde wieder langsam beginnen.

Gründlich sein.

Das brauchten wir beide.

Dann würde ich meine Gefährtin baden.

Sie mit Nahrung versorgen.

Wir mussten uns auf morgen vorbereiten.

Ich hoffte, endlich eine Führung durch das Refugium zu bekommen und all die Omegas kennenzulernen, die meiner Gefährtin am Herzen lagen.

Du bist ihr König, flüsterte sie, als ich sie innig küsste. *Sie werden dich mit offenen Armen empfangen.*

Eine weitaus bessere Begrüßungszeremonie, als die Zielscheibe einer Omega und ihres Bogens zu sein, dachte ich.

Jas?, vermutete sie.

So hat Kyra sie genannt, ja.

Ich bin überrascht, dass sie nicht geschossen hat. Jas hasst Alphas. Quinnlynn wölbte sich in mich hinein, nahm mich tiefer in sich auf und ihre dunklen Augen öffneten sich noch einmal. *Aber ich bin froh, dass sie es nicht getan hat.*

Geht mir genauso, gab ich zu. Es hätte mich zwar nicht umgebracht, aber definitiv geschwächt.

Deine Magie schützt sie jetzt. Sie werden dich lieben. So wie ich es tue.

Vielleicht nicht so wie du, korrigierte ich sie und glitt bis zur Eichel aus ihr heraus, bevor ich sie wieder voll ausfüllte.

Sie zitterte und stemmte sich aufwärts in meine Bewegungen. *Vielleicht nicht so, wie ich es tue,* stimmte sie mit einem Stöhnen zu. *Aber ich meine es ernst, Kieran. Ich liebe dich wirklich.*

Ich weiß. Ich streichelte und küsste ihre Nase, bevor sie meine Arroganz anprangern konnte. Aber ich konnte ihre Liebe in ihren Gedanken hören, konnte sie in meiner Seele spüren. Daher wusste ich, dass sie meine auch spürte. Es war eine gedeihende Einheit, die zwischen uns existierte und mit jeder Sekunde wuchs.

Diese Frau war wie für mich gemacht.

So wie ich für sie geschaffen war.

Unsere Art glaubte vielleicht nicht an Schicksalsgefährten, aber ich tat es jetzt.

Wegen meiner Quinnlynn.

Es würde keine andere für mich geben. So wie es auch vor ihr niemanden gegeben hatte.

Du bist jetzt meine Existenz, sagte ich ihr, während die Worte unsere Liebe noch übertrumpfen wollten. *Alles, was ich tue, wird für dich sein.*

Und unseren Sektor, fügte sie hinzu.

Ich schüttelte den Kopf. *Nein, Quinnlynn. Das alles ist für dich. Das war es schon immer. Du brauchtest einen Alpha-Prinzen, der dein Volk anführt, und ich habe deine Herausforderung akzeptiert – für dich.*

Das war etwas, was ich in den letzten Wochen zu begreifen begonnen hatte. Ich hatte bereits Macht und einen Thron gehabt.

Ich hatte den Blutsektor nicht gebraucht.

Aber dann hatte eine verführerische Omega meine Sicherheitsvorkehrungen durchbrochen und mir quasi einen Heiratsantrag gemacht. Eine lächerliche Angelegenheit. Doch dieser Moment hatte meine Langeweile vertrieben und mich in eine neue Realität eingeführt. Eine neue Herausforderung. Ein neues *Spiel*. Und ich war so verblüfft gewesen, dass ich mein Verlangen nach einer Herausforderung nicht hatte verleugnen können.

Dann hatte diese Omega den Einsatz auf eine neue Ebene erhöht und mich in ein Versteckspiel verwickelt, das meinen Wolf erfreut hatte und ihn zustimmend hatte knurren lassen.

Also war ich zum Jäger geworden.

Und sie zu meiner Beute.

Ich hatte ihr Reich in ihrer Abwesenheit geführt, nicht weil ich es gemusst oder weil ich mich moralisch dazu verpflichtet gefühlt hatte, sondern weil ich die ganze Zeit über gewusst hatte, dass der einzige Weg, meine Gefährtin wirklich für mich zu gewinnen, darin bestand, dafür zu sorgen, dass ihr Sektor stabil wäre und auf sie warten würde, wenn das Spiel ein Ende nahm.

Seit dem Tag, an dem wir uns kennengelernt haben, habe ich alles für dich getan. Das würde ich niemandem sonst je eingestehen. Für die Außenwelt galten alle meine Motive der Macht. Aber Quinnlynn würde ich anvertrauen, dass meine wahren Beweggründe in der Bewunderung und dem Respekt gegenüber meiner Gefährtin lagen.

Und der Liebe.

Liebe zu meiner zukünftigen Gefährtin.

Liebe für unsere Zukunft.

Liebe zur Existenz, die sie repräsentierte.

Sie war das Herzstück unserer Welt. Ohne Quinnlynn MacNamara wäre die Welt ein viel dunklerer Ort.

Ihre Magie war rein, wunderschön und allumfassend.

Und sie nutzte ihre Magie für das *Gute*. Sie benutzte sie, um andere zu *beschützen*. Eine wahre Heldin.

Ich war nur der Bösewicht, der sie lieben sollte.

Sie sah mich nicht in diesem Licht, aber viele andere schon. Der dunkle Alpha-Prinz, der das Herz der Prinzessin gestohlen hatte. Der zukünftige König, der bereit war, die Welt für seine Gefährtin zu zerstören.

Wenn sie mich bitten würde, morgen alles niederzubrennen, würde ich es tun.

Das war der Schlüssel zu Quinnlynns Schönheit – sie würde niemals einen Vorteil aus dieser Macht ziehen. Sie nahm sie einfach an und nutzte sie, um alles und jeden um sie herum zu beschützen. Das konnte ich an der Energie spüren, die dieses Refugium am Leben erhielt.

Du bist ein Rätsel, meine Königin, sagte ich. *Mein Rätsel. Und ich werde dich bis in alle Ewigkeit verehren.*

Noch bin ich keine Königin, flüsterte sie.

Ob offiziell oder nicht, du warst für mich immer eine Königin, Quinnlynn, vertraute ich ihr an. *So wie ich immer dein König gewesen bin.*

Sie lächelte, widersprach meinen Worten aber nicht. Sie küsste mich einfach noch intensiver, verlangte, dass ich aufhörte zu reden und sie wieder in die Vergessenheit führte.

So ein anspruchsvolles kleines Ding, neckte ich sie und erwiderte ihren Kuss.

Fick mich, Kieran.

Jetzt war es an mir, zu lächeln. *Bettelst du?*

Nein. Ich verlange es.

Man sagt, ein König verbeugt sich nie vor einer Königin, murmelte ich. *Aber für dich, Quinnlynn, werde ich allen das Gegenteil beweisen. Denn für dich werde ich knien.*

Anstatt ihr eine Chance zu geben, etwas zu erwidern, gab ich ihrer Forderung nach.

Ließ sie Sterne sehen.

Sie schrie so laut, dass ich mir sicher war, dass jeder in diesem Refugium hörte, wie sie meinen Namen rief.

Erst dann verknotete ich sie wieder.

Und erst dann sagte ich: *Ich liebe dich auch.*

QUINN

KIERAN und ich liefen händchenhaltend durch die Eisgärten, während er die Details anerkennend in sich aufnahm. „Es gibt also Möglichkeiten, einen Gletscher bewohnbar zu machen", staunte er.

Ich grinste. „Es gibt ein ganzes Team, das sich um die Gestaltung und Instandhaltung kümmert."

„Und noch dazu eine ganze Armee", erinnerte er sich und ließ seinen Blick zu den Wachen auf den Mauern schweifen.

„Nicht unbedingt eine Armee. Sie nennen sich … Beschützer", erklärte ich. „Kyra ist ihr Captain."

„Lorcan hat es heute Morgen beim Frühstück erwähnt, allerdings nannte er sie Leutnant und nicht Captain."

„Diese Unterscheidung bedeutet hier nicht viel", gab ich zu.

„Wohl nicht", stimmte er zu.

„Kyra und die anderen hielten es für wichtig, dass Omegas Selbstverteidigung lernen", fügte ich hinzu. „Nicht alle Alphas schätzen ihre Omegas."

Er nickte. „Selbstverteidigung ist eine wichtige Fähigkeit. Besonders in dieser Welt."

„So ist es. Aber wir haben auch gelernt, dass man mit einer hohen Anzahl an Leuten auch Macht ausüben kann. Und natürlich helfen Waffen ebenfalls." Ich sah mich um und genoss die Landschaft und die kühle Luft. „Sie sind in meiner Abwesenheit sehr an ihren Aufgaben gewachsen. Es macht mich traurig, dass ich so viel verpasst habe."

„Du bist deiner Berufung gefolgt, hast andere Omegas gerettet und versucht, den Schuldigen für den Absturz deiner Eltern zu finden. Die Omegas hier verstehen deine Beweggründe, Quinnlynn." Er hielt inne und legte seine Hand an meine Wange, damit ich ihn anschauen musste. „Ich kann es daran erkennen, wie sie dich ansehen. Sie bewundern dich sehr. Und der Blutsektor wird das auch tun."

„Aber wie?", fragte ich. „Ich kann ihnen nicht vom Refugium erzählen."

„Vielleicht noch nicht", räumte er ein. „Aber wir werden einen Weg finden, sie für uns zu gewinnen. Gemeinsam."

„Sie denken, ich hätte sie wieder im Stich gelassen."

„Nein. Lorcan und Cillian haben dafür gesorgt, dass jeder weiß, dass du wieder in den Zyklus gekommen bist. Und jeder, der es nicht glaubt, wird bei der Krönung eines Besseren belehrt werden." Er ließ meine Hand los und legte seine sanft auf meinen Bauch. „Unsere Paarung ist nicht mehr zu widerlegen."

Meine Wangen wurden bei der Andeutung und der Freude in seiner Stimme ganz warm.

Ich teilte den Gedanken, und das konnte er zweifellos in meinem Kopf hören.

„Ich hoffe, du hast recht", flüsterte ich. „Vor allem, weil die Krönung in drei Tagen stattfindet." Cillian hatte

Kieran gesagt, dass das Ritual besser früher als später stattfinden sollte, besonders, weil Kieran und ich jetzt vollständig verpaart waren.

Und mein Alpha hatte zugestimmt.

Es schien, als wollte er ein für alle Mal alles richtigstellen und die Vergangenheit begraben.

Keine Zweifel mehr.

Kein Liebeskummer mehr.

Keine Behauptungen mehr über Unrechtmäßigkeit.

Es war an der Zeit, dass uns die Wölfe des V-Clans als ihren König und ihre Königin akzeptierten.

„Glaubst du, dass derjenige, der meine Eltern angegriffen hat, da sein wird?", fragte ich ihn.

„Wenn es ein Alpha-Prinz ist, wie du gesagt hast, dann ja. Wir haben sie alle eingeladen." Er fuhr mit dem Daumen über meinen Wangenknochen und folgte der Bewegung mit seinem Blick. „Ich nehme an, dass derjenige, den du im Bariloche-Sektor gespürt hast, ebenfalls anwesend sein wird."

„Es könnte sogar derselbe Alpha sein", flüsterte ich und sprach damit den Verdacht aus, den ich seit Jahren hegte. „Deshalb bin ich ursprünglich in den Bariloche-Sektor gegangen, da ich von einem V-Clan-Alpha gehört hatte, der, ähm, Alpha Carlos' *Bordell* besucht. Ich dachte, es könnte derselbe Alpha sein. Aber dann …"

Dann bin ich jedes Mal weggelaufen, wenn er uns besucht hat, dachte ich und schämte mich für mein Verhalten. Ich hatte so viel Angst gehabt, erwischt zu werden, dass ich die einzige Spur, die mich überhaupt zum Bariloche-Sektor geführt hatte, aufgegeben hatte.

Ich dachte an mein Versagen zurück, aber dann berührte Kieran mein Kinn und zwang mich, seinem Blick zu begegnen. „Angst zu haben, macht dich nicht zu einer Versagerin, Quinnlynn. Es bedeutet, dass du auf deine

Instinkte gehört hast. Und auf deine *Wölfin.* Fühl dich nie schwach, weil du ihrer Führung folgst."

„Aber das hat den ganzen Sinn meines Aufenthalts dort zunichtegemacht."

„Wie viele Omegas hast du gerettet?", konterte er und zog seine Augenbraue nach oben. „Wie viele von ihnen wären gestorben, wenn man dich erwischt hätte?"

Ich schluckte, weil ich nicht in der Lage war, darauf zu antworten.

Denn die Antwort lautete *viele.*

„Du bist vielleicht einer Spur dorthin nachgegangen, aber du bist aus Loyalität zu den Omegas geblieben, die dich dringender gebraucht haben. Das ist eine schwierige Wahl, Quinnlynn — den Mörder deiner Eltern zu finden oder denen zu helfen, die in Not sind. Aber ich denke, wir sind uns beide einig, dass du die richtige Entscheidung getroffen hast."

„Nur habe ich immer noch keine Ahnung, wer ihr Flugzeug manipuliert hat", murmelte ich. „Und du hast recht. Ich muss dem Sektor die Wahrheit über ihren Tod offenbaren, aber ich weiß nicht, wie."

Sein Griff wurde fester, sein Blick intensiver. „Wir werden gemeinsam einen Weg finden."

„Ich hätte es von Anfang an mit dir besprechen sollen", gab ich flüsternd zu.

Aber er schüttelte den Kopf. „Nein, Quinnlynn. Ich musste mir dein Vertrauen erst verdienen, so wie du dir meines verdienen musstest. Genau so sollte es sein. Ich möchte kein Bedauern mehr über die Vergangenheit hören. Ab jetzt denken wir nur noch an die Zukunft. Verstanden?"

Ich starrte in seine mitternächtlichen Augen, ließ zu, dass mich seine Stärke und Zuversicht aufbauten, und nickte schließlich.

Er hatte recht.

Es gab nichts, was ich tun konnte, um die Vergangenheit zu ändern. Ich konnte nur daraus lernen und es akzeptieren. Aber es ging um viel mehr als das Verändern. Denn ich wollte meine Geschichte nicht ändern. Alles, was ich getan hatte, hatte einem bestimmten Zweck gedient, und auch wenn ich mein Ziel aus den Augen verloren hatte, war es nie ganz verschwunden.

„Hast du einen Plan für die Krönung?", fragte ich ihn. „Einen Weg, um herauszufinden, wer das Flugzeug manipuliert hat?"

„Ich habe ein paar Ideen", gab er zu. „Aber es gibt einen Aspekt, den ich nicht verstehe."

Ich runzelte die Stirn. „Was meinst du?"

„Warum sind deine Eltern geflogen, wenn sie auch durch die Schatten hätten wandeln können? Warum sind sie mit dem Flugzeug abgestürzt, anstatt zu schattenwandeln und sich in Sicherheit zu bringen?" Er hielt einen Moment inne und dachte nach. „Wenn es das Flugzeug war, das mit einem Zauber belegt worden war, warum haben sie es dann nicht einfach aufgegeben und sind vor der Explosion verschwunden?"

„Wozu ein Flugzeug, wenn wir uns auch in den Schatten fortbewegen können?", fragte ich leise und musste daran denken, *warum* meine Eltern hatten fliegen müssen. „Du hast mich in einem Flugzeug vom Bariloche-Sektor nach Hause gebracht, obwohl wir durch die Schatten hätten wandeln können, richtig?"

„Du warst verletzt", antwortete er sofort. „Deshalb hatte ich das Tarnkappenflugzeug dabei – für den Fall, dass wir es für den Transport brauchen ..." Er brach ab. „Oh. Sie waren nicht allein in dem Flugzeug."

„Sie waren allein, aber irgendwie auch nicht." Ich räusperte mich. „Meine Mutter ... war schwanger." Und wie Kieran bereits wusste, konnte es für eine schwangere V-Clan-Wölfin gefährlich sein, sich zu verwandeln oder sich in den Schatten fortzubewegen. Darüber hatten wir an diesem Abend bereits gesprochen.

Deshalb musste ich mit seinem Jet zurück in den Blutsektor gebracht werden – einem Flugzeug, das Cillian bereits persönlich auf jegliche Zauber untersucht hatte. Kyra und Lorcan waren heute Morgen durch die Schatten in den Blutsektor gewandelt, um ihn hierher zu fliegen. Kyra kannte den Weg und Lorcan wusste, wie man flog.

Und da sie verpaart waren – etwas, das immer noch nicht ganz bei mir angekommen war – hatten sie ohne Probleme zusammen zurückreisen können. Das machte sie im Grunde zu einem perfekten Team. Allerdings schienen sie von ihrem Gefährtenbund nicht allzu begeistert zu sein.

„Dein Vater konnte also durch die Schatten wandeln, aber deine Mutter nicht", sagte Kieran langsam und lenkte mich auf unser Gespräch zurück.

„Ja."

„Deshalb haben sie sich entschieden, gemeinsam zu sterben, anstatt das Flugzeug an einem wenig einladenden Ort zu landen und zu riskieren, dass der Täter den Standort der Insel herausfindet." Er seufzte. „Eine ehrenwerte Entscheidung, die ich vor einem Jahrhundert nicht verstanden hätte, jetzt aber schon."

Sein Blick wanderte zu meinem Unterleib, seine Hand verließ mein Kinn und fiel auf meinen Bauch.

Ich lächelte und sah auf seine Hand hinab, mein Herz pochte glücklich und traurig zugleich. Aber durch seine Frage wurde mir ein wichtiges Detail bewusst, das ich vorher nicht bedacht hatte. „Wer auch immer das Flugzeug mit einem Zauber belegt hat, wusste, dass meine Mutter schwanger war." Meine Lippen verzogen sich nach unten. „Wusstest du, dass meine Mutter schwanger war?"

Er schüttelte den Kopf. „Nein, aber ich habe mich nie mit der Politik unserer Welt beschäftigt. Einige der Prinzen hätten es wissen können."

„Vielleicht", sagte ich langsam. „Der Sektor wusste es auf jeden Fall; sie konnten es riechen. Sie wussten auch, dass meine Eltern deshalb fliegen mussten. Vielleicht hat es sich herumgesprochen, aber …" Ich brach ab und dachte über die Details nach, die ich Jahre zuvor übersehen hatte. „Aber dann hätten sie keine Zeit gehabt, das Flugzeug zu manipulieren."

„Entweder hat es jemand durch einen Verräter im Sektor erfahren", begann Kieran.

„Oder es ist gar kein Prinz gewesen, sondern jemand aus dem Blutsektor." Meine Augen weiteten sich bei diesem Gedanken. „Nein. Das kann nicht sein. Der Sektor hat meine Eltern geliebt."

„Aber es hätte nur einer Person bedurft, die das nicht tat", antwortete Kieran, der weitaus skeptischer war als ich. „Wir müssen Kyra und Lorcan warnen." Er zog sein Handy aus der Tasche und wählte, noch bevor er zu Ende gesprochen hatte. „Cillian. Überprüfe das Flugzeug noch einmal."

„Sie sind schon weg", antwortete Cillian, dessen Stimme deutlich durch den Lautsprecher zu hören war.

„*Scheiße.*"

„Was ist passiert?", fragte Cillian.

Kieran informierte ihn schnell über das, was wir gerade besprochen hatten, auch darüber, dass wir – vor allem *Kieran* – uns fragten, ob der Schuldige vielleicht jemand aus dem Blutsektor war.

Ich hasste diese Vorstellung.

Aber als ich hörte, wie er die Fakten wiederholte, kam ich auf einen anderen Gedanken.

Die ganze Zeit über hatte ich aufgrund der letzten

Worte meiner Mutter angenommen, dass es sich um einen Alpha-Prinzen handeln müsste.

„Traue dem Alpha-Prinzen nicht. Nicht, bevor du die Wahrheit erfährst, mo stoirín."

Ich hatte angenommen, dass die Macht, die sie gespürt hatten, sie dazu gebracht hatte, einen Alpha-Prinzen für den Täter zu halten. Aber jetzt fragte ich mich, ob ich ihre Nachricht falsch verstanden hatte.

Ich war mir allerdings nicht sicher, wie das sein konnte. Sie hatten so sehr darauf bestanden, den Mächtigen nicht zu vertrauen.

Warum hätten sie das tun sollen, wenn es sich nicht um einen Alpha-Prinzen gehandelt hatte?

Ich begann auf und ab zu gehen, meine Finger strichen über den Anhänger an meinem Hals.

Warum soll ich den Alpha-Prinzen nicht vertrauen, wenn keiner von ihnen das Flugzeug an jenem Tag sabotiert haben kann?

Meine Mutter war erst ein paar Wochen schwanger gewesen. Der Sektor hatte es gewusst, weil sie es riechen konnten. Aber es hatte sich noch nicht herumgesprochen. Nicht einmal Kieran hatte von ihrer Schwangerschaft gewusst, und seine Reaktion sagte mir, dass man ihm diese Information nie überbracht hatte.

Was bedeutete, dass keiner der Prinzen davon gewusst haben konnte.

Und der Sektor hatte beschlossen, es geheim zu halten.

Aber es hätte nur einer Person bedurft, die das nicht tat.

Ich erinnerte mich daran, was Kieran gesagt hatte. Seine Worte gingen mir durch den Kopf und ließen mich noch schneller gehen, während meine Finger weiter über den Anhänger an meinem Hals strichen.

Jemand hatte gewusst, dass meine Eltern auf dem Weg zum Refugium waren. Jemand hatte gewusst, wie man das Flugzeug mit einem Zauber belegen konnte. Aber wer war tatsächlich von ihren Reiseplänen an diesem Tag in Kenntnis gewesen?

Diejenigen, die das Flugzeug vorbereitet haben.

Diejenigen, die für ihre Sicherheit gesorgt haben.

Ich warf einen Blick auf das Handy in Kierans Hand, als Cillian etwas über die Abriegelung des Sektors sagte, die er als amtierender Alpha des Blutsektors veranlasst hatte.

Als Kierans Elitemann.

Ich blieb stehen und rieb den Anhänger zwischen meinen Fingern.

„Traue dem Alpha-Prinzen nicht. Nicht, bevor du die Wahrheit erfährst, mo stoirín."

Aufgrund dieses Satzes hatte ich mich von allen Alphas ferngehalten. Ich hatte mich versteckt, hatte alle Anträge abgelehnt, zugelassen, dass ein Kampf um meine Hand ausbrach, und mich auf den einzigen gestützt, der nicht versucht hatte, um mich zu kämpfen. Und das hatte ich nur aus Verzweiflung getan.

Nicht aus den Gründen, aus denen sich eine Prinzessin für einen Gefährten entscheiden sollte.

Um alles in der Waage zu halten.

Um die Macht meiner Familie zu stärken.

Um die Sicherheit dieser Insel zu gewährleisten.

Die Worte meiner Mutter hatten mich dazu veranlasst, alle meine Verehrer abzuweisen, entgegen dem, was eine aufstrebende Königin in dieser Situation hätte tun sollen. Ich hatte mich für die Isolation entschieden … statt für einen Bund der Macht.

„Dies ist ein Zeichen der Macht, mo stoirín. Und es gehört jetzt dir. Trage es für uns. Trage es für dich. Trage es, wenn du jenen tötest, der uns verraten hat."

Ich runzelte die Stirn, meine Finger verharrten an dem Anhänger. *Ein Zeichen der Macht.*

Nein.

Es war ein Symbol für unsere Familie. Eine Krone, die eine Dynastie definierte. Eine Bestimmung – Schutz. Der schwarze Diamant erinnerte an das schwarze Gestein, das unter den gletscherähnlichen Eisschichten verborgen war, ein glitzernder Stein, als symbolischer Hinweis auf das schimmernde Schild, das diese Insel umgab.

Es war kein Zeichen der *Macht*.

Es war ein Symbol für unsere *Bestimmung*.

Ich nahm die Kette ab, verwirrt von der Erinnerung, die sie repräsentierte.

Kieran nahm die passenden Ohrringe aus meinen Ohren, denn er hatte durch unseren Gefährtenbund jeden meiner Gedanken mitgehört. Ich war mir nicht sicher, wo er sein Handy hingesteckt hatte, vielleicht zurück in seine Tasche, denn er hatte jetzt einen Ohrring in jeder Hand.

„Gib mir das", befahl er und zeigte auf meine Halskette.

Ich händigte sie ihm ohne Zögern aus.

Und keuchte, als er aus dem Innenhof schattenwandelte.

Es folgte eine Explosion, die mich in die Knie zwang, während eine Reihe elektrischer Nachbeben über mich hereinbrachen.

Kieran!, schrie ich und meine Seele zerbrach unter der Welle der Macht, die als Nächstes kam.

„Prinzessin!" Fritz' Stimme hallte um mich herum, als ich durch einen Schmerz, der mir direkt durch die Brust fuhr, auf die Seite sackte.

„Beweg dich", fauchte Kieran, und seine Alpha-Aggression schwappte über mich hinweg, als eine weitere Welle der Macht in mir aufstieg.

Mein Kopf lag plötzlich an seiner Brust und sein

Schnurren hallte in mir wider, was wenig dazu beitrug, die in mir aufsteigende Kälte zu vertreiben.

Aber dann traf mich eine Welle seiner heilenden Energie, die mich nach Luft schnappen ließ, da das Schild um mich herum sie fast sofort absorbierte.

„Was zum Teufel ist hier los?", fragte eine Frauenstimme. *Jas*, erkannte ich vage.

„Ein Bruch im Schutzschild", sagte Kieran zähneknirschend. „Wir reparieren es."

Wir?, dachte ich im Delirium, als meine Seele erneut bebte.

Kieran sandte mir sofort eine weitere Welle seiner Energie, was mich zum Keuchen brachte und mir sofort mehr Lebenskraft einhauchte.

Das war es, was er mit *„wir"* gemeint hatte.

Meine Magie war mit dem Schild verbunden, das gerade von etwas Mächtigem getroffen worden war. Etwas *Tödlichem*. Der Aufprall hätte mich langsam getötet …

Ich runzelte die Stirn.

Mich langsam töten … so habe ich mich gefühlt, als ich vor ein paar Wochen aufgewacht bin?, grübelte ich. Meine Energie war damals durch das Schild der Insel fast aufgebraucht gewesen.

Aber jetzt verstand ich, was eigentlich passiert war, vor allem, weil Kierans Gedanken die Lücken füllten.

Der Schmuck war mit einem Zauber belegt, hörte ich in seinen Gedanken. *Genau wie das Flugzeug. Vielleicht wurden sie sogar im Flugzeug verzaubert.*

Die Halskette und die Ohrringe hatten der Magie der Barriere entgegengewirkt, um eine Art Hintertür zu schaffen, oder vielleicht auch nur, um als Peilsender zu dienen. Kierans Gedanken verrieten mir, dass er sich nicht sicher war. Er war einfach durch die Schatten herausgewandelt, um zu sehen, was mit den Gegenständen passieren würde.

Und dann hatte er die Vibration der Macht gespürt.

Er hatte den Schmuck weggeworfen.

Und dann waren die Teile explodiert.

Wenn wir an Bord des Flugzeugs gewesen wären ... Ich konnte den Gedanken nicht zu Ende führen.

Aber ich wusste die Antwort bereits.

Diese Explosion hätte mich umgebracht.

Und damit wäre der gesamte Schutzschild gefallen.

Außerdem hätte es ein Leuchtfeuer für denjenigen hinterlassen, der den Zauber geschaffen hatte.

Wie ....?, fragte ich wie im Delirium über meine mentale Verbindung zu Kieran und der Barriere. *Wie ist das möglich?*

Wer auch immer diese Halskette mit einem Zauber belegt hat, hat ein langes Spiel gespielt, murmelte Kieran. *Denn du hast sie zurückgelassen, als du verschwunden bist.*

Weil es sich nicht richtig angefühlt hat, sie schon zu diesem Zeitpunkt zu tragen, erwiderte ich. *Ich wollte sie mir umlegen, wenn ich den Verräter gefunden habe.*

Und du hättest keinem der Alphas trauen sollen, die dir möglicherweise bei der Suche nach dem Täter hätten helfen können, fügte er hinzu. *Diese Worte waren nicht von deiner Mutter, Quinnlynn. Sie kamen von jemandem, der seine Spuren verwischen wollte.*

KIERAN

Es ERGAB JETZT alles so viel mehr Sinn.

Quinnlynns Ablehnung des Alpha-Kampfes um ihre Hand – der ihr den richtigen Gefährten für ihre Thronbesteigung gesichert hätte.

Quinnlynns angeborenes Misstrauen.

Quinnlynns Gewissheit, dass ein Alpha-Prinz hinter all dem steckte.

Alphas des V-Clans schützten und verehrten Omegas. Keiner von denen, die ich kannte, würde Zugang zum Refugium haben wollen. Sie würden es alle respektieren. Verdammt, sie würden alle freiwillig ihr Leben geben, um es zu *schützen*.

Warum sollte ein Alpha-Prinz sich anders verhalten? Wir waren alle aus einem bestimmten Grund von königlicher Abstammung, unsere mächtigen Blutlinien waren das entscheidende Merkmal unserer Rasse.

Wir brauchten keine Insel voller Omegas; wir erhielten ständig Angebote von willigen Frauen und Männern.

Ich konnte keinen einzigen Alpha-Prinzen nennen, der die königliche Familie getötet hätte, um an diese Insel zu kommen.

Verdammt, sie hatten sich alle im Kampf verloren, um zu beweisen, dass sie Quinnlynn würdig waren.

Und dann hatte sie alle Alphas weggestoßen, was genau das war, was der wahre Täter gewollt hatte.

Denn wäre sie verpaart gewesen, hätte der Alpha-Prinz die Wahrheit über den Tod ihrer Eltern erfahren. Er hätte ihr geholfen, das Geheimnis zu lüften, während er gleichzeitig die Magie der Insel gestärkt hätte.

Es war nie im Leben ein Alpha-Prinz, wiederholte ich in ihren Gedanken. *Es ist jemand aus dem Blutsektor. Jemand, der dich und deine Familie sehr gut kennt. Jemand ...* Ich begegnete ihrem Blick, als sie mit müden Augen zu mir aufblickte. *Jemand, der wusste, dass du diese Ohrringe nicht nur annehmen, sondern auch tragen würdest.*

Myon, hauchte sie.

Myon, wiederholte ich.

Aber kaum hatte ich es gesagt, begann ihr Verstand gegen diesen Gedanken zu rebellieren, und ihre Erinnerungen an seine Freundschaft mit ihrem Vater ließen sie alles infrage stellen.

Das muss ein Missverständnis sein, dachte sie. *Das kann nicht wahr sein.*

Wer hat das Flugzeug deiner Eltern vorbereitet?, fragte ich sie. *Wer hat als Erster von der Schwangerschaft deiner Mutter erfahren, abgesehen von dir und deinem Vater?*

Eine Träne trat aus ihren Augen, als sie begann, den Kopf zu schütteln und die Behauptung zu verneinen. Doch ihre Gedanken verrieten bereits, dass sie an die Möglichkeit von Myons Schuld glaubte.

Er hat meine Verlobung mit dir nicht gutgeheißen, dachte sie im Stillen. *Er wollte, dass ich sie löse.*

Ich weiß.

Ich dachte, es sei väterliche Zuneigung und dass er überfürsorglich ist, aber jetzt ...

Erkennst du, dass er mich als Bedrohung ansieht, beendete ich den Gedanken für sie, da mein Verstand bereits die gleiche Vermutung abgeleitet hatte.

Ich hatte meine Gründe gehabt, warum ich ihm nicht erlaubt hatte, Teil meiner engsten Elite zu werden – ich hatte ihm nie vertraut. Vertrauen musste man sich verdienen. Und er hatte nicht einmal versucht, meines zu erlangen.

Im Gegensatz zu vielen anderen.

Ich hatte gedacht, es läge an seiner Sturheit, und dass er die alten Gewohnheiten nicht hatte ablegen können, oder dass er wütend auf mich war, weil ich Quinnlynn hatte „entkommen" lassen, oder dass ich sie vielleicht sogar verjagt hatte.

Jetzt wurde mir klar, dass das überhaupt nicht der Fall gewesen war. Er hatte sich mir nicht nähern wollen, weil ich ihn vielleicht durchschaut hätte.

Aber warum?, fragte Quinnlynn, deren aufgewühlte Gedanken nun ruhiger wurden. *Warum sollte er das tun? Er war der beste Freund meines Vaters.*

Aber war er das wirklich?, fragte ich mich. *Hat dein Vater ihm jemals vom Refugium erzählt?*

Quinnlynn runzelte die Stirn. *Nein. Aber es ist ein Familiengeheimnis.*

Eines, das du nur mit mir geteilt hast, als du mich für würdig befunden hast, Teil deiner Familie zu sein, betonte ich. *Eines, das ich bereits mit Cillian und Lorcan geteilt habe, weil sie so viel mehr sind als meine Elitemänner. Sie sind meine Familie.*

Unter den gegebenen Umständen war es auch eine Notwendigkeit gewesen, aber ich hatte sie wissen lassen, dass ich es ihnen sowieso gesagt hätte. Sie waren meine besten Freunde.

Wenn dein Vater sich Myon nicht anvertraut hat, gab es einen Grund dafür. Und ich vermutete, dass er ihr nicht gefallen würde. *Aber wenn er wirklich so gut in seinem Job war, dann hatte er wahrscheinlich eine Vorahnung, dass dieser Ort existierte. Vielleicht hat er sogar davon erfahren.*

Das hätte Grund genug sein können, so zu reagieren, wie er es getan hatte.

Oder vielleicht gab es aber auch ein Motiv, das noch tiefer ging.

Wir würden es erst erfahren, wenn wir ihn befragten.

Gut, dass ich Cillian den Sektor habe abriegeln lassen, dachte ich, während meine Lippen Quinnlynns Stirn streiften.

Ihre Magie hatte endlich nachgelassen, da ihr die Barriere genug Energie zur Heilung entzogen hatte. Jetzt versuchte ihre Seele, ihre Reserven wieder aufzubauen, und ich half ihr dabei, indem ich ihr über unsere Verbindung mehr Heilkraft zuführte.

Sie schloss ihre Augen, bettete ihren Kopf an meine Brust und erlaubte mir, sie zu beschützen.

Es waren jetzt mehrere Omegas im Hof, die uns alle mit einer Mischung aus Verwunderung und Respekt anstarrten. Sogar Jas – diejenige, die mit ihrem Bogen ziemlich schießwütig zu sein schien – schien nun beeindruckt zu sein.

Ich schenkte ihnen allen ein sanftes Lächeln, das wahrscheinlich eher wie eine Grimasse aussah. Ich wollte sie alle wissen lassen, dass es uns gut ging, vor allem, weil ich wollte, dass sie verschwanden.

Wenn ich meine Gefährtin in ihr Zimmer hätte schattenwandeln können, hätte ich es getan.

Aber das Kind, das in ihr heranwuchs, machte dies unmöglich.

Ich zog sie auf meinen Schoß und überprüfte mit meiner Magie, ob sie bleibende Schäden davongetragen hatte. Ich hatte nicht erwartet, dass der Schmuck explodieren würde; ich hatte nur sehen wollen, wie die Barriere darauf reagierte.

Offensichtlich *nicht* gut.

Es war ein Wunder, dass die Schmuckstücke nicht in Flammen aufgegangen waren, als Quinnlynn eingetroffen war.

Vielleicht, weil sie durch die Schatten hierher gewandelt war? Mit mir? War der Schutzschild so sehr auf meine Annäherung konzentriert gewesen, dass er sie hatte passieren lassen und dann seine ganze Energie darauf verwendet hatte, mich abzuwehren, anstatt sich auf den Schmuck zu konzentrieren?

Ich runzelte die Stirn. *Nein. Durch die Schatten zu wandeln, hat sie definitiv gerettet.*

Denn ich war bis an den Rand der Barriere gewandelt und *außerhalb* gelandet. Dann hatte ich den Schmuck in Richtung des Schildes gehoben, die summende Energie gespürt, die Gegenstände fallen lassen und war schnell durch die Schatten zurückgewandelt, bevor die Schmuckstücke hatten explodieren können.

Sie waren definitiv dafür gedacht gewesen, in einem Flugzeug getragen zu werden.

Nicht während des Schattenwandelns.

Das bedeutete, dass derjenige, der sie geschaffen hatte, dies für jemanden getan hatte, von dem er wusste, dass er nicht durch die Schatten wandeln konnte.

Hat deine Mama diese Ohrringe und die Halskette getragen, als sie von uns gegangen ist?, fragte ich mich, und war mir bewusst, dass Quinnlynn meine Gedanken mitgehört hatte.

Ja, antwortete sie. *Sie hat sie immer getragen, außer nachts vielleicht.*

Das heißt, sie hatte sie in ihrem Nest abgelegt ... einem Ort, zu dem die Elitemänner Zugang hatten, aber nicht viele andere, dachte ich, diesmal hauptsächlich für mich. Aber Quinnlynn hörte es auch.

Das ist ein weiterer Hinweis, der auf Myon deutet, sagte ich zu ihr.

Ich weiß, flüsterte sie, und die Stimme in ihrem Geist klang unglaublich traurig.

Myon war für sie wie eine Vaterfigur gewesen, aber sie konnte nicht leugnen, dass er in dieser Situation schuldig erschien. Um Quinnlynns willen hoffte ich, dass ich mich irrte.

Aber ich bezweifelte ehrlich gesagt, dass das der Fall sein könnte.

Denn alle Beweise deuteten auf Myon.

Er muss zur Absturzstelle gewandelt sein, um die Schmuckstücke zu holen, dachte ich. *Wie viel Zeit ist nach dem Tod deiner Eltern vergangen, bis du die Halskette erhalten hast?*

Das ist ein paar Tage später gewesen.

Ich nickte. *Als Elitemann hat er gewusst, wann sie losgeflogen sind. Und dann hat er den Zauber benutzt, um sie zu verfolgen.*

Daher hatte er auch gewusst, wo das Flugzeug abgestürzt war.

Denn die *Tarnkappen*flugzeuge – selbst die von damals – waren mit unserer Technik nicht auffindbar. Ihr Name deutete das bereits an.

Er hat gespürt, als es abgestürzt ist, und da der Zauber nicht gebrochen gewesen war – das nahm ich zumindest an, weil der Schmuck hier noch funktioniert hatte –, *konnte er die Schmuckstücke zurückholen. Dann hat er eines davon mit einem Zauber belegt, sodass es dir so erschienen ist, als seien sie von deinen Eltern gesandt worden.*

Mit den richtigen mentalen Fähigkeiten wäre es ein Leichtes, eine solche Illusion zu erzeugen.

Ich war mir nicht sicher, was Myons einzigartige Talente waren, aber ich wettete darauf, dass zu seinen

Fähigkeiten auch das Zaubern gehörte. Vielleicht auch etwas, das mit Halluzinationen zu tun hatte.

Da es jedoch einige Tage gedauert hatte, bis der Anhänger bei Quinnlynn erschienen war, war es auch möglich, dass Myon Hilfe gehabt hatte.

Aber er musste doch wissen, dass ich kein Flugzeug nehmen würde, um hierherzukommen, sagte sie langsam. *Warum hat er mir dann jetzt die Ohrringe gegeben?*

Vielleicht ist der Zauber an der Halskette geschwächt, oder er war besorgt, dass er nicht mehr funktioniert, antwortete ich. *Die Ohrringe waren wahrscheinlich mit einem stärkeren Ortungszauber versehen, was leider bedeutet, dass er jetzt wahrscheinlich die Koordinaten der Insel hat.*

Es sei denn, er brauchte den Schmuck in seinem Besitz, um die Spur zu verfolgen. Das könnte der Grund dafür sein, weshalb er Quinnlynn die Ohrringe gegeben hatte, denn er konnte davon ausgehen, dass sie hierher reisen und dann wieder nach Hause zurückkehren würde. Sie hätte ihm somit eine Spur gegeben, der er hätte folgen können – vorausgesetzt, er hätte den Schmuck wieder in die Hände bekommen.

Oder vielleicht war das auch nur der Plan B gewesen – für den Fall, dass die Ohrringe und die Halskette nicht explodiert wären und die Barriere zerstört hätten, hätte er die Diamanten stehlen und ihrer Spur hierher folgen können.

Wenn das der Fall war, dann hatten wir gerade eine hervorragende Gelegenheit verpasst, ihn in eine Falle zu locken. Wir hätten den Schmuck als Köder auslegen können, um zu sehen, ob er ihn abholte.

Aber das kam jetzt nicht mehr infrage, nachdem die Schmuckstücke explodiert waren.

In meiner Hosentasche summte es, was Quinnlynn aufschrecken ließ. „Es ist nur Cillian", sagte ich und ließ meinen Blick wieder über unser Publikum schweifen. Die anderen hatten eindeutig nicht vor, uns so schnell allein zu lassen.

Ich kämpfte gegen den Drang an, zu seufzen, und holte mein Handy aus der Tasche. Normalerweise trug ich eine Uhr, aber ich hatte sie im Blutsektor vergessen. Anstatt sie mir mit meiner Kleidung einzupacken, hatte Lorcan mir das Handy gegeben. *Vielleicht bringt er mir meine Uhr später mit*, dachte ich und ging stattdessen an das altmodische Handy. „Konntest du alles abriegeln?"

„Ja", bestätigte Cillian und klang müde. „Gerade noch rechtzeitig."

„Was meinst du?"

„Welche Energiebombe Ihr auch gerade abgeworfen habt, Majestät, sie hat den Sektor getroffen. Ein paar V-Clan-Alphas haben versucht, durch die Schatten zu wandeln. Ich weiß nicht, wo sie hinwollten, vielleicht nur nach Hause, aber sie aufzuhalten, hat mich fast in die Knie gezwungen", murmelte er.

„War einer von ihnen Myon?", fragte ich und ignorierte seine Beschwerden.

„Ja, warum?"

„Ich möchte, dass er festgenommen wird, bis ich dort bin, um mit ihm zu reden", sagte ich. „Steck alle Alphas, die versucht haben, durch die Schatten zu wandeln, in Zellen. Aber sag ihnen nicht, warum."

„Wollt Ihr mir sagen, warum?"

„Natürlich." Ich blickte auf Quinnlynn hinunter. Ihre Augen waren geschlossen und ihre Atmung gleichmäßig, da sie eingeschlafen war. Die Explosion hatte ihr eindeutig alle Kraft geraubt.

„Warum?", drängte Cillian, als ich ihm nicht sofort eine Erklärung lieferte.

„Weil eines dieser Arschlöcher meine Gefährtin fast

getötet hat", sagte ich. „Mit dem gleichen Zauber, der zum Tod ihrer Eltern geführt hat."

Dieses jahrhundertealte Rätsel endete jetzt.

In der Sekunde, in der ich zu Hause ankam, würde ich Antworten verlangen.

Antworten, die wahrscheinlich zu mindestens einem Mord führen würden.

Und dann würde ich endlich mit Quinnlynn an meiner Seite den Thron besteigen.

QUINN

MIR DREHTE sich der Magen um, als der Jet im Blutsektor landete. Ich hatte Kieran fast die Hand gebrochen, weil ich sie während des Fluges so fest gedrückt hatte. Er hatte mir seine Hilfe angeboten, damit ich mich *ausruhen* könnte, aber ich hatte abgelehnt.

Denn ich musste diese Angst überwinden – eine Angst, die nur noch schlimmer gewesen war, weil ich gewusst hatte, dass es nicht möglich wäre, mich durch die Schatten in Sicherheit zu bringen.

Und ja, ich hatte die Absicht, das niemals wieder zu tun. Niemals.

Dieser Flug hatte mich also nicht von meiner Angst geheilt. Nicht, dass ich das wirklich erwartet hatte, aber ich hatte gehofft, mich wenigstens ein bisschen selbstbewusster oder stolzer zu fühlen.

Stattdessen verspürte ich nur Grauen.

Denn meine Belohnung für das Überleben dieser Reise würde die Begegnung mit dem Mann sein, der für den Tod meiner Eltern verantwortlich sein könnte.

Kieran drückte mich mit einer Hand, die nach meinem Todesgriff immer noch funktionierte.

„Du musst dich schon mehr anstrengen, um mich zu verletzen, Liebling", sagte er und grinste herausfordernd.

Aber ich konnte nicht darauf eingehen. Nicht in diesem Moment.

Mit seiner freien Hand streichelte er meine Wange und strich mir mit seinem Daumen über meine Unterlippe. „Du bist eine der mutigsten Wölfinnen, die ich je getroffen habe, Quinnlynn. Du hast mehr geleistet, als die meisten Gestaltwandler in ihrem ganzen Leben schaffen. Ich fühle mich geehrt, dein Gefährte zu sein."

Ich lehnte mich in seine Berührung hinein und ließ zu, dass mich sein Lob überschwemmte, wobei sein Verstand seine verbale Behauptung unterstrich. Er meinte jedes Wort ernst. Und dieses Wissen ließ mein Herz noch schneller für ihn schlagen.

So hatten unsere Leben verlaufen sollen – diese Verbindung, eine ähnliche Liebe wie die meiner Eltern.

Danke, flüsterte ich ihm zu. *Danke, dass du mir gehörst.*

Danke, dass du dich in meinen Sektor geschlichen und mir einen Antrag gemacht hast, erwiderte er und sein Kommentar brach etwas von dem Eis, das meinen Verstand umgab.

Beinahe lächelte ich wieder. *Beinahe.* Doch dann schalteten sich die Triebwerke ab und bestätigten unsere Ankunft. *Wenigstens sind wir auf dem Boden*, dachte ich, als Kieran mein Gesicht losließ und mich abschnallte.

Ich hatte seine Hand immer noch nicht losgelassen, aber es schien ihn nicht im Geringsten zu stören. Er öffnete seinen eigenen Sicherheitsgurt und zog mich mit sich hoch, als er aufstand.

Meine Beine zitterten und es war fraglich, ob ich das Gleichgewicht halten könnte. Aber er hielt mich fest und gab mir seine Kraft, bis er sicher war, dass ich mich allein aufrecht halten konnte.

Lorcan traf uns mit ausdrucksloser Miene an der Tür. Er hatte beschlossen, mit uns zurückzukehren und Kyra zurückzulassen, um das Refugium zu bewachen. Ich war mir nicht sicher, welche Abmachung sie getroffen hatten, aber es schien klar, dass Kyra beabsichtigte, allein im Refugium zu bleiben, während Lorcan im Blutsektor verweilte.

Sie konnten ihren Gefährtenbund nicht rückgängig machen.

Und das bedeutete, dass sie für immer miteinander verbunden sein würden.

Aber keiner von beiden wollte einen Gefährten – etwas, das Kieran wusste, weil er es in Lorcans Gedanken gehört hatte. Und ich wusste, dass Kyra auch nicht den Wunsch gehabt hatte, sich jemals wieder an einen Alpha zu binden. Nicht nach dem, was Alpha Fare ihr angetan hatte.

Daher würden sie und Lorcan einfach eine Zweckgemeinschaft führen, in der keiner von beiden den anderen sehen würde, außer bei gelegentlichen Besuchen.

Ich nahm an, dass es für sie die beste Lösung war.

Als Frau, die über ein Jahrhundert lang vor ihrer Verlobung davongelaufen war, konnte ich es auch irgendwie verstehen.

Aber ich würde nie wieder vor Kieran weglaufen. Er gehörte mir. Und ich hatte mir vorgenommen, dass dieser Sektor das auch erfahren würde.

Gleich nachdem wir uns mit unserem Myon-Problem befasst hatten.

Kieran drückte wieder meine Hand und führte mich die Treppe des Flugzeugs hinunter.

Mehrere Mitglieder des Rudels hielten sich in der

Nähe des Rollfeldes auf und richteten ihre neugierigen Blicke auf uns.

In dem Moment, als ihre Nasen unseren Geruch aufnahmen, weiteten sich ihre Augen.

Sie konnten nicht nur unseren Bund riechen, sondern auch unseren Erben.

Einige tauschten Blicke aus. Andere flüsterten sich etwas zu, doch ihre Worte wurden vom Wind übertönt. Es war mir eigentlich egal. Was zählte, war, dass Kieran und ich jetzt zusammen waren. Für immer.

Er senkte seinen Kopf, um mir einen Kuss auf die Schläfe zu geben, wobei sich seine Lippen vor Vergnügen über meine Gedanken leicht verzogen. Wir könnten einander blockieren, aber ich sah keinen Grund dafür. Ich hielt meinen Geist weit für ihn geöffnet, und er tat dasselbe für mich.

Ein Zeichen des Vertrauens.

Ein echter Gefährtenbund.

Wir gingen einige Meter, bevor mich Kieran zum Stehen veranlasste. Ich sah ihn stirnrunzelnd an und verstand seine Absichten nicht, bis er mich zu einem Kuss heranzog, der meine Welt fast auf den Kopf stellte.

Ich brauchte mehrere Sekunden, um zu verstehen, dass diese Zuneigungsbekundung nicht nur für mich, sondern auch für unser Publikum bestimmt war. Er wollte, dass das Rudel unsere Position verstand.

Zusammen.

Verpaart.

Für immer.

Seine Zunge dominierte meine, sein Mund ließ keinen Zweifel an seinem Verlangen und seiner Zuneigung zu mir. Ich legte meinen Arm um seine Schultern und gab mich dem Schauspiel hin, wohl wissend, dass eine der Beobachterinnen Omega Miranda war.

Dieser Alpha gehört mir, sagte ich ihr und allen anderen mit dieser Show.

Kieran grinste, weil ihm meine besitzergreifende Seite gefiel, und erlaubte mir, auf seine Unterlippe zu beißen.

Sein Blut schmeckte süß und ließ mich fast vergessen, was mich zu diesem Handeln veranlasst hatte. Ich wollte ihn nur zurück in sein Zimmer schleifen und …

Unser Zimmer, korrigierte er mich, immer im Einklang mit meinen Gedanken. *Wenn dir das Gebäude nicht gefällt, dann ziehen wir um. Aber es ist* unser *Zimmer, Quinnlynn.*

Unser Zimmer, wiederholte ich. *Ich muss ein Nest bauen.*

Ja, stimmte er zu. *Wir können sofort damit anfangen, wenn du möchtest.*

Ich hätte diesem Plan beinahe zugestimmt, aber dann erinnerte ich mich an den Grund, warum wir früher als erwartet nach Hause gekommen waren. Die Krönung war erst in zwei Tagen. Wir waren zurückgekehrt, um zuerst Myon und die anderen Alphas zu befragen, die versucht hatten, durch die Schatten zu verschwinden. Die meisten von ihnen hatten sich bereits erklärt. Sie hatten zu ihren Gefährtinnen nach Hause zurückwandeln wollen, um ihre Jungen zu schützen.

Cillian hatte einige von ihnen gehen lassen, weil er wusste, dass sie sich nichts hatten zuschulden kommen lassen.

Kieran hatte der Entscheidung weder zugestimmt noch widersprochen, da sein Vertrauen in Cillian unerschütterlich war. Deshalb vertraute ich ihm auch.

Doch eine Handvoll Alphas war noch in Gewahrsam. Sie standen alle auf unserer Verhörliste.

Oder, laut Kieran, auf unserer Tötungsliste.

Er war wütend, dass jemand nicht nur mein Leben, sondern auch das Leben unseres Kindes in Gefahr gebracht hatte. Und er nahm diesen Angriff nicht auf die leichte Schulter. Wenn wir herausfinden würden, dass Myon dahintersteckte, würde er sterben. Es würde nichts geben, was ich tun könnte, um Kieran aufzuhalten.

Und ich war mir nicht sicher, ob ich es überhaupt versuchen würde.

Jemand hatte versucht, mein Kind zu töten. Das war ein unverzeihliches Vergehen, selbst wenn die Person nicht gewusst hatte, dass ich schwanger war. Dieses Wissen hätte ihn wohl auch nicht aufgehalten, wie der Tod meiner eigenen Mutter bewies.

Nein. Wer auch immer dahintersteckte, verdiente den Tod. Damit hatte ich mich abgefunden.

Ich hoffte einfach, dass es nicht Myon war, obwohl alle Beweise auf das Gegenteil hindeuteten.

Das Mindeste, was er zu diesem Zeitpunkt tun könnte, wäre, mir zu sagen, warum.

Obwohl Kieran bereits vermutete, dass er die Antwort kannte – sein Ego hatte wahrscheinlich einen Schlag erlitten, nachdem er vom Refugium erfahren hatte.

Was wiederum die Frage in mir aufkommen ließ, wie er an diese Informationen gekommen war. *Wer hat es ihm erzählt, wenn es nicht mein Vater war?*

Wir werden es herausfinden, versprach Kieran, während seine Lippen auf den meinen verweilten.

Ich öffnete die Augen und begegnete seinem dunklen Blick, dessen Verheißung mich noch einmal über den weiteren Verlauf der Ereignisse nachdenken ließ. *Du bist eine echte Ablenkung.*

So wie es sein sollte, Gefährtin, murmelte er, und seine Iriden funkelten voller Verheißung. *Darf ich dich beißen?*

Meine Augenbrauen hoben sich. *Du willst deinen Anspruch bekannt machen?*

Das will ich.

Dann tu es, sagte ich. *Du brauchst nicht zu fragen.*

Ein Gentleman fragt, antwortete er.

Ich hätte fast lauthals gelacht. *Du bist kein Gentleman, Kieran.*

Was bin ich dann?, fragte er, während seine Lippen über meine Wange wanderten und sich ihren Weg zu meinem Hals bahnten.

Meiner, antwortete ich schlicht.

Ich spürte sein Grinsen in meiner Halsbeuge. *Ich bin gerne dein, meine Königin.* Im nächsten Moment bohrten sich seine Eckzähne in meine Haut und entlockten unserem Publikum ein kollektives Keuchen. *Voyeure,* dachte er.

Aber ich war zu sehr damit beschäftigt, über den intensiven Endorphinschub zu seufzen, um auf seine Bemerkung zu reagieren.

Sein Biss war pure Euphorie und ließ meine Schenkel vor Verlangen beben.

Glücklicherweise saugte er nicht lange an mir, sonst wäre ich noch vor den Augen des Sektors gekommen.

Hmm, brummte er. *Eine Überlegung für später.*

Wage es nicht, flüsterte ich, halb berauscht von seinem Biss.

Das könnte interessant sein, sagte er und dachte noch einen Moment darüber nach. *Nur müsste ich danach alle Anwesenden töten, weil sie etwas sehen würden, das ihnen nicht zusteht. Also vielleicht doch nicht.*

Ich schüttelte den Kopf und fühlte mich benommen von seinen Neckereien.

Nur, dass es kein Scherz gewesen war.

Er hatte jedes Wort ernst gemeint.

Dann wurde mir klar, dass mich dieses ganze Schauspiel hatte ablenken sollen, um mir zu helfen, mich zu beruhigen, um mich dafür zu belohnen, dass ich mutig genug gewesen war, vom Refugium in den Blutsektor zu fliegen, nach allem, was ich durchgemacht hatte.

Dieser Mann kümmerte sich auf seine eigene Weise um mich und verdeutlichte gleichzeitig den Wölfen um uns herum seinen Standpunkt.

Er hatte mich einmal ein Rätsel genannt.

Doch er war hier das wahre Rätsel. Er war nicht der Schurke, als den er sich gerne bezeichnete. Er war meine Version eines weißen Ritters. *Mein Held.*

Sein Blick verengte sich. *Nenn mich nicht so.*

Beleidigt?

Ja, antwortete er sofort und brachte mich zum Lächeln.

Okay, Held.

Quinnlynn, warnte er.

Jetzt habe ich einen Kosenamen für dich, fuhr ich fort, ohne ihn zu beachten. *Du bist mein persönlicher Held.*

Er knurrte, was mein Lächeln noch breiter werden ließ.

Keine Sorge, flüsterte ich, während ich meine Hand auf seine Wange legte. *Dein Geheimnis ist bei mir sicher.*

Sein Gesichtsausdruck blieb ungerührt, seine Augen immer noch verengt.

Ich liebe dich, fügte ich hinzu und stupste seine Nase mit meiner an. *Danke, dass du mich abgelenkt hast.*

Ein kurzes Schnurren entkam ihm, da sein Wolf nicht in der Lage war, seine Zuneigung zu verleugnen, auch wenn der Mensch versuchte, seine Reaktionen zu zähmen.

Dann küsste er mich wieder, und seine Bewunderung erwärmte mein Herz.

„Ich denke, Ihr habt Euren Standpunkt klargemacht, Majestät", sagte Cillian, als er sich näherte. „Das wird sich jetzt bestimmt herumsprechen, und Miranda ist praktisch außer sich."

Kieran küsste mich noch einen Moment lang, dann hörte er langsam auf und alle Anzeichen seiner Erregung waren verschwunden. *Ich liebe dich auch,* flüsterte er, bevor er

Cillian ansah. „Du warst derjenige, der vorgeschlagen hat, dass wir unsere Ankunft bekannt geben sollen. "

„Ja, ich wollte, dass Ihr Eure Rückkehr ankündigt, damit alle wissen, dass Ihr wieder im Sektor seid, Majestät."

Kieran hob lediglich eine Augenbraue. „Nun, ich glaube, sie wissen es jetzt alle."

„Da bin ich mir ganz sicher", antwortete er und seine Lippen zuckten. „Sollen wir?"

Mein Gefährte ließ mich los, legte seine Hand auf meinen unteren Rücken und nickte. „Geh voran, Cillian."

Lorcan ging hinter uns, seine Anwesenheit war still und autoritär zugleich und trotzdem fühlte ich mich sicher, denn diese drei Männer gehörten zu den tödlichsten Geschöpfen, die es gab. Ich konnte spüren, wie ihre Kraft wie eine hypnotische Liebkosung über meine Haut strich.

Cillian strahlte die stärkste Energie aus, und seine Kontrolle über den Sektor überraschte mich ein wenig. *Er hat alle gebunden. Sie können nicht schattenwandeln.*

Ja, antwortete Kieran. *Er hat mich in meiner Abwesenheit als Alpha-Prinz vertreten, und ich glaube, er hat eine ziemlich gründliche Demonstration geliefert, wie und warum er diese Rolle bekommen hat.*

Ich nickte. *Er ist so mächtig wie ein Alpha-Prinz.*

Er stammt von einer alten Blutlinie ab, genau wie Lorcan und ich. Beide könnten problemlos ihre eigenen Sektoren leiten.

Warum tun sie es dann nicht?

Loyalität, antwortete er schlicht, als wir in ein wartendes Auto einstiegen. Ich vermutete, dass das Fahrzeug wegen mir hier war, da ich mich weder verwandeln noch durch die Schatten reisen konnte.

Lorcan wählte den Beifahrersitz, während sich Cillian hinter das Lenkrad setzte. Kieran und ich setzten uns auf den Rücksitz. Dann machten wir uns auf die Reise und fuhren auf eine Straße, die vom Flughafen wegführte – der gut vierzig Minuten von Reykjavik entfernt lag – aufs Land. Es dauerte nicht lange, bis mir klar wurde, dass wir nicht in die Hauptstadt fuhren.

Ich stellte keine Fragen, denn Kieran gab mir über unsere mentale Verbindung die Antworten, die ich brauchte – wir würden in eine Haftanstalt fahren, die nicht in der Nähe der Wohngebiete lag.

Ich legte meinen Kopf an seine Schulter und schloss meine Augen.

Das würde eine lange Nacht werden.

KIERAN

BEIM BETRETEN des Kerkers entließ ich zwei Alphas und einen Beta. Allein ihre Gerüche bestätigten ihre Unschuld.

Es war nicht nur die Angst, die von ihnen ausging, sondern auch die Wut. Vor allem, als sie Quinnlynn sahen und erkannten, dass sie schwanger war.

Sie waren nicht wütend über die Anschuldigungen oder wütend auf meine Gefährtin wegen ihres früheren Verhaltens.

Nein, sie waren wütend, dass jemand versucht hatte, ihr und dem zukünftigen Erben des Blutsektors zu schaden.

Diese Reaktion allein bewies, dass sie harmlos waren. In Anbetracht dessen, was mir Cillian über ihre Ausreden für den Versuch, durch die Schatten zu entkommen, erzählt hatte – sie hatten einfach versucht, sich zum Schutz in ihre Häuser zurückzuziehen –, war es einfach, sie gehen zu lassen.

Aber ich entließ die beiden Alphas mit einer subtilen Warnung: „Ihr seid Alphas. Gute Alphas verstecken sich nicht, sie beschützen. Denkt daran, wenn ihr das nächste

Mal eine Machtverschiebung spürt, oder ich könnte geneigt sein, euch aus meinem Sektor zu werfen."

„Ja, mein König", sagte einer, auch wenn ich den Titel, den ich eindeutig verdient hatte, noch nicht offiziell trug. Dann verbeugte er sich tief vor Quinnlynn, als er sagte: „Willkommen zuhause, meine Königin. Wir freuen uns, Euch wieder bei uns zu haben."

Sie lächelte und ihre Augen wurden ein wenig feucht, als sie antwortete: „Danke, Odin."

Er erhob sich und entschuldigte sich mit einer weiteren höflichen Verbeugung vor mir.

Der andere Alpha versprach, dass es nicht wieder vorkommen würde, bevor er sich an Quinnlynn wandte und ihr ebenfalls seine Dankbarkeit für ihre Rückkehr ausdrückte.

Ich hatte den Verdacht, dass dies in der nächsten Woche noch öfter passieren würde.

Es ist das Baby, sagte sie mir. *Sie sind froh, dass ich meine Pflicht gegenüber der Blutlinie erfüllt habe.*

Ich lachte spöttisch. *Das mag auch ein Grund sein, aber tief im Inneren sind sie dankbar, dass sie eine mächtige Königin haben, die sie beschützt. Sie alle wissen, dass die Energieexplosion mit dir zu tun hatte. Ich wage zu behaupten, dass es einige von ihnen zu Tode erschreckt hat.*

Das sollte es auch.

Quinnlynn mochte eine Omega sein, aber sie war eine starke Omega, mit einer Blutlinie, die alle anderen übertraf, die je existiert hatten. Sie zu unterschätzen, wäre ihr Untergang.

Sie schenkte mir ein kleines Lächeln. *Danke, dass du in mir mehr als nur ein Zuchtobjekt zur Weiterführung der Blutlinie siehst.*

Ich packte sie im Nacken und war über diese Aussage

verärgert. *Du bist viel mehr als eine Zuchtwölfin für mich, meine Königin. Zweifle niemals daran.*

Das tue ich nicht, flüsterte sie. *Du bist für mich auch viel mehr als nur ein Knoten.*

Ihre freche Erwiderung ließ mich innehalten, und ein Teil meines inneren Aufruhrs schwand.

Wenn du mich wegen meines Knotens benutzen willst, ist das vollkommen in Ordnung.

„Majestät", warf Cillian ein. „Was wollt Ihr mit Myon und Orion machen?"

Das waren unsere beiden verbliebenen Gefangenen. *Sie beide töten, damit ich meine Omega verknoten kann?,* schlug ich ihm über unsere mentale Verbindung vor.

Quinnlynn verengte daraufhin ihre Augen.

Cillian seufzte nur. *Wir können es schnell hinter uns bringen. Ich kann ihre Gedanken lesen.*

Dennoch warst du noch nicht in der Lage, Myons Wahrheit auf den Grund zu gehen.

Stimmt, lenkte er ein. *Weil er gegen mich ankämpft.*

Und Orion?, hakte ich nach.

Scheint eine natürliche Blockade zu haben.

Was ist mit den dreien, die ich gerade freigelassen habe?, fragte ich.

Seine dunklen Iriden schimmerten wissend. *Vollkommen unschuldig, aber ich wollte Euch den Spaß nicht verderben. Außerdem weiß ich, wie sehr Ihr eine gute Machtdemonstration genießt.*

Dann muss es dich sehr enttäuscht haben, als ich sie alle habe gehen lassen.

Im Gegenteil, das hat mir meine Vermutung nur bestätigt, murmelte er. *Ich habe Myon und Orion bereits gesagt, dass Ihr mit Eurer Einschätzung schnell sein würdet. Jetzt wissen sie, dass ich es ernst gemeint habe.*

Ich verstehe. Ich grinste meinen ältesten Freund an. *Vielleicht solltest du mich öfter im Blutsektor vertreten.*

Bitte droht mir nicht, Majestät, sagte er. *Das schätze ich nicht, nach allem, was ich für Euch getan habe.*

Eines Tages, Cillian, wirst du die Führung übernehmen müssen, warnte ich ihn. Das war ein Gespräch, das wir schon oft geführt hatten.

Heute nicht, Majestät.

Heute nicht, stimmte ich zu. Ich drückte noch einmal Quinnlynns Nacken und ließ sie dann los. „Fangen wir mit Myon an." Er war der Schuldige.

Cillians Bemerkungen über Orion hatten mich jedoch neugierig gemacht.

Er war ein älterer Alpha. Unverpaart. Und er blieb oft allein auf dem Land.

Wenn er eine Affinität für das Blockieren von übernatürlichen Fähigkeiten hatte, dann wollte ich mehr wissen. Er könnte sich als nützlich erweisen. Besonders als Wache.

Cillian wies uns den Weg zu Myons Arrestzelle. Er hatte dem Alpha keine Handschellen oder ähnliches angelegt, er hielt ihn einfach mit seinen überlegenen Kräften an Ort und Stelle fest.

Genauso wie Alphas andere zur Verwandlung zwingen konnten, konnten sie auch die Fähigkeit eines anderen zum Schattenwandeln unterbinden.

Wenn Myon stärker wäre, könnte er gegen Cillian ankämpfen.

Aber niemand auf dieser Insel übertraf Cillian an Macht. So hatte er es geschafft, den ganzen Sektor zu unterwerfen. Wenn er einen Befehl zur Verwandlung knurrte, gehorchte jeder.

Außer Lorcan und mir. Unsere Fähigkeiten zum Schattenwandeln wurden ebenso nicht durch Cillian beeinträchtigt.

Er hatte keine Macht über mich.

Allerdings hatte ich auch keine Macht über ihn.

Das war es, was uns ebenbürtig machte.

Das war es auch, was es uns ermöglichte, das Gebiet des Blutsektors so einfach im Griff zu halten – niemand wollte uns herausfordern. Wir waren im Grunde ein Trio von übermächtigen Alpha-Prinzen.

Ich hatte den Titel nur gewonnen, weil ich ihn mehr begehrt hatte.

„Hallo, Myon", grüßte ich.

Ich machte eine Handbewegung, um das Gitter zu entriegeln. Es war durch einen Zauber magisch aufgeladen, den Lorcan uns vor langer Zeit beigebracht hatte. Es war eine Art komplexes Logikpuzzle, das das richtige Maß an Kraft und Bewegung erforderte, um es zu entriegeln.

Für andere war es fast unmöglich nachzuahmen.

Das war der Grund, warum wir es verwendeten.

„Es wird dich freuen zu hören, dass Quinnlynn und ich offiziell verpaart sind", fuhr ich fort, als ich eintrat. „Sie ist außerdem schwanger, wie du sicher schon vermutet hast." Ich nahm auf einem Stuhl am Tisch gegenüber von ihm Platz.

„Herzlichen Glückwunsch", sagte er trocken.

Ich lächelte. „Ich bin froh, dass du nicht versuchst, die Sympathiekarte auszuspielen, Myon. Das kann ich respektieren."

Ich hatte fast erwartet, dass er versuchen würde, Quinnlynn anzuflehen und seine Unschuld zu beteuern, aber stattdessen sah er nur müde aus.

Hast du ihn mental bearbeitet?, fragte ich Cillian.

Nicht mehr als alle anderen, antwortete er. *Ich glaube, er hat sich einfach mit seinem Schicksal abgefunden.*

Hmm. Damit kann ich arbeiten.

„Warum kommen wir nicht gleich zur Sache?", sagte

ich. „Du hast ein paar Schmuckstücke mit einem Zauber belegt, in der Hoffnung, Zugang zu einer Welt zu bekommen, zu der dir der Zugang nicht zusteht. Und du hast versagt."

Er starrte mich an, seine Lippen verzogen sich zu einer geraden Linie.

„Leugnest du es?", fragte ich.

Stille.

„Ich verstehe." Er wollte also das Schweigespiel spielen. „Ich gehe davon aus, dass dein Schweigen Zustimmung bedeutet. Das bedeutet, dass du diese Ohrringe und die Halskette mit einem Zauber belegt hast, bevor du sie meiner Gefährtin gegeben hast."

„Ihrer Mutter", stellte er unmissverständlich klar. „Sie wurden ihrer Mutter gegeben."

„Du gibst also zu, dass du sie ihr gegeben hast?"

„Sie waren ein Geschenk von Seamus. Nicht von mir."

Seamus MacNamara, dachte ich.

Das stimmt, sagte mir Quinnlynn, blieb aber im Flur stehen. *Mein Vater hat meiner Mutter diese Diamanten vor Jahrhunderten geschenkt. Lange bevor ich geboren wurde.*

„Wann hast du sie verzaubert?", fragte ich und musterte Myon.

„Ich habe sie nicht verzaubert."

Ich hob eine Augenbraue. „Aber du weißt, dass sie verzaubert waren?"

„Natürlich weiß ich das. Alle Elitemänner von Seamus wussten es."

Ich runzelte die Stirn. „Alle?"

„Ja. Seamus hat sie mit einem Peilsender versehen, damit er seine Gefährtin wiederfinden konnte, falls sie jemals entführt würd", sagte Myon klar und ohne den Anschein einer Lüge. „Und wir alle wissen auch, wie man auf den Zauber zugreift. Deshalb habe ich auch versucht, durch die Schatten zu Quinnlynn zu wandeln, als ich den Alarm gespürt habe."

„Du hast den Alarm gespürt?", fragte ich überrascht.

„Ja, den Alarm, der an den Zauber gebunden ist. Er ist mit dem Blut von Seamus' ehemaliger Elite verzaubert. Wir alle haben den Ruf gespürt."

„Aber du warst der Einzige, der versucht hat, durch die Schatten zu verschwinden", sagte ich, zugleich fasziniert und verwirrt von seiner Geschichte.

Seine Miene verfinsterte sich. „Das ist eine Angelegenheit, die Ihr mit den anderen besprechen müsst. Aber ich habe dieser Familie einen Eid geschworen. Ich habe geschworen, dass ich sie beschützen würde. Und das habe ich auch versucht." Sein Blick wanderte zu Quinnlynn. „Ich bin froh, dass es Euch gut geht, Prinzessin."

Er klang nicht sehr erfreut. Er klang wütend.

Was aber an der Situation liegen könnte.

Oder vielleicht war er auch wütend auf die anderen Elitemänner, da sie nicht versucht hatten, Quinnlynn zu Hilfe zu eilen, als der „Alarm" ausgelöst worden war.

„Wenn du wusstest, dass der Schmuck verzaubert war, warum hast du es dann nie erwähnt?", fragte Cillian.

Er stand hinter mir in der Tür, während Lorcan im Flur Wache hielt, um Quinnlynn zu beschützen.

„Weil du es selbst hättest spüren müssen", sagte Myon. „Aber du bist zu sehr damit beschäftigt, Kieran vor allen anderen zu schützen. Das hat der Schmuck deutlich bewiesen."

Ich kniff die Augen zusammen. „Cillian und Lorcan würden ihr Leben für Quinnlynn opfern."

„Dafür habe ich noch keine Beweise gesehen", erwiderte Myon. „Sie war ein Jahrhundert lang auf sich allein gestellt, weil sie zu viel Angst hatte, hier zu bleiben und dir die Wahrheit zu sagen."

„Die Wahrheit worüber?", fragte ich, aufrichtig neugierig, was er dachte, was sie mir verheimlichen wollte.

„Über das Refugium." Er zögerte nicht mit seiner Antwort. Wahrscheinlich, weil er wusste, dass ich jetzt Zugang zu jedem ihrer Gedanken hatte. Das bedeutete, dass ich alles wusste, was es zu wissen gab.

„Und über den Mord an ihren Eltern", fügte ich hinzu und verengte meinen Blick. „Weil ihr gesagt wurde, dass ein Alpha-Prinz dafür verantwortlich war."

„Eine notwendige Lüge, um sie zu schützen."

„Vor wem?", fragte ich.

„Einem unwürdigen Verehrer", antwortete er schlicht. „Ihre Eltern wollten, dass sie eine angemessene Zeit des Werbens bekommt, und ich wusste, dass das nach ihrem unerwarteten Ableben nicht mehr möglich sein würde. Also haben die Elitemänner und ich die Sache selbst in die Hand genommen, um die Dynastie zu schützen."

„Indem ihr einen Anhänger verzaubert und eine Geschichte über ihre Eltern erfunden habt?" Ich konnte mir den ungläubigen Ton in meiner Stimme nicht verkneifen.

„Dieser Teil war nicht meine Idee – die erfundene Geschichte, dass sie ermordet wurden –, aber wir mussten sie gut vorbereitet wissen, damit sie ihre Aufgabe im Refugium übernehmen konnte."

„Ich verstehe nicht", sagte Quinnlynn, als sie den Raum betrat. „Was willst du damit sagen, Myon? Dass du eine Lüge erfunden hast, um ... um mich zu schützen?"

„Um dich zu motivieren", korrigierte er. „Und um dich davon abzuhalten, eine überstürzte Entscheidung zur Verpaarung zu treffen. Deine Eltern hätten gewollt, dass du dir Zeit lässt."

Sie schüttelte langsam den Kopf. „Sie hatten bereits damit begonnen, den Prozess des Umwerbens einzuleiten. Sie wollten, dass ich mich mit einem Alpha-Prinzen verpaare."

„Aber nicht sofort. Die Zeit des Werbens kann Jahrzehnte dauern. So wie bei deiner Mutter."

„Also hast du sie verschreckt, indem du ihr weisgemacht hast, ihre Eltern seien von einem Alpha-Prinzen ermordet worden?" Ich kaufte ihm diesen Schwachsinn absolut nicht ab, aber ich würde ihn für einige Minuten billigen.

„Im Wesentlichen, ja." Er begegnete meinem Blick. „Wie ich schon sagte, es war nicht meine Idee."

„Wessen Idee war es dann?", fragte ich, neugierig darauf, den Namen der Person zu erfahren, die er den Wölfen zum Fraß vorwerfen wollte.

„Die von Fritz."

„*Was?*", fragte Quinnlynn, während ich seine Antwort analysierte.

Er hatte diesen Namen entweder von Seamus gehört, ihn irgendwo gelesen oder er kannte tatsächlich die ganze Wahrheit über das Refugium.

Angesichts der Tatsache, dass er die Insel nicht betreten konnte, schien dies zweifelhaft.

Andererseits konnten die Omegas genau genommen nach Belieben gehen.

„Wird Fritz diese Geschichte bestätigen?", fragte ich und verengte meine Augen zu Schlitzen.

„Es gibt nur einen Weg, das herauszufinden." Myon schien überhaupt nicht in Panik zu geraten, was mir sagte, dass er entweder zuversichtlich war und die Wahrheit sagte, oder dass er ein kompletter Soziopath war.

„Lorcan", rief ich.

„Er spricht bereits mit Kyra", bestätigte Cillian.

Gut. „Wenn ich das richtig verstehe, willst du mir sagen, dass der Ortungschip im Schmuck entwickelt wurde, um Kiana MacNamaras Sicherheit zu gewährleisten, und dass Quinnlynns Eltern gar nicht ermordet wurden. Dann ist die Geschichte mit dem tragischen Unfall wahr."

„Ja. Die Geschichte, dass das Flugzeug aufgrund eines Triebwerkschadens explodiert ist, entspricht der Wahrheit." Er lehnte sich in seinem Stuhl zurück. Es war ein Bild der Gelassenheit. „Ich habe die Blackbox."

Meine Augenbrauen hoben sich. „Wo?"

„Bin schon dran", antwortete Cillian und verschwand im Handumdrehen.

„Du hast eine Aufnahme vom Tod meiner Eltern und hast mir nie davon erzählt?", fragte Quinnlynn wütend.

„Ihr wart nicht bereit, es zu hören, Prinzessin", sagte er, und der erste Anflug von Trauer färbte seine Stimme und seine Gesichtszüge. „Es ging alles ganz schnell. Sie hatten keine Schmerzen."

„Oh, das ist ja nett", fauchte sie, als sie sich mit einer Welle der Wut dem Tisch näherte. „Die letzten hundert Jahre hast du mich in dem Glauben gelassen, sie seien ermordet worden. Du hast mich dazu gebracht, ein Hirngespinst quer über den Globus zu jagen. Meinen Sektor zurückzulassen und meinem vorgesehenen Gefährten zu misstrauen."

Ihre Wangen waren rot vor Wut, sodass ich mich ehrlich fragen musste, ob sie diesen armen Bastard gleich mit einem Blitz erschlagen würde.

Ich würde sie nicht aufhalten.

Verdammt, ich würde sie sogar anfeuern.

„Es ist wahr", sagte Lorcan von der Tür aus. „Die erfundene Geschichte über den Mord war Fritz' Idee."

„Der Omega?", fragte ich, ehrlich überrascht.

„Er mag kleiner sein als ein Alpha, aber der Omega ist

ein tödlicher Waffenexperte", antwortete Myon. „Deshalb ist er auch auf der Insel. Er ist einer von Seamus' ehemaligen Eliten."

„Mein Vater hat mir das nie erzählt", sagte Quinnlynn. „Fritz ist ein Beschützer."

„Er ist der ursprüngliche Beschützer", korrigierte Myon. „Er ist älter als wir alle. Deshalb habe ich mich seinen Wünschen gebeugt und die Illusion nach seinen Vorgaben herbeigezaubert."

„Und die Explosion?", forderte ich. „War das Teil seiner *Wünsche*?" Denn wenn ja, würde ich diesen Omega töten, Beschützer hin oder her.

Myon runzelte die Stirn. „Nein ... das ... verstehe ich nicht."

Er sagt die Wahrheit, sagte Cillian, der in der Nähe war, aber außer Sichtweite, als er sich im anderen Raum materialisierte. *Ich kann seine Verwirrung spüren.*

Kannst du meine auch spüren?, fragte ich trocken.

Ihr klingt wie ein Mörder, Majestät. Wie immer.

Ich grunzte.

Ich werde mir diese Aufnahme mit Kopfhörern in einem anderen Raum anhören. Ich möchte Quinnlynn nicht beunruhigen, aber ich will auch einen Beweis.

Lass mich wissen, ob es wahr ist, sagte ich ihm, ohne weitere Details zu benötigen. Denn wenn er sie liefern würde, dann würde Quinnlynn sie hören. Und ich wollte nicht derjenige sein, der ihr Albträume bescherte.

„Der Schmuck ist explodiert, als Kieran ihn in die Nähe des Schutzschildes gebracht hat. Wenn ich diese Ohrringe getragen hätte, hätte mich die Explosion getötet."

„Unmöglich. Diese Diamanten wurden verzaubert, um dich zu schützen." Er runzelte die Stirn, und sein Blick richtete sich auf mich. „Du hast sie zur Barriere gebracht? Von innen?"

„Von außen", stellte ich klar und beobachtete ihn aufmerksam.

Er runzelte die Stirn, dann entspannte er sich und ein Hauch von Verständnis spiegelte sich in seinen Gesichtszügen. „Sie waren nicht dazu bestimmt, dich zu beschützen. Sie müssen darauf reagiert haben, ohne ihren rechtmäßigen Besitzer in der Nähe der schützenden Barriere zu sein."

„Warum standen sie dann im Konflikt mit dem Schild, während Quinnlynn sie getragen hat?", konterte ich. „Ich konnte spüren, wie ihr die verzauberte Barriere Energie abgezogen hat, während sie gegen die Magie der Diamanten ankämpfte."

Ich starrte ihn an, ein Hauch echter Verwirrung lag in seinem Gesichtsausdruck. „Das sollte nicht passieren. Aber vielleicht … vielleicht liegt es daran, dass der Zauber für ihre Mutter gedacht war und nicht für sie?"

„Du hast ihr also den Schmuck gegeben, ohne zu wissen, wie er auf sie reagieren würde?" blaffte ich.

„Quinnlynn ist Kianas Tochter. Ich habe *vermutet*, dass …"

„Das ist genau dein Problem", sagte ich, ohne mir die Mühe zu machen, meine Wut zu verbergen. „Du darfst nichts *vermuten*, wenn es um meine Gefährtin geht. Und ich habe das Gefühl, dass du und die anderen ehemaligen Elitemänner von Seamus in Bezug auf meine Gefährtin eine Menge Vermutungen angestellt haben."

Die Aufnahme ist echt, warf Cillian leise ein. *Das Flugzeug ist unerwartet explodiert.*

Ich schluckte und blickte Quinnlynn direkt in die Augen, als ich ihr die Information leise mitteilte.

Sie reagierte nach außen hin nicht, da ihr Verstand

schnell genug wusste, wie er all das, was sie gerade erfahren hatte, interpretieren sollte.

„Quinnlynn ist unsere künftige Königin", fuhr ich fort, meine Stimme nun leiser, aber nicht weniger wütend. „Sie hat das Recht, ihre eigene Entscheidung zu treffen. Sie hat das Recht, zu entscheiden, mit wem sie sich paart und wann. Sie hat ein Recht darauf, die Wahrheit zu erfahren, und ein Recht darauf, für ihre Macht und ihr Geburtsrecht respektiert zu werden und nicht behandelt zu werden, als wäre sie aus Glas."

Ich stieß mich vom Tisch ab und mein Blick fand Myon.

„Sie wird über dein Schicksal entscheiden, denn im Gegensatz zu dir und den anderen ehemaligen Eliten vertraue ich meiner Königin, dass sie ihre eigenen Entscheidungen treffen kann. Ich werde sie nicht anlügen. Ich werde die Wahrheit nicht vor ihr verbergen und ich werde ganz sicher keine Entscheidungen für sie treffen."

Ich wandte mich meiner schönen Gefährtin zu und neigte mein Haupt in einer Geste des notwendigen Respekts ihr gegenüber.

Dann richtete ich mich auf und streckte meine Hand aus. „Bist du bereit, meine Königin? Oder hast du noch mehr Fragen an deinen *ehemaligen* Vormund?"

Die Worte waren eine Erinnerung an den Alpha im Raum, dass nicht mehr er diese Frau beschützte, sondern *ich*. Und im Gegensatz zu ihm würde ich das auf die richtige Weise tun.

„Ich möchte die Aufnahme hören", sagte sie.

Ich nickte, weil ich das erwartet hatte. Ich hatte die Einzelheiten nicht wissen wollen, weil ich nicht derjenige sein wollte, der Quinnynn diese niederschmetternden Tatsachen überbrachte.

Sie hatte das Recht, selbst zu entscheiden, und wenn

sie sich dafür entschied, diese letzten Momente zu hören, dann würde ich ihr beistehen.

Danach würde ich an ihrer Seite sein, wenn sie Myon befragen wollte. Und wenn sie es für richtig hielt, würde ich ihn auch für sie töten.

Doch ich wusste bereits, dass das keine Strafe war, die sie anordnen würde. Denn ein Teil von ihr sah in Myon Eigenschaften ihres Vaters, und obwohl sie nicht einverstanden war mit dem, was er getan hatte, verstand sie es irgendwie.

Dieses Mitgefühl war es, das sie zu einer brillanten Königin machen würde.

Aber es war auch der Grund, warum sie mich brauchte.

Denn ich konnte der Schurke sein, wenn sie einen brauchte.

Genauso wie ich mich irgendwann dafür entscheiden könnte, mit Myon abzurechnen. Das gab ich ihm jetzt mit einem Blick zu verstehen.

Quinnlynn mochte seine Strafe aussuchen, aber ich würde derjenige sein, der die Strafe vollstreckte.

Und ich würde keine Gnade zeigen.

Befrag Orion näher zu seinen Fähigkeiten, sagte ich zu Cillian. *Behandle es wie ein Vorstellungsgespräch.*

Natürlich, Majestät.

Ich stand auf. *Und sorge dafür, dass Myon es komfortabel hat. Unsere Königin wird zu einem späteren Zeitpunkt über sein Schicksal entscheiden.*

Was ist mit Fritz?, fragte er.

Ich vermute, Kyra wird sich um ihn kümmern. Und wenn sie es nicht tut, werde ich es tun. Nachdem Quinnlynn über ihn geurteilt hätte. Ich legte meine Hand auf ihren unteren Rücken, als ich sie aus der Zelle führte.

Verstanden. Betrachtet es als erledigt, Majestät.

Danke, Cillian, sagte ich und meinte es ernst. *Du bist ein guter Alpha-Prinz.*

Fick dich, Kieran.

Meine Lippen drohten zu zucken. *Ich kann den Tag kaum erwarten, an dem du einen Sektor übernimmst.*

Er antwortete nicht.

Nicht, dass ich das von ihm erwartet hätte.

Aber eines Tages würde er die Führung eines Sektors übernehmen. Da war ich mir sicher.

QUINN

Die Aufzeichnungen der letzten Momente meiner Eltern vor ihrem Tod verfolgten mich, als ich die in einer Reihe stehenden Alphas aus allen Sektoren des V-Clans begrüßte.

Ich hatte mich so viele Jahre vor diesem Moment gefürchtet, weil ich Angst gehabt hatte, aus Versehen die Hand des Mörders meiner Eltern zu schütteln, nur um dann feststellen zu müssen, dass alles eine Lüge gewesen war.

Nein, nicht einmal das, sondern eine List. Eine Motivation. Ein Weg, um mich davon abzuhalten, einen Alpha-Prinzen „zu früh" zum Gefährten zu nehmen.

Ich fühlte mich auf eine Art und Weise verraten, die ich nicht zu definieren wusste. Personen, die mir nahestanden – denen ich vertraut hatte, dass sie mich *beschützen* würden – hatten mich angelogen.

Und schlimmer noch, ich hatte herausgefunden, dass Fritz derjenige gewesen war, der Kyra mit Informationen über Kieran versorgt hatte. Oh, sie hatte meinen Gefährten durch ihre eigenen Verbindungen zu Alpha Fare gekannt, aber Fritz war derjenige gewesen, der ihr von Kierans Vorliebe für Herausforderungen erzählt hatte.

Alles wirkte so fabriziert.

Und so … *kontrolliert.* Als hätte ich mein Schicksal nicht selbst in der Hand gehabt.

Und das machte mich fuchsteufelswild.

Kieran ließ seine Finger über meinen freiliegenden Rücken gleiten. Mein mitternachtsschwarzes Kleid unterschied sich deutlich von dem mit dem Korsett, das ich bei unserem Verlobungsessen getragen hatte. Er beugte sich zu mir herunter, drückte mir einen Kuss auf den Puls und richtete sich in dem Moment wieder auf, als uns Alpha Cael begrüßte.

„Ihr strahlt regelrecht, meine Königin", begrüßte er mich mit einer aufrichtigen Verbeugung.

„Nicht wahr?", sagte Kieran und legte seine Hand in einer schützenden Bewegung auf meinen unteren Rücken.

„Zieht Eure Krallen ein, *König* Kieran. Ich habe nicht die Absicht, Euch Eure Gefährtin wegzunehmen." Cal zwinkerte mir zu, was meinem Alpha ein Knurren entlockte. „Ihr habt wirklich gut gewählt, meine Königin."

„Das habe ich", stimmte ich zu. *Nur frage ich mich jetzt, ob das alles von einem Haufen Elitemänner geplant war, die das Bedürfnis hatten, mein Leben zu kontrollieren.*

Meins haben sie ganz sicher nicht kontrolliert, sagte Kieran. *Und wenn ich noch einmal höre, dass du unseren Gefährtenbund infrage stellst, werde ich dich vor allen Anwesenden ficken, nur um dir das zu beweisen.*

Das würdest du nicht wagen. Du müsstest sie hinterher alle töten, erwiderte ich und erinnerte ihn damit an seine Drohung von neulich.

Das würde ich dir zu Ehren gerne tun, Quinnlynn, wenn es dir beweist, dass wir zusammen sind, weil wir es wollen, und nicht wegen einer verdammten List und einem Paar Ohrringe.

Seine Frustration war deutlich spürbar und entsprach meiner eigenen, nur aus ganz anderen Gründen.

Du hast recht. Das ist dir gegenüber nicht fair.

Es geht nicht darum, fair zu sein, Liebes. Es geht darum, an uns zu glauben. Glaubst du wirklich, dass Myon wollte, dass wir zusammenkommen? Er schaute mich an und ignorierte völlig, was Prinz Cael sagte.

Nein, nicht wirklich.

Also kennst du die Antwort auf deine Frage.

Aber Fritz wollte es offenbar.

Nun gut, nehmen wir an, er hat es gewollt, antwortete Kieran. *Bist du wirklich verärgert über seine Wahl?*

Nein, natürlich nicht.

Warum quälst du dich dann so?, fragte er und hob eine Hand, um Prince Cael mitten im Satz zu unterbrechen. „Ich liebe dich, Quinnlynn MacNamara. Das ist alles, was zählt, oder nicht?"

Mehrere Leute in unserer näheren Umgebung verstummten, um mit angehaltenem Atem auf meine Antwort zu warten. „Ja", stimmte ich nach einem kurzen Moment zu und beschloss, ab jetzt mit ihm in der *Gegenwart* zu leben, wie er es verlangte.

Ich würde keine Gedanken mehr an die Vergangenheit verschwenden.

Kein *was-wäre-wenn* mehr.

Es war an der Zeit, gemeinsam im Hier und Jetzt zu leben.

Denn ich war ungeachtet der Einmischung von Fritz und Myon hier, an Kierans Seite. Wir beide waren gerade zum König und zur Königin des Blutsektors gekrönt worden und bedankten uns höflich bei allen Alpha-Prinzen für ihre Anwesenheit während der Zeremonie.

Das war, was zählte.

Der Rest ... der Rest war nicht mehr von Belang.

Das war eine interessante moralische Lektion, die ich zu lernen hatte, vor allem nachdem mir jahrelang gesagt worden war, dass man von der Geschichte lernen müsste, um sie nicht zu wiederholen. In Wahrheit hatte das Verweilen in der Vergangenheit aber nur Kummer verursacht.

Und in meinem Fall hatte es zu Liebeskummer und unnötigen Qualen geführt.

Das Flugzeug meiner Eltern hatte einen technischen Fehler gehabt, den niemand hatte voraussehen können. Und die Eliten hatten sich die Schuld dafür gegeben, dass sie es nicht bemerkt hatten. Aber sie waren keine Luftfahrtingenieure oder Techniker. Wie hätten sie das wissen können?

Es war jedoch klar, dass sie die Schuld auf sich genommen hatten, weshalb sie sich dazu entschieden hatten, mein Leben zu bestimmen, in der Annahme, dass es meine Eltern so gewollt hätten.

Ich war mir immer noch nicht sicher, wie ich auf all das reagieren sollte.

Vielleicht würde ich sie verbannen.

Vielleicht würde ich sie aber auch bleiben lassen.

Ich lehnte mich an Kieran und akzeptierte seine Stärke, als wir das Gespräch mit Prinz Cael wieder aufnahmen. Er warf mir einen abwägenden Blick zu, da er mein Zögern und meinen inneren Konflik zweifellos spürte. Doch als Kieran ein kleines Schnurren von sich gab, das mich noch mehr mit ihm verschmelzen ließ, lächelte der Prinz. „Ich selbst war noch nie ein Freund von Affären dieser Art", sagte er im Plauderton.

„Und doch warst du es, der allen gesagt hat, dass ich die Krönung nur verschieben würde", sagte Kieran.

Cael grinste. „Das hat sie alle beruhigt, nicht wahr?"

„Ja", räumte Kieran ein und musterte den Mann.

„Vielleicht kommst du bald wieder zu einem privaten Abendessen zu uns."

„Das klingt schon eher nach meinem Geschmack", antwortete Cael. „Ich werde mich mit Lorcan in Verbindung setzen, um einen Termin zu vereinbaren. Da er mich überwacht, sollte das relativ einfach zu bewerkstelligen sein." Er warf Kieran ein spielerisches Grinsen zu, bevor er wieder in der Menge verschwand, was meinen Gefährten zu einem anerkennenden Brummen veranlasste.

Er erinnert mich ein wenig an dich, gab ich zu. *Ein Unruhestifter.*

Er versucht, das Spiel zu spielen, antwortete Kieran. *Aber es ist eines, das ich schon Jahrhunderte vor seiner Geburt gemeistert habe.*

Das ist richtig, stimmte ich zu. *Aber ich denke, er könnte ein starker Verbündeter sein.*

In der Tat, sagte Kieran. *Vorausgesetzt, er ist nicht der V-Clan Alpha, der den Bariloche-Sektor besucht hat.*

Er ist es nicht. Ich runzelte die Stirn und schaute mich im Raum um. *Tatsächlich glaube ich nicht, dass ich hier bei irgendjemandem diese Aura spüre, die ich dort gefühlt habe.*

Das ist ein Problem für einen anderen Tag, sagte Kieran langsam. *Vielleicht wende ich mich an Ander und Sven, um herauszufinden, ob es im Bariloche-Sektor irgendwelche Aufzeichnungen gibt. Vielleicht kann uns aber auch eine der vielen Omegas helfen, den Schuldigen zu identifizieren.*

Wir könnten Bilder an Ander schicken, damit er sie an sie weitergibt, schlug ich vor.

Kieran nickte. *Ich werde Cillian damit beauftragen. Ich bin sicher, er würde gerne auf die Jagd gehen.*

Der fragliche Elitewolf begegnete Kierans Blick von der anderen Seite des Raumes, während er sich unauffällig im Schatten bewegte.

Er erinnerte mich ein wenig an ein Chamäleon, etwas,

das laut Kierans Gedanken für den Mann typisch war. Offenbar war er häufig in der Lage, sich zu verstecken, sogar in einem überfüllten Raum.

Stimmt er der Bitte zu?, fragte ich.

Nicht verbal, antwortete Kieran, als Cillian subtil nickte. *Eine nonverbale Vereinbarung also.*

Weil er gehört hat, dass wir über ihn gesprochen haben?

So ähnlich, murmelte Kieran. *Nach dem, was er mir erzählt hat, kann er die Klangfarbe unserer Stimmen besser verstehen als unsere Worte. Aber er hört nichts, wenn wir miteinander sprechen. Unsere autonomen Gedanken verraten uns allerdings, was auch immer das heißen mag.*

Das ist nicht gerade beruhigend.

Stimmt, antwortete er lächelnd.

Auch Cillians Lippen zuckten.

Dann verzog er sie zu einer flachen Linie, als er seinen Kopf zu Ivana drehte, die sich einige Meter von ihm entfernt materialisiert hatte.

Sein Kiefer verkrampfte sich, weil er erwischt worden war, aber das brachte die kühne Omega nicht aus der Ruhe. Sie griff nach oben, um an einer Locke seines dunklen Haares zu zupfen, und grinste dann über seinen finsteren Blick.

Ich kann sie nicht hören, aber ich stelle mir vor, dass sie so etwas sagt wie: „Ich habe dich gefunden. Bekomme ich eine Belohnung?", sagte Kieran.

Und was meinst du, wie Cillian darauf reagiert?, fragte ich.

Mit einer Art von Rüge, da bin ich mir sicher.

„Eines Tages wirst du mir ihre Geschichte erzählen müssen", sagte ich, entschied mich aber dafür, laut zu sprechen, anstatt in seine Gedanken zu blicken, während ich mich noch fester an seine Seite drückte und meine Hand über sein Herz legte.

„Es ist nicht an mir, ihre Geschichte zu teilen",

murmelte Kieran. „Aber vielleicht wird Cillian dich aufklären."

Ich lächelte zu ihm hoch. „Das bezweifle ich."

„Ich auch", stimmte er zu, während er mit seiner Hand meinen Rücken hinauffuhr und die Locken in meinem Haar um seine Finger drehte. „Wie ich sehe, hat dich Cameron wieder gut herausgeputzt. Sollte ich eifersüchtig sein?"

„Ganz bestimmt nicht", versprach ich ihm. „Er war ein absoluter Gentleman."

„War er das, huh?", wiederholte Kieran langsam. „Ein Gentleman wie ich?"

„Nein, nicht wie du", sagte ich. „Du bist einmalig." *Mein Held, schon vergessen?* Den letzten Teil fügte ich in Gedanken hinzu, denn ich hatte versprochen, dass das unser Geheimnis bleiben würde.

Seine Augen verengten sich sofort. *Es ist, als wolltest du, dass ich dich bestrafe.*

Ich bin mir immer noch nicht sicher, was das bedeutet, gab ich zu. *Was ist deine Vorstellung von einer Strafe, Kieran?*

Dräng mich weiter und du findest es heraus, sagte er.

Ich grinste. *Nun, das klingt nicht sehr heldenhaft.*

Weil ich kein Held bin, Liebes.

Ja, ja, du bist ein großer, böser Schurke. Ich rollte sichtlich mit den Augen. *Aber ich habe nichts Schurkisches gesehen, Kieran. Ich bin fast ein wenig enttäuscht. Ich bin sogar regelrecht gelangweilt.*

Er zog die Augenbrauen hoch. *Gib mir eine niederträchtige Aufgabe, und ich sorge dafür, dass sie erledigt wird.*

Ich überlegte ein paar Sekunden lang und kniff die Lippen zusammen. *Mir sind im Moment alle niederträchtigen Aufgaben ausgegangen. Wie wäre es stattdessen mit einer Herausforderung?*

Ich bin ganz Ohr.

Wie schnell, glaubst du, kannst du mich aus diesem Raum

herausbekommen und dabei politisch korrekt bleiben?, fragte ich in Gedanken.

Seine Lippen schürzten sich. *Nun, meine Königin, das ist eine Aufgabe, die ich übernehmen kann. Eine, die dir zeigen wird, wie schurkisch ich wahrlich bin.*

Ich habe gesagt, politisch korrekt, erinnerte ich ihn.

Ich bin kein Politiker. Und höflich bin ich auch nicht, sagte er. Dann blickte er in die Menge. „Meine Königin und ich ziehen uns zurück. Genießt den Wein. Er ist mit Blut verfeinert."

Er legte seinen Arm um meine Taille und führte mich aus dem Saal. „*Kieran.*"

„Was?", fragte er mit gespielter Unschuld. „Du wolltest sehen, wie schnell ich dich aus dem Saal rausholen kann. Jetzt weißt du es."

Er zog mich direkt hinter den Thronbereich und durch die Vorhänge.

Dann hob er mich in seine Arme und trug mich den Korridor hinunter.

Ich konnte nicht anders – ich musste lachen. Denn es war natürlich eine effektive Methode, dem Rest unseres Krönungsballs fernzubleiben. „Wir haben nicht einmal getanzt", sagte ich.

„Wir können im Schlafzimmer zusammen tanzen", antwortete er. „Nackt."

„Nackt?", wiederholte ich.

„Nackt", bestätigte er.

Ich überlegte einen Moment und nickte. „In Ordnung."

„Das ist gut, denn du hast keine Wahl."

„Ich dachte, du hättest gesagt, dass ich als Königin immer eine Wahl hätte."

„Und die wirst du bei fast allem auch haben, außer bei

dem, was wir im Schlafzimmer machen", antwortete er, worauf hin ich meine Augenbrauen hob.

„Ach wirklich?"

„So ist es", antwortete er. „Betrachte das als deine *Strafe* dafür, dass ich ein Jahrhundert warten musste, um dich zu verknoten."

Ich lachte erneut, unfähig, mit ihm zu streiten. Ich wusste, dass er es ernst meinte, aber es machte mir ehrlich gesagt nichts aus. Wenn er mich im Schlafzimmer kontrollieren wollte, würde ich es zulassen.

Denn tief im Inneren vertraute ich ihm.

Ich wusste, dass er es nie zu weit treiben würde. Er würde mich nie verletzen. Niemals würde er mir mein Vergnügen vorenthalten – es sei denn, er wollte spielen. Und vor allem würde er mich nie ohne mein Einverständnis nehmen.

Dieser Mann gehörte mir. Mein starker Alpha. Mein König.

Ich liebte ihn.

Ich verehrte ihn.

Ich respektierte ihn.

Und ich hatte geschworen, ihm zu gehören.

So wie er geschworen hatte, mein zu sein.

Ich würde nie wieder vor ihm weglaufen. Es sei denn, es wäre ein Spiel. Und ich würde es genießen, gejagt zu werden. Bestiegen. Und beansprucht.

Seine dunklen Augen funkelten wissend, als er auf mich herabblickte. „Denkst du an etwas Verwegenes, kleine Betrügerin?"

„Ich plane meinen nächsten Schritt", erwiderte ich.

„Hmm", brummte er. „Schade, dass du nicht durch die Schatten verschwinden kannst."

„Dann müssen wir wohl im Schlafzimmer Verstecken spielen", schlug ich vor.

„Und was passiert, wenn ich dich finde?"

„Was immer du willst", versprach ich ihm.

„Ein verlockendes Angebot", antwortete er, während er mich aus dem Gebäude auf die Straße trug. „Ich nehme es an."

„Aber zuerst musst du mit mir tanzen", erinnerte ich ihn.

„Natürlich", stimmte er zu. „Dann werde ich dich in deinem Nest verknoten."

Ich seufzte und dachte an das neue Nest, das ich in *unserem* Zimmer angelegt hatte. Es war perfekt, denn es roch nach Kieran.

Nein, es roch nach *uns*.

Es war ein sicherer Zufluchtsort, an dem ich mich vor der Vergangenheit und den Albträumen, die mich in der Gegenwart verfolgten, verstecken konnte.

Ein sicherer Bau, in dem meine Entscheidungen keine Rolle spielten.

Ein friedlicher Raum, um meinen Alpha zu lieben, um uns zu vereinen, um zusammen oder allein zu sein, genau so, wie es für uns bestimmt war.

„Du hattest recht", flüsterte ich, lehnte meinen Kopf an seine Schulter und drückte meine Lippen auf seinen Hals. „Ihr Einfluss hat uns nicht wirklich zusammengebracht. Das waren unsere Wölfe."

„Unsere Seelen", korrigierte er.

Was genau genommen unsere Wölfe waren, aber irgendwie ging es tiefer.

„Wir waren füreinander bestimmt, Quinnlynn. Ich habe es in dem Moment gespürt, als wir uns kennengelernt haben. Deine verschlagene Art hat mich angesprochen. Und meine Vorliebe, Regeln zu brechen, hat dir gefallen."

Beinahe hätte ich einen Witz darüber gemacht, dass es seine heldenhafte Seite war, die meine Seele magisch angezogen hatte, aber ich wollte den Moment nicht verderben.

Es war zu perfekt.

Zu richtig.

Wir waren eins.

„Nimm mich mit ins Nest und liebe mich, Alpha", flüsterte ich einige Momente später. „Ich habe keine Lust mehr auf Spielchen."

„Wie du wünschst, meine Königin", antwortete er, als wir sein Gebäude betraten. „Alles, was ich tue, tue ich für dich."

„Das habe ich dich einmal sagen hören", gab ich leise zu. „Etwas nach dem Motto, dass du bereit wärst, alles für mich zu tun. Ich dachte, das wäre ein Traum gewesen."

„War es nicht", bestätigte er, als der Fahrstuhl in der Lobby klingelte. „Es war die Wahrheit."

„Jetzt glaube ich es." Ich küsste seinen Hals. „Danke, Kieran, dass du meinen Antrag angenommen hast und mein König geworden bist."

„Danke, dass du mir wieder beigebracht hast, das Leben in vollen Zügen zu genießen", gab er zurück, und sein Schnurren vibrierte in seiner Brust. „Jetzt sei eine gute kleine Herausforderung und öffne deine hübschen Schenkel für mich. Ich habe Pläne für deine schöne Pussy."

„Wie romantisch."

„Ich habe nie behauptet, ein Romantiker zu sein, Quinnlynn."

„Nein, ich nehme an, das hast du nicht." Genauso wie er behauptete, kein Held zu sein, aber das machte ihn in meinen Augen nicht weniger heldenhaft.

„Ich liebe dich, Kieran O'Callaghan. Genau so, wie du bist", versprach ich ihm.

Er lächelte und trat aus dem Fahrstuhl in sein

Appartement. „Und ich liebe dich, Quinnlynn MacNamara. Und jetzt zieh dich aus."

Ich lachte, als er mich absetzte.

Dann tat ich genau das, was er verlangt hatte.

Und führte ihn direkt zu meinem neuen Nest.

„Verknote mich, Alpha."

„Mit Vergnügen, Omega."

EPILOG

KYRA

„HAT QUINN schon über mich geurteilt?", fragte Fritz zur Begrüßung.

Ich blickte von meinem Bett aus zu ihm auf und hob eine Augenbraue. „Glaubst du, ich würde es dir sagen, wenn es so wäre?"

„Ja."

„Nachdem du sie im Grunde genommen verraten und mich dazu benutzt hast?", drängte ich.

„Wir wissen beide, dass es nicht so war." Er lehnte sich gegen den Türrahmen und verschränkte seine muskulösen Arme vor seiner breiten Brust. Für einen Omega war er ziemlich groß. Er war etwas über einen Meter achtzig groß und damit ungefähr dreißig Zentimeter größer als ich.

Wenn ich seine wahre Natur nicht kennen würde, würde ich ihn als Beta einstufen, aber nicht als Alpha. Dafür war er nicht mürrisch genug.

Seine Vorliebe für intrigante Spiele war jedoch ganz Omega.

„Du hast mich mit Informationen über Kieran

versorgt, weil du wusstest, dass ich ihn Quinn empfehlen würde", erinnerte ich ihn. „Das ist Verrat, Fritz."

„Manche würden das als kundigen Verkupplungsversuch bezeichnen", korrigierte er.

„Ja? Und was ist mit dieser schwachsinnigen Mordgeschichte, die du dir ausgedacht hast? Wie nennst du das?"

Sein Kiefer spannte sich an. „Eine notwendige Prüfung."

Meine Augenbrauen hoben sich. „Eine Prüfung wofür?"

Er atmete aus und fuhr sich mit den Fingern durch sein langes blondes Haar. „Wir wissen beide, dass Alphas aggressiv sein können, Kyra. Ich habe versucht, sie von den Paarungsspielen abzulenken, indem ich dafür gesorgt habe, dass sie vor ihnen allen auf der Hut war."

„Und du hast sie gleichzeitig in Kierans Arme getrieben", betonte ich.

„Weil ich wusste, dass er gut für sie war."

„Und alle anderen waren schlecht für sie?"

„Einige von ihnen, ja", versicherte er mir, und ich fragte mich, was er zu verbergen hatte. „Aber Kieran war für sie bestimmt. Sie passen perfekt zusammen."

„Okay, Meisterverkuppler Fritz", sagte ich, unbeeindruckt von seinen Tricksereien.

„Lorcan und du, ihr passt auch ziemlich gut zusammen", fügte er hinzu, woraufhin ich die Augen verdrehte.

„Versuchst du mich davon zu überzeugen, dich zu töten? Denn ich muss gestehen, Fritz, ich bin schon auf halbem Wege. Du solltest mich nicht noch weiter über meine Grenzen hinaustreiben, sonst werde ich dir eine Klinge ins Herz rammen."

Er grinste. „Du Charmeurin."

Ich verdrehte die Augen. „Verpiss dich aus meinem Zimmer, Fritz." Ich war noch nicht bereit, ihm zu verzeihen. Vielleicht irgendwann, aber nicht in nächster Zeit. Quinn war meine beste Freundin. Meine Loyalität galt zuerst ihr.

Das würde mich jedoch nicht davon abhalten, ihr zu empfehlen, Fritz nicht zu hart zu bestrafen.

Obwohl ich mit seiner Einmischung überhaupt nicht einverstanden war, wusste ich, dass er es im Grunde gut gemeint hatte. Und er hatte mir so oft den Arsch gerettet, dass ich ihn unbedingt am Leben erhalten wollte.

Glücklicherweise war Quinn nicht grausam. Sie war eher nachsichtig und glaubte an moralische Lektionen statt an tödliche.

Ich nahm an, dass die ganze *Gegensätze-ziehen-sich-an*-Methodik auch auf Freundschaften anwendbar war. Denn ich zog die mörderische Art von Lektion der mitfühlenden vor.

„Glaubst du, sie wird mir jemals verzeihen?", fragte Fritz und ignorierte meine Aufforderung zu gehen.

„Ganz ehrlich? Ich weiß es nicht", gab ich zu.

Er nickte, während seine blauen Augen einen untypischen Hauch von Traurigkeit ausstrahlten. „Ich kann es ihr nicht wirklich verübeln. Aber ich habe es getan, um sie zu schützen."

„Manchmal wollen wir nicht beschützt werden, Fritz. Wir müssen lernen, uns selbst zu schützen." Das war so moralisch korrekt, wie es mir möglich war, aber es klang wie etwas, das Quinn sagen würde.

„Mir wird langsam klar, wie wahr das ist", gab er zu, verschwand in den Schatten und ließ mich allein in meinem Nest zurück.

Ich seufzte und legte mich wieder hin, den Blick auf die verzierte Decke über mir gerichtet. Es spielte keine

Rolle, wie lange ich sie anstarrte; wenn ich meine Augen schloss, wurde der Anblick durch etwas anderes ersetzt. Ich würde wieder nur von *ihm* träumen. Von meinem toten Gefährten, dem Vampir-Alpha, der mich fast zwanzig Jahre lang gefangen gehalten, mich mit seinen Freunden geteilt und bewiesen hatte, wie niederträchtig Alphas sein konnten.

Vampir-Omegas hatten eine seltene Blutgruppe, die Vampir-Alphas viel länger am Leben erhalten konnte als jeder Mensch. Unser Blut war wie eine Droge für sie, meins sogar noch mehr wegen meiner gemischten V-Clan-Genetik.

Und schlimmer noch, verpaarte Vampir-Omegas waren auf das Gift ihres Vampir-Alphas angewiesen, was einen Teufelskreis aus Geben und Nehmen auslöste, der sich als berauschend und süchtig machend erwies.

Allein der Gedanke daran ließ mich erschaudern.

Kyra?, flüsterte Lorcan, dessen Eindringen in meine Gedanken mir seltsam willkommen war.

Worauf ich natürlich sofort „*Was?*" schnappte. Ich *hasste* es, dass mich seine mentale Stimme sofort beruhigte. Ich wollte nie wieder von einem Alpha abhängig sein.

Ich habe dein Unbehagen gespürt.

Mir geht es gut, fauchte ich.

In Ordnung. Gute Nacht.

Er ging genauso schnell, wie er gekommen war, sein respektvolles Auftreten verunsicherte mich. Er meldete sich fast jeden Tag, schaute kurz vorbei und zog sich wieder zurück und gab mir meinen gewünschten Freiraum.

Denn er wollte keine Gefährtin – eine Tatsache, die Cillian sowohl in seinem Fall als auch in Lorcans klargemacht hatte, aber ich hatte es nicht wirklich geglaubt, bis ich es selbst in Lorcans Gedanken gehört hatte.

Er wollte wirklich keine Gefährtin haben. Das war eine Eigenschaft, die wir teilten. Und der Hauptgrund, warum ich ihn noch nicht getötet hatte.

Oh, ich hatte geplant, ihn zu töten, noch bevor ich ihn gebissen hatte. Ich hatte vorgehabt, ihn mit Kieran ins Refugium zu nehmen, um für Quinns Sicherheit zu sorgen und Lorcan dann meinen Dolch mitten ins Herz zu rammen.

Nur hatte der clevere Bastard alle Dolche in meinem Zimmer ausfindig gemacht, bevor ich einen hatte finden können, der für diesen Zweck geeignet war.

Und dann hatte er mich auf das Bett gedrückt und mir gesagt, dass er gezwungen wäre, mich in einen Käfig zu sperren, wenn ich weiter darüber fantasieren würde, ihn zu töten.

In einen verdammten Käfig.

Ich hatte geknurrt.

Er hatte zurückgeknurrt.

Und dann hatte er mich freigegeben und mir mitgeteilt, dass er kein Verlangen danach hätte, unsere Paarung zu vollziehen. Das war eine vage Lüge, denn ich hatte seine Erregung und sein Interesse spüren können, aber ich hatte auch seinen mentalen Entschluss erkannt, mich nicht zu berühren.

Er würde eine Frau niemals mit Gewalt nehmen. Und er wollte auch keine Gefährtin haben.

„Sobald Quinnlynn und Kieran bereit sind, in den Blutsektor zurückzukehren, werde ich sie begleiten. Wir werden in Zukunft nur noch wenig miteinander zu tun haben", hatte er schlicht und einfach gesagt.

Ich war von seiner Ankündigung überrascht gewesen.

„Was ist mit meinem Zyklus?", hatte ich ihn gefragt.

Seine dunklen Augenbrauen hatten sich leicht gehoben. „Was ist damit?"

„Willst du mir nicht anbieten, mich durch meinen Zyklus zu begleiten?"

„Soll ich dir etwa anbieten, dich hindurch zu begleiten?", hatte er gefragt.

„Nein."

„Dann nein, ich werde meine Hilfe nicht anbieten. Außerdem müsste ich dann den Blutsektor für längere Zeit verlassen, was ich nicht tun möchte."

Das Gespräch ging mir oft durch den Kopf. Mein Schock war noch immer spürbar, denn er hatte jedes Wort ernst gemeint. Und abgesehen von seinen gelegentlichen Kontrollbesuchen ließ er mich in Ruhe.

Obwohl ich den Verdacht hatte, dass er in letzter Zeit für die Verkürzung meiner Albträume verantwortlich war. Ich wachte oft mitten am Tag auf, schweißgebadet und bebend. Und dann fiel ich problemlos in einen traumlosen Schlaf.

Es war, als hätte er einen Zauber gewoben, um meine Ängste zu vertreiben.

Ich schluckte und schloss die Augen. Ich fühlte mich seltsam sicher, weil ich wusste, dass Lorcan mich aus der Ferne beschützte.

Es war eine dumme Vorstellung.

Dennoch half es mir beim Einschlafen.

Nur damit der Schlaf mich dann direkt wieder zu den Erinnerungen an *ihn* zog.

Den Vampir-Alpha, der meinen Geist und meine Seele heimsuchte.

Ich erschauderte, rollte mich zu einem Ball zusammen und versuchte verzweifelt, ihm zu entkommen.

Doch die Erinnerung änderte sich ein wenig und zeigte mir mein Zimmer. Das Licht war aus, was seltsam war, weil ich es immer angelassen hatte. Vor allem wegen der Albträume und meinem Bedürfnis, von Licht umgeben zu sein, nachdem ich so viele Jahre in völliger Dunkelheit gelebt hatte.

Ich griff nach meiner Lampe, wollte sie verzweifelt wieder einschalten.

Nur berührte ich plötzlich etwas Kaltes.

Unmenschliches.

Unglaublich real.

Mir gefror das Blut in den Adern.

Das ist nicht real. Es ist ein Traum. Ich werde bald aufwachen.

Ich kniff die Augen zusammen und wünschte mir, dass es verschwinden würde.

Aber die Luft wirbelte um mich herum, das Refugium war fast greifbar.

Das ist lediglich dein Verstand, der dir Streiche spielt, redete ich mir ein. *Es ist alles in Ordnung. Es ist niemand hier.*

Nur, dass meine Hand immer noch dieses kalte, unbewegliche Etwas berührte. Und es fühlte sich verdammt real an, genauso wie seine Finger, als er mir die Haare aus dem Gesicht strich.

Und seine Lippen, die er mir mit einem unaufrichtig zärtlichen Kuss gegen mein Ohr drückte.

Die Härchen auf meinen Armen stellten sich als Reaktion auf seine Nähe, seine Vertrautheit, auf seine *Anwesenheit* auf. *Nicht real. Nicht real. Nicht real.*

„Hallo, Haustier", begrüßte er mich, seine Stimme seidig, anstatt des normalen rauen Tons aus meinen Albträumen. „Ich glaube, es ist Zeit für dich, nach Hause zu kommen, hmm?"

Meine Augen flogen auf, der Raum um mich herum erstrahlte in hellen Farben.

Mein Nest, hauchte ich, meine Hand landete auf meinem schweißgetränkten Oberteil. *Mond sei Dank.*

Doch auf meinem Kopfkissen, direkt neben meinem Kopf, lag eine verwelkte schwarze Blume.

Und daneben lag eine mit Blut geschriebene Nachricht, auf der stand: *Lass uns spielen …*

Die V-Clan-Reihe wird mit *Night Sector* fortgesetzt, in dem Lorcan und Kyra die Hauptrollen spielen.

Sind Sie neugierig auf die Omegas aus dem Bariloche-Sektor und was ihre Zukunft für sie bereithält? Ich auch! In Kürze folgen weitere Geschichten. Treten Sie gerne *Foss' Night Owls* bei oder abonnieren Sie meinen Newsletter, um über neue Veröffentlichungen auf dem Laufenden zu bleiben!

Ich wollte nie eine Gefährtin.

Schon gar nicht *sie* – die berüchtigte Mörderin, die dafür
bekannt war, Alphas zu töten.

Aber wie es das Schicksal wollte, wurde sie mein.

Zum Glück konnten wir eine Vereinbarung treffen. Daher
musste ich sie nur selten sehen und sie konnte so tun, als
würde ich nicht existieren.

Alles war in Ordnung.

Bis sie von einem sadistischen Vampir-Alpha entführt
wurde, der sie in seinen persönlichen Omega-Blutbeutel
verwandeln möchte.

Jetzt bin ich der Einzige, der ihre Schreie hören kann.
Und es macht mich verdammt sauer.

Ich will sie vielleicht nicht als Gefährtin haben. Aber sie
gehört mir.

Ich habe sie zu beschützen.
Ich habe sie zu rächen.
Nur ich darf sie *jagen*.

Keine Sorge, kleine Killerin.
Ich bin schon unterwegs.
Und wenn ich dich finde,
reiche ich dir die silberne Klinge,
um zuzusehen, wie du ihn zur Strecke bringst.

Anmerkung der Autorin: Dies ist ein eigenständiger dunkler Gestaltwandler-Roman, der im Omegaverse spielt – Alpha-, Beta-, Omega-Dynamik inklusive, samt Verknoten, Nestbau und Beißen. Lesen Sie die Trigger-Warnungen zu Beginn des Buches, um weitere Details zu erfahren.

USA Today Bestsellerautorin Lexi C. Foss ist eine
Schriftstellerin, verloren in der Welt der Computer. Sie lebt
in Chapel Hill, North Carolina mit ihrem Mann und ihren
haarigen Gesellen. Wenn sie nicht gerade schreibt, ist sie
mit Sicherheit auf Reisen. Viele der Orte, die sie schon
besucht hat, lassen sich in ihren Büchern wiederfinden,
einschließlich der mystischen Welt von Hydria, die auf der
griechischen Insel Hydra basiert.

Lexi ist ein bisschen verschroben, trinkt viel zu viel Kaffee
und schwimmt gern.

Würden Sie gern über Neuerscheinungen informiert
werden? Dann tragen Sie sich für ihren Newsletter ein:
https://www.lexicfoss.com/deutschen-newsletter

Besuchen Sie Lexi im Netz!
https://www.lexicfoss.com/aktuell

E-Mail: lexicfoss@gmail.com

BÜCHER VON LEXI C. FOSS

Königin der Elemente:

Buch Eins

Buch Zwei

Buch Drei

Königin der Elementefeen: Die nächste Generation

Eigenständige Fee-Romane

Königin der Winterfeen

Unsterblich verflucht:

Blood Laws – Blutgesetze (Buch 1)

Forbidden Bonds – Unsterblich entfesselt (Buch 2)

Blood Heart – Blutige Unschuld (Buch 3)

Blood Bonds – Unsterblich geboren (Buch 4)

Angel Bonds – Himmlische Bande (Buch 5)

Blood Seeker – Die Fährte des Blutes (Buch 6)

Blood Burden – Himmlische Bürde (Buch 7)

Wicked Bonds - Himmlisch verrucht (Buch 8)

Blood King - Herrscher des Blutes (Buch 9)

Eigenständiger paranormaler Liebesroman

Rotanev – Eine Poseidon-Erzählung

Carnage Island: Wolfsklauen und verbotene Bisse

Und auch die folgenden Bücher von Lexi C. Foss werden in Kürze auf Deutsch erhältlich sein:

Auferstanden aus der Dunkelheit:

Daughter of Death – Die Tochter und der Tod (Buch 1)